KIMBERLY MCCREIGHT
Outliers
Gefährliche Bestimmung

GOLDMANN
Lesen erleben

Buch

Alles begann mit einem Hilferuf ihrer besten Freundin Cassie. Die schrecklichen Geschehnisse, die darauffolgten, wird die 16-jährige Wylie nie wieder vergessen. Die gefährliche Suche nach Cassie in den Wäldern Maines, auf die sie sich zusammen mit Highschoolschwarm Jasper begab. Das unheimliche Camp Colestah, wo Wylie, Jasper und Cassie gefangen gehalten wurden. Die verheerenden Flammen, denen nur Wylie und Jasper entkommen konnten. Doch auch zurück zu Hause bei ihrer Familie kann Wylie nicht aufatmen. Albträume und Schuldgefühle plagen sie, und sie ist dort alles andere als sicher. Denn die schüchterne Wylie hat etwas über sich erfahren, das ihre gesamte Welt zum Einsturz und sie zunehmend ins Visier gefährlicher Mächte bringt: Sie kann die Gefühle ihrer Mitmenschen lesen. Und sie ist nicht die Einzige. Wylie steht vor einer Zerreißprobe. Ist ihre Freundschaft zu Jasper stark genug, um die Gefahren, die ihnen bevorstehen, zu überstehen? Und hat Wylie die Kraft, um den anderen Mädchen zu helfen, die so sind wie sie?

Weitere Informationen zu Kimberly McCreight sowie zu lieferbaren Titeln der Autorin finden Sie am Ende des Buches.

Kimberly McCreight

OUTLIERS

Gefährliche Bestimmung

DIE BEDROHUNG

Band 2

Roman

Deutsch von Karen Gerwig

GOLDMANN

Die amerikanische Originalausgabe erschien 2017 unter dem Titel »The Scattering« bei Harper, an imprint of HarperCollinsPublishers.

MIX
Papier aus verantwortungsvollen Quellen
FSC® C083411
www.fsc.org

Verlagsgruppe Random House FSC® N001967

1. Auflage
Deutsche Erstveröffentlichung Dezember 2018

Umschlaggestaltung: UNO Werbeagentur, München
Umschlagmotiv: FinePic®, München
Redaktion: Catherine Beck
KS · Herstellung: kw
Satz: Vornehm Mediengestaltung GmbH, München
Druck und Bindung: CPI books GmbH, Leck
Printed in the Czech Republic
ISBN 978-3-442-20565-3
www.goldmann-verlag.de

Besuchen Sie den Goldmann Verlag im Netz

Für alle Mädchen,
denen gesagt wurde, sie seien zu sensibel.
Für alle Frauen,
die sich selbst beigebracht haben, es nicht zu sein.

Das Leben ist ein Traum.
Was uns umbringt, ist das Erwachen.
VIRGINIA WOOLF, *Orlando*

Anmerkung der Autorin

Dies hier ist eine erfundene Geschichte. Was ihr hier lest, ist nicht in Wirklichkeit passiert. Zumindest noch nicht.

Prolog

Ich stehe barfuß im Dunkeln an der scharfen Felskante und starre auf die ausgedehnte schwarze Wasserfläche vor mir. Mir ist kalt. Und ich frage mich, ob ich es wirklich ganz bis zu diesem kleinen Licht auf dem Hafenkai in der Ferne schaffen kann. Es kommt mir so unendlich weit weg vor, das Wasser ist so erschreckend ruhig, als warte es nur auf jemanden, der dumm genug ist, es zu versuchen.

Ich bin keine besonders gute Schwimmerin, auf jeden Fall nicht annähernd gut genug. So weit bin ich noch nie geschwommen. Nicht voll angezogen, nicht in der Dunkelheit. Ein unbekanntes Gewässer mit allen Streichen, die einem ein stecknadelkopfgroßer Lichtpunkt am Horizont spielen kann: Wer weiß, was da alles schiefgehen kann? Aber ich habe keine Wahl. Sie kommen, um uns zu holen. Eigentlich mich. Sie sind schon hier. Stimmen in der Ferne, die langsam näher kommen. Es ist nur noch eine Frage der Zeit.

Aber das echt Verrückte ist: Obwohl es wirklich übel aussieht, glaube ich tief in mir, dass ich die zwei Kilometer oder noch mehr zu diesem Hafen schwimmen kann. Eigentlich weiß ich es sogar. Vielleicht ist das alles, was zählt. Denn wenn ich eines in den letzten Wochen gelernt habe, dann, dass Stärke nur ein anderes Wort für Glauben ist. Und wahrer Mut ist, die Hoffnung nicht aufzugeben.

Im Moment bin ich sowieso mit meinen Zweifeln am Ufer allein. Ich weiß, dass ich mich nicht davon überwältigen lassen darf. Ich muss meinem Instinkt vertrauen.

Also hole ich noch mal tief Luft, bevor ich einen Schritt nach vorn mache und den Blick fest auf den weit entfernten Horizont richte. Und dann schwimme ich los.

1

Ich stehe in unserem Hausflur und starre auf die Nachricht von Jasper. Auf dieses eine Wort: **Lauf.**

Eine Minute lang. Eine Stunde lang. Ewig.

Mein Herz hämmert mir gegen die Rippen, während ich den Blick gesenkt halte. Die sechs Agenten sagen etwas. Ihre Namen – Agent Klute und Agent Johansen und Agent Sonstwie und Nochwas. *Lauf. Lauf nicht. Lauf. Lauf nicht.* Sie sagen noch mehr: *Department of Homeland Security.* Eine Inlandsbedrohung ausschließen. Der Rest ist nur ein Summen.

Lauf. Lauf nicht. Lauf. Lauf nicht.

Lauf.

Ich wirble zur Treppe herum, das Handy umklammert wie eine Handgranate. Erst weglaufen. Dann Fragen stellen. Das hat Quentin mir beigebracht.

»Wylie?«, ruft Dad hinter mir her. Verblüfft. Verwirrt. Besorgt. »Wylie, was tust du …?«

Stimmen und Gedränge hinter mir, während ich auf die Treppe zustürme. Nicht umdrehen. Nicht langsamer werden. Weiter und dann die Treppe hinauf. Weiter hinauf. Das muss ich tun.

Aber warum nach oben? Sollte ich nicht zur Hintertür hinausrennen statt weiter ins Haus hinein? Das Bad im oberen Stockwerk und der flachere Teil des Hausdachs. Das muss es sein. Ein Fluchtweg. Als ich das Treppengeländer packe, rutsche ich aus.

»Miss Lang!«, ruft einer von ihnen. So nah, dass ich fast seinen Atem spüren kann.

»Halt! Lassen Sie sie in Ruhe!« Dad klingt so wütend, dass ich seine Stimme kaum erkenne. Viele andere Stimmen schreien zurück. Keuchend und stampfend quäle ich mich die Treppe hinauf. »Sie können nicht einfach in unser Haus hereinplatzen!«

»Beruhigen Sie sich, Dr. Lang!«

»Hey! Stopp!« Wieder die Stimme hinter mir. Jetzt noch näher. Als ich oben an der Treppe ankomme, mache ich einen Satz in den oberen Flur.

Das Badezimmer. Dorthin muss ich. *Konzentrier dich! Konzentrier dich! Schneller! Schneller!* Bevor er mich schnappt. Die Tür ist nicht weit weg. Und ich werde nur eine Sekunde brauchen, um das Fenster zu öffnen und hinauszuklettern. Nach einer schnellen Rutschpartie auf den Boden werde ich es tun, und nicht zum ersten Mal: rennen, als ob der Teufel hinter mir her wäre.

Ich stürme den Flur entlang; immer noch direkt hinter mir höre ich laute Schritte. »Wylie!«, ruft der Mann, aber hölzern, als wollte er nicht zugeben, dass ich überhaupt einen Namen habe.

»Das ist unser Haus!«, schreit Dad wieder. Er klingt, als wäre er näher an der Treppe.

»Dr. Lang, Sie müssen hierbleiben!«

Mein Blick ist fest auf die Badezimmertür am Ende des Flurs gerichtet. Sie kommt mir so weit weg vor. Der Flur ist endlos. Aber ich muss zu dieser Tür. Fenster auf. Rausklettern. Einen Schritt nach dem anderen. So schnell ich kann.

»Miss Lang!«

Wieder die Stimme, viel näher. Zu nah. Und nervös. Er ist nah genug, um mich zu packen, hat aber zu viel Angst, mich zu verletzen. »Kommen Sie schon! Stehen bleiben! Was tun Sie denn?«

An der ersten Tür rechts vorbei. Noch zwei vor mir.

Doch dann verfängt sich mein Fuß im Teppich. Ich schaffe es gerade noch, die Hände hochzureißen, sodass ich mit dem Handballen an die Wand knalle und dann mit der Schulter und nicht mit dem Gesicht. Trotzdem macht mich der stechende Schmerz benommen, als ich auf dem Boden lande. Ich glaube, mir wird schlecht, während ich mich zusammenrolle und den Arm an den Bauch drücke. Ich wage nicht hinzusehen. Zu große Angst, dass vielleicht der Knochen herausschaut.

»O Gott, geht es Ihnen gut?« Der Agent ist vor mir stehen geblieben. Jetzt sehe ich, dass es der Kleine mit den übertrieben muskulösen Armen ist, die steif abstehen. Und er ist eindeutig so nervös, wie er klang. Aber auch verärgert. Er blickt den Flur entlang, als prüfe er ihn auf Zeugen. »Verdammt. Ich habe Ihnen doch gesagt, Sie sollen nicht wegrennen.«

Ein paar Minuten später sitze ich auf der durchgesessenen Couch in unserem kleinen Wohnzimmer, und Dad hält einen Eisbeutel an mein pochendes Handgelenk. Von den Schmerzen vibriert mein Gehirn. Die Männer haben sich schweigend so hingestellt, dass sie die Tür, die Treppe und den Flur zur Hintertür versperren. Jeden möglichen Fluchtweg. In dem kompakten Rahmen unseres alten viktorianischen Hauses sehen sie sogar noch größer aus als draußen. Jetzt gibt es eindeutig keinen Ausweg mehr.

»Ich glaube nicht, dass es gebrochen ist«, verkündet

Agent Klute und späht auf meinen Arm, aber nicht annähernd genau genug, um es beurteilen zu können.

Mein Dad steht vor mir und dreht sich angriffslustig zu Agent Klute um. Im Vergleich sieht er so winzig aus wie ein kleiner Junge.

»Verschwinden Sie endlich aus meinem Haus!«, schnauzt er und zeigt zur Tür. »Sofort! Das meine ich ernst! Sie alle: raus!«

Als würde er versuchen, Klute mit Gewalt rauszuwerfen, wenn er muss. Die Wut hat meinen Dad blind für ihren Größenunterschied gemacht. Beim Versuch, mich zu beschützen, würde er sterben, das erkenne ich jetzt ganz deutlich. Ich wünschte, ich hätte das schon vorher gewusst. Ob es etwas an dem geändert hätte, was in dem Lager passiert ist, weiß ich nicht. Aber vielleicht auch alles.

»Wir können leider nicht gehen, Dr. Lang.« Klute senkt den Kopf. »Erst wenn Wylie unsere Fragen beantwortet hat.«

Er versucht, nicht bedrohlich zu wirken, sondern entschuldigend. Es klappt nicht. Vor allem, weil es ihm eigentlich nicht leidtut. Das weiß ich. Ich kann seine Gefühle gut genug lesen, dass keine Zweifel bleiben. In Wirklichkeit fühlt Agent Klute sehr, sehr wenig. Es ist erschreckend. Dad tritt näher an ihn heran, seine Wut wächst.

»Sie können nicht einfach in mein Haus eindringen und meine Tochter jagen. Sie ist hier das Opfer«, sagt er. »Selbst wenn sie eine Kriminelle wäre, bräuchten Sie eine richterliche Anordnung, um in ein Haus zu kommen. Das ist nicht legal. Gott helfe Ihnen, wenn ihr Handgelenk gebrochen ist.«

»Um das klarzustellen, Dr. Lang, Ihre Tochter ist vor Bundesagenten davongelaufen. Haben Sie irgendeine Ahnung, wie gefährlich das ist?«

Fast hätte Dad gelacht. Dann legt er die Fingerspitzen wie im Gebet an die Lippen. Ich habe ihn noch nie so wütend gesehen. Die Wut hat sogar seine Gesichtsform verändert, und ich spüre, was für eine Mühe er sich gibt, ruhig zu bleiben. Zu tun, was getan werden muss.

»Raus. Raus. Raus«, sagt Dad – langsam, ruhig und fest. Wie ein Trommelrhythmus. »Sofort. Sonst helfe mir Gott …«

»Wie ich schon sagte, das können wir nicht.« Agent Klute ist immer noch so gruslig ruhig. »Wylie ist eine wichtige Zeugin bei einem Mehrfachmord, der mit Inlandsterrorismus zu tun haben könnte. Sie muss jetzt mit uns kommen und ein paar Fragen beantworten. Das ist alles.«

»Ha!«, höhnt Dad. »Ich rufe rechtlichen Beistand an.«

Welchen rechtlichen Beistand?, denke ich, während Dad nach seinem Handy greift und wählt. Und doch wirkt er so sicher, als er das Telefon ans Ohr hält. Die Zeit dehnt sich, während wir dastehen und darauf warten, dass jemand seinen Anruf annimmt, dass Dad etwas sagt. Ich spüre, wie Agent Klute mich anstarrt, und versuche, den Blick nicht zu erwidern, aber ich kann nicht anders.

Natürlich ist sein kalter Blick auf mich gerichtet, sein Mund steht ein wenig offen, sodass ich die riesigen weißen Zähne sehen kann. Ich stelle mir vor, wie sie mich beißen. Aber ich spüre nichts von der Feindseligkeit, die ich erwartet hätte – keinen Ärger, kein Misstrauen oder Unmut. Da ist nur eines: Mitleid. Und das ist noch viel beängstigender.

Ich verschränke die Arme, während sich mein Magen zusammenkrampft. Vielleicht sollte ich ihre Fragen einfach beantworten. Vielleicht geht das alles dann schneller wieder weg. Dummerweise habe ich das grässliche Gefühl, dass das hier – egal was ich sage – der Anfang von etwas ist und nicht das Ende.

Atme!, ermahne ich mich. *Atme*. Denn der Raum wird schmaler, der Boden fängt an zu schwanken. Und jetzt ist sicher nicht der richtige Moment, um ohnmächtig zu werden. Ich bin seit sechsunddreißig Stunden ein Outlier, aber ich weiß, ich kann immer noch total durchdrehen.

»Hallo, Rachel, hier ist Ben«, sagt mein Dad schließlich ins Telefon. »Kannst du mich bitte so schnell zurückrufen, wie es geht? Es ist ein Notfall.«

Rachel. Klar. Natürlich ruft Dad sie an. Rachel war die beste Freundin meiner Mutter. Oder ehemalige beste Freundin. Nachdem sie und Mom jahrelang keinen Kontakt hatten, erschien Rachel bei der Beerdigung wie aus dem Nichts. Seitdem ist sie wie ein Ausschlag, den wir nicht loswerden. Sie will helfen. Oder behauptet es zumindest. Mein Dad sagt, das ist vermutlich ihre Art, mit ihrer Trauer fertigzuwerden. Wenn ihr mich fragt, ist das, was – oder wen – sie wirklich will, mein Dad.

Jedenfalls ist das Ganze schräg. *Sie* ist schräg, und ich vertraue ihr nicht.

Aber ob ich sie nun mag oder nicht: Rachel ist Strafverteidigerin. Sie muss wissen, was man in so einer Situation tut. Und Rachel ist vielleicht als Mensch echt beschissen – Mom wollte nie erzählen, warum sie sich verkracht haben –, aber selbst sie sagte immer, Rachel sei der Mensch, den sie anrufen würde, wenn sie mal echt Probleme hätte, denn »Rachel könnte sogar für einen öffentlichkeitsgeilen Massenmörder einen Freispruch erwirken«. Und Mom meinte das nicht als Kompliment.

»Dr. Lang, wenn Wylie nichts zu verbergen hat, sollte es kein Problem sein, wenn sie mit uns redet«, sagt Agent Klute, als Dad auflegt.

»Vielleicht wäre es nicht so ein Problem, wenn Sie mich

nicht angegriffen hätten«, sage ich, denn es scheint, als könnte Dad ein bisschen Hilfe gebrauchen.

»Hey, Sie sind hingefallen!«, schaltet sich der kleine Agent ein. »Ich habe Sie nicht angefasst!«

Das stimmt natürlich, aber das ist wohl kaum das maßgebliche Argument.

Agent Klute blickt mich stirnrunzelnd an. Das alles läuft nicht so, wie es soll. Und jetzt ist er verärgert, aber nur ein bisschen. Als hätte er sich gerade einen Spritzer Suppe auf ein helles Hemd gekleckert. »Ich kann Ihnen versichern, Dr. Lang, bei Verdacht auf Terrorismus haben wir *sehr* umfassende Befugnisse beim Befragen von Zeugen. Und wir brauchen keine richterliche Verfügung. Wylie steht nicht unter Arrest. Zumindest noch nicht.«

»Danach« – Dad zeigt auf mich, besonders auf meinen Arm – »beantworten wir Ihre Fragen nur, wenn unsere Anwältin uns sagt, dass wir müssen.«

Agent Klute holt Luft. »Na gut. Wann wird sie hier sein?«

»Ich weiß es nicht.« Dad versucht zu klingen, als hätte er damit die Oberhand. Aber er weiß, dass es nicht so ist, und er macht sich Sorgen, was aus dem Ganzen hier wird. Das fühle ich klar und deutlich.

Agent Klute starrt Dad ausdruckslos an. »Dann warten wir einfach auf Ihre Anwältin. So lange es dauert.«

Danach sitzen Dad und ich eine Weile, vielleicht eine halbe Stunde, schweigend nebeneinander auf der Couch. Die Agenten stehen still wie Statuen in jeder Ecke. Agent Klute ist der Einzige, der sich bewegt; er geht auf und ab, während er Nachrichten tippt. Mit jeder wird er fahriger, unter seinen schweren Schritten knarrt unser Boden unheimlich.

Ich möchte Jasper schreiben, aber wer weiß, was er sagen

wird? Und falls die Agenten mich wirklich zur Befragung mitnehmen, könnte es gut sein, dass sie mir mein Handy wegnehmen. Es ist sicherer, wenn ich erst mit Jasper rede, wenn sie weg sind.

Mein Dad ruft Rachel noch zweimal an, aber beide Anrufe gehen auf die Mailbox. Und so warten wir weiter. Noch eine halbe Stunde vergeht. Dann eine Stunde. Ich kann nicht fassen, wie unbequem unsere Wohnzimmercouch ist. Ich glaube nicht, dass jemals jemand so lange darauf gesessen hat – ich jedenfalls nicht. Irgendwann muss ich mal, aber ich kann den Gedanken nicht ertragen, dass jemand mitkommt. Und ich bin mir sicher, das werden sie.

Gerade als ich denke, ich werde keine andere Wahl haben, als einen Toiletten-Babysitter zu ertragen, vibriert Agent Klutes Handy laut in seiner Hand. »Entschuldigung, den Anruf muss ich annehmen«, sagt er, nickt den anderen Agenten zu, damit sie wissen, dass sie vorübergehend zuständig sind, bevor er das Haus verlässt.

Als sich die Haustür hinter Agent Klute schließt, klingelt endlich Dads Handy. »Rachel«, sagt er verzweifelt und erleichtert. Er ist still und hört eine Weile zu. »Na ja, nicht so toll, um ehrlich zu sein. Könntest du rüberkommen? Es ist so was wie ein Notfall. Nein, nein, nichts Derartiges.« Er macht eine Pause und holt tief Luft, als er aufsteht. Aber er geht nicht los. Er bleibt einfach vor der Couch stehen und wirkt so wacklig, als würde sich ein Teil von ihm auflösen. »Hier sind ein paar Bundesagenten, und sie wollen Wylie ausfragen, und ich ... sie hat eine Menge durchgemacht, und ich möchte es auf einen anderen Termin verlegen.« Wieder Schweigen, während Rachel antwortet. »Das habe ich. Sie haben sich geweigert. Sie sagten, weil das mit Inlandsterrorismus zu tun habe und Wylie keine Verdächtige sei …« Noch mehr Stille. »Ja, okay. Okay. Danke, Rachel.«

Ihm scheint es besser zu gehen, er wirkt hoffnungsvoller, als er sich wieder zu mir umdreht. »Was hat sie gesagt?«, frage ich.

»Dass wir das Richtige tun«, antwortet er. »Wir sollen einfach hier warten. Sie ist unterwegs.«

Als Agent Klute wieder hereinkommt, hat Dad noch das Telefon in der Hand. »Wir melden uns bald, Dr. Lang«, sagt Klute nüchtern, als sei das die Fortsetzung eines Gesprächs. Als wären wir uns schon darüber einig. »Wir verlegen die Befragung auf einen anderen Termin.«

Aber warum? Ich kaufe Agent Klute nicht ab, dass er abhaut, weil er Angst vor einer Anwältin hat, die er gar nicht kennt. Er weiß nicht mal, dass Rachel doch noch zurückgerufen hat. Klute nickt seinen Männern zu. Jetzt gehen sie aus eigenen Gründen. Schlechten Gründen.

»Wohin gehen Sie?«, frage ich, obwohl es vermutlich besser wäre, kein Wort zu sagen. Schließlich will ich nicht, dass sie doch bleiben.

Als mich Agent Klute ansieht, fühle ich es wieder: Mitleid. Und diesmal ist es noch schlimmer. So endgültig und tief. Er nickt wieder. »Wir melden uns.«

Ich sehe zu, wie sich Klute und seine Männer sammeln und durch die Tür verschwinden. Und ich stelle es mir vor wie diesen unheimlich stillen Moment, wenn das Wasser aufs Meer hinausgezogen wird, direkt bevor ein Tsunami aufs Ufer kracht. Lautlos und überraschend und unendlich entsetzlich.

2

Sechs Wochen später

Ich öffne die Augen, und um mich herrscht Dunkelheit. Mein Zimmer. Mitten in der Nacht. Jasper ruft an. Ohne hinzusehen, weiß ich schon, dass er es ist. Aber ich greife nicht nach meinem Handy. Manchmal ruft er nur einmal an und legt wieder auf. Und heute Nacht will ich zum ersten Mal seit langer Zeit nur schlafen.

Seit wir vor sechs Wochen aus Maine zurückgekommen sind, sind Jaspers nächtliche Anrufe normal geworden. Jasper ruft natürlich von seinem neuen Handy an. Denn es war nicht er, der mir damals, als die Agenten vor meiner Tür standen, geschrieben hat, ich solle weglaufen.

Sobald Agent Klute und seine Freunde unser Haus verlassen hatten, rief ich Jasper zurück – ich wollte sichergehen, dass es ihm gut ging, wollte wissen, warum genau er mir gesagt hatte, ich solle weglaufen. Aber er ging nicht an sein Handy. Nachdem ich ihn weitere zwei Stunden nicht erreichte und auch keine Festnetznummer seiner Familie ausfindig machen konnte, bestand ich darauf – gegen Dads entschiedenen Widerspruch –, dass wir zu Jaspers Haus fuhren und nach ihm sahen.

Jasper ging es prima, als er endlich an die Tür kam – verschlafen, verwirrt, aber alles in Ordnung. Er hatte nicht mal sein Handy bei sich, hatte es nicht mehr gesehen, seit Quentin es ihm im Lager abgenommen hatte.

Die örtliche Polizei hatte mein Handy in der Haupthütte gefunden und es mir an dem Morgen während einer der vielen Befragungen an der Raststätte wiedergegeben. Aber Jasper und ich wurden damals einzeln befragt. Ich war einfach davon ausgegangen, dass er seins auch wiederbekommen hatte. Eigentlich hatte ich überhaupt nicht darüber nachgedacht. Aber die Polizisten hatten Jaspers Handy nie gefunden.

Doch jemand hatte mir im genau richtigen Moment geschrieben, ich solle weglaufen. Und mit welchem schrecklichen Ziel, das konnte ich mir nur ausmalen. Vielleicht hatte derjenige gehofft, wenn ich wegliefe, würde mir etwas zustoßen.

Mein Dad kontaktierte Agent Klute später, als uns klar wurde, dass die Nachricht nicht von Jasper gekommen war. Klute hatte sie sich angesehen und ein bisschen später verkündet, das Ganze sei irgendein Streich gewesen. Wir bedrängten ihn, uns Einzelheiten zu verraten. Ein Streich ergab keinen Sinn. Aber Agent Klute rief irgendwann nicht mehr zurück, und dagegen konnten wir nur schwer etwas sagen, wenn wir selbst nie wieder etwas von ihm hören wollten.

Jetzt piepst mein Handy wieder. Ich taste auf dem Nachttisch danach und denke wieder mal, dass ich einen weniger schrillen Klingelton einstellen sollte. Andererseits werde ich wohl immer schreckhaft sein, egal mit welchem Klingelton.

Es ist eine echte Leistung, dass ich überhaupt geschlafen habe. Weder Jasper noch ich konnten viel schlafen, seit wir aus Maine zurück sind – zu viel Reue, zu viel Schuld. Also überstehen wir die endlosen Nächte gemeinsam am Telefon und reden über alles und nichts. Und ich liege auf dem Bett und starre die alten Fotos an den Wänden meines Zimmers an und denke, ich sollte sie abnehmen, weil sie mich an Mom erinnern. Und genau aus diesem Grund werde ich es nie tun.

Jasper und ich versuchen, nur über leichte Themen zu sprechen, um die Dunkelheit auszublenden. Vielleicht klappt es genau deshalb nicht. Das »Was wäre, wenn« der Entscheidungen, die wir an dem Abend trafen, als wir nach Norden fuhren – was, wenn wir es Cassies Mom sofort erzählt hätten, was, wenn wir Cassie ignoriert und früher irgendwo anders zur Polizei gegangen wären –, ist im Vergleich zu unseren Themen viel zu laut. Aber das viele Reden hat Jasper und mich näher zusammengebracht. Manchmal überlege ich, wie lange sie halten wird oder wie echt sie sein kann, diese Freundschaft, die aus so viel Schrecklichem geboren ist. In anderen Momenten möchte ich nicht darüber nachdenken. Ich möchte überhaupt nicht zu genau nachdenken. Es gibt zu viele Fragen, auf die ich keine Antwort kenne.

Auf ihre übliche Therapeutinnen-Art hat Dr. Shepard gesagt, sie halte es für keine gute Idee, wenn wir das Ganze zu oft wiederkäuen, und ich gebe ihr recht. Jasper kann aber nicht anders. Klar überlegen wir beide, was gewesen wäre, wenn irgendwas anders gelaufen wäre, aber es war Jasper, dem Cassie direkt die Schuld dafür gab, dass wir im Camp festgehalten wurden. Jedes Mal, wenn er davon anfängt, sage ich dasselbe: Nein, es ist nicht *deine* Schuld, Jasper. Cassie ist wegen Quentin tot, nicht deinetwegen. Und das glaube ich auch.

Aber Jasper glaubt mir nicht. Manchmal, wenn ich ihm in die Augen blicke, habe ich das Gefühl, ich sehe jemandem dabei zu, wie er langsam verhungert. Und ich stehe mit Armen voller Essen daneben.

Nicht dass es mir total gut gehen würde. Ich habe immer noch furchtbare Albträume und weine jeden Tag mindestens einmal. Normale Zeichen der Trauer und seelischer Erschütterungen, sagt Dr. Shepard. Meine Ängste sind auch nicht in dem Moment verschwunden, als mir gesagt wurde, ich sei ein Outlier.

Aber in letzter Zeit bekommt das Feuer weniger Sauerstoff. Ich arbeite daran, die Empfindungen anderer Leute von meinen eigenen Ängsten unterscheiden zu lernen. Wie sich herausstellt, fühlen sie sich ein bisschen anders an. Meine eigenen Ängste sind älter, lauern tiefer in mir, während die der anderen Leute höher in meiner Brust sitzen. Und jetzt helfen Dr. Shepards Atemübungen, ihre Achtsamkeitsmeditationen und ihre positiven Selbstgespräche – alles Dinge, zu denen sie mir schon immer geraten hat – langsam wirklich. Wahrscheinlich, weil ich eher bereit bin, daran zu glauben.

Endlich bekomme ich das Handy zu fassen, lasse es aber beinahe fallen, bevor ich rangehe.

Mein »Hey« klingt kaum verständlich. Ich räuspere mich. »Alles klar?«

»Mist, hast du geschlafen?«, fragt Jasper. Er klingt fast beleidigt, betrogen von meiner mangelnden Schlaflosigkeit.

»Ähm, eigentlich nicht«, lüge ich. »Ich habe nur … Alles klar?« Dann fällt mir wieder ein, warum er vermutlich so spät angerufen hat. Denn es ist spät, sogar für ihn. »Ach, warte, das Abendessen mit deiner Mom. Wie war's?«

Jasper wollte ihr sagen, dass er Zweifel daran hat, ob er fürs Boston College Eishockey spielen soll. Und mit Zweifeln meine ich, er hat seine Meinung total geändert. Das

Sommercamp für neue Studenten fängt in ein paar Tagen an, und er hat nicht vor hinzugehen. Und das College wird nicht für sein Sportstipendium aufkommen, wenn er nicht Eishockey spielt. Kein Eishockey, kein Boston College.

Aber Jasper hat kein Problem damit. Überhaupt keins. Er weiß nicht einmal mehr, ob er überhaupt noch aufs College will. Um genau zu sein, klingt Jasper in letzter Zeit nur dann wenigstens halbwegs glücklich, wenn er darüber redet, das Boston College sausen zu lassen. Auch wenn ich mir ziemlich sicher bin, dass nie wieder Eishockey zu spielen seine eigene Bestrafung dafür ist, was Cassie passiert ist. Denn sosehr Jaspers Mom ihn zu dem Sport gedrängt hat, er liebt ihn auch. Ihm den Rücken zu kehren ist seine Art, sich zu bestrafen.

»Das Essen war okay«, sagt Jasper, aber er klingt abgelenkt, als wäre das nicht der Grund für seinen Anruf.

»Was hat sie gesagt?« Ich setze mich im Bett auf und schalte das Licht ein.

»Gesagt? Worüber?«

»Ähm, das Eishockey?«, frage ich und hoffe, mein Tonfall bringt ihn wieder zu sich. »Alles klar bei dir? Du klingst echt verpeilt.«

»Ja, ja. Mir geht's gut.« Es klingt kein bisschen überzeugend. »Das Ding mit meiner Mom lief nicht gut. Aber na ja, das hatte ich ja auch nicht erwartet.« Er klingt auch nicht mitgenommen, nur völlig leer. Ich warte auf Details, aber er bleibt still.

»Erlaubt sie dir, es nicht zu machen?«, frage ich, und mein Blick bleibt an meinem Foto der alten Frau mit ihrer karierten Tasche und den Brotkrumen hängen. Das Foto, das Jasper beim ersten Mal, als er hier war, am Tag, an dem wir auf der Suche nach Cassie losgerast sind, deprimierend nannte. Ich frage mich, ob er es jetzt immer noch so sehen würde.

»Definiere ›erlauben‹«, sagt er, dann versucht er zu lachen, aber es klingt keuchend und hohl.

Mein ganzer Körper spannt sich. »Jasper, komm schon, was ist passiert?«

»Ach, du weißt schon, so ungefähr, was ich erwartet hatte«, sagt er. Er versucht, sich zu fangen, aber ich höre die Anstrengung in seiner Stimme. Außerdem fühle ich sie, selbst übers Telefon. »Nur schlimmer, irgendwie.«

»Wie schlimmer?«, frage ich, auch wenn ich ihn wohl eher ablenken als nach Einzelheiten ausfragen sollte. Wie immer in letzter Zeit fühle ich mich total überfordert.

»Meine Mom sagte, wenn ich nicht Eishockey spiele – ins Sommercamp gehe und so –, kann ich nicht unter ihrem Dach leben.« Er schweigt kurz und seufzt. »Na ja, es ist nicht so, als wäre sie ein völlig anderer Mensch geworden, nur weil ich fast gestorben wäre.«

Ich bin mir nicht sicher, ob er das als Witz meint. Aber die komische Spannung in seiner Stimme ist reine Traurigkeit. Mir tut davon selbst die Brust weh. »Das tut mir leid.« Wenn es nur mehr zu sagen gäbe. Aber alles Weitere wäre eine Lüge, und ich weiß, wie das ist. Jasper verdient etwas Besseres.

»Vielleicht hat sie ja recht.«

»Also überlegst du, doch zu spielen?« Ich klinge zu hoffnungsvoll. Ich kann nicht anders. Ich mag Jaspers Mutter nicht, aber ich gebe ihr recht, dass er ans Boston College gehen und Eishockey spielen sollte. Im Moment ist er zu verwirrt, um sich das eine zu nehmen, das ihm noch Freude macht.

»Auf keinen Fall«, sagt er, als sei das der absurdeste Vorschlag aller Zeiten. »Ich spiele ganz sicher nicht.«

Jetzt schlägt mein Herz schneller. Ja, es gibt eine Grenze zwischen Jaspers negativen Gefühlen, die ich lesen kann, und meinen eigenen Ängsten, aber sie ist immer noch total verschwommen. Sicher kann ich im Moment nur sagen, dass mich dieses Gespräch *echt* beunruhigt.

Ob das an mir oder Jasper liegt, ist noch die Frage.

»Ich habe es also in Ihr richtiges Büro geschafft«, sagte ich bei unserem ersten persönlichen Treffen eine Woche nach dem Camp zu Dr. Shepard. Ich wollte gelobt werden. Diese ganzen traumatischen Erlebnisse, und ich schaffte es trotzdem aus dem Haus.

Sie nickte mir zu und lächelte leicht, hübsch und zart, wie sie immer aussah in ihrem großen roten Sessel. Immer noch wie Alice im Wunderland. Ich war erleichtert, dass sich das nicht geändert hatte.

»Ich freue mich, dass du hier bist«, sagte Dr. Shepard.

Das war nicht unbedingt die Lobrede, auf die ich gehofft hatte. Aber das war ganz ihr Stil: nicht zu viel aus irgendwas machen. Weder aus dem Guten noch aus dem Schlechten. Sie wollte, dass ich Erwartungen an mich selbst hatte, aber auch deutlich machen, dass sie selbst keine hatte.

Danach plauderten wir eine Weile: wie ich meine Tage verbrachte, wie es zu Hause war. Aber wir konnten nicht ewig um das herumreden, was in dem ehemaligen Ferienlager passiert war.

»Wissen Sie was, ich hatte *weniger* Angst, während

ich Cassie gesucht habe«, warf ich mich schließlich selbst ins kalte Wasser, wahrscheinlich ein bisschen zu aggressiv. »Hätte ich nicht mehr Angst haben müssen? Ich hatte schließlich Probleme, das Haus zu verlassen. Um genau zu sein, habe ich es ja vorher überhaupt nicht mehr verlassen.«

»Ängste sind variabel, Wylie. Es gibt keine zwei Leute, bei denen sie sich auf dieselbe Weise manifestieren. Es gibt kein ›müsste‹. Selbst bei einem Menschen können sich die Ängste mit der Zeit und den Ereignissen im Leben verändern – der Unfall deiner Mutter hat deine Ängste sicherlich verschlimmert, bis du für kurze Zeit nicht mehr aus dem Haus gehen konntest. Vermutlich hat der Adrenalinstoß, nachdem du gebeten wurdest, Cassie zu helfen, deine eigenen Ängste vorübergehend überdeckt. Das eine Mal passten die Alarmglocken, die in dir losgingen, zur wirklichen Gefahr, in der du warst. Es ist nicht verwunderlich, dass deine Ängste dann weniger spürbar waren.«

»Also ist das mein Heilmittel? Die ganze Zeit in irgendwelchen verrückten Notsituationen sein?«

Dr. Shepard zog die Mundwinkel herunter. Sie war noch nie ein Fan von Sarkasmus gewesen. »Menschen gehen durch Phasen voller Angst und kommen auf der anderen Seite wieder heraus. Andere haben ihr ganzes Leben lang periodisch gute und schlechte Phasen. Bei Angststörungen gibt es keine Einheitserklärungen oder Vorhersagen, Wylie. Nichts Absolutes. Das Unbekannte kann entmutigend sein, aber auch anspornend. Du bist jetzt hier. Vielleicht sollten wir da anfangen.«

»Glauben Sie, meine ›Erhöhte Emotionale Wahrnehmung‹, dieses ›Outlier‹-Ding« – ich setzte das Wort mit den Fingern in Anführungszeichen und verdrehte die Augen im natürlich total durchsichtigen Versuch zu zeigen, dass ich es nicht besonders ernst nahm – »könnte die ganze Erklärung dafür sein, was mit mir nicht stimmt?«

Mein Dad hatte vorher angerufen, um Dr. Shepard zu erklären, was in dem Camp passiert war und wie es mit seiner Forschung zusammenhing, inklusive seiner neuen Wortschöpfung »Erhöhte Emotionale Wahrnehmung« oder »EEW«. Ich glaube, ihm gefiel an dem neuen Ausdruck, dass man damit gar nicht erst auf einen Vergleich mit übersinnlicher Wahrnehmung kam. Außerdem hatte er ihr erzählt, ich sei ein Outlier und was das bedeutete. Es war eine Erleichterung, nicht alles genau erklären zu müssen, vor allem nicht, dass ich ein Outlier war, was ich zu einem Teil aufregend fand, zu einem Teil verwirrend und zu tausend Teilen beängstigend. Es war, als würde man erfahren, dass man jahrelang einen riesigen gutartigen Tumor in seinem Bauch herumgetragen hat. Klar gibt es bei so was gute Neuigkeiten: Man ist nicht krank *und* vier Kilo leichter, wenn das Ding von der Größe einer Wassermelone entfernt ist. Aber man muss trotzdem mit dem erschreckenden Gefühl klarkommen, dass da etwas in einem saß. Und noch schlimmer: Man hatte die ganze Zeit keine Ahnung davon gehabt.

»Was nicht mit dir stimmt?«, fragte Dr. Shepard. »Richtig und falsch sind keine sinnvollen Ausdrücke, wenn man über Ängste spricht.«

»Sie wissen, was ich meine«, sagte ich, aber wie sollte sie? Ich wusste es nicht mal selbst genau. Ich wollte klare Antworten (wie viel Angst hatte ich eigentlich?), wollte andere aber meiden (was bedeutete es eigentlich, ein Outlier zu sein?). Ich wollte meine Ängste abladen, ohne für mich anzunehmen, dass ich ein Outlier war, wollte mir meine Wahrheit selbst herauspicken. »Halten Sie es für möglich, dass ich in Wirklichkeit gar keine Angststörungen habe?«

Dr. Shepard sah mich an, und ich spürte mit verwirrender Klarheit den Moment, als sie beschloss, mit offenen Karten zu spielen, statt sich für das gute alte therapeutische Ausweichspiel zu entscheiden. Es war nicht unbedingt beruhigend, wenn man Leute so leicht durchschauen konnte. Dadurch wurden alle so viel schwächer, ihre Begabungen viel gewöhnlicher.

»Ich halte Achtsamkeit für eine starke Sache, Wylie. Verstehst du das?«

Ich nickte. Aber dann dachte ich noch mal darüber nach. »Nein, eigentlich verstehe ich es nicht.«

»Diese Erhöhte Emotionale Wahrnehmung hätte deine Ängste sicherlich verschlimmern können. Es könnte sein, dass du bei manchen Gelegenheiten die Gefühle anderer für deine eigenen gehalten hast. Trotzdem würde ich sagen, es ist höchst unwahrscheinlich, dass die Erklärung für all deine Ängste ist, dass du ein Outlier bist. Ich will dich etwas fragen: Fühlst du dich jetzt ängstlich?«

Ich versuchte, Luft zu holen. Es war nicht leicht, und in meiner Magengegend war auf jeden Fall diese kalte Schwere. »Ja, eindeutig.«

Auch wenn meine Angst sich jetzt, wo ich ihre eigenartige Kälte einzeln spüren konnte, eigenständiger anfühlte. Eher wie ein Rucksack und nicht wie eines meiner Organe.

»Ich kann dir immerhin versichern, dass die Angst, die du jetzt gerade spürst, deine eigene ist, nicht meine, Wylie. Sprich: Ich glaube, die Antwort ist: ja, du hast Angst, *und* ja, du hast diese Erhöhte Emotionale Wahrnehmung. Wo die Grenze ist, musst du selbst für dich herausfinden.«

Genau das war das Problem. In den ersten Stunden, nachdem Jasper und ich entkommen waren, immer noch erschüttert von dem, was Cassie passiert war, hatte ich das Gefühl gehabt, ein Outlier zu sein könnte die Antwort auf alles bieten, was je mit mir nicht gestimmt hatte. Das Geheimnis meiner Freiheit. Aber »ein Outlier sein« verwandelte sich schnell in eine bodenlose Truhe voller Fragen und noch mehr Fragen. Bisher hatte ich beschlossen, den Deckel fest verschlossen zu halten, denn nur ich hatte den Schlüssel und konnte ihn benutzen, wann ich es wollte.

Aber jetzt noch nicht. Ich hatte höflich alle »Folgetests« meines Dads abgelehnt und darauf verzichtet, mir von ihm beibringen zu lassen, »mehr« mit meiner Erhöhten Emotionalen Wahrnehmung und meiner »Lesefähigkeit« zu tun. Ich hatte auch bewusst nicht erfahren wollen, wohin Dads Forschung führen sollte. Ich kannte nur die beiden Hauptfragen: den »Spielraum« der Outlier-Fähigkeit (was wir tun könnten, wenn wir üben würden) und die »Quelle« der Outlier-Fähigkeit (woher sie kam).

Nachdem er zufällig die drei ursprünglichen Outliers entdeckt hatte – mich und die anderen beiden Mädchen –, hatte Dad zusätzliche »Forschungsstudien« mit einer Handvoll Freiwilliger gemacht, aber nichts, das man hätte veröffentlichen können. Während dieser Studien hatte er bemerkt, dass die Outlier alle Mädchen waren und nur Teenager. Das alles war vor den Ereignissen in dem Lager gewesen. Jetzt hatte Dad die meiste Zeit mit Anträgen verbracht, um das Geld zusammenzubekommen, das er für eine richtige, expertengeprüfte Studie brauchte, mit der er die Existenz der Outlier beweisen könnte. Dann – und nur dann – könnte er zu den komplexeren Themen Quelle und Spielraum kommen. Im Moment war es für die Wissenschaft so, als wäre nichts passiert.

»Und was, wenn ich gar kein Outlier sein möchte?«, fragte ich mit einem unerwarteten Kloß im Hals.

»Es könnte sein, dass du es dir nicht aussuchen kannst, Wylie. Und übrigens auch nicht, ob du Ängste hast oder nicht.« Dr. Shepard beugte sich vor und sah mich eindringlich an. »Aber du kannst entscheiden, was du mit dem anfängst, was du bist.«

Ich zähle bis vier und atme dabei ein, versuche, nicht ins Handy auszuatmen, das ich immer noch fest ans Ohr presse. »Jasper, was meinst du damit, dass deine Mom vielleicht recht hat? Womit hat sie recht?«

»Dass ich nicht bei ihr wohnen sollte«, antwortet er. »Vielleicht haue ich einfach ab. Du weißt schon, Freiheit und so. Unterwegs rausfinden, was ich will.«

»Wie, rausfinden? Was?«, fahre ich ihn mit wachsender Furcht an.

»Alles«, erwidert er. »Tut mir leid, dass ich dich geweckt habe, Wylie. Es war gut, dass du geschlafen hast. Über meine Mom und alles können wir auch später reden oder morgen. Egal. Deshalb habe ich auch gar nicht angerufen. Ich war wach und wollte Hallo sagen. Das ist alles.«

Das ist eine Lüge. Das kann ich sogar durchs Telefon fühlen.

»Jetzt bin ich schon wach. Du musst nicht auflegen.«

Dann schweigen wir auf eine Art, die ich hasse.

»Du hattest recht, weißt du?«, spricht Jasper schließlich weiter. »Als du gesagt hast, es sei meine Schuld, dass Cassie durchgedreht ist.«

Ich zucke innerlich zusammen. Das habe ich wirklich gesagt, vielleicht sogar mehr als einmal, aber bevor wir überhaupt in Maine ankamen. Und mein Gott, damals habe ich es echt ernst gemeint. Jetzt kann ich mich kaum noch erinnern, wie sehr ich Jasper für alles die Schuld gegeben habe.

»Das hätte ich nie sagen sollen, Jasper. Ich hatte Angst, es sei *meine* Schuld, weil ich eine schlechte Freundin war. Dass Cassie Mist gebaut hat, war nicht deine Schuld. Es war nicht meine Schuld.«

»Auch wenn ich es mochte, dass Cassie so kaputt war?«, fragt Jasper.

Und jetzt erkenne ich, wie tief seine Schuldgefühle sind. Er muss sich nicht mal selbst die Schuld dafür geben, was in diesen letzten Momenten in der Hütte geschehen ist, um sich dafür verantwortlich zu machen, dass Cassie fort ist. Er sieht sich selbst als denjenigen, der das Ganze erst ins Rollen gebracht hat. »So konnte ich sie immer wieder retten.«

Mir dreht sich der Magen um, tief unten und eiskalt. Meine Gefühle, nicht die von Jasper.

»Wer ist nicht gern ein Held?«, versuche ich die richtigen Worte zu finden.

»Ja, klar«, sagt Jasper. »Aber normalerweise ist deswegen am Schluss niemand tot.«

Wieder liegt in seiner Stimme diese schreckliche Ausdruckslosigkeit.

»Wie wär's, wenn ich rüberkomme?«, frage ich. »Du klingst, als solltest du besser nicht allein sein.«

»Nein, ist schon okay.«

»Das ist echt kein Problem. Es macht mir nichts aus.« Ich stehe auf. Mein Dad wird mich zu Jasper fahren, auch wenn er nicht gerade begeistert sein wird.

»Nein, Wylie«, sagt Jasper, diesmal lauter. »Ich meine es ernst. Komm nicht. Ich will das nicht.« Er holt Luft. »Ich … es ist meine Mom. Sie hatte eine Doppelschicht im Krankenhaus und ist gerade nach Hause gekommen. Sie flippt aus, wenn sie geweckt wird, und sie ist sowieso schon sauer genug auf mich.«

»Bist du sicher?«, frage ich. »Ich habe nämlich das Gefühl …«

»Ja, ich bin sicher. Wenn du jetzt herkommst, wird alles nur schlimmer«, sagt er fest. »Komm doch morgen früh, wie wär's damit? Wir können spazieren gehen oder so. Es ausdiskutieren.« Jetzt ist seine Stimme weicher, wärmer. Überzeugender. Irgendwie.

»Ein Spaziergang, ja«, sage ich.

»Ehrlich, mir geht's gut. Wenn meine Mom die zweite Schicht arbeitet, steht sie normalerweise gegen zehn auf. Willst du dann vorbeikommen?«

»Nur, wenn du mir eines versprichst.«

»Was?«

»Dass du es schaffst.«

Meine Kehle wird eng, und ich muss schwer schlucken. Jasper ist so gebrochen. Und das sollte nicht so sein. Trotz seines kaputten Dads und seiner Mom, die ihn nur für das liebt, was er tut, und nicht einfach um seinetwillen, ist er der Optimist. Ich sollte die Gebrochene sein.

»Auf jeden Fall«, sagt Jasper, und das Aufleuchten von Heiterkeit in seiner Stimme ist offensichtlich die Tarnung dafür, dass er so schnell zugestimmt hat. »Und jetzt musst du mir was versprechen.«

»Auf jeden Fall.«

»Komm nicht rüber, ohne vorher anzurufen.«

3

Als ich aufwache, riecht es nach Samstags-Pancakes und Speck, und ein paar süße Sekunden lang erinnere ich mich an nichts. Dann bricht alles wieder über mich herein: Jasper, bei ihm zu Hause, zehn Uhr. Mein ungutes Gefühl in der Magengrube von letzter Nacht. Ich drehe mich um und sehe auf den Wecker: noch nicht mal halb acht. Weiterschlafen ist die beste Möglichkeit, die Zeit rumzukriegen, ohne dass sich meine Gedanken um Jasper drehen.

Doch dann höre ich unten Stimmen. Gideon und Dad. Und sie klingen nicht fröhlich. Ich lege mir ein Kissen auf den Kopf, um ihre Stimmen zu dämpfen, aber es nützt nichts.

Als ich nach unten komme, steht Dad am Herd. Er spannt rhythmisch die Kaumuskeln an, als wollte er seine Zähne zermahlen.

»Und das war's?«, schnauzt Gideon und kippelt mit seinem Hocker an der Frühstücksbar nach hinten. Mein Zwillingsbruder will wieder mal streiten. Er hungert danach.

Ich kann es laut und deutlich lesen. Zwar habe ich die Folgetests und das Training meines Vaters verweigert, aber seit der ersten Sitzung mit Dr. Shepard nach dem Camp habe ich auch allein große Fortschritte bei der Perfektionierung meiner Outlier-Fähigkeiten gemacht. Es war schließlich meine Truhe. Mein Schlüssel.

Ich fing zu Hause an zu üben, las die Gefühle von Gideon und meinem Vater, bis ich es mit fast hundertprozentiger Genauigkeit konnte. Es war nicht schön. Gideons Wut kann so giftig sein, dass ich das Gefühl habe, ich könnte mich daran verätzen, und Dads Traurigkeit ist erdrückend. Außerdem waren das so ziemlich ihre einzigen Gefühle. Irgendwann wusste ich, ich musste es ausweiten: mehr Leute, mehr Übung.

In der *Newton Public Library* lernte ich, dass es schwierig ist, die Gefühle der Leute zu lesen, wenn sie sich mit den Figuren in den Büchern, die sie lesen, vermischen. Also ging ich zu Restaurants über, und dort geht es so richtig zur Sache: Leute trennen sich, beichten, machen Versprechen, streiten, entschuldigen sich. Und sie bleiben lange genug, dass man die Auswirkungen beobachten kann. Dort lernte ich die **Outlier-Regel Nr. 1**: Augenkontakt hilft beim Lesen von Leuten. **Outlier-Regel Nr. 2**: Je mehr Menschen auf einem Haufen sind, desto schwieriger wird es. Und es war kein weiter Weg bis zur **Outlier-Regel Nr. 3**: Mit Übung wird man besser. Als ich in den Restaurants anfing, konnte ich nur die Basics ausmachen: glücklich, traurig, wütend. Inzwischen, fünf Wochen später, kann ich Schuld von Reue unterscheiden, Freude von Zufriedenheit.

Aber je besser ich im Lesen werde, desto weniger möchte ich, dass es jemand weiß. Und dass sich Dad so viel Mühe gegeben hat, meine Grenzen anzuerkennen, und mich weder gedrängt noch ausgefragt hat, war ein Schock.

Andererseits überrascht es ihn vielleicht gar nicht so sehr, dass ich dieses ganze Outlier-Ding allein lernen muss. Auf dieselbe sture, einsame Art habe ich schwimmen gelernt. Gideon rannte direkt zum Becken und sprang hinein. Er wäre fast ertrunken, bis Dad ihn rettete und ihm dann zeigte, wie es ging. Ich dagegen musste wochenlang am flachen Ende hin- und hergehen, bis ich auch nur ein paar Schwimmzüge machen konnte. Aber irgendwann schwamm ich. Und das ganz allein.

»Hi, Wylie«, sagt mein Dad, als er mich in der Tür bemerkt. Er lächelt erleichtert, weil ich aufgetaucht bin. »Möchtest du Pancakes?«

Gideon schnaubt empört.

Empört, dass Dad versucht, das Thema zu wechseln. Empört von meinem Anblick. Nein, das stimmt nicht. Empört ist zu mild. Heute Morgen ist Gideon stinkwütend auf mich. Es erschreckt mich zutiefst.

Auch deswegen habe ich dieses ganze Outlier-Ding noch nicht für mich angenommen. Wer will schon wissen, wie einen andere *wirklich* finden? Außerdem möchte ich im Moment hauptsächlich normal sein. Outlier zu sein bedeutet zu akzeptieren, dass ich nie dazugehören werde.

Während ich auf einen Hocker neben Gideon klettere und versuche, seine Wut auf mich zu ignorieren, stellt Dad einen riesigen Teller Pancakes vor mich hin. Ich wünsche mir, ich wäre nicht heruntergekommen.

»Gute Neuigkeiten! Sieht aus, als würde das NIH vielleicht Dads offizielle Outlier-Studie finanzieren!«, ruft Gideon, als wäre es die letzte Retourkutsche in einem langen Streit mit mir.

Und irgendwie ist es das vielleicht auch. Gideons eigene Testergebnisse waren durchschnittlich. Dad konnte, was das anging, nicht lügen. Was bedeutet, seine nonvisuelle, nonauditive emotionale Wahrnehmung war gut und normal, als die auditiven und visuellen Einschränkungen einzeln getestet wurden, aber er hat – wie die große Mehrheit der Menschen – keine EEW. Er ist kein Outlier. Und *falls* es eine Hoffnung geben würde, das zu ändern, könnte er es vielleicht akzeptieren. Aber Dad beharrt darauf, dass Gideon kein Outlier sein kann, weil Outlier immer Mädchen sind. Er weiß vielleicht noch nicht, *warum*, aber deshalb ist er sich nicht weniger sicher.

Anfangs verweigerte sich Gideon dem ganzen »Nur Mädchen«-Ding einfach, überzeugt, dass Dad einen kleinen, aber entscheidenden Rechenfehler gemacht hatte. Doch als Dad sich weigerte, Energie auf die Bestätigung des Geschlechtermissverhältnisses zu verschwenden, wurde Gideon immer wütender. Er wollte nicht einsehen, dass alle männlichen Wesen ausgeschlossen sein sollten.

Ich würde ihn ja am liebsten auf all die anderen Dinge hinweisen, bei denen Jungs im Vorteil sind: zum Beispiel bei der Größe oder der Laufgeschwindigkeit oder dass sie sich fortpflanzen können, ohne dass ihre Körper auseinandergerissen werden. Oder, nun, dass die Wahrscheinlichkeit, dass sie vergewaltigt werden, sehr gering ist, während Mädchen jedes Mal daran denken müssen, wenn sie aus der Tür gehen.

Aber ich weiß, wie Gideon das aufnehmen würde: als Kriegserklärung. Und wer will schon mit einem Verrückten streiten?

»Die Rückmeldung des NIH auf unseren Finanzierungsvorschlag war vielversprechend«, sagt Dad. »Aber noch gibt es keine Garantien.«

»Willst du ihr nicht auch den Rest erzählen, Dad?«, macht Gideon weiter. »Ich meine, es ist schließlich ihr Gehirn.«

Ich reiße die Augen auf. »Mir was erzählen?«

Dad atmet laut ein, dann sieht er mir in die Augen und zwingt sich zu einem kein bisschen überzeugenden Lächeln. »Alles andere ist noch überhaupt nicht spruchreif.

Aber es gibt eine Neurowissenschaftlerin von der *University of California*, die glaubt, sie hätte zur Frage des Ursprungs etwas herausgefunden. Es klingt vielversprechend, aber es ist wirklich noch zu früh.«

Mein Herz schlägt jetzt schon schneller. Hier ist sie, und das früher, als ich gedacht hätte: die gefürchtete endgültige Diagnose. Darauf bin ich nicht vorbereitet. Ich kann vielleicht akzeptieren, dass ich ein Outlier bin, und ich habe sogar fast ein bisschen Spaß dabei zu lernen, was das bedeutet. Aber ich habe immer noch Angst, den Grund zu erfahren. Darin liegt so etwas Endgültiges. Am liebsten möchte ich mir die Ohren zuhalten. Nur der Gedanke daran, wie es Gideon freuen würde, wenn ich das täte, hält mich davon ab, und ich balle die Fäuste.

»Also sag es ihr«, drängt Gideon weiter. »Sag ihr, was die Neurowissenschaftlerin denkt.«

»Gideon, wenn Wylie solche Einzelheiten wissen möchte, kann sie mich fragen«, sagt Dad scharf. Er dreht sich zu mir um. »Und du solltest dir Zeit lassen.«

»Spoiler: Dein Gehirn ist nicht normal«, zischt mir Gideon ins Ohr.

»Gideon, das ist nicht hilfreich!«, schreit Dad. Er holt Luft und versucht, sich zu beruhigen. »Außerdem stimmt es nicht. ›Normal‹ ist ein Wort ohne Bedeutung.«

»Ohne Bedeutung?« Gideon schreit jetzt auch, schiebt seinen Teller von sich und springt vom Hocker. »Ach, warte, ich hab's kapiert! Je *kaputter* Wylie ist, desto *besser* ist sie. Wow, und ich versuche, immer alles richtig zu machen, dabei willst du nur einen Freak wie sie.« Gideon schüttelt den Kopf. »Nur dass du und ich wissen, Dad, dass *ich*, wenn ich der Outlier wäre, einen Schaden hätte und nichts Besonderes wäre.«

»Gideon.« Dad beißt die Zähne zusammen und starrt auf den Tresen. »Du *bist* etwas Besonderes, genau so, wie du bist.« Dad versucht es, aber er ist so sauer, dass es nicht mal glaubwürdig klingt. »Und Wylie, Gideon ist wütend auf mich, also lässt er es an dir aus. Mit dir ist alles in Ordnung.«

»Es sei denn, der andere Typ hat recht, und es ist eine Krankheit«, sagt Gideon und legt die Hand auf die Lehne seines Hockers, als hätte er plötzlich nicht mehr vor abzuhauen. »Dann wäre genau genommen sehr wohl etwas mit ihr nicht in Ordnung.«

Mein Dad schließt die Augen und bläht die Nasenflügel – jetzt ist er *richtig* wütend. Offensichtlich hat er Gideon etwas erzählt, wahrscheinlich einfach so, das er jetzt bereut.

»Was für eine Krankheit?«, frage ich. Ich habe keine Wahl. Meine Ängste lassen das mit der »Krankheit« nicht einfach so auf sich beruhen.

»Ich habe mit verschiedenen Experten gesprochen«, redet Dad weiter, jetzt ganz ruhig und vernünftig. »Und ich bin froh, denn ich glaube, das hat mir ein umfassenderes Bild vermittelt. Aber es gibt da einen hartnäckigen Neurowissenschaftler, der mir anscheinend unbedingt einreden will, dass EEW eine Störung ist, die wiederum aus einer Infektion resultiert.«

»Was? Wie meinst du das?«

»Es gibt ein paar Viren, die theoretisch psychologische Symptome auslösen könnten, und in meinen Forschungsstudien hatten einige der Outlier verschiedene affektive Störungen. Nicht nur Angststörungen, sondern eine ganze Reihe von Problemen: Sucht, Anorexie, Ritzen, Depressionen, antisoziales und kriminelles Verhalten.«

»Du hast endlich deinen Stamm gefunden, Wylie«, sagt Gideon mit einem demonstrativen Blick auf meine selbst abgeschnittenen Haare. Sie sind nachgewachsen, aber noch nicht ganz. »Krank und krank im Kopf. Der Immunologe, den Dad unbedingt ignorieren will, ist übrigens Professor an der *Cornell* University.«

»Ja, Dr. Cornelius gehört zur Cornell und arbeitet am Metropolitan Hospital in New York«, sagt Dad. »Aber um das mal deutlich zu sagen, seine Grundannahme ist suspekt. In meiner Studie haben längst nicht *alle* Outlier Verhaltens- oder psychologische Probleme gezeigt. Ganz zu schweigen davon, dass die anderen beiden ursprünglichen Outlier keinerlei Probleme in dieser Richtung hatten. Also könnte es einen gewissen Bezug zu affektiven Störungen wie Angstzuständen geben, aber der ist ganz sicher nicht eindeutig Ursache und Wirkung.«

Ich glaube, deshalb soll ich mich jetzt besser fühlen. Klappt aber nicht.

»Dr. Cornelius von der Cornell?« Mehr fällt mir nicht ein.

»Ja, das klingt ein bisschen lächerlich. Dr. Cornelius von der Cornell hat auch ein sehr kontroverses Buch über Bioterrorismus herausgebracht, das er vermarkten möchte, außerdem hat seine Karriere dringend einen Neustart nötig.«

»Bioterrorismus?«, frage ich, aber Gideon und Dad sind jetzt aufeinander fixiert.

»Trotzdem ist Dr. Cornelius nicht einfach nur irgendwer.« Gideon dreht sich zu mir um. »Und unwahrscheinlich ist nicht dasselbe wie unmöglich. Stimmt's, Dad? Sie könnte trotzdem einfach *krank* sein, oder?«

Gideon will mich verletzen. Das Dumme ist, dass es sehr gut funktioniert.

»Nein, das stimmt nicht. Dr. Cornelius' Theorie erklärt die EEW nicht hinreichend.« Mein Dad lässt die letzten

Pancakes aus der Pfanne auf einen Extrateller rutschen. Dann hält er den Pfannenwender aufrecht auf der Arbeitsplatte wie einen Zauberstab. »Wäre es dir lieber, dass ich lüge und so tue, als wärst du ein Outlier, Gideon? Oder dass du einer werden könntest? Denn ich finde, das würde deine Intelligenz beleidigen.« Mein Dad atmet hörbar aus. »Wylie ist ein Outlier und du nicht. Punkt. Das heißt nicht, dass ich dich weniger liebe. Oder dass du nichts Besonderes bist. Du bist einfach auf andere Art besonders als Wylie. Das ist die Wahrheit, Gideon. Was willst du noch?«

»Ich will, dass du zugibst, dass sie jetzt das Einzige ist, was dir wichtig ist.« Gideon zeigt auf mich. Aber wenigstens sieht er mich nicht an, und so muss ich nicht die volle Wucht seines Hasses spüren. »Dein Kind und deine Forschung auf einem Haufen. Wofür brauchst du mich dann noch?«

Dad verzieht schmerzlich das Gesicht. »Gideon, du weißt, dass ich das nicht so empfinde.«

»Nein, Dad, ich weiß überhaupt nichts darüber, was du *empfindest.*« Gideons Stimme ist jetzt leise, am Boden zerstört. »Das ist Wylies Spezialität, schon vergessen?«

Dad schließt die Augen und lässt den Kopf hängen. Als Gideon den Raum verlässt, rempelt er mich hart mit der Schulter an und schubst mich fast vom Hocker. Ich setze mich wieder richtig hin, während er in den Flur hinausstürmt. Als die Haustür hinter ihm zuknallt, zucken Dad und ich zusammen.

4

Als Dad schließlich die Augen öffnet, versucht er wieder zu lächeln. Es ist nicht überzeugender als vorhin.

»Das lief ja gut«, sagt er leise, dann deutet er auf das Dutzend Pancakes, das sich auf dem Teller vor ihm stapelt. »Sag mir bitte, dass du Hunger hast.«

Ohne auf meine Antwort zu warten, nimmt er den Teller, geht zum Mülleimer und öffnet ihn mit dem Fuß. Aber er überlegt es sich noch mal anders und lässt den Deckel zufallen. Stattdessen holt er die Frischhaltefolie heraus und wickelt die Pancakes in kleinen Päckchen ein, die er in den Gefrierschrank stapelt. Es ist erstaunlich, wie schnell ihn das zu beruhigen scheint. Er hat vielleicht keine Ahnung, wie er das mit Gideon hinbekommen soll, aber wir haben jetzt genug Pancakes, um einen atomaren Winter zu überleben.

»Und dieser Typ von der Cornell, der glaubt, ein Outlier zu sein, ist eine Krankheit …«, fange ich an, dann unterbreche ich mich. Auf Fragen mit offenem Ende bekommt man mit größerer Wahrscheinlichkeit eine ehrliche Antwort.

Dad sieht mir direkt in die Augen. Ich spüre, wie er mir vermitteln möchte, dass er die Wahrheit sagt.

»Dr. Cornelius will sich nur an irgendwas dranhängen, von dem er glaubt, es bringt ihm Aufmerksamkeit in der Presse.«

»Welche Presse?«

Obwohl wir uns nach dem, was im Lager passiert ist, auf einen Ansturm von Reportern und Fernsehkameras gefasst gemacht hatten, war die einzige Berichterstattung ein Mini-Artikel im *Boston Globe*, hauptsächlich über Cassies gewaltsamen Tod durch eine Sekte. (Die Polizei hatte Cassies Tod außerdem offiziell als Mord untersucht, aber es war sowieso niemand mehr da, den man hätte verurteilen können.) Der Artikel erwähnte die Forschung meines Dads nur hinsichtlich seiner Verbindung zu Quentin, der nur als »Sektenführer« beschrieben wurde, der mit dem Kollektiv zu tun hatte, das – wie sich herausstellte – eine landesweite Organisation mit verschiedenen Glaubensrichtungen und Ablegern war, von denen die meisten es nicht schätzten, als Sekte bezeichnet zu werden. Das machten sie in ihren Online-Kommentaren zu dem Artikel ziemlich deutlich. Niemand schien sich für die Outlier oder EEW zu interessieren, vielleicht, weil es noch keine offizielle, expertengeprüfte Studie gab, vielleicht, weil Wissenschaft nicht so sexy war wie das Wort »Sekte«.

Das einzige tatsächliche Interesse an der Studie meines Dads kam von einem Blogger – EndOfDays.com –, der sich nur als »gemäßigtes« Mitglied des Kollektivs bezeichnete und der die Schuld an den Todesfällen im Camp offen Dad zuschob. EndOfDays hatte entschieden, die Kollektiv-Mitglieder seien unschuldige Opfer in einem tödlichen Kreuzfeuer wissenschaftlicher Rücksichtslosigkeit. Dad wollte nicht, dass wir den Blog lasen. Also habe ich es nicht getan. Gideon konnte natürlich nicht genug davon bekommen.

//

»›**Nur egoistische Wahnsinnige** würden glauben, sie sollten sich zwischen den Menschen und Gottes Willen stellen‹«, las Gideon am Esszimmertisch von seinem Laptop ab. »›Es ist schändlich, in diesen heiligen Bund einzugreifen.‹«

»Was zum Henker soll das denn sein?«, fragte Rachel. Sie war mit Dad in der Küche und half ihm nach dem Abendessen beim Abwasch. Seit der Sache im Camp klebte sie nur noch enger an uns. Es war lästig, egal wie ehrlich ihre Absichten waren (und davon war ich immer noch nicht überzeugt). »Ach, vergiss, dass ich gefragt habe. Mir ist egal, was das ist – hör auf, es vorzulesen.«

Rachel sprach oft auf diese übermäßig vertrauliche Art mit uns, als sei sie ein Mitglied unserer lauten, kompromisslosen Familie und dürfte laut werden, weil es sowieso aus Liebe passiert. Nur dass wir selbst nicht laut waren, und immer wenn sie diesen Ton anschlug, ging mir das durch und durch. Sosehr es mich ärgerte, dass Gideon Dad quälte, nervte mich Rachel noch mehr, weil sie so mit ihm sprach. Ich konnte mir wirklich schwer vorstellen, dass sie je Moms Freundin gewesen sein sollte.

Rachel und Mom hatten sich in der dritten Klasse in Park Slope, Brooklyn, kennengelernt und es irgendwie geschafft, jahrelang beste Freundinnen zu bleiben, durch verschiedene High Schools, verschiedene Colleges und dann verschiedene Masterstudiengänge. Als sie schließlich ihre ersten Jobs bekamen, waren sie begeistert, dass sie gemeinsam in Boston landeten.

Rachel war die Trauzeugin meiner Mom, und es gab zahllose Fotos von ihr, wie sie Gideon und mich als Babys im Arm hielt.

Dann war Rachel plötzlich weg. Einfach aus unserem Leben verschwunden. Einmal hatte Mom mich trösten wollen, weil Cassie und ich uns so entfernt hatten, und da hatte sie erzählt, dass sie und Rachel sich auch auseinandergelebt hätten. Aber ihre Trennung war so plötzlich und endgültig gewesen. Selbst damals – lange bevor ich wusste, dass ich ein Outlier bin – spürte ich, dass Mom wichtige Einzelheiten ausließ. Als Rachel bei der Beerdigung wieder auftauchte, hatte ich überlegt, Dad zu fragen, was wirklich zwischen ihnen vorgefallen war, aber er war so überfordert und traurig gewesen, dass es mir dumm und falsch vorkam, mich darum zu kümmern. Und ein winziger Teil von mir fühlte sich getröstet, weil jemand da war, der Mom irgendwann einmal so nahegestanden hatte.

»Das ist Dads Stalker«, erklärte Gideon und genoss sichtlich Rachels Reaktion. »EndOfDays. Er ist im Kollektiv und gibt Dad für so ziemlich alles die Schuld.«

»Was?«, fragte Rachel, während sie Dad einen abgebrausten Teller für die Spülmaschine gab, dann trocknete sie sich die Hände an einem Handtuch ab. »Wovon redet Gideon da, Ben? Was für ein Stalker?«

»Ein Typ mit zu viel Zeit. Um ehrlich zu sein, glaube ich nicht, dass er weiß, was er will. Er ist wütend, das ist alles. Das liest sowieso keiner.«

»Du meinst, abgesehen von den 3523 Leuten, die es kommentiert haben«, sagte Gideon. »Aber wer sieht schon so genau hin?«

»Ben?«, rief Rachel. »Hast du mit der Polizei geredet? Das klingt nicht, als solltest du es ignorieren.«

»Sie haben es sich angesehen. Der Typ wohnt irgendwo in Florida.« Dad winkte ab, als wäre Florida dasselbe wie der Mars. »Agent Klute macht sich jedenfalls keine Sorgen.«

»Derselbe Agent Klute, der Wylie angegriffen hat?«, fragte Rachel mit aufgerissenen Augen. »Sei mir nicht böse, Ben, aber ich glaube, du wachst hier mal besser ein bisschen auf. Du musst euch schützen.«

Ich sah zu, wie sich Dads Nasenflügel blähten. »Glaubst du, das weiß ich nicht?« Er war wütend, aber auch verletzt. Er drehte sich um und kippte sein Wasserglas ins Spülbecken. »Danke, dass du vorbeigekommen bist und uns etwas zu essen mitgebracht hast, Rachel. Aber ich bin müde«, sagte er. »Ich glaube, es wird Zeit, dass du gehst.«

»Es tut mir leid, Ben. Ich wollte nicht … Ich will nur … ich will nur helfen.« Rachel lächelte ihm entschuldigend zu, während sie den Raum durchquerte. Ihr Mund war starr, und ich spürte, wie gern sie geweint hätte. »Ich verspreche, nächstes Mal halte ich den Mund.«

»Ja, Wylie, in der Presse ist es bisher ruhig«, fährt Dad fort. »Aber wenn ich das Gesundheitsinstitut überzeugen kann, eine Großstudie der Outlier zu finanzieren, und eine expertengeprüfte Veröffentlichung bekomme, wird sich das schnell ändern. Es gibt schon einen Senator Russo aus Arizona, er ist im Geheimdienst-Unterausschuss und besteht auf einem Treffen. Irgendwie hat er Wind von meinem Förderantrag bekommen. Ich gehe mal davon aus, dass er sich Sorgen um irgendeine geheime Forschung des Militärs macht.«

»Geheime Forschung?« Plötzlich steht mir die Furcht ins Gesicht geschrieben.

Dad zieht eine Grimasse, dann hebt er die Hände. »Ich meine nur, so wie alles geheim ist, was das Militär tut. Sie untersuchen schon seit Jahrzehnten, wie man emotionale Wahrnehmung im Kampf einsetzen könnte. Sie hatten keinen Erfolg, aber ich bin sicher, sie sind nicht begeistert, wenn sie Konkurrenz bekommen oder den Informationsfluss nicht kontrollieren können.«

In diesem Moment piepst Dads Handy, weil eine Nachricht angekommen ist. Ich spüre seine jähe Besorgnis, während er auf das Display blickt.

»Was ist los?«, frage ich. »Ist etwas passiert?«

»Nein, nein, nichts – es geht nicht um die Studie.«

Er reicht mir sein Handy. Ich lese den Text: **Die Unfallakte Hope Lang ist ab heute 9 Uhr einsehbar. Mit freundlichen Grüßen, Detective Oshiro.**

Ich muss die Nachricht dreimal lesen, bis ich ihre Bedeutung ganz verstehe, als käme sie aus dem Nichts. Und das, obwohl ich, seit ich aus Maine zurück bin, Detective Oshiro ungefähr jeden Tag angerufen und um die Unfallakte gebeten habe. Jetzt, da ich bekomme, was ich wollte, komme ich mir überraschend lächerlich vor. Es liegt an dem, was Quentin sagte: dass der Tod meiner Mutter kein Unfall gewesen sei. Nur deshalb war ich so besessen davon. Schließlich ist es nicht so, als hätte sich irgendetwas als wahr erwiesen, was Quentin da oben in dem Camp behauptet hat – aber auch wenn ich das weiß, hat es mich nicht losgelassen. Sogar Dad gab zu, dass er über die Möglichkeit nachgedacht hatte, dass der Tod meiner Mutter kein Unfall war, auch wenn er schnell wieder deutlich zurückgerudert ist, als er merkte, dass ich mich darauf versteifte.

»Ich sage das nur einmal, Wylie.« Dads Stimme ist ruhig und fest. »Und ich sage es als dein Vater, aber auch als Psychologe und weil ich nicht will, dass du noch mehr verletzt wirst als sowieso schon. In die Unfallakte deiner Mom zu schauen könnte extrem traumatisch für dich sein. *Extrem.* Es könnten Fotos darin sein oder Einzelheiten, die viel verstörender sind, als du es dir jetzt vorstellen kannst.«

Es stimmt, dass ich viel mehr darüber nachgedacht habe, diese Akte in die Finger zu bekommen, als darüber, wie es sein würde, tatsächlich hineinzusehen. Es erschien mir so unwahrscheinlich. Detective Oshiro sagte, er brauche die Freigabe, eine Genehmigung von oben, die Bewilligung. Fall abgeschlossen oder nicht, normalerweise kommen keine Familien der Opfer vorbei, um ihre Akten zu durchwühlen.

Jasper. Ich möchte mit ihm darüber sprechen. Vielleicht muss ich das sogar, so wie der Gedanke an ihn gerade in meinem Kopf aufgetaucht ist. Er hat sich mein Gerede über Moms Unfall so oft angehört, seit wir aus dem Camp zurück sind. Er versteht, wie dringend ich in diese Akte schauen wollte. Aber er wird auch verstehen, wie wenig sicher ich bin, jetzt, da ich endlich bekomme, was ich will. Jaspers beste Eigenschaft, das habe ich gelernt, ist seine Fähigkeit, nicht zu urteilen. Aber ich kann dieses Gespräch nicht vor meinem Dad führen.

»Wenn ich nicht damit klarkomme, höre ich auf«, sage ich. Ich darf keine Zweifel zeigen, nicht vor Dad.

Dad lässt die Schultern hängen. »Okay«, sagt er leise,

dreht sich um und beginnt mit gesenktem Kopf, das Geschirr zu spülen.

»Dad«, fange ich an, obwohl ich nicht mal weiß, was ich sagen will. »Wenn du nicht willst, dass ich hingehe …« Ich bringe es nicht mal über mich, das Angebot ganz auszusprechen. Ich habe zu viel Angst, dass er mich beim Wort nimmt.

Stattdessen dreht er sich zu mir um. Er verschränkt die Arme und presst die Lippen zusammen. Jetzt fühle ich nichts als Liebe, seine Liebe zu mir – so rein und schlicht und vollkommen. Und zum ersten Mal überhaupt – weil ich *das* so deutlich spüren kann – bin ich dankbar, ein Outlier zu sein.

»Jedenfalls solltest du nicht mit leerem Magen hingehen«, sagt er und deutet auf meinen Teller mit den Pancakes. »Iss etwas, dann fahre ich dich hin.« Er sieht auf die Uhr. »Es ist nicht mehr lange bis neun.«

Ich blicke zu der kleinen Uhr über dem Ofen: 08:34 Uhr. Ich werde versuchen, Jasper von unterwegs anzurufen, und zu fragen, ob ich früher kommen kann, falls ich vor zehn mit der Akte fertig bin. Es ist nicht dasselbe, wie jetzt mit ihm zu reden, aber es ist immerhin etwas. Das Polizeirevier ist nicht weit von seinem Haus entfernt. Falls ich ihn nicht erreiche, gehe ich einfach wie ausgemacht um zehn zu ihm nach Hause.

Und vielleicht können wir, wenn wir seinen Scherbenhaufen wieder zusammengeklebt haben, ein bisschen über meinen reden.

»Können wir einfach, ähm, jetzt fahren?«, frage ich.

Dad nickt langsam.

»Ja«, sagt er schließlich und mit einiger Anstrengung. »Wir können jetzt fahren.«

5

Die Polizeiwache im Zentrum von Newton ist ein kastenförmiges rot-weißes Backsteingebäude zwischen einigen anderen städtischen Gebäuden und ein paar Bäumen. Bisher hatte ich noch keinen Grund hineinzugehen. Sogar nach der Sache im Camp fuhren sie uns direkt nach Hause, dann kamen die Agenten. Als ich das Gebäude jetzt von außen betrachte, sieht es für mich ziemlich genauso aus wie die Polizeiwache in Seneca – wenn die das ganze Gebäude eingenommen hätte und nicht nur einen Teil.

Aber als wir eingetreten sind, gibt es keine Ähnlichkeiten mehr. Die Wache von Newton ist viel größer und moderner als die in Seneca, ganz zu schweigen davon, dass mehr los ist. Um ehrlich zu sein, ist viel mehr los, als ich mir vorgestellt hätte. Bei der niedrigen Verbrechensrate in Newton kann ich mir nicht vorstellen, was hier so viele Leute zu suchen haben.

Links stehen hinter einem Geländer ein Dutzend Schreibtische in einem großen Raum aufgereiht. An einem Empfangstresen vorn sitzt ein müde aussehender uniformierter Officer. Er hat dünner werdende graue Haare und Knitterfalten um die Augen und teilt die Leute herablassend in neue Schlangen auf: Klagen einreichen, Strafzettel zahlen. Alles wirkt sehr bürokratisch und total langweilig.

Dad und ich stellen uns hinten an, und ich höre den

Leuten bei ihren Beschwerden zu. Bei einem Mann wurde in die Wohnung eingebrochen, das Auto einer Frau wurde mutwillig beschädigt. Und so weiter. Bis wir dran sind, ist es 09:05 Uhr. Von unterwegs habe ich Jasper zweimal angerufen, aber er ist nicht rangegangen. Und jetzt möchte ich nicht nur mit ihm reden, sondern habe auch noch ein dummes Gefühl, weil er sich nicht meldet.

»Ja. Hallo?«

Ich brauche eine Weile, bis ich bemerke, dass der Officer hinter dem Empfangstresen endlich uns meint.

»Wylie?« Mein Dad legt mir besorgt die Hand auf den Arm. Er hat mein Zögern als Zeichen gedeutet. »Du musst das nicht tun.«

»Doch, ich muss«, sage ich und schaue Dad so fest in die Augen, wie ich kann.

Widerstrebend nickt er, und wir treten vor. »Wir möchten gern zu Detective Oshiro«, sagt Dad. »Wir haben einen Termin.«

»Warten Sie da drüben.« Der alte Typ zeigt, ohne uns eines Blickes zu würdigen, zu dem Geländer vor den Schreibtischen hinüber, dann nimmt er den Hörer in die Hand.

Wir müssen nicht lange warten, bis ich Detective Oshiro auf uns zukommen sehe. Ich habe ihn nur einmal getroffen und ganz vergessen, wie groß und imposant er ist. Breite Schultern, perfekt gebügeltes Hemd und schicke Krawatte. Gut aussehend und jung. Nicht zu jung, aber jünger als Dad. Und viel jünger als der zerknitterte alte Detective, den ich im Kopf hatte, bevor er am Tag nach dem Unfall auf unserer Türschwelle auftauchte.

An dem Tag war Detective Oshiro ruhig, freundlich und äußerst kompetent. Außerdem unerschütterlich, während er die Fakten zum Unfall meiner Mom erklärte. Dass es ein Unfall *war*. Dessen war er sich immer sicher – es gab keinen Grund für die Ermittler, etwas anderes zu vermuten. Dass der Wagen in Flammen aufgegangen war, lag allein daran, dass er mit dem Benzintank gegen die Leitplanke geknallt war. Es gab keine Hinweise auf Fremdeinwirkung.

»Eine Sache solltest du wissen, Wylie«, sagt Dad plötzlich. Seine Stimme klingt angespannt und hektisch, als wäre das hier seine letzte Chance, etwas richtigzustellen. »Sie glauben, deine Mom hätte am Abend des Unfalls getrunken. Sie war aufgeregt, und dafür übernehme ich die Verantwortung. Aber das ändert nichts. Ich wollte nur nicht, dass du überrascht bist, wenn du etwas davon in der Akte liest.«

»Getrunken?« Es jetzt zuzugeben erleichtert ihn eindeutig. Ich hingegen bin stinkwütend. »Was redest du da, verdammt?«

Und ich dachte die ganze Zeit, er wollte mir Kummer ersparen. War es das – diese Sache, die so *gar* keinen Sinn ergibt –, was er vor mir verheimlichen wollte? Mom hat ab und zu mal ein Glas Wein getrunken, mehr nicht.

»Wylie, ich weiß …«

»Das ist nicht wahr«, schnauze ich. Aber ich klinge wie ein lächerliches kleines Kind, das nicht akzeptieren will, dass es die Zahnfee gar nicht gibt.

»Dr. Lang, schön, Sie zu sehen«, sagt Detective Oshiro, bevor Dad reagieren kann, aber er ist verletzt. Das spüre ich. Und ich bin froh. Mein Dad und Detective Oshiro schütteln sich die Hände, dann dreht sich der Detective zu mir um und gibt mir auch die Hand. »Wenn Sie bitte mit nach hinten kommen würden, ich habe Ihnen einen Konferenzraum freigehalten. So können Sie sich so viel Zeit nehmen, wie Sie brauchen.«

Detective Oshiro hat seinen Frieden damit gemacht. Eigentlich wollte er nicht, dass wir herkommen und uns die Akte ansehen, aber jetzt, da wir hier sind, ist er vollendet professionell.

Während er uns zum Konferenzraum führt, erwarte ich, dass die anderen Detectives Dad und mich anstarren, dass sich eine Stille über den Raum legt. *Sie sind hier. Gleich werden sie alles herausfinden.*

Aber sie blicken nicht mal von ihren Tischen hoch, denn es ist ihnen egal. Weil es kein großes Geheimnis gibt, das gleich ans Licht kommt. Zumindest keines, das die Zeit zurückdreht und mir meine Mom zurückbringt, und auch keines, das diesen ganzen Outliers-Unsinn verschwinden lässt. Bin ich in Wirklichkeit deshalb hier? Zwinge ich Dad *dafür,* für eine Ablenkung, diese seelische Erschütterung auf?

»Ich kann allein reingehen«, sage ich zu Dad, als Detective Oshiro ungefähr in der Mitte einer Reihe von Türen stehen bleibt. Ich bin immer noch sauer auf ihn, dass er mir das mit dem »Trinken« verraten hat, aber jetzt schäme ich mich auch. »Ich habe ein schlechtes Gewissen, weil ich dich gezwungen habe hierherzukommen.«

Dad dreht sich um und lächelt mich an, traurig, aber auch dankbar. »Ich weiß nicht, ob ich es aushalte, mir selbst etwas anzusehen, aber ich komme mit dir rein.« Er nimmt meine Hand und drückt sie. »Ich weiß, dass das alles nicht leicht für dich war, Wylie.« Und er meint wirklich *alles* – die Outlier, das Lager, Quentin, den Unfall meiner Mom. »Ich will dir nur sagen, so wie du mit allem umgehst – ich bin sehr stolz auf dich.«

Der Raum ist kahl und fensterlos, aber sauber und durch eine Glasscheibe vom Hauptraum getrennt, wo alle Detectives sitzen. Hier drin ist es überraschend still, vielleicht ist er schallgeschützt. An der Wand steht ein kleiner Tisch, auf der einen Seite gibt es zwei Stühle, auf der anderen einen. Ein rechteckiger Karton – ziemlich lang, ungefähr so groß wie zwei normale Bücherkisten – steht in der Tischmitte. Bei seinem Anblick bleibt mir kurz das Herz stehen.

»Ich bin da draußen, wenn Sie mich brauchen.« Detective Oshiro zeigt auf einen Schreibtisch, der nur ein paar Schritte entfernt steht. »Bitte holen Sie nichts aus den Beweismittelbeuteln, und nichts darf den Raum verlassen. Falls Sie unter den persönlichen Gegenständen Ihrer Mutter etwas von Wert finden, sagen Sie mir Bescheid. Dann sorge ich dafür, dass Sie es heute mitnehmen dürfen.«

»Okay, danke«, sage ich und sehe auf die Uhr. 09:15 Uhr. »Ich beeile mich.«

Detective Oshiro nickt und schließt die Tür hinter sich. Ich hole tief Luft und blicke auf den Karton hinunter. Plötzlich habe ich das Gefühl, es ist ein Fehler. Ich weiß vielleicht nicht so genau, woher dieses Gefühl kommt, aber das macht es nicht weniger echt.

»Du solltest dir Zeit lassen, Wylie«, sagt Dad. »Wir sind jetzt hier, und ich glaube nicht, dass du noch eine Chance bekommst.«

Er hat recht. Sosehr ich es hinter mich bringen möchte, ich muss gründlich sein. Jetzt oder nie.

Eine ganze Weile betrachte ich nur den Karton. Er sieht ganz neu aus, der Deckel wirkt unbenutzt, das Schild darauf sauber und klar. *Name: Hope Lang. Datum: 8. Februar. Fallbeschreibung: Autounfall.* Dass alles so gewöhnlich aussieht, ist gleichzeitig Erleichterung und Enttäuschung. Ein winziger Teil von mir hat gehofft, dass irgendwo *Mord* stehen würde. Ein anderer Teil hat sich auch davor gefürchtet.

Als ich den langen Deckel abnehme, wende ich den Kopf ab, damit die schrecklichsten Geister entkommen können. Dann wische ich die Handflächen an der Jeans ab, hole Luft, während ich mich wieder der offenen Schachtel zuwende, und mache mich darauf gefasst, etwas richtig Schreckliches zu sehen, wie zum Beispiel die verkohlten Knochen meiner Mom. Aber es ist nur eine ganz normale Schachtel, in zwei Bereiche unterteilt, einer mit Hängeregistern, der andere mit einem Stapel Beweismittelbeuteln.

Im obersten Beutel ist etwas Kleines, Schwarz-Silbernes, wie ein harter Klumpen gemischter Ton. Erst als ich genauer hinsehe, wird mir klar, dass es ein Autoschlüssel ist. Oder einmal ein Autoschlüssel war, zusammengeschmolzen bis zur Unkenntlichkeit. Mein Mageninhalt kriecht meinen Hals herauf. Mein Dad hatte recht – das ist schlimmer, als ich dachte. Denn jetzt kann ich nur noch daran denken, wie Mom geschmolzen ist. Und Cassie auch. Alles und jeder, den ich je geliebt habe, eingeschmolzen zu einer Pfütze – und dann zu einem formlosen Stein verhärtet.

Ich wende mich von den Beweisbeuteln ab und den Akten zu, werfe einen Blick auf Dad, um zu sehen, ob er mich beobachtet. Ich habe die schwache Hoffnung, dass mir etwas in seinem Gesichtsausdruck einen echten Grund geben wird aufzuhören. Aber sein Blick ist auf sein Handy gerichtet, er liest etwas, eine E-Mail oder eine Nachricht. Er hat die Stirn gerunzelt und fängt an zu tippen. Er wird mich nicht vor meinen eigenen schrecklichen Vorstellungen retten.

Also wende ich mich wieder der Schachtel zu. Ich wollte herkommen. Ich muss darauf vertrauen, dass ich einen guten

Grund dafür hatte. Und ich muss es schnell hinter mich bringen. Die erste Akte enthält den Bericht eines Unfallermittlers, Notizen aus den Vernehmungen, die Detective Oshiro mit meinem Dad, Gideon und mir geführt hat. Ich ziehe die Notizen von der Befragung meines Dads heraus. Sie sind mehrere Seiten lang, und mir fehlt der Mut, sie ganz zu lesen, bis auf: »Ehemann gibt an, Lang verließ das Haus in aufgewühltem Zustand, jedoch hat Ehemann keinen Grund zur Vermutung einer selbstzugefügten Verletzung.«

Gideons Vernehmung ist viel kürzer. Ich weiß noch, wie er in dieser Nacht auf der Treppe saß. Keine Tränen, nur betäubt und schweigend. Aber in den wenigen Zeilen des Berichts steht: »Sohn gibt an, seine Mutter habe das Haus um ungefähr neun Uhr abends verlassen. Er hat keine genaue Erinnerung an ihre Befindlichkeit.«

Ich weiß noch, dass sie mich auch so etwas gefragt haben. Sie waren so auf die Stimmung meiner Mom konzentriert. Weil sie dachten, es könnte sein, dass sie sich umgebracht hat, wird mir jetzt klar. Ein Auto, ein tödlicher Unfall. Einen möglichen Selbstmord auszuschließen ist wahrscheinlich Vorschrift. Ich erinnere mich nicht, was ich geantwortet habe, aber als ich die Notizen zu meiner Vernehmung überfliege, entdecke ich, dass ich offenbar beschlossen hatte zu lügen: »Tochter gibt an, die Mutter sei Milch kaufen gegangen. Mutter war in guter Stimmung.«

Ich frage mich, wen ich damit schützen wollte: Dad? Mom? Mich selbst?

Das Nächste, was ich herausziehe, ist der Autopsiebericht. Es ist eine einzelne Seite, die in meiner Hand zittert, als ich versuche, den Blick auf den oberen Teil zu richten, weil hier vermutlich die harmlosen Details stehen. Name, Größe,

Gewicht. Aber auch das ist nicht ganz ungefährlich. Sowohl hinter der Größe als auch hinter dem Gewicht meiner Mom steht »geschätzt«. Schließlich verrät ein zerquetschter und verbrannter Leichnam wohl kaum solche Einzelheiten. Ich schiele weiter nach unten, bis ich zu den Bemerkungen ganz unten komme, zur Todesursache: *stumpfe Gewalteinwirkung*. Todesart: *Unfall*. Ich lasse den Atem ausströmen, den ich angehalten habe. Wenigstens war sie schon tot, als ihr Auto Feuer fing. Das ist so eine klägliche Erleichterung.

Die nächste Akte sieht leer aus, bis ich sie kippe und ein Umschlag herausrutscht. Mit zurückgezogenem Kopf spähe ich hinein und sehe flüchtig Fotos von der rußgeschwärzten, zerbeulten Vorderseite von Moms Wagen. Ich schließe die Augen und schlucke trocken, hoffe, dann muss ich mich nicht übergeben, während ich den Umschlag schnell wieder in den Ordner stopfe.

»Geht es dir gut?«, fragt Dad. Als ich aufblicke, sehe ich, dass er mich beobachtet.

»Und dir?«, lenke ich ab. »Du tippst schon die ganze Zeit auf deinem Handy herum.«

»Oh, ja, entschuldige.« Er fällt immer auf Ablenkungsmanöver in Kombination mit Schuldgefühlen herein. »Der Assistent aus Senator Russos Büro hat mir gerade gemailt. Anscheinend kann ich heute Nachmittag ihn und jemand vom NIH treffen, wenn ich sofort nach DC reise.« Sein Tonfall ist wegwerfend, und er schüttelt den Kopf. »Dieses Treffen ist jetzt plötzlich eine Voraussetzung, bevor sie überhaupt über meine Förderung nachdenken. Und wenn ich nicht zu diesem Treffen gehe, muss ich bis September warten, bis etwas passiert, weil der Senator in der Sommerpause ist. Kommt mir vor, als hätten sie es extra so geplant, dass ich der Einzige bin, der es nicht schafft. Ich bin mir nicht mal sicher, ob ein Senator bei einer NIH-Förderung ein Mitspracherecht haben darf.«

»Und du schaffst es auf keinen Fall hin?« Sosehr ich alle näheren Informationen dazu für mich selbst gemieden habe: Ich möchte nicht, dass er nur aus Stolz etwas Wichtiges nicht herausfindet.

Er sieht auf die Uhr. »Wenn ich sofort zum Flughafen fahre, könnte ich rechtzeitig zu einem Treffen am späten Nachmittag unten sein und dann zum Schlafen wiederkommen.« Das findet er aber ziemlich absurd. Ich fühle es. Er findet es beleidigend zu springen, nur weil sie es sagen. Gleichzeitig zerren Bedenken an ihm, weil er Angst hat, ihm könnte etwas durch die Lappen gehen.

»Aber vielleicht solltest du es tun?«, frage ich. Denn das scheint mir sein Gefühl zu sein.

»Es gibt noch andere Möglichkeiten, die Forschung finanziert zu bekommen, Wylie.« Stirnrunzelnd sieht er zu Boden. Dann nickt er. »Aber ich sollte wohl hinfliegen, ja. Ich wollte diese politischen Spielchen nie spielen, weshalb ich vermutlich auch so lange gebraucht habe, bis ich mit meiner Forschung so weit war. Aber jetzt ist sie zu wichtig, als dass ich nicht ein bisschen Politik ertragen könnte.«

Und ich weiß, was er mit »jetzt« meint. Er meint, jetzt, da ich so direkt betroffen bin.

Ich nicke. »Dann solltest du hinfliegen.« Obwohl ich sofort, nachdem ich es laut ausgesprochen habe, einen tiefen Stich Reue spüre. Ich wünsche mir nur, ich wüsste, was genau ich bereue.

»Ich will dich hier nicht allein lassen.« Er zeigt auf den Karton. »Damit.«

»Ich schaffe das schon.« Das ist zwar nicht ganz wahr, fühlt sich aber auch nicht nach einer kompletten Lüge an.

Es gibt einen Grund, warum er fliegen sollte – einen guten. Er sollte die Gelegenheit ergreifen. Es ist schlimm genug, dass ich ihm die Sache mit der Akte aufgedrückt habe, obwohl ich nicht mal selbst genau weiß, warum ich es tue. »Ich bin hinterher sowieso mit Jasper verabredet. Ich habe ihm versprochen, ich gehe bei ihm zu Hause vorbei. Da kann ich von hier aus zu Fuß hingehen.«

»Oh.« Dad schafft es nicht, seine Sorge zu verbergen. »›Versprochen‹ klingt ernst.«

Er mag Jasper ganz gern, aber er macht sich dieselben Sorgen wie Dr. Shepard: dass Jasper mich runterziehen könnte. Und das kann ich Dad gegenüber viel schwerer bestreiten. Er hat gesehen, in welchem Zustand Jasper ist – die Ringe unter seinen Augen, wie er mitten im Gespräch plötzlich ins Nichts starrt. Ich verstehe, warum er sich Sorgen macht. Ich mache mir auch welche. Aber seit mein Dad mir kurz vor Cassies Beerdigung seine Meinung über Jasper gesagt hat, versucht er, nichts mehr über unsere Freundschaft zu sagen. Rachel dagegen nahm die Beerdigung als Einladung, sich vollends einzumischen.

»Die Hälfte von diesen Mädchen wird bis zum Ende des Colleges schwanger sein, falls sie überhaupt ans College gehen«, murmelte Rachel mir mit einer Geste zu Maia und den anderen zu. Wir waren nach der Beerdigung beim Empfang bei Cassie zu Hause. Maia und ihre Freundinnen waren von Anfang an um Jasper herumgeschwirrt, hatten ihm auf eine Art »Beistand« geleistet, die ekelhaft und sowieso sinnlos war, weil er so neben sich stand. »Und meinen die das ernst mit den kurzen Röcken und dass sie so mit dem Hintern vor ihm herumwackeln? Ich meine, das ist die Beerdigung seiner Freundin!«

Ich drehte mich zu Rachel um, wusste nicht so genau, ob ich genervt oder dankbar sein sollte – weil sie überhaupt da war, weil sie ihre Meinung zu Maia und ihren Freundinnen kundtat, weil sie versuchte, so zu sein wie Mom. Denn das tat sie. Das tat sie schon, seit ich aus Maine zurück war. Und vielleicht machte mich das am wütendsten: dass sie so tat, als könnte sie je dem gerecht werden, was Mom gewesen war.

»Das meinen die ernst«, sagte ich ausdruckslos und versuchte, nicht hinzusehen. Versuchte noch angestrengter, mir nichts daraus zu machen. Ich wusste genug über Jasper, um zu begreifen, dass er sich durch ihre Aufmerksamkeit nur noch schlechter fühlte. Noch weniger wie ein Mensch. Oder mehr wie ein schlechter Mensch.

Maia und ihre Freundinnen hatten bei Cassies Trauerfeier geschnieft, und es hatte ein bisschen zerlaufene Wimperntusche gegeben. Aber ich war nah genug gewesen, um fühlen zu können, dass darunter nicht mehr war als ein kollektives: *Bäh, Mist, das ist echt scheiße, aber Cassie war auch eine ziemliche Katastrophe.*

»Na ja, ich finde, du solltest dich auch von Jasper fernhalten. Ich meine, sieh ihn dir an«, machte Rachel weiter. »Er ist völlig fertig. Und das ist genau so eine Situation, in der – na ja, ich könnte mir vorstellen, wie das zwischen euch …«

»Hör auf«, schnauzte ich sie an. »Das meine ich ernst.«

Wie konnte Rachel so tun, als hätte sie ein besonderes Verständnis für Jasper und mich? Nach allem, was wir durchgemacht hatten, waren Jasper und ich Freunde, aber das war auch alles. Natürlich wäre es mir viel lieber gewesen, wenn die Tatsache, dass Rachel etwas anderes andeutete, mich nicht so gestört hätte.

Vielleicht wollte ich nur nicht daran erinnert werden, wie sich jemand »Normales« in so einer Lage fühlen würde. Vielleicht war »normal« so wie Maia und ihre Freundinnen: jederzeit bereit, Jasper von einem Freund zu *ihrem* Freund zu machen, sobald es auch nur andeutungsweise nach grünem Licht aussah. Mir war Jasper wichtig. Mir war nicht egal, was mit ihm passierte. Aber nicht so. Nein. So nicht.

Ich tat sowieso viel besser daran, mich ganz aus solchen Komplikationen herauszuhalten – und das war kein Leugnen oder was auch immer Rachel dachte. Das *wollte* ich: nichts dergleichen. Trevor – mein einziger echter Abstecher in die Welt der Romantik vor einem Jahr – hatte recht gehabt, ich war zu viel Verantwortung. Mich würde ich Jasper auf keinen Fall wünschen. Nicht jetzt. Alle machten sich solche Sorgen, dass er mich runterziehen könnte, aber wer wusste, wie weit oder wie schnell ich womöglich fallen würde? Oder wie tief ich ihn mit hinabreißen würde.

»Entschuldige.« Rachel hob die Hände, dann steckte sie sie unter die Achseln. Es tat ihr aber nicht leid. Ich fühlte, wie gern sie mehr über Jasper und unsere »Beziehung« gesagt hätte.

»Warum bist du überhaupt hier, Rachel?« Die Schleusen öffneten sich, und mein Gesicht wurde heiß. »Ich meine, ernsthaft?« Meine Stimme war zu laut; die Leute fingen an zu starren. »Du warst Moms Freundin. Und sie ist *tot*. Falls du glaubst, du hilfst mir: tust du nicht. Warum suchst du dir also nicht jemand anderen, mit dem *du* dich besser fühlst?«

Rachel blinzelte mich sprachlos an. Aber statt davonzustürmen oder mir zu sagen, ich sei unhöflich, nickte sie. »Du hast recht.«

Dann kam sie näher und legte den Arm um mich. Und ich fing natürlich an zu flennen. Konnte nicht anders. Ich hörte nicht auf, bis ich eine Hand auf meinem Rücken spürte. Dad, nahm ich an.

»Es tut mir so leid, Wylie. Ich weiß, wie viel sie dir bedeutet hat.« Eine Männerstimme, nicht Dad. Und Rachels Gesichtsausdruck nach fand sie es gar nicht gut, dass er mich anfasste.

Als ich mich umdrehte, sah ich Cassies Dad Vince. Seine Haare waren jetzt kinnlang, das Gesicht mit seinem neuen Bart weicher. Das war die »Hippie aus Key West«-Version von Vince. Er war seit fast einem Jahr trocken, hatte einen Kajak-Verleih eröffnet und sich auch insgesamt total gebessert. Außerdem war er jetzt auf einem komischen New-Age-Trip, hatte mir Cassie einmal erzählt, aber irgendwie stolz. Wenigstens trank er nicht mehr.

Vince hatte die Trauerrede gehalten, und sie war schön gewesen – bewegend, eloquent und aufmerksam. Er schaffte es, Cassies beste Eigenschaften herauszustellen und ihren Tod in einen bedeutungsvollen Kontext zu stellen. So perfekt, dass ich erwartet hätte, dass ich ihn das nächste Mal, wenn ich mit ihm sprach, anders beurteilen würde. Aber hier stand er – und ich auch –, und ich dachte nur, was ich immer dachte: dass er nur Scheiße laberte.

»Es tut mir leid, was passiert ist«, sagte ich.

Da lächelte er, und es sah freundlich und spirituell aus, aber ich *spürte* in jeglicher Hinsicht das totale Gegenteil. »Tja«, sagte er, und das war alles.

Ich wartete, dass er weitersprach. Dass er all die Dinge sagte, die Leute sagten: Es war niemandes Schuld, wir wissen alle, wie sehr du Cassie geliebt hast, bla bla. Aber er starrte mich nur an. Als wartete er weniger darauf zu hören, ob ich mir selbst die Schuld gab, sondern um meine Schuldgefühle zu genießen.

»Ähm, alles Gute«, entließ ihn Rachel schließlich.

Aber er lächelte sie nur an. »Es ist gleichzeitig eine Tragödie und ein Geschenk, dass Cassie von so vielen vermisst werden wird.« Er wandte sich wieder mir zu. »Sag deinem Dad bitte, dass mir sein Verlust auch leidtut.«

Dann drückte er meinen Arm auf eine Art, die warmherzig hätte sein sollen, sich aber gruslig anfühlte. Und welcher Verlust? Mom? Er hatte Dad doch seitdem schon oft gesehen, oder?

»Was für ein Arsch«, sagte Rachel, als Vince weg war. »Ich weiß, er hat seine Tochter verloren und alles, aber ich wette, er war auch vorher schon ein Arsch.«

»Er ist jetzt Geistlicher oder so was.«

»Dann kann er trotzdem ein Idiot sein.«

»Gibt es hier jemanden, den du magst?«, fragte ich

sie, obwohl ich ihre Einschätzung von Vince nicht bestreiten konnte.

Sie lächelte. »Dich.«

Als Dad endlich geht – nach viel Hin- und Herüberlegen und Herumdrucksen, dass er sich Sorgen um mich mache, und meiner Versicherung, das müsse er nicht, und detailliertesten Informationen, wo er seinen Flugplan deponieren werde – ist es fast 09:40 Uhr. Ich versuche es noch mal bei Jasper, aber wieder klingelt und klingelt es, bevor sich schließlich die Mailbox einschaltet.

Jetzt ist mein Magen offiziell in Aufruhr.

Den Rest der Box sehe ich schnell durch und gehe wieder zu den Beweismittelbeuteln über. Zum Glück hat nicht viel das Feuer überlebt, weshalb wir nie irgendwelche persönlichen Gegenstände bekommen haben. Jedenfalls nichts, was mein Vater wollte. Die Sachen in den Beuteln wurden wahrscheinlich aus dem Auto geschleudert, als es gegen die Leitplanke krachte. Ein Kopfhörerpaar, das sich, stelle ich mir vor, in einem Baum in der Nähe verfangen hat. Einer von Moms blauen Clogs ist auch da. Ich habe diese Schuhe immer gehasst. Ich versuchte immer, sie dazu zu bringen, sie wegzuwerfen, statt immer wieder reparieren zu lassen. Welche Kräfte geherrscht haben müssen, dass er ihr vom Fuß gerissen und aus dem Auto geschleudert wurde. Warum trug sie überhaupt mitten im Winter Clogs? Ich hebe den Schuh an, aber nur ein winziges bisschen. Sobald ihn meine Hände berühren, weiß ich, es ist ein Fehler. *Fass den Schuh nicht an. Sonst fängst du an zu weinen.* Als ich ihn fallen lasse, macht er ein merkwürdig hohles Geräusch.

Ich schiebe die Plastikbeutel herum, bis ich in die Hände bekomme, was unter dem Schuh war. Glatt, hart und irgendwie flach in der Tüte. Als ich sie ganz von unten herausziehe, ist es eine Flasche. Eine leere Wodkaflasche. Eine kleine, wie man sie in der Handtasche oder sogar in einer Jacke mit großen Taschen verstecken kann.

»Dein Dad sagt, es sei gar nicht typisch für sie gewesen, im Auto zu trinken«, sagt Detective Oshiro von der Tür aus.

Meine Wangen brennen. »Wie wär's mit scheißunmöglich?«

Ich senke den Blick. Ich sollte einen Polizisten nicht beschimpfen. Aber Detective Oshiro ist unbeeindruckt.

»Es könnte sein, dass sie auf der Straße lag, als sie den Unfall hatte, und versehentlich unter die anderen Sachen … Na ja, die Unfallstelle war chaotisch. Es waren keine Fingerabdrücke drauf.«

Aber ich merke, dass er das nur sagt, damit es mir besser geht. Oder nicht noch schlechter. Ich drücke das kühle Glas fester und blinzle aufs Etikett. Wodka? Auf gar keinen Fall. Meine Mom trank nur Wein, und das auch nur gelegentlich. Cassies Dad Vince und Wodka? Definitiv. Selbst Karen, Cassies Mom, trank gern mal Martinis. Mom? Niemals.

»Die gehörte ihr nicht«, sage ich, aber davon fühle ich mich nur schlechter.

»Ja, das ist möglich«, gibt Detective Oshiro zu.

Ich drehe mich um und sehe ihn direkt an. Die Welle von Mitleid, die mich empfängt, als sich unsere Blicke treffen, löst die Tränen. Ich blinzle und senke den Blick, bevor sie herauskommen können. War meine Mutter ganz anders, als ich dachte? Vielleicht war die Outlier-Sache nicht das Einzige, wobei sie mich belogen hat.

»Das gehört ihr nicht«, wiederhole ich.

Diesmal strömen die Tränen über meine Wangen, als ich aufsehe. Aber das ist mir jetzt egal. Und Detective Oshiro sieht mir direkt in die Augen und lügt, genau wie ich es jetzt brauche.

»Du hast sicher recht, Wylie. Ich bin mir sicher, du hast recht.«

6

Vor dem Polizeirevier ziehe ich mein Handy heraus und versuche es bei Jasper. So langsam weiß ich nicht mehr, wie oft ich schon angerufen habe. Es klingelt nur und klingelt. Wenigstens wohnt er nicht weit von hier, drei Minuten zu Fuß, aber eine Million Meilen von den schicken Geschäften und Restaurants der Innenstadt von Newton entfernt.

»Jasper«, sage ich, als seine Mailbox endlich anspringt. »Das ist nicht mehr lustig. Wo bist du, verdammt? Ich muss mit dir reden.«

Ich schiebe das Handy wieder in die Tasche, es ist schrecklich, wie restlos wahr sich diese Sätze anfühlen. Während ich zur Crescent Hill Road gehe – einen Häuserblock weit auf der anderen Seite vom Polizeirevier aus –, scheint mir die Sonne warm ins Gesicht, und es riecht nach frisch gemähtem Gras. In Jeans und T-Shirt ist mir schon fast zu warm. Es ist der erste Tag, an dem es sommerlich wirkt. Und ich wünsche mir so sehr, dass sich das gut anfühlt, aber die Wodkaflasche und alle meine unbeantworteten Anrufe bei Jasper liegen mir zu schwer im Magen.

Als ich auf die Main Street abbiege, schließe ich die Augen, damit ich das *Holy Cow* nicht sehen muss, den Eisladen, in dem Cassie früher gejobbt hat. Wo sie Quentin kennenlernte. Es gibt ein paar Dinge, die ich nie wieder werde ertragen können, zum Beispiel den Anblick des *Holy*

Cow oder den Geruch von Erdbeeren, der mich zu sehr an das Lipgloss erinnert, das Cassie immer benutzte.

Stattdessen richte ich den Blick auf *Gallagher's Deli* weiter vorn. Es ist einer der wenigen nicht so hübschen Läden der Stadt – staubig und eng, mit einem leichten Geruch nach Katzenpipi. Dort war ich nur einmal mit Cassie, um während der anderthalb Wochen, in denen sie rauchte, Zigaretten zu kaufen. Ich weiß immer noch, wie ich mir noch stundenlang danach einbildete, der Geruch hänge immer noch an mir. Vom *Gallagher's* aus ist es nicht mehr weit.

In meinen fiesen gelben Flip-Flops tun mir die Füße weh, deshalb rutsche ich ein bisschen in ihnen herum. Ich hätte sie nie angezogen, wenn ich gewusst hätte, dass ich so weit zu Fuß gehen würde. Noch mal wähle ich Jaspers Nummer, aber diesmal geht der Anruf direkt auf die Mailbox. Als hätte er sein Handy ausgeschaltet oder es wäre zwischen diesem und meinem letzten Anruf der Akku ausgegangen.

Ich muss aber so dringend mit ihm sprechen, ich kann nicht mehr warten. Egal, was ich versprochen habe.

Das Haus, in dem Jasper wohnt, habe ich noch nie richtig bei Tageslicht gesehen. Seine Mutter arbeitet immer Nachtschichten, dann erlaubt mir Jasper, bei ihm vorbeizukommen. Das ist kein Zufall. Jaspers Mutter gibt mir die Schuld an allem, was in Maine passiert ist. Das hat er mir nicht offen gesagt, aber es gab Andeutungen.

»Es hat kein Gesicht«, hat Jasper einmal über sein Haus gesagt, und es klang traurig. »Die meisten Häuser haben Fenster links und rechts und die Tür in der Mitte. Wie ein Mensch, der einen ansieht oder so. Bei meinem ist die Fassade einfach … leer.«

Er hat recht, und es ist deprimierend. Ich gehe über die

betonierte Fläche, die zum Teil Einfahrt ist und zum Teil »Vorgarten«. Der Jeep von Jaspers Bruder parkt hier, und wie üblich stellen sich mir bei seinem Anblick die Härchen an den Armen auf. Als die Polizei ihn suchte, stand der Wagen immer noch an der Tankstelle, wo wir ihn zurückgelassen hatten; Doug hatte absichtlich den Anlasser herausgerissen. Wenn ich ihn jetzt sehe, kommt es mir vor, als sähe ich einen Geist. Cassies Geist. Ich schlinge die Arme um mich, und es schüttelt mich. Zum Glück weiß ich, dass Jaspers Bruder die Stadt verlassen hat, um seine »Freundin« zu besuchen. Jasper ist sich ziemlich sicher, dass das ein Code für Gras kaufen ist. Ich bin erleichtert, dass ich so wenigstens nichts mit ihm zu tun haben muss. Ich habe Jaspers Bruder kennengelernt, und er ist – wie Jasper sagte – größer als er und ein totales Arschloch.

Ich steige die klapprigen Stufen zu der schmalen Veranda hinauf und klopfe angespannt. Die Tür klingt hohl. Ich warte. Nichts. Sehe auf die Uhr. Genau zehn. Ich klopfe wieder, diesmal fester, dann lehne ich mich zurück, um durchs Fenster nach Lebenszeichen Ausschau zu halten.

Als ich das Gesicht ans Fenster drücke, geht die Tür auf.

»Kann ich dir helfen?«, schnauzt eine Frau.

Ich schrecke zurück und drehe mich um. Jaspers Mom sieht mich böse an. Wenigstens glaube ich, dass sie es ist. Ihre schwarzen Haare sind zu einem tiefen, strengen Pferdeschwanz zusammengebunden. Ihre Haut hat einen gräulichen Grundton, und sie hat geschwollene Tränensäcke unter den Augen. Trotzdem kann man erkennen, dass sie wahrscheinlich mal ziemlich schön war. Dass sie es immer noch sein könnte, wenn sie ein bisschen Ruhe bekäme. Sie trägt grüne Krankenhauskleidung und ihren Schwesternausweis um den Hals.

»Tut mir leid«, sage ich. Mit einer Entschuldigung zu eröffnen scheint mir weise zu sein. »Ist Jasper da?«

»Guter Gott«, schnaubt sie, aber verhalten. Als wäre sie zu müde, um sich überhaupt aufzuregen. »Selbst wenn von dem Jungen nur noch ein abgenagter Kadaver übrig ist, wird immer noch eines von euch Mädchen vorbeikommen und versuchen, ihn nach Hause zu schleppen.«

»Er erwartet mich.« Meine Stimme steigt am Ende an wie eine Frage. Aber ich klinge dadurch nicht lieb und höflich, sondern eher wie eine Stalkerin.

»Na, dann hat er es sich wohl anders überlegt«, erwidert sie mit verkniffenem Gesicht. Dann huscht ihr Blick zu meinen Haaren hinauf. Ein Haarband ist auch jetzt noch das Einzige, womit meine zerschnittenen Haare okay aussehen. Ich habe, als ich das Haus verließ, eins mit Gummizug in meine Tasche gestopft, aber dafür ist es jetzt zu spät. Sie zieht die Augenbrauen zusammen. »Ja, also, ich kann dir nicht sagen, warum er nicht hier ist, weil ich ihn nicht gesehen habe. Aber Jasper ändert in letzter Zeit oft seine Meinung.«

Und dann fühle ich – auch ohne dass sie mich ansieht – die ganze Wucht ihres Herzschmerzes. Sie ist nicht wütend auf Jasper oder hofft, damit reich zu werden, dass er professionell Eishockey spielt. Sie macht sich keine Sorgen ums Geld. Sie hat Angst, ihren Sohn zu verlieren. Dass ihm etwas Schreckliches zustoßen wird.

Und Jasper hat überhaupt keine Ahnung davon. Es macht mich so traurig für sie beide.

»Sind Sie sicher, dass er nicht hier ist?«, frage ich.

»Du meine Güte, du bist aber hartnäckig.« Sie mustert mich von oben bis unten. Und dann spüre ich ein kurzes Aufflackern von Mitleid. Sie weiß, wie sich Verzweiflung anfühlt. »Komm rein, wenn du möchtest. Ich ziehe mir noch die Schuhe aus, aber du kannst selbst nach ihm sehen, wenn du glaubst, ich halte ihn versteckt.«

Ich betrete den düsteren Flur mit seinen zwei durchgesessenen Sesseln und einer abgeschabten Holzbank an der Wand. Jaspers Mom verzieht das Gesicht, als sie sich setzt, um die Schuhe auszuziehen. Erst da geht es mir auf: Sie ist gerade von der Arbeit nach Hause gekommen. Sie ist nicht gerade aufgewacht, nachdem sie nach einer Doppelschicht geschlafen hat, wie Jasper sagte. Er hat gelogen, damit ich nicht komme. Und jetzt ist er weg.

»Kann ich in sein Zimmer schauen?«

»Gehst du danach dann wieder?«, fragt sie.

Ich nicke.

»Dann bitte, aber beeil dich.«

Sie wedelt mit der Hand in die Richtung von Jaspers Zimmer, auch wenn ich schon weiß, wo es ist.

Das Licht ist aus, aber die Vorhänge sind offen. Doppelbett, dunkle Daunendecke, ein Schreibtisch und ein paar Bücherregale an einer Wand. Wie üblich ist es überraschend ordentlich, das Bett mit militärischer Präzision gemacht. Verheißungsvoll, aber mit einem Stich Traurigkeit – wie alles an Jasper. Ich betrachte immer noch, wie aufgeräumt alles ist, als mir etwas auf dem Nachttisch ins Auge springt. Während ich näher komme, sehe ich, dass es ein Stapel zusammengebundener Umschläge ist, alle schon aufgerissen. Ich sehe über die Schulter, bevor ich sie in die Hand nehme. Jaspers Mom sagte, ich könne in sein Zimmer kommen, um nach ihm zu sehen. Ich bin mir ziemlich sicher, dass das keine Einladung war, seine Sachen zu durchwühlen.

Auf den Umschlägen steht keine Absenderadresse, nur

Jaspers Name und Adresse auf das Adressetikett gedruckt. Als ich den Brief im obersten Umschlag herausziehe, erkenne ich Cassies runde Schrift sofort.

Er ist nicht besser als Jasper. Er ist anders. Was wahrscheinlich in dem Fall dasselbe ist. Jasper ist nett, klug und lieb, aber mit ihm bekomme ich keine Luft. Ich muss immer so tun, als wäre ich jemand, der ich nicht bin …

Mein Blick wandert nach oben. Da steht kein »Lieber« irgendwas, nur ein Datum. Und nur wenige Tage vor dem Camp. Und das linierte Blatt ist an der Kante ausgefranst, als hätte man es irgendwo herausgerissen. Irgendein krankes Arschloch hat Jasper Auszüge aus Cassies Tagebuch geschickt? Es sind so viele. Jasper hat Teile von Cassies Tagebuch geschickt bekommen, seit wir aus Maine zurück sind, was ihn wahrscheinlich immer mehr davon überzeugt hat, dass er der Grund war, warum sie sich überhaupt mit Quentin einließ. Kein Wunder, dass es ihm immer schlechter ging.

Dann sehe ich noch einen Umschlag, er liegt auf dem Boden. Fallen gelassen oder vielleicht aus dem Stapel gerutscht. Ich hebe ihn auf. Poststempel von gestern. Ich ziehe die Seite heraus.

Ich sage nicht, es ist Jaspers Schuld, dass ich mit Quentin abhänge. Es ist komplizierter. Aber ich glaube schon, weil Jasper so perfekt ist, wollte ich mir immer nur noch mehr Ärger einhandeln. Ich wollte ihm beweisen, dass nicht jeder es wert ist, gerettet zu werden.

Ich schlucke schwer. Armer Jasper. Das, wovor er am meisten Angst hatte – dass er Cassie in Quentins Arme und zum Trinken und alledem getrieben hat –, steht genau hier, mit Cassies eigenen Worten.

Mit dem Stapel Umschläge komme ich wieder raus in den Flur.

»Ich habe nicht gesagt, dass du etwas mitnehmen darfst.« Jaspers Mom wirft mir einen Blick zu.

»Haben Sie eine Ahnung, wohin Jasper gegangen sein könnte?«, dränge ich. »Er könnte wirklich durcheinander sein, glaube ich.«

»Ich habe keine Scheißahnung, wo er ist!«, schreit sie so laut, dass ich zusammenzucke. Dann lässt sie den Kopf hängen und beißt sich auf die Unterlippe: Schuldgefühle und Trauer. Das ist alles. Die Wut ist nur einfacher. Ich frage mich, was ich denken würde, wenn ich sie nicht so gut lesen könnte. Wenn ich Jasper wäre. »Ich weiß nicht, was du hier suchst und was du von meinem Sohn willst. Aber Jasper ist nicht in der Verfassung, um eine Beziehung anzufangen.«

»Ich bin nur eine Freundin, das ist alles«, sage ich. »Eine Freundin, die sich Sorgen um ihn macht.« Allerdings kommt mir das zum ersten Mal so gar nicht wie die Wahrheit vor.

»Vielleicht ist er spazieren gegangen«, sagt sie mit einer Geste zur Tür. Ihre Stimme ist jetzt leise, unsicher. »Das macht er in letzter Zeit oft. Er geht gern zur Bernham Bridge und sieht den Kanus zu. Das haben wir immer gemacht, als er klein war.«

Brücke. Brücke. Brücke. Ein schrecklicher Alarmton schrillt in meinem Kopf los. Eine Brücke, von der man springen kann? Ich will nicht, dass sich das in meinem Kopf festsetzt, aber das hat es schon. Mein Herz rast, während ich, Cassies Briefe fest in der Hand, auf die Tür zugehe.

»Ich gehe ihn suchen«, sage ich. »Aber ich glaube, Sie sollten auch die Polizei rufen.«

»Die Polizei?« Immer noch Sorge, ja, aber auch Misstrauen. »Das Letzte, was Jasper braucht, ist Ärger mit der Polizei. Davon hatten wir mit seinem Bruder genug.«

»Ich weiß, aber … Ich kann nur sagen, dass ich ein *echt* schlechtes Gefühl habe. Als wäre er vielleicht in Gefahr. Wir haben gestern Abend telefoniert und …«

»Gefahr? Was willst du … o nein. Warte mal kurz.« Sie richtet einen harten Blick auf mich. Dann wieder auf meine Haare. Endlich hat sie es begriffen, und als sie mir wieder in die Augen sieht, brennt die Wut. »Du«, knurrt sie und steht auf. »*Du* bist das. Die, wegen der mein Sohn fast umgebracht worden wäre.«

Sie macht einen Schritt auf mich zu und ich noch ein paar in Richtung Tür. Ich schleudere die Briefe an Jasper auf einen Sessel in meiner Nähe. Es kommt mir vor wie ein Friedensangebot.

»Das tut mir leid … Aber jetzt …« Mein Fuß bleibt an einem Sessel hängen.

»Ach, jetzt machst du dir also Sorgen um ihn? Weißt du was? Das solltest du auch! Weißt du eigentlich, was du ihn gekostet hast? Was du deinem sogenannten Freund weggenommen hast? Wie viel er gearbeitet hat, seit er ein ganz kleines Kind war, um diese Chance am Boston College zu bekommen? Die vielen Stunden auf dem Eis, in denen er sich den Arsch abgefroren hat? Und jetzt …« Sie mimt mit den Händen eine Explosion. »Du hast alles kaputt gemacht.«

Ich bin endlich an der Tür und taste hinter mir nach der

Klinke, während sie näher kommt. Ich drehe das Gesicht weg, mache mich darauf gefasst, dass sie mich schlägt.

»Ich … ich habe mir nur Sorgen um ihn gemacht«, sage ich noch mal, während ich die Tür öffne. Sie schrammt hart über meinen Rücken. »Es tut mir leid.«

»Das sollte es auch!«, schreit sie mir nach, während ich nach draußen haste.

7

Ich stolpere die Treppe hinunter und laufe los. ***Bernham*** *Bridge. Es sollte dir leidtun. Bernham Bridge. Es sollte dir leidtun.*

Die Brücke ist nicht weit weg, glaube ich jedenfalls, vielleicht weniger als einen Kilometer. Nur ein paar Ecken weiter. Aber ich muss *sofort* dorthin. Ich fühle es. Und dabei geht es nicht darum, die Gefühle von jemandem zu spüren, keine einfache Erhöhte Emotionale Wahrnehmung. Es gibt niemanden zu lesen. Das Gefühl ist mehr.

Aber ich war mir noch nie im Leben bei etwas sicherer: Jasper braucht mich, und er braucht mich *sofort.*

Ich sehe mich nach einem Taxi um, nach einem Auto, nach irgendwas, überwältigt von dem Gefühl der Zeit, die ich schon verschwendet habe. Von dem, was mir schon hätte klar sein müssen. Was ich hätte sagen sollen. Aber es ist niemand in der Nähe, der mir helfen könnte. Ich habe keine Wahl, ich muss weiterlaufen. Ich blicke auf meine dummen, nutzlosen Flip-Flops, zerre sie mir von den Füßen und sprinte barfuß los, einen Schuh in jeder Hand.

Meine Beine fühlen sich angespannt und drahtig an, während ich die Juniper in Richtung Sullivan entlangrenne. Bald sind meine Fußsohlen auf dem rauen, heißen Straßenbelag wie taub, während ich an den größeren, schöneren Häusern vorbeilaufe. Die einzigen Geräusche sind meine rauen Atemzüge und das Klatschen meiner bloßen Füße auf dem Asphalt. *Tu es nicht, Jasper! Tu es nicht!* Denn ich glaube, er ist hingegangen, um zu springen. Und ich bete, dass ich mich irre.

Endlich erreiche ich die Stelle, wo die Straße abbiegt und an einer Baumgruppe endet. Danach kommt die Brücke.

Jetzt laufe ich so schnell, dass ich den Boden kaum noch spüre.

Jasper.

Eine Brücke.

Und diese Leere darunter.

Aber ich werde rechtzeitig da sein. Ich muss. Und irgendwie werde ich genau das Richtige sagen. Und er wird merken, dass er nicht klar denkt, denn ihm ist vielleicht egal, was gerade mit ihm passiert. In diesem Moment. Aber es wird ihm nicht egal sein – morgen, übermorgen. Und mir ist es jetzt nicht egal. Viel mehr, als mir klar war.

Jetzt bin ich fast an der Brücke, ich kann den Bogen deutlich sehen. Ich suche die ganze Länge ab, auf und ab. Aber da ist nichts. Da ist niemand, den ich überzeugen könnte. Niemand, den ich retten könnte. Vielleicht habe ich mich geirrt. Ich habe mich geirrt und bin nicht zu spät.

Es darf nicht anders sein.

Doch dann entdecke ich etwas auf dem Boden, ungefähr auf halber Strecke, am Geländer. Einen kleinen dunklen Haufen. Ich rase weiter, um zu sehen, was es ist.

Als ich schließlich dort ankomme, zittere ich. Erst als ich mich hinkauere, erkenne ich, dass es ein Sweatshirt ist. Blau und Grün. Alle anderen Farben wären besser. Denn Blau und Grün tragen alle Sportteams der *Newton Regional High School.* Ich muss mich am Geländer festhalten, während ich es aufhebe. Noch bevor es in der Luft ist, sehe ich den Bogen der Worte auf dem Rücken: *NRHS Eishockey Team.*

Nein, nein, nein!

So endet es nicht. Das kann nicht sein. Ich hätte … nein. Das ist es nicht. Jasper geht es gut. Es kann nicht anders sein. Ich drücke mich ans Geländer und beuge mich übers Wasser da unten, suche es nach irgendeiner Spur von ihm ab.

Ich muss mich beruhigen. Konzentrieren. Selbst wenn er gesprungen ist, bleibt immer noch Zeit, ihn herauszuholen. Es kann nicht lange her sein. Meine Hüften drücken gegen das Geländer wie bei einer Turnerin auf ungleichen Reckstangen. Ich halte nach irgendeinem Lebenszeichen Ausschau. Bete, dass ich etwas finde.

Da höre ich hinter mir ein lautes Geräusch. Reifen quietschen, Türen werden geöffnet. Schritte. Ich traue mich nicht, den Blick vom Wasser zu lösen. Habe Angst, dass ich einen Blick auf Jasper verpassen könnte.

»Stopp!«, ruft ein Mann hinter mir. Nicht zornig. Aber sehr, sehr entschieden. »Kommen Sie von dem Geländer weg!«

Die Polizei? Jaspers Mom muss sie gerufen haben. Gott sei Dank.

Aber ich drehe mich nicht um. Ich wende den Blick nicht vom Wasser ab. Ich werde Jasper entdecken, falls er auftaucht – egal was sie sagen. »Er ist da unten!«, schreie ich stattdessen.

»Kommen Sie von der Kante weg!« Jetzt noch lauter. Aber diesmal eine Frau. »Miss, gehen Sie sofort vom Geländer weg!«

»Aber mein Freund Jasper …«

»Wir hören Ihnen nicht zu, solange sie nicht da weggehen!«

Ich werfe einen Blick über die Schulter und sehe die beiden Polizisten langsam von beiden Seiten eines Polizeiautos herankommen.

»Jemand muss hinter ihm her. Haben Sie ein Boot oder Taucher oder so was?«

»Wir können darüber sprechen, wenn Sie hier herüberkommen, Miss.« Als ich wieder kurz hinschaue, sehe ich, dass die Polizistin zu einem Pferdeschwanz gebundene Locken hat. Und sie winkt mich zu sich. »Machen Sie ein, zwei Schritte von der Kante weg, Liebes. Auf mich zu.«

Die Art, wie sie »Liebes« sagt, klingt warnend, aber sie ist nervös. Ich fühle es. Ich sehe, wie sie auf meine schuhlosen, womöglich blutigen Füße schaut. Jetzt kapiere ich es: Ich sehe verstört aus. Aber sie versucht, geduldig zu sein, mir einen Vertrauensbonus zu geben. Ihr Partner dagegen – jung, nervös und übertrieben muskulös – wirkt, als würde er sich gleich auf mich stürzen. Sie sind beide nur auf mich konzentriert. Sie verstehen nicht, was los ist. Sie wurden falsch informiert.

»Sie verschwenden Zeit! Es geht nicht um mich, es geht um meinen Freund! *Er* ist gesprungen!«, rufe ich zu ihnen zurück, während ich mich wieder in Richtung Wasser wende. »Er stirbt da unten, wenn Sie sich nicht beeilen!«

»Wir wollen Ihnen helfen«, sagt die Polizistin. Jetzt ist sie ruhiger, sie hat sich wieder gefangen. »Aber das können wir nicht, wenn Sie nicht vom Geländer weggehen.«

Ihnen helfen. Sie hören *immer* noch nicht zu. Ich werde sie einfach zwingen müssen.

»Wenn Sie wollen, dass ich vom Geländer weggehe, dann schicken Sie jemanden da runter!«, schreie ich und stochere mit dem Finger in Richtung Wasser.

Ich wirble herum und beuge mich absichtlich rücklings übers Geländer. Die Polizistin bleibt stehen, aber ihr Partner schiebt sich immer noch seitlich auf mich zu. Die rechte Hand hat er an der Hüfte, er greift nach etwas. Ich glaube nicht, dass sie wirklich auf mich schießen würden, aber es gibt noch andere Möglichkeiten. Sie hebt wieder die Hand und sagt ihm, er solle sich zurückhalten. Er tut es, ist aber sauer deswegen.

»Wir sehen nach Ihrem Freund«, sagt sie mit gezwungen höherer Stimme. »Sobald …«

Als ich mich rückwärts noch weiter übers Geländer beuge, unterbricht sie sich.

»Sofort! Gehen Sie sofort nach ihm suchen!«

Gott, warum bin ich nicht gestern Abend schon zu Jasper gegangen? Weil ich ihm geglaubt habe, deshalb. Vielleicht hat er noch nicht einmal gelogen, als er sagte, es gehe ihm gut.

»Wylie, Liebes?« Die Polizistin kennt meinen Namen? Vielleicht hat Jaspers Mom ihn ihr genannt. Aber warum kommt es mir jetzt so komisch vor, dass sie ihn benutzt? »Hörst du mir zu?«

Nein, tue ich nicht. Worauf ich höre, ist dieses schreckliche Gefühl, das ich gerade habe. Ich höre darauf, was sie fühlt, und sie ist vollkommen auf mich konzentriert und hört kein Wort von dem, was ich sage. Die schlimmste Kombination, die man sich vorstellen kann.

»Sie wurden nicht meinetwegen geschickt. Sie wurden wegen meines Freundes Jasper geschickt!« Ich drücke mich hoch und setze mich sogar auf das Geländer. Mir ist mulmig, als ich einen Blick aufs Wasser werfe und nichts sehe – kein Boot, keinen Suchtrupp, kein Blaulicht am Ufer. Kein Jasper. Und so weit über dem Wasser zu hängen ist total beängstigend. »Schicken Sie Leute los, um ihn zu suchen! Sofort!«

Sie hebt die Hand. »Okay, okay.« Jetzt ist sie sauer. Auch besorgt, aber auf eine hauptsächlich angepisste Art. Sie ist sauer, weil ihr die Lage entglitten ist. Ihre Nasenflügel blähen sich, während sie eine Nummer wählt. Eine Sekunde später bittet sie um eine Marine-Einheit. »Mögliches männliches Opfer im Teenageralter im Wasser. Sturz von der Bernham Bridge.« Sie schweigt kurz, dann gibt sie ihnen mehr Einzelheiten durch. Es sieht aus, als würde sie wirklich mit jemandem reden und nicht nur so tun. »Sie sind unterwegs«, sagt sie, als sie fertig ist. »Jetzt können wir verhandeln, Wylie. Komm runter.«

Ich habe immer noch ein ganz ungutes Gefühl. Allerdings jetzt anders. Als wäre mir etwas Wichtiges entgangen. Das Wichtigste.

»Was ist hier los?«, frage ich.

»Du beugst dich über ein Brückengeländer, was *extrem* gefährlich ist. Und du machst uns höllische Angst.«

Das Mädchen mit dem Messer ist zum Mädchen auf einem Brückengeländer geworden. Und droht zu springen. Eine Gefahr für sich selbst, kein Zweifel. Mist. Wie konnte das passieren? Wie bin ich genau zu der geworden, die ich nicht sein wollte?

»Alle wollen dir helfen«, spricht sie weiter. »Wir wollen, dass es dir gut geht.«

»Aber es geht nicht um mich«, flüstere ich. Ich will ja herunterkommen. Es ist unheimlich, über diesem Geländer zu hängen. Und sie hat getan, was ich wollte – Leute auf die Suche nach Jasper geschickt. »Okay, okay.«

Ich umfasse das Metall fester und drücke mich ab. Sobald meine Füße den Boden berühren, trifft mich etwas mit Wucht von der Seite, bringt mich aus dem Gleichgewicht und schubst mich vom Wasser weg. Bevor ich auf dem Boden aufschlage, werde ich an den Armen hochgerissen.

»Loslassen!«

»Beruhige dich.« Eine Männerstimme. Eine andere, hinter mir. »Oder wir müssen dich einweisen.«

Jetzt ist es doch noch passiert: Leute kommen und bringen mich weg. Aber so hatte ich es mir nicht vorgestellt. So offensichtlich ungerecht. Nein. Das werde ich nicht zulassen. Ich werde nicht ruhig mitgehen. Ich werde mich nicht benehmen, wie sie es von mir wollen. Sie kennen mich nicht.

Also nicke ich, als hätte ich sie gehört. Als würde ich zuhören. »Okay«, sage ich ruhig. »Aber Sie tun mir an den Armen weh. Lassen Sie mich los.«

Sie lockern den Griff, erst ein bisschen, dann ein bisschen mehr. Das ist meine Chance. Vielleicht die letzte. Ich werfe mich nach vorn. *Lauf, lauf, lauf!* Einen Schritt, zwei.

»Stopp!« Laut. Direkt in meinem Ohr. Derselbe Mann, der, der mich festgehalten hat. Und jetzt ist er sehr wütend.

Lauf, lauf, lauf. Aber er ist so nah. Als hätte ich keinen einzigen Schritt gemacht. Und da sind noch mehr Stimmen. Viel Geschrei. Das Geräusch stampfender Füße. Ich werde wieder umgeworfen, diesmal viel härter.

»Vorsicht! Tut ihr nicht weh!«, ruft die Frau.

Meine Hände brennen auf dem Asphalt. Und da sind so viele Hände an mir. Ich versuche, sie wegzuschlagen, aber es sind zu viele. Sie sind viel zu …

»**Und was ist** dann passiert?«, fragte Dr. Shepard.

Ich war an *der* Stelle des Traums angekommen: an der wichtigen Stelle. Deshalb hatte ich mich unterbrochen. So war ich eine gute Patientin: nicht leicht zu reparieren, sondern offensichtlich kaputt.

»Ich habe sie geschubst«, sagte ich schließlich, nachdem die Stille zu unangenehm geworden war. »Ins Feuer.«

Diesen Traum hatte ich gehabt, seit Jasper und ich aus dem Camp zurückgekommen waren. Aber jetzt hatte ich ihn zum ersten Mal Dr. Shepard erzählt. Der Traum war so durchsichtig, dass es fast peinlich war: Ich fühlte mich schuldig wegen dem, was Cassie passiert war, also träumte ich, dass ich *buchstäblich* ihren Tod verursacht hatte.

»Ich verstehe«, sagte Dr. Shepard auf diese total nervige Therapeuten-Art, von der ich eigentlich gedacht hatte, wir hätten sie hinter uns gelassen.

»Das ist alles?«, fragte ich. »Sie wollen nichts dazu sagen, was der Traum *wirklich* bedeutet? Dass ich mich schuldig fühle und so?«

»Ich weiß nicht.« Sie zuckte die Achseln. »Es sieht aus, als ginge es darum, dass du Cassie ins Feuer gestoßen hast.« Sie rutschte ein wenig in ihrem großen roten Sessel herum. »Ich meine, hast du?«

Das war eine echte Frage.

»Natürlich nicht!«, schnauzte ich zurück.

»Gib doch nicht mir dir Schuld. Es war *dein* Traum«,

sagte Dr. Shepard mit der vorwurfsvollen Stimme einer Fünfjährigen. Das kam mir nicht sehr professionell vor.

Konnte sie außerdem nicht wenigstens *versuchen*, dafür zu sorgen, dass es mir besser ging, nach allem, was ich durchgemacht hatte? Ich sprang auf und begann, im Raum auf und ab zu gehen.

»Ich habe versucht, sie aufzuhalten, das wissen Sie. Ich habe alles getan, was ich konnte.« Ich klopfte mir hart gegen die Brust.

Dr. Shepard blinzelte mich mit ihren hübschen braunen Augen an und rückte ihren kleinen Körper wieder herum.

»Ich weiß nicht, warum, Wylie, aber du hast es getan. Das ist entschieden. Es gibt keinen Zweifel.«

»Habe ich nicht!«, schrie ich und ging drohend auf sie zu. Am liebsten hätte ich sie geschlagen. Ich hatte sogar Angst, ich könnte es wirklich tun.

Doch dann hörte ich hinter mir ein Geräusch. Ein Husten? Jemand räusperte sich. War noch jemand mit uns in Dr. Shepards Büro? Aber wie konnte das sein? Da bemerke ich, dass der Raum orange geworden ist, und Dr. Shepards roter Sessel ist blau. Ich will es ihr sagen, aber sie ist verschwunden.

»Tust du es?« Eine Stimme hinter mir.

Ich will mich umdrehen, kann aber meine Füße nicht bewegen. Der Boden ist zu einer zähen Flüssigkeit geworden. Also verdrehe ich mich, um über die Schulter zu sehen.

Meine Mutter sitzt auf Dr. Shepards großem, jetzt wieder rotem Sessel. Sie trägt die Kleider, die sie am Abend ihres Todes trug. Ihr linker Fuß ist nackt. An ihrem rechten hat sie einen einzelnen blauen Clog.

Ihre Haut ist verschmiert und schwarz, wie mit Asche überzogen.

»Mom?«, flüstere ich.

»Also, tust du es?«, will sie wissen.

»Tue ich was?«, frage ich.

»Komm schon, Wylie. Erst ich, dann Cassie – bringst du Dr. Shepard auch um?«

Keuchend wache ich auf, als bräche ich durch die Wasseroberfläche. Ich öffne die geschwollenen Augenlider. Ein heller, weißer Raum. Neonlampen summen über mir. Wie in einem Büro.

Ich versuche zu atmen, bekomme aber kaum Luft.

Da kommt alles wieder. Wie Hammerschläge. Die Brücke. Jasper. Die Polizei. Ich versuchte zu fliehen.

Ein Fehler.

Oh, Jasper. Meine Brust wird eng.

Ich versuche mich hochzustemmen, aber ich kann nicht. Mein Kopf ist zu groß und wird niedergedrückt, als wäre er eingegipst. Ich versuche es noch mal, und diesmal hebt sich mein Kopf. Aber ich stecke trotzdem fest. Es ist nicht mein Kopf, der festgehalten wird. Es sind meine Arme.

Festgeschnallt. In einem Krankenhausbett.

8

Bleib ruhig. Reiß dich zusammen. Konzentrier dich. **Aber das** ist so viel leichter gesagt als getan. Mein Kopf ist auch so vernebelt. Das muss von dem kommen, was sie benutzt haben, um mich zu betäuben. Das war immer Teil des Albtraums: so mit den falschen Medikamenten vollgepumpt zu werden, dass es nie besser wird. Und dann sterbe ich traurig und allein in einer psychiatrischen Anstalt – genau wie meine Großmutter. Wieder zerre ich an den Riemen an meinen Armen, aber es nützt nichts.

Und Jasper? Haben sie ihn gefunden? Ist er wirklich von der Brücke gesprungen? O Gott, ich habe alles falsch gemacht. Ich sollte ihn retten, und jetzt habe ich es geschafft, mich hier einschließen zu lassen. Ich fange an zu weinen. Verzweifelt. Ich kann nicht anders. Bald tut mir vom Schluchzen der Bauch weh, und mein Gesicht ist voller Tränen und Rotz.

Da öffnet sich die Tür, und eine Frau mit langen, sehr glatten, braunen Haaren in einem weißen Arztkittel kommt herein. Sie ist jung und hübsch, aber auf eine aggressive, derbe Art – kein Make-up, kein Schmuck, gerader Pony. Als hätte man ihr mal gesagt, sie sei ganz schön, und seitdem täte sie alles, um es zu verbergen. Ich versuche, mit dem Weinen aufzuhören. Aber das macht es nur schlimmer.

»Du meine Güte, geht es dir gut?« Sie eilt herbei und schnappt sich ein paar Taschentücher von einem Tisch in der Nähe. Und dann kommt der peinliche Moment, als sie merkt, dass ich mir das Gesicht nicht selbst abwischen kann, weil ich fixiert bin – sie sieht so überrascht aus. Als wäre sie hier neu. Sie zögert kurz, dann macht sie sich daran, meine Handgelenke loszuschnallen. »Komm her, es tut mir leid, dass ...« Ihre Stimme verhallt, als wollte sie nicht mal laut sagen, was sie mit mir gemacht haben.

Als meine Hände frei sind, nehme ich die Taschentücher und trockne mir das Gesicht ab.

»Haben Sie meinen Freund gefunden?«, frage ich. »Sein Name ist Jasper. Ich war auf der Brücke und habe ihn gesucht. *Ich* wollte nicht springen oder so was. Aber die Polizei kam, und ich glaube, sie dachten vielleicht, ich sei er – oder ... ich weiß nicht. Sie waren auf jeden Fall verwirrt.« Ich presse die Lippen zusammen und hoffe, wenn ich weiterspreche, kommen meine Worte langsamer heraus. »Sie sagten, sie wollten nach Jasper suchen. Ich muss wissen, dass es ihm gut geht.«

Denn es darf nicht anders sein.

»Das ist schlimm.« Sie sieht verwirrt aus, dann mitleidig – vielleicht sogar ein bisschen erschüttert meinetwegen. »Es tut mir leid, ich bin Dr. Alvarez. Leider weiß ich nichts über deinen Freund. Aber ich werde versuchen, es herauszufinden. Lass mich aber zuerst schnell deine Vitalfunktionen prüfen.«

Ich nicke. Mitmachen, das ist meine einzige Möglichkeit, zumindest im Moment. Ich bin dankbar für die Beruhigungsmittel, die immer noch in meinem Blutkreislauf sind, denn sie halten meinen Puls im Zaum, obwohl ich schreckliche Angst habe. Und wenn ich ruhig bleibe, kann ich leichter beweisen, dass mit mir alles in Ordnung ist. Diese Dr. Alvarez möchte mir ehrlich helfen. Ich fühle es. Sie ist leicht zu lesen, wenn meine eigenen Ängste außer Gefecht gesetzt sind – und sei es nur durch Medikamente. Und ich spüre keine Täuschung, kein Zögern. Es wäre gut, wenn sie weiterhin auf meiner Seite wäre. Denn das hier ist ein Versehen, eine Verwechslung, eine total kranke und schreckliche – ganz zu schweigen von der Ironie. Aber – wie Dr. Shepard mich über die Jahre immer wieder erinnert hat – Zufall ist nicht dasselbe wie Ursächlichkeit. Und je geistig gesünder ich mich benehmen kann, desto schneller wird sich das alles hier aufklären.

Dr. Alvarez hebt mein Handgelenk an, um meinen Puls zu fühlen, klemmt mir ein kleines Gerät an den Finger und steckt mir ein Thermometer in den Mund. Innerhalb einer Minute, vielleicht zwei ist alles fertig und auf ihrem Klemmbrett aufgezeichnet. Dann legt sie mir die Hand auf den Arm. Freundlichkeit und Besorgnis, und wieder diese Andeutung von Empörung um meinetwillen, mehr fühle ich nicht. Ich bin mir noch nicht ganz sicher, ob ich Dr. Alvarez ganz vertrauen kann, aber Gott weiß, dass ich es möchte.

»Deine Vitalfunktionen sind gut«, sagt sie mit einem reservierten Lächeln. »Jetzt versuche ich, mehr über deinen Freund herauszufinden. Mein Vorgesetzter Dr. Haddox kommt bald, um dir alles zu erklären.«

»Ich will nur ... ich will nach Hause. Ich wollte nicht springen. Mir geht es gut, ehrlich. Ich schwöre es.« Ich klinge verzweifelt. Als würde ich lügen. Vielleicht sollte ich besser den Mund halten.

Ich fühle Kummer in ihrer Brust aufsteigen, als sie mich ansieht. »Ich möchte helfen, wenn ich kann.« Sie nickt, aber sie hat ihre Zweifel. Ich bin mir nicht sicher, ob an mir oder an ihren eigenen Fähigkeiten. »Wie heißt dein Freund mit vollem Namen?«

»Jasper Salt.«

»Okay«, sagt sie, während sie zur Tür geht. »Mal sehen, was ich tun kann.«

Ich warte, bis Dr. Alvarez weg ist, bevor ich mich aufsetze. Ich sehe meine Flip-Flops ordentlich nebeneinander an der gegenüberliegenden Wand; meine einzigen persönlichen Gegenstände weit und breit. In Wirklichkeit will ich mein Handy. Ich muss Dad anrufen. Er kann zumindest Dr. Shepard dazu bringen, für mich zu bürgen. Ich habe keine Ahnung, wie spät es ist, aber hoffentlich ist er noch nicht im Flugzeug nach D.C.

Mein Handy ist nirgends zu sehen. Ich stehe auf und hoffe, es könnte irgendwo in einer Schublade verstaut sein. Erst als meine Füße den Boden berühren, blicke ich nach unten und bemerke, dass ich einen grauen Jogginganzug trage. Ich schäme mich und fühle mich schutzlos, als ich mir vorstelle, wie ich umgezogen wurde, während ich ohnmächtig war. Noch schlimmer ist das Gefühl, dass sie mich für einen längeren Aufenthalt vorbereitet haben.

Jetzt ist mein Herz hellwach und pumpt schneller, als es sollte.

Ich gehe im Zimmer herum, öffne und schließe die glatten, ganz neuen Schubladen und sehe auch in den Schrank. Alles leer. Alles makellos sauber. Auch in dem strahlend weißen gefliesten Badezimmer findet sich nichts außer einem Set Toilettenartikel in Reisegrößen. Keine Nagelschere oder Pinzette in Sicht. Nichts Scharfes. Und definitiv kein Handy.

Ich gehe zur Tür und drücke das Ohr dagegen. Das habe ich in meiner Vorstellung von meiner Einweisung immer am meisten gefürchtet: die Geräusche einer psychiatrischen Abteilung. Aber ich höre nichts. Entweder ist der Flur still oder die Tür zu dick. Und es erscheint mir nicht klug, sie zu öffnen. Ich kann es mir nicht leisten, so auszusehen, als wollte ich schon wieder fliehen.

Also gehe ich zum Fenster und ziehe die schweren Vorhänge auf. Es ist noch hell, derselbe Tag. Hoffentlich. Vielleicht sind nur ein paar Stunden vergangen. Vielleicht. Ich zwinge mich einzuatmen.

Gegenüber sehe ich ein glänzendes Gebäude aus Stahl und Glas, modern und ganz neu. Seine blanke Fassade reflektiert das Gebäude, in dem ich mich befinde. Ziemlich dasselbe: hoch und glänzend, Fensterscheibe um Fensterscheibe. Für ein Krankenhaus ganz nett, worüber ich froh bin. Aber vielleicht auch ein bisschen zu hübsch. Vom Fenster aus sehe ich einen Parkplatz. Am anderen Ende steht ein altes weißes Gebäude mit einer kleinen Kuppel auf dem Dach, zu dessen herrschaftlichem, aber bröckelndem Eingang eine Treppe hinaufführt. Ein unheimlich aussehendes Überbleibsel dessen, was das Krankenhaus einmal war.

Meine Brust wird eng. Eine ausgewachsene Panikattacke kündigt sich an. Anscheinend genügt eine Notsituation, in der ich allein in einem Raum gefangen bin, noch nicht, um meine Ängste zu neutralisieren, wie es die Suche nach Cassie geschafft hat. Ich versuche, das tiefe Atmen einzusetzen, wie es mir Dr. Shepard beigebracht hat. Es hilft ein bisschen. Aber nicht so wie früher. Und falls ich wirklich Panik bekomme, gibt ihnen das nur recht. Andererseits muss ich vielleicht Krawall schlagen. Verlangen, sofort mit Dad reden zu dürfen. Stören, so gut ich kann. Ich starre immer noch aus dem Fenster, als sich die Tür hinter mir öffnet.

»Keine großartige Aussicht, aber auch nicht so schlecht. Wenigstens ist es keine Ziegelmauer.«

Als ich mich umdrehe, steht ein Mann in der Tür. Ein bisschen älter als Alvarez, ein bisschen jünger als Dad. Er hat freundliche blaue Augen und hellbraune Haare, sieht gut aus, ohne abschreckend schön zu sein. In einer Hand hält er eine Aktenmappe.

»Ich bin Dr. Haddox«, sagt er lächelnd und kommt mit ausgestreckter Hand auf mich zu. Aus der Nähe kann ich fühlen, dass er nervös ist oder dass ihm unwohl ist, aber er versucht, das zu überspielen, indem er sich besonders ruhig und selbstsicher gibt. Es funktioniert nicht. Zumindest nicht bei mir.

Denn ich mag zwar vielleicht gerade eine Panikattacke bekommen, aber die ist ein eindeutiges Gefühl – tiefer in meinem Inneren und kälter als das, was ich von ihm spüre. Sein Unbehagen hat eine höhere Frequenz, irgendwie heißer, und es fließt stattdessen durch meine Brust. Der Kontrast wird immer deutlicher. Dieser Dr. Haddox ist hier vielleicht verantwortlich, aber er ist sich überhaupt nicht sicher, ob er das wirklich will.

Ich zögere, bevor ich selbst die Hand ausstrecke. Als ich es schließlich tue, wird sein Gesichtsausdruck weicher, erleichtert.

»Wie lange bin ich hier?«

»Ach, ein paar Stunden, glaube ich.«

»Wo ist mein Handy?«, frage ich – und so wie Dr. Haddox zuckt, wahrscheinlich zu aggressiv.

»Ähm.« Er sieht sich um, als glaubte er ehrlich, wir würden es irgendwo liegen sehen. »Ich weiß nicht so genau.

Aber ich weiß, dass wir hier Handys haben – verschiedene Eltern, verschiedene Regeln. Wir wollen einfach Probleme vermeiden. Hattest du es noch, als du ankamst?«

Ich spüre keine Unehrlichkeit, während er zum Schreibtisch geht und eine Schublade aufzieht, um selbst genauso danach zu suchen, wie ich es eben noch getan habe.

»Ich habe keine Ahnung, ob ich es dabeihatte oder nicht«, antworte ich. Als ich bei der Brücke ankam, war es in meiner hinteren Hosentasche. Es könnte auch ins Wasser gefallen sein. Oder mir aus der Tasche gefallen, als ich zu Boden geworfen wurde. »Als sie mich hier hereingeschleppt haben, war ich bewusstlos. Ich habe keine Ahnung, was ich dabeihatte.«

Kurz schließt er die Augen. »Ach ja«, sagt er leise. »Was das angeht: Das tut mir sehr leid. Ich weiß nicht, was für eine Verwechslung das war, aber das hätte nicht passieren dürfen.«

Verwechslung. Endlich kapiert es jemand.

»Dann kann ich also gehen?«, frage ich und sehe mich noch mal nach meinen persönlichen Sachen um, die ich gern zurücklasse, wenn das bedeutet, dass ich hier herauskomme.

Dr. Haddox zieht die Augenbrauen zusammen und neigt den Kopf seitlich. »O nein«, sagt er unbehaglich. »Mit Verwechslung meine ich Vorgänge, die zu befolgen sind, was aber keiner getan hat. Angefangen mit der Tatsache, dass sie zu dir nach Hause gehen sollten.«

»Nicht zu *mir* nach Hause«, widerspreche ich. »Zu Jasper.«

»Jasper ist dein Freund, ja?«, fragt er. »Seinetwegen warst du auf der Brücke.«

»Seinetwegen waren *sie* dort«, sage ich und wünsche

mir, dieser Doktor sei insgesamt ein bisschen schneller von Begriff. »Jaspers Mom hat die Polizei gerufen, weil ich es ihr gesagt habe. Ich machte mir Sorgen, Jasper könnte … ich weiß nicht, etwas Dummes tun. Das Ganze wurde irgendwie verworren, weil sie dachten, sie sollten mich suchen.« Ich warte auf eine Reaktion, ein Gefühl, dass ich ihn überzeuge. Aber ich spüre immer noch nur seine Verwirrung. »Jedenfalls bin ich hier, weil sie dachten, *ich* sei Jasper.«

»Nein«, sagt der Doktor ruhig und freundlich. »Du bist hier, weil Krankenwagen und Polizei zu dir nach Hause geschickt wurden, Wylie. Und …« – er zieht die Akte in seiner Hand zu Rate – »es sieht aus, als wäre es dein Bruder, der …?«

»Mein Bruder?«

»Ja, dein Bruder Gideon? Ach nein, warte, hier steht, er wusste nicht, wo du bist. Ich glaube, es war die Mutter deines Freunds, die gesagt hat, du seist auf der Brücke«, ergänzt er dann mit einem schnellen, zufriedenen Nicken.

Noch etwas stimmt nicht – unabhängig davon, dass das hier offensichtlich eine verkorkste Lage ist. »Gideon wusste gar nicht, dass ich bei Jasper zu Hause war«, sage ich.

»Tut mir leid, das weiß ich nicht. Die Einzelheiten stehen hier nicht.«

Und ich schätze, es könnte auch sein, dass Gideon geraten hat und sie einfach zum Haus des einzigen Freunds schickte, den ich noch habe.

»Trotzdem hätte das alles nicht so laufen sollen. Es kann nicht …« Er schüttelt den Kopf und holt Luft. »Das hätte nicht passieren dürfen. Und es tut mir leid. Aber es ist keine Verwechslung, dass du hier bist. Das soll so sein.«

»Wovon reden Sie?«, frage ich. »Warum?«

Das Schlimmste ist, ich spüre, dass er die Wahrheit sagt –

oder doch wenigstens das, was er für die Wahrheit hält. Meine Hände haben angefangen zu zittern.

»Ich weiß, es ist schwer zu verstehen. Und ich verspreche, ich werde es erklären. Wenn du aber vielleicht erst …«

»Nein!«

Ich schreie so laut, dass es widerhallt. Und ich bin froh darüber. Selbst wenn sich durch das Schreien die Luft dünn anfühlt.

Ich bin schon einmal auf so einen Mist hereingefallen. Bei Quentin im Camp – *Warte kurz, dann erklären wir dir alles.* Das wird mir nicht noch mal passieren. Ich werde bestimmt nicht noch mal einem Haufen Leute vertrauen, die mich irgendwo eingesperrt haben. Wenn ihr mich auf der Straße entführt, gehe ich davon aus, dass jedes Wort, das aus eurem Mund kommt, eine Lüge ist. Auch wenn es euch nicht bewusst ist.

»Ich verstehe, dass du durcheinander bist, Wylie, und unter diesen Umständen hast du auch jedes Recht dazu«, spricht Dr. Haddox weiter, und sein Blick schnellt zur Tür. Er überlegt, ob er jemanden rufen soll. Vielleicht sogar jemanden mit einer Spritze, der ihm helfen kann, mich unter Kontrolle zu halten. Und ich muss vorsichtig sein. Zumindest strategisch. Sie sind diejenigen mit den Beruhigungsmitteln. Aber ich spüre auch Schuldgefühle bei Dr. Haddox. Er lässt mich nicht gern im Ungewissen. Wenn ich weiterdränge, wird sein Gewissen die Oberhand gewinnen, glaube ich. »Ich verspreche, ich werde dir alles erklären, ich muss nur …«

»Sofort«, sage ich leise und ruhig. Ich kann das. Ich kann die Antworten verlangen, die ich verdiene, ohne dass sie sagen können, ich sei »irrational« oder »überemotional«. Ich kann nutzen, was ich über Dr. Haddox weiß –

dass er seine eigenen Zweifel an der Sache hat –, um ihn dazu zu bringen, mir die Wahrheit zu sagen. Mir passt dieses ganze Outlier-Ding vielleicht nicht, aber ich werde es ganz bestimmt zu meinem Vorteil nutzen. »Hören Sie, Sie haben mich eingefangen und unter *Medikamente* gesetzt. Ich glaube, dass ich eine Erklärung haben möchte, macht mich zum zurechnungsfähigsten Menschen aller Zeiten.« Ich verschränke die Arme. »Sonst müssen Sie mir wohl wieder Drogen geben.«

Dr. Haddox zuckt zusammen, dann hebt er die Hand zur Stirn und reibt sich mit Daumen und Mittelfinger die Schläfen. Das mit den Medikamenten stört ihn am meisten. Die Karte werde ich wohl weiter ausspielen müssen.

»Okay«, sagt er und deutet zu dem Gästesessel, während er sich rücklings ans Bett lehnt. Aber ich mache keine Anstalten, mich zu setzen. »Wir glauben, es besteht die Möglichkeit, dass du – dass ihr alle hier etwas namens PANDAS habt.«

»PANDAS? Was ist das?«

»Das ist eine Erkrankung, die durch unbehandelte Streptokokken entsteht. Sie kann eine ganze Reihe von psychischen Symptomen auslösen, vor allem Zwangserkrankungen und Angststörungen, wobei wir den Verdacht haben, dass es in diesem Fall eine Abweichung gibt oder dass die Symptome von PANDAS möglicherweise breiter gestreut sind, als uns bisher klar war, und zusätzliche Stimmungsstörungen umfassen. Hattest du in letzter Zeit stärkere Ängste?«

Die Frage sollte ich wohl besser nicht beantworten.

»Ich habe keine Streptokokken. Ich habe noch nicht mal Halsschmerzen«, sage ich stattdessen.

»Streptokokken sind oft asymptomatisch. Und in diesem

Fall könnten sie sogar aus dem Essen stammen. Dann wären die üblichen Symptome, die man mit Streptokokken in Verbindung bringt, wie Halsschmerzen, nicht aufgetreten.«

»Wovon reden Sie da?«, frage ich. »Was zum Geier meinen Sie mit Essen?«

»Ich weiß, das klingt alles sehr kompliziert«, sagt er mit einem schiefen Lächeln, das eher einer Grimasse ähnelt. »Es wäre einfacher, wenn sie es deinen Eltern erklärt hätten, wie sie das eigentlich auch hätten tun sollen.«

»Ja, denn Sie können mich ohne das Einverständnis meines Vaters nicht hier festhalten.« So weit bin ich mir immerhin sicher. Angenommen, sie kommen nicht mit dem ganzen Ding von wegen »Gefahr für mich selbst«, was mir nicht so zu sein scheint. »Das ist illegal.«

Rachel hat gerade, als sie das letzte Mal bei uns war, noch davon gesprochen, dass es auf Freiheitsberaubung hinausläuft, wenn einen die Regierung festhält.

»Ich glaube, in solchen Fällen nicht.« Dr. Haddox klingt fast, als täte es ihm leid. »Pass auf, ich bin hier als Arzt, der die Wahrscheinlichkeit von PANDAS beurteilen soll. Ich habe nicht alle Informationen. Ich weiß nicht mal genau, wie sie euch alle isoliert haben. Aber ich bin mir ziemlich sicher, sie handeln innerhalb ihres Ermessens legal. Das NIH hat so etwas bei Masern und Ebola auch schon gemacht.«

»Ebola?«, frage ich.

»Keine Sorge, PANDAS ist nicht wie Ebola. Das war nur ein Beispiel für etwas, womit sich das NIH beschäftigt hat.«

Das NIH. Am selben Tag, an dem jemand meinen Dad anruft, damit er sich mit jemandem vom NIH in Washington trifft, steckt mich das NIH in ein Krankenhaus? *Das* ist ganz sicher kein Zufall.

»Ich muss mit meinem Dad reden.«

»Auf jeden Fall. Wir haben ihn schon mehr als einmal angerufen und konnten ihn bisher noch nicht erreichen«, sagt Dr. Haddox. »Weißt du, wo er sein könnte?«

Washington, D.C. Im Flugzeug. Da ist er wahrscheinlich.

»Wie viel Uhr ist es?«

»Fast eins, glaube ich.«

»Dann sitzt er im Flugzeug«, sage ich. »Aber er müsste bald in D.C. sein. Dann ist sein Handy wieder an.«

»Wir versuchen es auf jeden Fall weiter bei ihm«, sagt Dr. Haddox, dann wird sein Gesicht ernst. »Aber die Regierung – in diesem Fall das NIH, und ich nehme an, auch die Seuchenbehörde – hat in potenziell ansteckenden Fällen wie diesem weitreichendere Befugnisse, im Interesse der öffentlichen Sicherheit zu handeln.« Der Text stammt nicht von ihm. Das hat ihm jemand für solche Fälle mitgegeben. »Noch mal: Das entschuldigt nicht, wie das in deinem Fall ablief. Ehrlich gesagt habe ich den Verdacht, die Polizisten und Rettungssanitäter sind in Panik geraten. Man hat ihnen nicht viel gesagt. Das ist eine außergewöhnliche Situation, und wir alle haben die Anweisung, den Informationsfluss auf ein Minimum zu beschränken. Sie haben nur ihre Arbeit gemacht. Ich entschuldige nicht, was sie getan haben …«

»Aber Sie tun es doch«, sage ich nüchtern. »Genau das tun Sie.«

»Es tut mir leid.« Er blickt zu Boden. »Meinem Verständnis nach behalten wir euch nur hier, um ein paar Tests durchzuführen. Wir müssen eine einfache Blutabnahme machen, ein Gespräch führen, sichergehen, dass nichts schlimmer wird. Wir geben euch allen eine Runde Antibiotika gegen die Streptokokken, und damit müsste sich das erledigt haben. Wenn es PANDAS ist, verschwinden die psychischen Symptome im Allgemeinen ziemlich schnell von allein.«

Jetzt hebt Dr. Haddox den Blick endlich wieder und sieht mir in die Augen. Entschlossenheit, das ist die Emotion. Er ist entschlossen, seine Arbeit richtig zu machen, vertrauenswürdig zu sein. Und ich schätze, *er* glaubt wirklich, was er sagt. Ich weiß aber auch, dass er deswegen noch lange nicht recht hat.

»Es ist seltsam, dass auf einem so kleinen Gebiet so viele Leute krank werden, und PANDAS ist ein relativ seltenes, nicht ansteckendes Leiden. Zumindest bis jetzt. Das wirft Fragen auf, wie ihr alle es euch zugezogen haben könntet. Deshalb wurde das NIH eingeschaltet, und sie haben uns eingeschaltet.«

»Also arbeiten *Sie* nicht fürs NIH?«

»O nein, ich bin nur Stipendiat. Ich arbeite für einen Professor in der Forschung. Mein Chef ist Experte, deshalb hat sich das NIH an ihn gewandt. Und jetzt sind wir hier«, sagt er, als wüsste er immer noch nicht so recht, was passiert ist. Und er ist nicht glücklich darüber.

»Und Sie wissen nicht, warum sie glauben, ich hätte das?«

»Nein«, sagt er. »Das hat man uns nicht gesagt. Nur dass sie Grund zur Annahme haben, ihr hättet es alle.«

Ihr alle. Ich traue mich nicht zu fragen, wie viele wir sind. Und ich weiß nicht so genau, ob ich das tröstlicher oder schlimmer finden soll als meinen ursprünglichen Gedanken, dass sie mich zwangseingewiesen haben.

»Demnächst müsste jemand vom NIH kommen, um die Einzelheiten zu besprechen. Es klingt sicher lächerlich, dass ich es nicht weiß, aber ich weiß ehrlich nicht mehr.«

»Und was ist, wenn ich gehen will?«, frage ich. »Was, wenn ich die Behandlung oder die Tests nicht will? Kann ich dann einfach verschwinden?«

Dr. Haddox holt Luft. Ich spüre, wie er daran denkt, der

Frage auszuweichen, und sich dann entscheidet, offen zu sein.

»Nein, du kannst nicht gehen«, sagt er. »Noch nicht. Aber wenn du mit mir kommst, kann ich dich den anderen vorstellen und einen Termin für deine Blutabnahme machen. Dann ist zumindest … na ja, ein erster Schritt gemacht.«

»Vorher muss ich wissen, ob es Jasper gut geht«, sage ich. »Mein Freund von der Brücke. Dr. Alvarez sagte, sie wollte nach ihm sehen.«

Er nickt. »Natürlich, sie ging ihn gerade anrufen, als ich hereinkam. Wir können unterwegs nach ihr sehen.«

9

Der Flur ist leer. Keine Menschenseele zu sehen, obwohl alles andere wie in einem normalen Krankenhaus aussieht: eine Schwesternstation mit Hängeregistern voller Akten, allerlei medizinisches Gerät und offene Räume den Flur entlang, sogar eine leere Krankenliege am anderen Ende. Aber irgendetwas an der hohlen Stille ist zutiefst verstörend. Als wären wir über einen Ort gestolpert, der schon evakuiert wurde.

»Wo sind denn alle?«, frage ich.

»Sie sind im Gemeinschaftsraum«, sagt er mit einer Geste nach vorn.

»Was ist das hier? Und warum sind hier keine Menschen?«

»Oh.« Dr. Haddox scheint wieder verwirrt zu sein, wie wenig ich weiß. »Das Boston General Hospital, aber das ist ein neuer Flügel. Er läuft auf Mindestauslastung. Komm, ich glaube, wir fühlen uns beide wohler, wenn du im Gemeinschaftsraum bist.«

Als wir am Schwesternzimmer vorbeikommen, entdecke ich ein Telefon auf dem Schreibtisch. »Kann ich von hier aus versuchen, meinen Dad anzurufen?«, frage ich. Ich möchte ihn wirklich anrufen, aber es ist auch ein Test.

»Natürlich«, sagt Dr. Haddox ohne Zögern und wirkt ehrlich erleichtert. Als wäre ihm nichts lieber, als dass ich dieses Gespräch führe. Er tritt vor und gibt mir den Hörer. »Du musst die neun vorwählen.«

Immer noch erwarte ich, dass mich etwas aufhält, dass Dr. Haddox plötzlich mit einer Ausrede ankommt. Doch dann klingelt das Telefon, der Anruf geht direkt auf die Mailbox. Ich spreche eine Nachricht auf: »Dad, hier ist Wylie. Ich bin im Boston General Hospital im …«

»Dwyer-Flügel.«

»Dwyer-Flügel«, wiederhole ich. »Diese Leute haben mich hergebracht. Sie sind vom NIH. Sie sagen, ich und ein paar andere Leute haben so ein PANDAS-Ding. Kannst du herkommen? Oder anrufen? So schnell du kannst?«

Ich lege auf und sehe Dr. Haddox an. »Er kann mich doch anrufen, oder?«

»Natürlich«, antwortet er. »Wir hoffen, er tut es. Wie ich schon sagte, wir haben schon mehrere Nachrichten hinterlassen. Dr. Cornelius hat ausdrücklich gesagt …«

»Moment mal, wer?« Mein Herz schlägt noch schneller als vorher.

»Dr. Cornelius. Er ist Immunologe und gehört zum Metropolitan New York Hospital. Er ist mein Betreuer an der Cornell.«

Dr. Cornelius von der Cornell, natürlich. Ich hätte die Verbindung sofort sehen müssen, als Dr. Haddox ein »Leiden« und das NIH erwähnte. Offensichtlich hängt alles zusammen. Ich überlege, Dad direkt noch mal anzurufen und ihm zu sagen, dass Dr. Cornelius damit zu tun hat. Aber jetzt habe ich Angst, Dr. Haddox die Verbindung zwischen Cornelius und meinem Dad zu verraten. Im Moment scheint es jedenfalls noch so, als hätte Dr. Haddox keine Ahnung, wer ich bin.

»Möchtest du versuchen, noch jemand anderen anzurufen?« Dr. Haddox macht zur Betonung eine Geste in Richtung Telefon. Er will mir beweisen, dass er mir nicht im Weg steht.

Ich nicke und wähle Jaspers Nummer. Als der Anruf wieder direkt auf die Mailbox geht, dreht sich mir fast der Magen um. Ich wünschte, ich hätte nicht angerufen.

Ich überlege, es auch noch bei Gideon zu versuchen, aber er war heute Morgen so wütend. Und dann hat er sie auch noch hinter mir hergeschickt, ohne mich auch nur zu warnen. Was, wenn er froh ist, dass das passiert ist? Was, wenn er gar nicht versucht, es zu verheimlichen? Und abgesehen von Gideon gibt es niemanden mehr, den ich anrufen kann, außer Rachel. Aber ich möchte zuerst mit meinem Dad reden, bevor ich sie einlade, sich einzuschalten und alles vielleicht noch schlimmer zu machen. Ich vertraue Rachels Urteilsvermögen kein bisschen.

»Noch jemand?«, fragt Dr. Haddox.

Ich schüttle den Kopf. »Nein, ist okay. Vielleicht später.«

Wir gehen weiter und durch eine Doppelschwingtür in einen kleinen Vorraum. Auch der ist unheimlich leer, bis auf die Möbel – zwei glatte hellgraue Ledersofas einander gegenüber und ein stahlblauer Teppich mit einem Gittermuster aus gleichmäßigen cremefarbenen Linien. Außerdem gibt es noch einen Couchtisch und eine Sitzgruppe aus blanken Sesseln nebeneinander an der Wand. Aber auf den Tischen liegen keine gestapelten Zeitschriften, und es gibt auch keine abgestellten Kaffeebecher auf dem Sideboard. Als wäre nie richtig jemand hier gewesen. Als sollte hier keiner sein. Die Beschilderung auf der anderen Seite führt in zwei Richtungen: *Francis-J.-Dwyer-Flügel* nach rechts, *Belegschaftsraum* links.

Gerade möchte ich fragen, wo Dr. Alvarez ist, will verlangen, dass wir sie suchen, damit sie mir sagen kann, was sie über Jasper weiß, da biegen wir um eine Ecke und stoßen fast mit ihr zusammen.

»Da bist du ja«, sagt Dr. Haddox.

»Es tut mir leid, dass ich so lange gebraucht habe, Wylie.« Sie lächelt. Aber ihr ist nicht wohl.

»Hat die Polizei Jasper gefunden?«, frage ich.

»Nicht im … nein«, sagt sie. »Aber das ist ein gutes Zeichen. Sie sagen, wenn er wirklich gefallen wäre, hätten sie inzwischen Anzeichen dafür gefunden.« Sie zögert, versucht, ihre Worte sorgfältig zu wählen. »Ich nehme an, sie wissen, wo die Leute normalerweise von der Strömung angespült werden …« Sie wirft Dr. Haddox einen kurzen Blick zu. »Ich habe sie gebeten, bei Jaspers Eltern nachzufragen, ob er sicher wieder zu Hause angekommen ist. Wenn ich du wäre, würde mich nur das vollends beruhigen. Bei der Polizei hat man mir versprochen, dass sie mich persönlich auf meinem Handy zurückrufen, wenn sie die Bestätigung haben. Und ich verspreche, ich werde Dr. Haddox anrufen, sobald ich etwas von ihnen höre.«

Sie sagt das mit einer Art grimmiger Entschlossenheit – als würde es nicht leicht werden, an dem Fall dranzubleiben, aber sie sei der Aufgabe gewachsen. Ich möchte es beruhigend finden, aber es löst das genaue Gegenteil aus. Im Großen und Ganzen habe ich zwar wirklich ein bisschen weniger Angst um Jasper, aber diesem Gefühl könnte ich leichter folgen, wenn Dr. Alvarez nicht immer so aufgewühlt wirken würde.

»Was ist dann los?«, frage ich. »Sie wirken besorgter als vorher.«

Dr. Alvarez' Lächeln ist alles andere als überzeugend,

dann legt sie mir die Hand auf den Arm und drückt sanft zu. »Nichts – nichts wegen Jasper. Ich habe nur … mir geht es nicht so gut. Vielleicht habe ich etwas Falsches gegessen.« Das ist eindeutig eine Lüge. Egal wie gut Dr. Alvarez es meint, das macht es nicht besser.

»Sie sollten nach Hause gehen, Dr. Alvarez. Schonen Sie sich«, sagt Dr. Haddox, und er meint damit nicht, dass sie Ingwerwasser trinken und früh ins Bett gehen soll. Dieses Gerede von Krankheit ist ein Code für etwas anderes, und sie wissen es beide.

»Tut mir leid«, sagt Dr. Alvarez zu Dr. Haddox, bevor sie weitergeht.

Er nickt. »Sie können nichts dafür.«

Dr. Haddox und ich blicken Dr. Alvarez nach, während sie in die Richtung geht, aus der wir gekommen sind. Wir schweigen, bis sie um die Ecke biegt.

»Komm, zum Gemeinschaftsraum geht's hier entlang«, sagt er dann.

Am Ende des Flurs stoßen wir auf eine abgeschlossene, fensterlose Doppeltür. Dr. Haddox hält einen Ausweis an das Tastenfeld, und die Türen öffnen sich summend. Er winkt mich vor sich hinein.

Der Gemeinschaftsraum ist sogar noch einladender als die schicke Lobby. Der Raum ist strahlend weiß, weitläufig, hat auf der ganzen Länge bodentiefe Fenster und moderne Möbel: eine niedrige Couchgarnitur mit bunten Kissen und einen erdigen rostbraunen Flauschteppich. Die Möbel sind in drei einzelne Sitzgruppen aufgeteilt, und im hinteren Teil gibt es ein halbes Dutzend Bistrotische vor einer Teeküche mit Kühlschrank und Spülbecken. Es sieht aus wie die Lobby eines modernen, aber günstigen Hotels. Und wie versprochen sitzen mehr als ein Dutzend Leute in verschiedenen Gruppen im Raum verteilt. Es sind alles Mädchen, und alle tragen die gleichen grauen Jogginganzüge. Genau wie meiner. Ein paar tragen die Anzüge allerdings nach ihrem eigenen Geschmack: aufgekrempelte Ärmel, die Hosenbeine über die Knie hochgezogen. Auch sie tragen noch ihre eigenen Schuhe, was im Fall von High Heels ziemlich seltsam aussieht.

Nur Mädchen. Und Dr. Cornelius ist darin verwickelt. Dr. Cornelius von der Denkschule »Alle Outlier sind krank«. Das hängt alles zusammen. Diese Mädchen haben miteinander zu tun, auch wenn ich noch nicht verstehe, wie sie die Verbindung zwischen uns hergestellt haben.

Sie lehnen an den Fenstern, hängen auf den pseudoschicken Sofas. Zwei stehen zu dicht vor dem Großbildfernseher an der hinteren Wand neben dem Notausgang und deuten lachend auf etwas. Ein paar davon kommen mir bekannt vor.

Mindestens eine geht auf die *Stanton Prep*, sie ist Jahrgangssprecherin oder so. Ich habe sie letztes Jahr, als Gideon den Wissenschaftspreis gewonnen hat, bei der jährlichen Zeremonie sprechen sehen. Sie trug denselben leuchtend roten Lippenstift wie jetzt, der so gar nicht zu ihrem Jogginganzug passt. Sie ist hübsch, ihr abgerundeter dunkler Bob hebt sich von ihrer kreideweißen Haut ab. Ein anderes Mädchen kenne ich definitiv von der *Newton Regional*. Sie ist groß, modeldünn und bemerkenswert schön, mit dicken schwarzen Haaren und makelloser Haut – Becca heißt sie, glaube ich. Sie ist eines der Mädchen mit hohen Schuhen, Plateausandalen, um genau zu sein. Irgendwie schafft sie es aber, dass es gut aussieht. Becca war in denselben Kreisen unterwegs wie Maia, aber ich weiß nicht, ob sie wirklich Freundinnen waren. Es gab Gerüchte, Becca nähme Heroin. Sie waren ziemlich glaubhaft, wenn ich mich richtig erinnere.

Ich frage mich, ob Jasper mit ihr befreundet war. Der Gedanke an ihn tut mir in der Brust weh. Aber ihm geht es gut, so muss es sein. Ich weiß es auch. Oder? Ich glaube schon. Ich hoffe es.

Mir gegenüber sehe ich zwei Mädchen, die ich auch aus der Schule zu kennen glaube. Ich bin mir ziemlich sicher, die mit den roten Locken unter einem Bandana und den Sommersprossen heißt Elise. Sie kam kurz vor dem Unfall meiner Mutter, mitten im Jahr, neu auf die Schule. Cassie erzählte mir später, Elise habe Ärger bekommen, weil sie bei *Rite Aid* Großpackungen Trident-Kaugummi geklaut und in der Schule verkauft hat. Cassie erzählte mir außerdem, Elise sei ein Transgendermädchen, sie war stolz, zu dem Kreis der Leute zu gehören, denen das als Erstes anvertraut wurde.

Plötzlich klingelt Dr. Haddox' Handy und erschreckt mich. »Ach, tut mir leid«, sagt er und angelt in seiner Hosentasche danach. »Das ist Dr. Cornelius. Ich habe ihn vorhin angerufen, um ihm zu sagen, was dir passiert ist. Da sollte ich rangehen.«

»Aber bitte, fragen Sie auch noch mal nach meinem Freund. Jasper Salt heißt er.«

Dr. Haddox nickt. »Ich werde tun, was ich kann.«

Und dann geht er außer Hörweite, als wäre es überhaupt nicht verdächtig, dass er nicht möchte, dass ich sein Gespräch mit Dr. Cornelius mithöre.

Ich zweifle nicht daran, dass Dr. Haddox es gut meint. Aber glauben zu wollen, dass man das Richtige tut, macht es noch nicht richtig. Und ich weiß vielleicht nicht genau, was hier vor sich geht – wo es anfängt und wo es endet –, aber ich habe das sichere Gefühl, es kann nichts Gutes bedeuten, wenn Dr. Cornelius damit zu tun hat. Für niemanden von uns.

Erst als Dr. Haddox wieder durch die Tür nach draußen geht, durch die wir hereingekommen sind, bemerke ich die beiden großen, muskulösen Männer links und rechts einer anderen Doppeltür. Diese hier hat in beiden Flügeln jeweils ein kleines Fenster. Die Türen führen nach draußen oder in den Hauptbereich des Krankenhauses. Die Männer tragen dunkle, gut sitzende Uniformen mit vielen Taschen, und sie starren stur geradeaus. Sie wirken bewaffnet, auch wenn ich keine Waffen sehe.

Ein paar der Mädchen haben mich bemerkt. Die mit dem grellroten Lippenstift von Gideons Schule sieht besonders neugierig aus. Und ich fühle mich unter ihren Blicken unwohl – auf die alte Art, die nichts mit dem Outlier-Ding zu tun hat. Obwohl die schlimmsten Ängste davon übertönt werden, dass ich versuchen muss, mich in dieser Notfallsituation zurechtzufinden, so wie damals, als ich hinter Cassie herjagte.

Abgesehen von den beiden Mädchen, die zusammen fernsehen, bleiben alle anderen auf Abstand. Wenn man genauer hinsieht, scheinen die anderen alle getrennt und allein zu sein. Traurig, aber ohne Angst.

Ich beobachte, wie Becca zu einem der Wächter hinübergeht. Es ist mehr ein Stolzieren als ein Gehen, und sie sieht sogar in dem unvorteilhaften Jogginganzug aus wie ein geschmeidiges Katzenwesen. Der eine Wächter sieht erfreut aus, aber nicht überrascht, dass sie herübergekommen ist. Als käme es ständig vor, dass schöne Mädchen an ihn herantreten, obwohl er klein ist, schon kahl wird und einen Bauchansatz hat. Becca setzt sich halb auf die Rückenlehne eines Sofas in der Nähe und lässt ein Bein vor und zurück schwingen wie ein Metronom. Ich versuche, sie mir mit einer Nadel im Arm vorzustellen, und kann es merkwürdigerweise, obwohl ich nicht recht weiß, ob das Gerücht davon wahrer wird.

Auch quer durch den Raum ist offensichtlich, dass dieses Flirten Schauspielerei ist. Um das zu sehen, muss man kein Outlier sein. Trotzdem kauft es ihr der Wächter komplett ab. Er beugt sich zu ihr vor, um etwas zu sagen, das Kinn auf diese typische, absurde, großspurige Art angehoben.

»Hey, wie heißt du?«, höre ich eine Stimme hinter mir.

Als ich mich umdrehe, sehe ich ein zierliches kleines Mädchen, das fast von seinem großen Jogginganzug und einer noch größeren Brille verschluckt wird. Und sie steht *direkt* neben mir. Nur ein paar Zentimeter zu dicht, aber die sind die wichtigsten. Vielleicht weil sie so nah ist, überschwemmen mich die Gefühle des Mädchens brutal und unaufhaltsam: Es ist ein wirres Durcheinander. Sie ist ein bisschen ängstlich und ein bisschen besorgt. Und sehr aufgeregt? Warum ist sie aufgeregt? Verstehe ich das überhaupt richtig? Es macht mich ganz benommen zu versuchen, sie besser zu verstehen. Ihre Gefühle blitzen auf mich ein wie ein Stroboskop, zu hell und sofort wieder weg. Ich will nur noch zurückweichen und die Augen schließen.

»Hallo? Wie heißt du?«, fragt sie noch mal. Diesmal lauter.

»Wylie.« Ich mache einen Schritt rückwärts und hoffe, sie folgt mir nicht.

Sie blickt skeptisch drein. »Was soll denn das für ein Name sein?«

»Der meines Großvaters«, versuche ich höflich zu bleiben. Ich kann es mir noch nicht leisten, Leute vor den Kopf zu stoßen.

»Ich bin Teresa«, sagt sie, dann verdreht sie die Augen. »Du weißt schon, wie *Mutter* Teresa. Meine Großmutter ist superreligiös.« Sie starrt mich noch eine Weile an, dann lächelt sie auf eine Art, von der mir ganz mulmig wird.

»Gehst du auf die *Newton Regional*?«, frage ich, obwohl ich sie nicht erkenne. Nur, um irgendeinen Laut von mir zu geben, der mich vielleicht von dem durchdringenden Rauschen ihrer ungeordneten Gefühle ablenkt.

»O nein«, sagt sie, als wäre diese Vorstellung total absurd. »Ich werde zu Hause unterrichtet. Meine Großmutter hat früher Naturwissenschaften an der Highschool unterrichtet, deshalb fand sie, sie könne das selbst besser. Sie ist völlig verrückt danach.«

»Wie lange bist du schon hier?«, frage ich.

»Vier tierisch lange Stunden.«

Noch eine Stimme hinter mir. Als ich mich umdrehe, sehe ich die Jahrgangssprecherin von Gideons Schule. Aus der Nähe betrachtet hat sie kunstvoll und perfekt aufgetragenes Augen-Make-up. Als sie sich die Haare hinters Ohr streicht, fällt mir ihr Armband ins Auge – diamantenbesetzt. Ich nehme an, sie sind echt. Gideon war immer der ärmste Junge an der Schule. »Hey, kenne ich dich?«

»Nein, aber mein Bruder geht an die *Stanton Prep*«, sage ich, überrascht, dass sie mich erkennt. Oder vielleicht erkennt sie Gideon in mir. Wir sind schließlich Zwillinge.

»Wie heißt er?«

»Gideon.«

Sie zieht die Nase kraus. »Nein, nie von ihm gehört.« Sie lässt das geflochtene schwarze Armband an ihrem Handgelenk schnappen. Nervös und traurig – sie ist sehr leicht zu lesen – und auch ärgerlich, aber das scheint mir erst nach der Nervosität zu kommen. »Ich bin Ramona.«

Als ich mich umdrehe, sehe ich, dass sich Becca herangeschlichen hat.

»Und ich bin Becca«, sagt sie.

»Ja«, antworte ich und fürchte jetzt schon die Peinlichkeit. »Ich glaube, wir waren zusammen auf der *Newton Regional*. Ich war vor langer Zeit mit Maia befreundet.«

»Ach ja?«, fragt Becca, aber nicht so, als würde es sie sonderlich interessieren. »Ich erinnere mich an niemanden von dort. Ich war die ganze Zeit so high. Und dann bin ich nicht mehr hingegangen.«

»Nicht mehr hingegangen?«, frage ich. Es klingt so eigenartig abwertend. Ich zwinge mich, den Mund zu halten, denn eigentlich will ich sie fragen, ob sie Jasper kennt. Und ich habe das dumpfe Gefühl, sie könnte etwas sagen, das meine Sorgen um ihn nur noch vergrößert.

Becca zuckt die Achseln. »Clean werden ist ein Fulltimejob. Ich bin's aber jetzt. Und ich tue alles, was sie sagen, um rechtzeitig den Abschluss zu machen. Ich gehe brav zu meiner Therapeutin, habe eine Tutorin und so weiter.« Sie schüttelt den Kopf. »Deshalb ist das hier so ein Schwachsinn.«

»Fast niemand hier ist in letzter Zeit normal zur Schule gegangen. So viel haben wir immerhin gemeinsam, das haben wir schon selbst herausgefunden«, sagt Ramona. »Sie sagen die ganze Zeit, sie würden uns alles erklären, auch, warum wir hier sind. Aber sie haben uns einen Scheiß erklärt. Sie sagen nur ständig, jemand anderes müsse es uns erklären. Zuerst war es Dr. Haddox, jetzt sagt er, es sei das NIH. Also nehmen wir an, es hat was damit zu tun, dass wir nicht zur Schule gehen, auch wenn es lauter verschiedene

Gründe gibt: Becca hat die Drogen, Teresa wird zu Hause unterrichtet, was – seien wir mal ehrlich – für alle am besten ist.« Ich blicke zu Teresa hinüber, um zu sehen, ob sie die Stichelei bemerkt hat, aber sie scheint nicht zuzuhören. »Das Mädchen da drüben hat irgendeine Ess-Sache. Die da drüben klaut. Ich habe jemanden ›schikaniert‹. Was ich übrigens kein bisschen gemacht habe.«

»Haben sie euch nichts von PANDAS gesagt?«, frage ich, nicht gerade begeistert, dass ich es vielleicht erklären muss.

»Ach, *das* haben sie uns schon gesagt, ja.« Ramona winkt ab. »Das ist ihre Geschichte. Aber wir alle halten das für Schwachsinn. Meine Eltern waren aber superfroh, dass es vielleicht eine ›Erklärung‹ dafür gibt, was mit mir ›nicht stimmt‹.« Sie zuckt die Achseln. »Sie hätten auch nichts dagegen, wenn man ihnen sagt, ich hätte die Pest, solange es der Beweis dafür ist, dass es nichts mit ihnen zu tun hat. Ich habe meinen Eltern gesagt, der Scheiß hier hat ein Loch, und sie meinten nur: ›Egal, kriegt sie wieder hin.‹«

Von Outliers oder Erhöhter Emotionaler Wahrnehmung oder so was hat Ramona aber nichts gesagt. Ich sollte es ihnen erzählen, es wenigstens als Möglichkeit erwähnen, aber irgendwas hält mich davon ab. Es würde leicht verrückt klingen. Und es wäre schwer zu erklären. Aber das hält mich nicht ab. Ich bin noch nicht bereit, das Einzige preiszugeben, was ich habe: mein Geheimnis. Wenn ich es für mich behalte, fühle ich mich nicht wie ein guter Mensch. Aber deshalb ist es trotzdem keine schlechte Idee. Und zu meiner Verteidigung muss ich sagen: In letzter Zeit gab es wenige Gründe für mich, Menschen zu vertrauen.

»Das ist so dumm«, ertönt eine Stimme unter mir. Erst da bemerke ich das Paar Beine, das rechts von mir der

Länge nach bis über die Sofalehne ragt. Ein Buch verdeckt die Sicht auf das Gesicht des Mädchens. *1984* von George Orwell.

»Was ist dumm?«, fragt Becca hinter dem Buch.

»Ihr alle, wie ihr herauszufinden versucht, was diese Arschlöcher wirklich im Schilde führen«, spricht die Stimme weiter.

Ich betrachte ihre Hände, und an der Innenseite des einen Handgelenks sehe ich ein tätowiertes Unendlichkeitszeichen. »Egal was ihr glaubt, die Wahrheit ist vermutlich tausendmal schlimmer. Und sie werden bestimmt nicht auspacken, nur weil ihr richtig ratet.«

»Wer sind ›sie‹?«, fragt Ramona ärgerlich, aber auch ein bisschen misstrauisch. Wenigstens glaube ich, dass sie das fühlt. Bei so vielen Mädchen hier ist es schwierig, jemanden deutlich zu lesen.

»Kommt auf die Situation an«, sagt das Mädchen hinter dem Buch. »*Sie* heißt: nicht wir.«

Sie hat recht. Eines habe ich seit dem, was in dem Camp in Maine passiert ist, auf jeden Fall gelernt: Wer »das Sagen hat« kann viel komplizierter zu erkennen sein, als es aussieht.

»Ich habe gesehen, dass du auch mit dem Wächter geredet hast«, sagt Ramona zu dem Mädchen mit dem Buch. »Er hat dir sicher nichts gesagt?«

»Ich habe mit niemandem geredet«, widerspricht sie.

»Ich hab dich gesehen«, beharrt Ramona.

»Dann schlage ich vor, du lässt deine Augen untersuchen.«

»Hi«, sage ich und hoffe, das Mädchen wird das Buch senken. Mit Augenkontakt kann ich sie vielleicht lesen. So wie jetzt ist das Summen der Gruppe ohrenbetäubend. »Ich bin Wylie.«

Endlich lässt das Mädchen das Buch sinken. Sie hat wunderschöne bernsteinfarbene Augen und lange dunkelbraune Locken. Sie ist nervtötend hübsch. Sie zieht eine ihrer dicken bogenförmigen Augenbrauen hoch, aber ich kann sie immer noch nicht lesen. Also, *gar nicht.* Manchmal sind die Gefühle der Leute irgendwie trüb, aber dieses Mädchen ist wie eine Ziegelmauer.

»Ja, ich weiß, wie du heißt, denn du hast es Teresa ja gerade gesagt«, sagt sie scharf. Obwohl sie genervt klingt, kann ich es nicht fühlen. »Und weißt du was, wenn das deine Strategie ist, die Leute dazu zu bringen, dir *ihre* Namen zu verraten, solltest du dir eine neue ausdenken. Denn *die* ist dumm.«

»Achte nicht auf Kelsey«, sagt Ramona. »Sie ist ziemlich … fies. Anscheinend kann sie nicht anders.«

Kelsey zieht die Augenbrauen zusammen. »Nur weil ich keine Lust habe, mit euch Arschlöchern Detektiv zu spielen, bin ich noch lange nicht fies.« Sie rückt sich auf dem Sofa zurecht und hebt das Buch wieder an. »Sie haben zwei Tage Zeit, um ihre dummen Tests zu machen und uns zu beobachten und was auch immer. Wenigstens haben meine Eltern das so erlaubt. Und das ist alles. Wir müssen einfach alle hoffen, dass sie uns keinen Mist implantieren oder uns vergiften, während wir hier sind.«

»Sie sagen, hier sei nie wirklich jemand mit Ebola drin gewesen«, sagt Teresa, die jetzt mit den Armen um die Knie auf dem Boden sitzt und in alle Richtungen späht. Ich bin froh, dass ich sie durch das allgemeine Rauschen wenigstens nicht lesen kann. Ich wäre froh, wenn ich nie wieder fühlen müsste, was in ihr vorgeht. »Glauben wir das? Vielleicht wollen sie uns absichtlich infizieren oder so. Wie Kelsey sagte.«

»Ich habe nicht infizieren gesagt«, brummt Kelsey. »Ich sagte vergiften.«

»Hör auf!« Ramona wippt auf den Fersen. Diesmal zieht sie dreimal an dem Armband und dann noch dreimal. Vielleicht ein bisschen zwangsgestört, aber was ich von ihr spüre, ist komplizierter. Es ist mit Wut gemischt, einer Wut, die einen dazu bringen könnte, jemanden zu schikanieren. »Wie kommst du überhaupt auf Ebola, Teresa, Scheiße noch mal?«

»Abgesehen davon würden die dann mindestens Masken tragen oder so.« Becca zeigt auf die Wachmänner.

»Stimmt, du hast recht.« Ramona atmet auf. »Siehst du, Teresa? Und jetzt halt die Klappe.«

»Was hat Ebola damit zu tun?«, frage ich. Es gefällt mir gar nicht, dass das alles so klingt wie das, was Dr. Haddox vorhin zu mir gesagt hat.

»Dieser Teil des Krankenhauses …« Becca umschließt den Raum mit einer Handbewegung. »Weißt du noch, als vor ein paar Jahren Leute in den USA Ebola bekamen? Diesen Flügel haben sie zur Quarantäne für Ebola-Patienten gebaut. Dr. Haddox hat uns erzählt, sie hätten ihn nie fertig gebaut, weil die Leute nicht mehr krank wurden.«

»Oh«, sage ich, denn dann würde das alles hier Sinn ergeben.

»Jetzt, wo du das weißt, geht es dir schlechter, oder?«, fragt mich Kelsey.

Ich sehe sie an, antworte aber nicht. Sie hat recht. Ich kann nicht sagen, warum mich das mit dem Ebola so aus dem Konzept bringt, vielleicht wirkt es zu echt. Ich habe wirklich vor ein paar Jahren gehört, sie hätten ein Krankenhaus als eine Art Quarantänezentrum gebaut – als Ebola überall in den Nachrichten war. Und ich weiß auch noch,

wie entsetzt ich darüber war, dass sie Leute einfach so weg-
sperren konnten. Und jetzt sind wir hier. Eingesperrt, ge-
nau wie sie damals. »Tja, deshalb will ich nicht Detektiv
spielen. Denn meistens ist die Wahrheit noch schlimmer als
das, wovor man Angst hat.«

10

Da klatscht jemand direkt hinter mir laut in die Hände. Es ist Becca, die sich in die Raummitte gestellt hat. Sie klatscht wieder, zweimal, als wollte sie ein Klassenzimmer voller kleiner Kinder zur Ordnung rufen.

»Okay, wir spielen ›Was stimmt, was ist gelogen‹«, sagt Becca. »Los. Alle machen mit, Punkt. Ich brauch unbedingt Ablenkung.«

Vereinzeltes unzufriedenes Grummeln, aber im Grunde scheinen die anderen froh zu sein, etwas zu tun zu haben. Und meine erste Reaktion ist Nein. Wie kann ich ein Spiel spielen, wenn ich noch nicht weiß, ob es Jasper gut geht? Aber ich brauche im Moment eigentlich auch hauptsächlich Ablenkung. Ich habe das Gefühl, meine geistige Gesundheit könnte davon abhängen.

»Was ist ›Was stimmt, was ist gelogen‹?«, fragt Teresa, als hätte sie Angst, Ärger zu bekommen, wenn sie mitspielt.

Niemand antwortet ihr. Alle versammeln sich um Becca, ich auch. Sogar Kelsey steht jetzt auf, auch wenn sie nicht aussieht, als wollte sie irgendwelche Versprechen machen mitzuspielen.

»Meine Güte, geht weg und setzt euch«, sagt Becca, als wir uns um sie drängen wie hungrige Mäuler, die zu stopfen sind. »Gebt mir ein bisschen Luft zum Atmen. Ich spiele das normalerweise mit viel mehr Drogen und viel weniger Leuten.«

Schließlich sitzen wir alle in einem großen Kreis auf dem Boden, im Schneidersitz und mit hängenden Schultern wie viel jüngere Mädchen. Becca ist jetzt die Einzige, die noch in der Mitte steht, wir anderen warten auf sie. Und erwarten viel mehr als ein einfaches Spiel. Es ist, als wollten wir echte Antworten von ihr. Becca kann mit dem ganzen Druck aber nicht umgehen. Schnell wird ihr Gesicht starr und blass.

Wenn ich mir Becca so ansehe, frage ich mich, ob es anders wäre, wenn sie wüsste, dass sie ein Outlier ist – angenommen, ich habe recht. Wenn sie wüsste, dass ein Teil dessen, was sie in diesem Moment fühlt, vielleicht *unsere* Gefühle sind. Seit ich das herausgefunden habe, ist es für mich anders. Wir alle mögen trotzdem auf unsere eigene Art kaputt sein und vielleicht sogar schwer wieder hinzubekommen. Aber wenn wir diesen Teil von uns verstehen, betrachten wir uns vielleicht auch im Ganzen nicht nur als falsch.

Vielleicht wäre es auch anders, wenn wir einander hätten, nicht allein wären. Und nein, ich weiß noch nicht sicher, dass diese anderen Mädchen Outlier sind, aber allein von dem Gedanken, dass ich vielleicht unter Leuten bin, die so sind wie ich, wird der Boden unter meinen Füßen fester.

»Ich mach's«, sagt Ramona, steht auf und scheucht Becca mit warmherziger schwesterlicher Genervtheit weg. Als würde es uns allen auch ständig passieren, dass wir erstarren. »Setz du dich hin.«

Becca schlurft davon und setzt sich auf Ramonas Platz im Kreis, dann zieht sie die Knie an und drückt den Mund dagegen. Becca ist zu weit weg, als dass ich genau lesen könnte, was sie fühlt. Aber was es auch ist: Sie sieht aus, als hasste sie sich selbst dafür.

»Okay, was stimmt und was ist gelogen?«, fragt Ramona, als blätterte sie auf der Suche nach den Regeln in ihrer mentalen Kartei.

Teresa hebt die Hand. »Das hat doch nichts mit, ähm, S-E-X oder so zu tun, weil – ich weiß, das klingt jetzt komisch und dumm …« Sie senkt den Blick in ihren Schoß. »Ich darf über so was nicht reden. Ich weiß, meine Oma ist nicht hier und kann mich nicht hören, aber es würde sie sechs Minuten ihres Lebens kosten.«

Und so wie Teresa das sagt, ist es eine ausgemachte Sache – diese Sechs-Minuten-Regel und das Leben ihrer Großmutter. Als hätte sie die alte Frau schon Stunden gekostet.

»Es muss nicht um Sex gehen«, sagt Ramona, aber Teresa blickt immer noch finster drein. Fairerweise muss man sagen, dass wir alle wissen, dass es bei Leuten in unserem Alter irgendwann bei allem irgendwie um Sex geht.

»Also kein Sex«, sagt Kelsey, als wären wir dumm, dass wir nicht selbst auf diese offensichtliche Lösung gekommen sind. »Keine Wahrheiten oder Lügen über Sex. Punkt«, sagt sie. »Niemand sollte sich unwohler fühlen müssen als sowieso schon.«

Und hier, in Kelseys unerwartetem Mitgefühl, liegt das Potenzial. Für uns alle. Wenn wir zusammenhalten.

»Na gut, von mir aus«, sagt Ramona genervt, als hätte sie sich gerade darauf gefreut, über Sex zu reden, während ich blöderweise überrascht bin, dass es für alle anderen so schwierig wird. Für mich wird das total einfach. »Kann ich jetzt erklären, wie es geht?«

»Ja, bitte«, sagt Teresa strahlend.

Teresa ist nicht der Typ, der je zu einer Gruppe gehören würde, selbst wenn sie mit anderen Kindern zur Schule gegangen wäre. Also ist mit dieser Gruppe hier drin zu sein wahrscheinlich ihre erste Gelegenheit. Um ehrlich zu sein, bin ich auch zum ersten Mal seit langer Zeit wieder Teil einer Gruppe. Maia und diese Mädchen sind wie ein anderes Leben.

»Also gut, wir fangen an mit …« Ramona sieht sich um und zeigt auf die rothaarige Elise. »Dir. Du sagst zwei Dinge über dich, die stimmen, und eines, das nicht stimmt.«

»Und sag dem Mädchen neben dir, welches die Lüge ist«, sagt Kelsey und zuckt die Achseln, als Ramona sie ansieht. »Dann bleibt es ehrlich.«

»Ja, okay, gut.« Ramona sieht wieder Teresa an, dann verdreht sie die Augen. »Und anscheinend nichts über Sex oder irgendwas, das Spaß macht. Das Mädchen direkt gegenüber rät dann, was die beiden Wahrheiten sind und was die Lüge ist. Wir vergeben Punkte. Wer die meisten Punkte hat, bekommt … keine Ahnung … ich habe hundert Dollar im Geldbeutel, falls sie uns unseren Scheiß je wiedergeben.«

Elise blickt sich nervös im Kreis um, dann scheint sie zu beschließen, dass sie nicht unter dem Druck so vieler Blicke einknicken wird. Sie streckt den Rücken, beugt sich wie befohlen hinüber und flüstert Teresa, die neben ihr sitzt, etwas zu, bevor sie sich wieder an die Gruppe wendet.

»Ich bin schon mal auf einem Stier geritten. Ich bin allergisch gegen Pfefferminze, und ich liebe Rosenkohl.« Sie rattert alles in einem Atemzug herunter.

»Okay, du.« Ramona zeigt auf ein anderes Mädchen auf der gegenüberliegenden Kreisseite, eines mit verwirrend puppenartigen Augen, das ich noch nie sprechen gehört habe. »Welches davon ist die Lüge?«

»Die Pfefferminze«, antwortet das andere Mädchen und klingt dabei viel selbstbewusster, als es ihr staunender

Blick vermuten lässt. »Sie ist nicht allergisch gegen Pfefferminze.«

Elise stößt ein überraschend frustriertes Schnauben aus. Ätzend, dass sie so leicht zu durchschauen ist. »Von mir aus.«

Und so geht es ungefähr eine Viertelstunde im Kreis herum. Das Spiel geht schnell. Wir haben Leute, deren Lieblingsfarbe nicht Grün ist, die Pizza hassen und die mal super auf dem Schwebebalken waren. Eine andere hat eine Erdnussbutterphobie, liebt Spinnen oder hasst ihren Dad. Eine ist mit einem Mädchen namens Sid zusammen. Jedes Mal wird die Lüge schnell und einfach entdeckt. Irgendwann werden die Lügen und Wahrheiten, ohne dass wir darüber sprechen, ausgefeilter und genauer: Als ich geboren wurde, hat es geschneit. Meine Hausnummer ist 714. Ich hatte mal eine Lehrerin namens Rose.

Aber die Ergebnisse ändern sich nicht – denn wir alle können die Lüge trotzdem heraushören.

Weil wir alle Outlier sind. Jede von uns. Ich habe es vielleicht schon vermutet, aber jetzt bin ich mir sicher.

Aber woher? Nach dem, was mit Quentin passiert ist, hat Dad die Namen aller weiteren Outlier, die er in seinen Versuchen entdeckt hat, gehütet. Die Versuche hat er selbst mit einem kleinen Darlehen seiner Eltern finanziert. Es gibt keine allgemein zugänglichen Aufzeichnungen. Keine Datenspuren. Der einzige Ort, wo er sie aufgezeichnet hat, ist ein Blatt Papier in seinem Büro. Vielleicht sind das hier die Outlier, die das Militär in seiner eigenen »geheimen« Studie gefunden hat, die mein Dad erwähnte und dann wieder abzustreiten versuchte.

Ich beobachte Becca genau, um herauszufinden, ob sie dieses Spiel absichtlich vorgeschlagen hat, um bei allen die

EEW aufzuspüren, aber nach ihrem ausdruckslosen Gesicht zu urteilen, glaube ich das nicht. Und als ich mich umsehe, scheint niemand zu bemerken, wie eigenartig gut wir darin sind, Wahrheiten von Lügen zu unterscheiden, oder was das bedeuten könnte.

Das heißt, bis mein Blick dem von Kelsey begegnet und ich einen harten Stich des Wiedererkennens fühle. Als wüsste Kelsey genau, was los ist. Aber genauso schnell sieht sie auch wieder weg, und ich fühle nichts mehr.

Ist das überhaupt passiert? Habe ich es mir nur eingebildet?

Alle sollten erfahren, dass sie Outlier sind. Es sei denn, dieses Wissen würde sie irgendwie einer größeren Gefahr aussetzen. Nach dem, was Cassie passiert ist, weiß ich nicht mehr so genau, ob es sicherer ist, nichts zu wissen. Oder alles. Es kommt darauf an, was es ist. Ich muss mit Dad reden. Ich muss ihn noch mal anrufen.

Ich versuche, nicht zu viel Aufmerksamkeit auf mich zu ziehen, während ich rückwärts aus dem Kreis rutsche, leise aufstehe und zu den Wachmännern hinübergehe. Selbst mit gesenktem Blick spüre ich, wie sie mir entgegensehen und sich wünschen, ich käme nicht auf sie zu.

»Ich muss telefonieren«, sage ich.

Die Wächter sehen mich immer noch nicht an.

»Dr. Haddox sagte, ich könne noch mal versuchen, meinen Dad zu erreichen. Wo ist ein Telefon?«

Endlich wechseln sie einen Blick, versuchen, sich zu entscheiden, wie sie reagieren sollen. Der, der mit Becca geflirtet hat, wirft mir einen kurzen Blick zu. »Da drüben an der Wand ist eins«, sagt er nicht besonders freundlich. Unsere Blicke begegnen sich nur kurz, aber ich bekomme ein schreckliches, eisiges Gefühl. Als wäre er innerlich tot.

Wenn nötig, wird er später abstreiten, je gesagt zu haben, es sei okay, wenn ich das Telefon benutze.

Während ich in die Richtung gehe, die er mir gezeigt hat, erwarte ich die ganze Zeit, dass mich etwas aufhält. Dass mich jemand vom Anrufen abhält. Oder dass die Leitung tot ist, wenn ich den Hörer abhebe. Aber einen Augenblick später klingelt das Handy meines Dads wieder. Als er wirklich rangeht, macht mein Herz einen Sprung.

»Hallo, Wylie«, sagt er neutral, aber ein bisschen außer Atem. »Ich bin gerade auf dem Weg durchs Terminal. Muss den Fahrer suchen, den sie mir geschickt haben. Normalerweise ist mir so was nicht so wichtig, aber weil mein Name auf einem von diesen kleinen …«

»Dad! Hast du meine Nachricht bekommen?«

»Was für eine Nachricht?«, fragt er, immer noch schwer atmend. »Warte kurz.« Pause. »Ich habe noch keine Meldung bekommen, tut mir leid. Das Handy war im Flugmodus. Ist alles okay?«

Ich spüre die Blicke der Sicherheitsleute. Ich muss meine Worte sorgfältig wählen. Sie suchen nur nach einem Vorwand, um einzugreifen.

»Ich bin in einem Krankenhaus.«

»Was ist passiert?« Schon klingt er panisch. »Geht es dir gut?«

»Ich bin nicht verletzt«, sage ich. »Aber du weißt schon, Dr. Cornelius von der Cornell – er hat ein paar von uns hier. Sie sagen, wir haben etwas namens PANDAS.«

»Was?« Jetzt ist er wütend. Ängstlich und wütend. »Wo haben sie euch?«

»Boston General Hospital?« Der Sicherheitsmann mit den toten Augen kommt durch den Raum auf mich zu. Dass ich verrate, wo ich bin, oder wie aufgebracht ich klinge – vielleicht hat ihn etwas dazu gebracht, seine Meinung zu ändern.

»Okay«, sagt mein Dad immer noch besorgt, versucht aber, sich zusammenzureißen. »Und du bist sicher, dass du nicht verletzt bist?«

Ich überlege, ihm von dem Krankenwagen zu erzählen, von der Brücke. Aber das kann warten, bis er hier ist. Er macht sich schon genug Sorgen. »Ja«, sage ich. »Aber ich weiß nicht, was hier vor sich geht, und wir dürfen nicht gehen. Es kommt mir vor wie dieses Ebola-Ding.«

Jetzt steht der Wächter hinter mir. Seine Leblosigkeit kriecht mir übers Rückgrat. »Komm zum Schluss. Du kannst den Doktor fragen, ob du noch mal telefonieren kannst, wenn er wieder da ist.«

»Es tut mir so leid, dass ich nicht da bin, Wylie«, sagt mein Dad. »Wenn ich das gewusst hätte, wäre ich nie ... und ich hätte es wissen müssen.«

»Leg auf!«, sagt der Wächter.

Die Härchen an meinen Armen stellen sich auf. Es ist, als könnte ich seine Hände an meinem Hals spüren. »Sofort.«

»Dad, was soll ich machen?«

Und ich meine damit so vieles. Soll ich gehorchen? Soll ich schreien? Soll ich den anderen Mädchen sagen, dass sie Outlier sind? Jetzt, da der Wärter hier steht, habe ich Angst, das zu fragen. Und falls ja, was soll ich ihnen sagen? Ich höre Dad Luft holen, während mein Herz hämmert. Er mag vielleicht kein Outlier sein, aber er muss wissen, dass ich mir gut überlege, wie ich mich ausdrücke.

»Ich komme mit dem nächsten Flug zurück. Und ich rufe Rachel an. Das kann auf keinen Fall legal sein. Ich schicke sie sofort zu dir. Bis sie da ist, weiß ich auch nicht, was ich dir raten soll. Ein Teil von mir will sagen ...«

»Dad, ich habe nur noch eine Sekunde …«

»Leg auf!«, sagt der Wärter wieder, diesmal mit mehr Nachdruck, und er steht auch noch näher. Vielleicht nah genug, dass Dad ihn hören kann.

»Wylie«, sagt Dad eindringlicher. »Vertraue deinem Instinkt.«

Die Leitung ist tot. Der Wärter hat auf den Knopf gedrückt. »Wie ich schon sagte, du kannst noch mal anrufen, wenn der Doktor da ist.«

Als mein Blick wieder den des Wärters kreuzt, spüre ich es ganz klar: Gewalt. Er hungert danach. Wie ein Tier. Ein Bär vielleicht oder ein Wolf. Und zum ersten Mal fühle ich mich, als gäbe es da eine tatsächliche körperliche Gefahr. Aber ich muss auch versuchen, Jasper zu erreichen. Ich kann nicht mehr darauf warten, dass Dr. Alvarez ihr Versprechen hält und sich für mich erkundigt. Ich brauche einen Beweis, dass es Jasper gut geht. Und zwar sofort.

»Ich muss noch jemanden anrufen«, sage ich, denn ich kann nicht mehr warten, bis ich von Jasper höre. »Er ist ein Freund. Ich muss sichergehen, dass bei ihm alles in Ordnung ist.«

»Wie ich schon sagte: keine Anrufe mehr«, sagt der Wolf. »Abgesehen davon gilt: nur Eltern. Ihr könnt nicht die Leitung blockieren, weil ihr alle mit euren Freunden reden wollt.«

Wie er »Freunde« sagt, klingt so schmutzig, dass ich Gänsehaut bekomme.

»Dr. Haddox hat ihn mich vorhin anrufen lassen.«

Er blickt mich finster an. »Dann lässt er dich sicher noch mal anrufen. Wenn er wieder da ist.«

Er hofft, dass ich ihm widerspreche, damit er mich ein für alle Mal zum Schweigen bringen kann.

»Also gut«, sage ich schließlich und gebe ihm den Hörer. »Hier.«

Als ich mich vom Telefon abwende, haben die Mädchen mit ihrem Spiel aufgehört. Jetzt sind sie wieder ganz ähnlich im Raum verteilt wie am Anfang. Langsam gehe ich an die Stelle, wo wir unseren Kreis gebildet hatten, und sehe mich nach ihnen um. Hoffe, irgendwas zu spüren.

Soll ich ihnen sagen, dass sie Outlier sind? Oder nicht? Soll ich ihnen alles über Quentin, Cassie und Dad erzählen? Oder nur einen Teil davon?

Es kling so einfach: Vertrau deinem Instinkt. Aber ich habe meine Gefühle so lange ignoriert, mir so lange eingeredet, alles, was ich fühle, sei suspekt und falsch, dass ich mir nicht mehr sicher bin, wie ich die Signale verstehen soll, die mir mein Bauch sendet und die richtig sind. Außerdem ist zumindest ein Teil dieses kalten Brennens in meinem Magen immer noch die übliche alte Angst. Und vielleicht hat Dr. Shepard recht, dass ich eines Tages genau wissen werde, wo die Grenze liegt zwischen dem Grauen in mir und dem, was ich in der Welt fühlen kann. Aber heute ist nicht dieser Tag.

Ich denke an den letzten Abend zurück, als Mom Milch kaufen fuhr. Als sie an mir vorbei- und zur Tür hinausging, hatte ich ein schlechtes Gefühl. Ich beschloss aber, den Mund zu halten, um mich nicht von meinen Sorgen beherrschen zu lassen. Dabei haben meine Ängste so oft recht, auch jetzt wieder. Aber nicht immer. Damals hatte ich mit meinen Sorgen recht. Es war falsch, meinen Instinkt zu ignorieren.

Und ich hatte recht damit, dass Jasper Probleme hatte. Jetzt habe ich das Gefühl nicht mehr. Und ich hoffe so, dass ich damit auch recht habe. Ich habe nur Angst, dass ich meine Hoffnung mit der Wahrheit verwechsle.

Die anderen Mädchen müssen dieselbe Chance bekommen, ihre Gefühle zu sortieren. Wie ich es jetzt versuche. Wie ich nach und nach an diesem unerwarteten Ort Halt finde. Sie sollten von meinem Dad und seiner Forschung erfahren, von Dr. Cornelius und seinen absonderlichen Vorstellungen. Sie haben das Recht zu wissen, dass sie vielleicht Outlier sind.

11

»Hast du das gelesen?«

Kelsey hat sich wieder auf der Couch ausgestreckt. Liegt sie die ganze Zeit da? »Was?«

»Ich habe gefragt, ob du dieses Buch gelesen hast.« Sie blättert die letzten Seiten von *1984* durch.

»Oh, ja, ich glaube schon«, sage ich und überlege, warum wir überhaupt über etwas so Triviales reden, während die Welt explodiert. »Ich weiß nicht mehr.«

Kelsey sieht stirnrunzelnd auf das Buch in ihren Händen. Dann scheint sie eine Entscheidung zu treffen, bevor sie es mir hinhält. »Nimm es«, sagt sie, und ihre Gefühle sind wie immer eine Ziegelmauer. Ich lese erst seit sechs Wochen bewusst Leute, aber so etwas wie bei ihr habe ich noch nie gefühlt. »Du kannst es haben.«

Wie sie es sagt, klingt, als machte sie mir das größte Geschenk überhaupt, was mich viel mehr ärgert, als wahrscheinlich angemessen ist. »Ja, nein, danke«, antworte ich. »Mir ist gerade nicht nach Lesen.«

»Nein, ich meine es ernst. Nimm es«, sagt sie und wedelt mit dem Buch vor mir herum. »Du brauchst es. Du solltest es noch mal lesen.«

Mir steigt die Hitze ins Gesicht. Jetzt werde ich richtig sauer. »Ich will nicht.«

»Doch, du willst«, sagt sie. »Aber du musst mir versprechen, dass du es liest, noch mal ganz bis zum Schluss. Und danach sollten wir darüber reden. Wie in einem Buchclub oder so.«

Widerstrebend nehme ich das Buch und starre die abgegriffenen Seiten an. Seiten, die so oft gelesen wurden, dass der Rücken schon mehr als einmal repariert wurde. Als ich wieder hinsehe, liest Kelsey ein neues Buch, *Fahrenheit 541.*

Als sich unsere Blicke wieder begegnen, brechen plötzlich ihre Gefühle über mich herein: Wut, Empörung, Entschlossenheit. Verbindlichkeit. Dann, genauso schnell: nichts mehr. Wie bei einem Lichtschalter. Und jetzt sagt ihr Gesichtsausdruck: *Siehst du?* Das war eine Demonstration. Der Beweis, dass sie weiß, was sie tut – und sie weiß, dass ich es auch weiß.

»Warte, was war …«

Doch da summt die fensterlose Doppeltür, und Dr. Haddox tritt ein, bevor ich meine Frage ganz herausgebracht habe. »Es tut mir leid, dass ich so lange weg war. Ich weiß, ich habe euch allen mehr Informationen versprochen«, ruft er der Gruppe zu. Seine Stimme klingt hektisch. »Aber ich habe gute Neuigkeiten.«

»Haben Sie herausbekommen, ob es meinem Freund gut geht?«, frage ich.

Dr. Haddox sieht verwirrt aus, als hätte er Jasper ganz vergessen, und ich spüre, das hat er auch. »Na ja, ähm, nein …«

»Wir können nach Hause gehen?«, fragt Ramona, die neben mir aufgetaucht ist, mit fest verschränkten Armen.

»Ähm, na ja, nein, aber die Ergebnisse eurer ersten Bluttests sind da – und ich weiß, einige von euch wurden nie getestet. Aber wir haben genug vorläufige Daten, um bestätigen zu können, dass die Sorge, ihr könntet ansteckend sein, unbegründet ist.« Er streckt die Arme aus wie ein Schiedsrichter beim Baseball.

»Ansteckend?«, fährt ihn Becca mit schräg gelegtem Kopf an. Sie ist sauer, hat aber auch Angst. »Wer hat was von ansteckend gesagt?«

Dr. Haddox reißt die Augen auf, er ist schon wieder überfordert. »Na ja, ähm, wir waren uns ziemlich sicher, dass es nicht übertragbar ist«, stammelt er. »Aber es ist, äh, gut, die Bestätigung zu haben. Es ist eigenartig, dass es so viele Fälle von PANDAS in so einem begrenzten geografischen Gebiet gibt. Das war mit ein Grund, warum wir – oder sie – euch alle hier haben wollten.«

Jetzt kann ich mir vorstellen, wie die Gespräche in den Wohnzimmern mit den anderen Eltern abliefen. Wie leicht es gewesen sein muss, ihnen zu sagen: Haben Sie noch andere Kinder zu Hause, alte Nachbarn? Denn wir können nicht sicher sein, dass sie nicht gefährdet sind. Wir wissen nicht genau, was das für eine Krankheit ist. Und wir können nicht mit Sicherheit sagen, dass sie nicht schlimmer wird. Es wäre als Vorsichtsmaßnahme am besten, medizinisches Personal in der Nähe zu haben. Ja, nur eine Vorsichtsmaßnahme. Ihre Kinder schützen, das tun gute Eltern. Nur zur Sicherheit.

»Das hat doch nichts mit Ebola zu tun, oder?« Teresa steht jetzt auch neben mir. Sie klingt ängstlich, aber ich fühle auch, dass sie – eigenartigerweise – innerlich lächelt, wie ein ungezogenes Kleinkind, das jemanden veräppeln will.

»Ebola? Nein, nein. Natürlich nicht«, sagt Dr. Haddox verwirrt und ein bisschen gereizt. »Wie ich schon sagte, in diesem Gebäude war nie ein Ebola-Patient. Aber es ist verständlich, dass ihr alle mehr wissen möchtet. Und zum

Glück« – er durchquert den Raum zu der anderen Tür, späht durch die kleinen Fenster, als suche er jemanden da draußen – »ist endlich jemand vom NIH hier. Er kann euch viel besser erklären, wie ihr euch möglicherweise die anfängliche Streptokokken-Infektion zugezogen habt.« Dr. Haddox atmet auf. Er ist erleichtert, aber nicht unseretwegen. Er ist froh, dass er uns loswird. Wir werden jetzt zum Problem des NIH. »Ich gehe mal nach draußen und schaue, wo der schwer zu fassen zu bekommende Dr. Frederick Mitchell ist.«

Dr. Frederick Mitchell. Der Name lässt in meinem Kopf Alarmglocken läuten. *Dr. Frederick Mitchell. Dr. Frederick Mitchell.* Dann dämmert es mir: der riesige Mann mit dem Brustkorb wie ein Fass, der ein paar Wochen nach Moms Tod zu uns nach Hause kam, Monate bevor Jasper und ich nach Maine fuhren, um Cassie zu suchen. Ich erinnere mich an seine komische Art zu reden und an seine schlecht sitzende Brille. Ich erinnere mich, wie sicher ich schon damals war, dass er nicht der war, der er zu sein vorgab. Und jetzt ist er hier. Das bestätigt mir nur, dass das alles mit der Forschung meines Dads zu tun hat.

Dr. Haddox hält die Tür hinter sich auf und tritt zur Seite, um einen anderen Mann durchzulassen.

Und da ist er. Mir wäre es am liebsten, wenn ich Halluzinationen hätte, habe ich aber nicht. Dieselben Haare, dieselben Augen. Immer noch gut aussehend, aber diesmal trägt er einen Anzug, und die Art, wie er sich hält, ist völlig anders. Seine Haltung ist aufrecht und sein Gang selbstbewusst. Nichts an ihm erinnert an einen geprügelten Hund.

»Sehr gut, also das ist Dr. Mitchell vom NIH«, beginnt Dr. Haddox.

Aber *dieser* Dr. Frederick Mitchell ist nicht *der* Dr. Frederick Mitchell, der bei uns zu Hause war. Nein, dieser Mann mit dem attraktiven Gesicht und der geraden Haltung ist derjenige, der Jasper und mich überzeugt hat, ihm zu vertrauen. Der Mann, auf den wir gehört haben und dem wir in ein dunkles, verlassenes Camp gefolgt sind. Der Mann, dem wir dankbar waren, dass er uns mitkommen ließ. Der Mann, dessen Stottern so echt klang und dann plötzlich aufhörte.

Officer Kendall von der Polizei in Seneca.

In meinem Kopf schreie ich: *Lauft weg! Das ist ein böser, böser Mann!* Aber ich kann nicht. Ich sollte es nicht tun. Es könnte sein, dass Kendall nicht weiß, dass ich hier bin. Also verstecke ich mich, mache mich weiter im Hintergrund klein. Ich spanne den ganzen Körper an, damit ich nicht zittere.

Jasper. Er ist der einzige andere Mensch, der mit Kendall dort war. Der ihn so kennt wie ich. Ich brauche Jasper hier, damit er mir sagt, dass ich mir das nicht einbilde. Dass dieser Mann wirklich Kendall ist.

»Danke, Dr. Haddox«, sagt Kendall und tritt vor. »Und danke euch allen für eure Geduld und euer Verständnis. Das ist eine ziemlich ungewöhnliche Situation, und wir haben einen Moment gebraucht, bis wir uns zurechtgefunden hatten.«

Er klingt, als hätte er schon Hunderte Male mit Hunderten von Patienten gesprochen. Als hätte er sie getröstet und beruhigt, komplizierte medizinische Sachverhalte erklärt und schlimme Diagnosen überbracht. Wer ist dieser Mann? Er könnte auch ein echter Arzt sein. Vielleicht hat er ja damals in Seneca gelogen.

»Bitte«, sagt Teresa. Ihre Stimme ist hoch und schrill, aber ich bin immer noch nah genug, dass ich dahinter ihre

Aufregung spüren kann. Als warte sie auf den Beginn der echten Show. »Was ist los?«

»Zuerst möchte ich euch sagen, dass ihr alle wieder gesund werdet«, sagt Kendall.

»Ja, klar«, sagt Ramona, die Hand an der Hüfte und mit geschürzten Lippen. »Was wollen Sie uns sagen? Dass wir alle sterben?«

»Das ist eine vollkommen nachvollziehbare Frage«, sagt Kendall. Ein Bild der Ruhe. Und dann lässt er den Blick von Ramona über die anderen Mädchen schweifen, und ich ducke mich noch ein bisschen tiefer. Ich möchte ihn unbedingt lesen können, ein Gefühl dafür bekommen, ob er die Wahrheit sagt. Aber ich bin zu weit weg, und hier sind zu viele andere Leute. »Ich kann euch nur die Informationen geben, die wir haben, und hoffen, dass wir euer Vertrauen gewinnen. Ihr werdet wirklich alle ganz gesund. Das NIH macht sich nur Gedanken, wie ihr euch anfangs diese höchst ungewöhnlichen Streptokokken zugezogen haben könntet, nicht über die Schwere eurer Krankheit.«

»Wie ›höchst ungewöhnlich‹?«, fragt Ramona.

»Ungewöhnlich, was die hohe Wandlungsrate in PANDAS und die Übertragung angeht. Es sieht so aus, als wären die Streptokokken, die ihr euch zugezogen habt, entweder im Essen oder im Wasser gewesen. Man kann sich Streptokokken auf diese Weise holen, aber das ist nicht typisch.«

Becca verzieht das Gesicht, dann zeigt sie auf Dr. Haddox. »Er hat mir erzählt, wir hätten sie wahrscheinlich bekommen, weil die Leute eklig sind und sich nicht die Hände waschen.«

»Das wäre sicherlich eine Möglichkeit«, sagt Kendall.

»Und was sind die anderen?«, fragt Kelsey und rückt ein

wenig nach vorn, sodass ich aufpassen muss, dass ich hinter ihr bleibe.

»Unsere Arbeitstheorie ist, dass die Streptokokken als vorsätzlicher Bioterrorismus über einen oder vielleicht mehrere örtliche Speiselokale übertragen wurden, die ihr alle besucht habt – ein Frozen-Yoghurt-Geschäft im Barkwell Shopping Center wäre eine Möglichkeit. Nachdem wir anfänglich über Onlinechats darauf aufmerksam wurden, haben uns die Kreditkartenquittungen eurer Eltern zu euch geführt, zusammen mit der Tatsache, dass ihr alle nicht zur Schule gegangen seid.«

Ich kenne den Frozen-Yoghurt-Laden, und ich *war* schon da. Andererseits waren vermutlich die meisten Teenager in einem Umkreis von fünfzehn Kilometern schon mal da – die Schlange reicht eigentlich immer bis vor die Tür. Aus dem allgemeinen Murmeln und den gewechselten Blicken schließe ich, dass wir alle schon das eine oder andere Mal in dieser Schlange standen.

»Terrorismus?«, schreit Teresa auf, was mir mit der Verzögerung seltsam vorkommt. Sie hält sich sogar theatralisch die Hand vor den Mund. Aufgeregt. Das fühle ich immer noch. Warum spüre ich das ständig? Das ergibt keinen Sinn.

»Schwachsinn«, sagt Ramona sarkastisch. »Wenn das ›Symptome‹ sind, warum war ich dann schon immer so? Und warum sollte ein Terrorist eine Waffe bauen, die niemanden umbringt? Das wäre echt dumm.«

»Zunächst einmal kann PANDAS bereits bestehende Leiden verschlimmern«, fährt Kendall geschliffen und aalglatt fort. Sogar Dr. Haddox scheint von seiner Lockerheit verunsichert zu sein. »Zweitens haben wir konkrete und glaubhafte Hinweise, dass das jetzt nur ein Testlauf war. Ihr Vorhaben könnte sein, es mit einem effektiveren Wirkstoff noch einmal zu versuchen oder die Gesellschaft zu verunsichern, indem sie beweisen, dass sie eine Infektion auslösen könnten.«

Kendall wirkt überzeugend, sogar auf mich, und dabei weiß ich es doch besser. Könnte etwas daran wahr sein? Dass wir krank sind, weil uns jemand absichtlich krank gemacht hat? Da fühle ich, wie mich jemand anstarrt. Als ich hinüberblicke, sehe ich, dass es Kelsey ist. *Das ist Schwachsinn*, fühlt sie. *Totaler Schwachsinn*. Ich kann vielleicht nicht die genauen Worte lesen. Aber das muss ich auch gar nicht. Ihre Gefühle sind vollkommen klar.

Kelsey wendet sich wieder an Kendall und hebt die Hand. »Entschuldigung, aber wenn wir nicht ansteckend sind und nicht sterben werden, dann können wir doch nach Hause gehen, oder?«

»Ich will nach *Hause*!«, schreit Becca plötzlich auf. Derselbe Schalter wie vorhin, als sie das Spiel abbrechen musste, hat sich umgelegt. »Ich muss weg! Ich kann nicht hier drin bleiben! Ich fühle mich eingesperrt!«

»Ich weiß, das ist viel auf einmal.« Dr. Haddox tritt vor und hebt die Hände. Er fühlt sich verantwortlich, weil es uns allen so schlecht geht. »Ihr werdet alle wieder gesund. Bleibt ruhig, das ist das Wichtigste.«

»Aber wenn es um Terrorismus geht, müssen wir so viele Informationen von euch sammeln, wie wir können«, sagt Kendall. »Damit wir die Verantwortlichen finden.«

Das ist jetzt definitiv eine Lüge. Ich habe es mir schon gedacht, aber das Ganze passt viel zu gut zu Dr. Cornelius' Karriere, die neuen Schwung braucht. Und ich bin die Einzige hier, die weiß, dass Kendall nicht ehrlich sagt, wer er ist. Ich muss mich einmischen. Das ruft mir mein Instinkt laut und deutlich zu.

»Haben Sie den Eltern der anderen von Dr. Cornelius und seinem Buch erzählt?«, frage ich. Aber ich weiß, es war zu leise. Ich muss die Stimme erheben.

»Entschuldigung, hat jemand da hinten etwas gesagt?«, fragt Dr. Haddox. »Wir konnten dich nicht hören.«

Ich hole tief Luft, recke die Schultern und trete vor.

»Haben Sie den Eltern erzählt, dass der verantwortliche Arzt hier genau darüber ein Buch geschrieben hat, das er verkaufen will? Ziemlich großer Zufall, oder?« Jetzt ist meine Stimme laut und stark, vibriert in meiner Brust. Ich halte den Blick fest auf Dr. Haddox gerichtet. Noch bin ich nicht bereit, mich Kendall zu stellen. »Außerdem können Sie niemanden gegen seinen Willen festhalten, nur weil das besser für Ihre Untersuchung ist.«

Das weiß ich von Rachel, die deutlich gemacht hat, dass ich mit niemandem darüber sprechen muss, was in dem Camp in Maine passiert ist, wenn ich nicht will – nicht dass dieser Agent Klute und seine Freunde je wieder aufgetaucht wären. Aber vielleicht sind sie ja doch wieder da. Vielleicht sind sie ja auf die eine oder andere Art diese Leute hier.

»Nein, das können wir wohl nicht.«

Kendall fixiert mich unverwandt. Ich bin immer noch zu weit entfernt, um ihn lesen zu können, aber ich sehe an seinem Blick, dass er die ganze Zeit wusste, dass ich hier war. Dass er meinetwegen hier ist.

»Das Ganze ist aber noch zu ungeklärt. Vieles ist anders, als es aussieht. Das mag schwierig zu verstehen sein, aber ihr solltet es versuchen.«

Diese Botschaft ist direkt an mich gerichtet. *Schwierig zu verstehen, aber du solltest es versuchen.* Doch es ist keine Drohung. Ich habe das Gefühl, er will mir helfen.

»Wylie hat recht«, sagt Ramona und stellt sich neben

mich. Sie lässt ihr Armband einmal schnappen, aber jetzt fast unmerklich. »Das hier ist ein freies Land. Sie können nicht so tun, als würden Sie uns helfen, damit wir Ihnen helfen.«

»Ja, Sie können uns hier nicht festhalten«, sagt Becca.

»Ja«, stimmt Kelsey ein, die jetzt auch neben mir steht. Sie will Unruhe stiften, habe ich das Gefühl, nicht diskutieren. »Lassen Sie uns gehen.«

Und ich weiß nicht, wer damit anfängt, aber schnell skandieren alle: »Wir wollen raus!« Alle bis auf mich. Ich stehe schweigend da. Mitten in der Revolte, die ich angezettelt habe, lasse ich Kendall nicht aus den Augen. »Wir wollen raus! Wir wollen raus! Wir wollen raus!«

Kendalls Gesicht ist ruhig und unbewegt, als wäre das genau sein Plan gewesen. Als hätte er schon die nächsten Schritte im Blick.

»Okay, beruhigt euch!«, ruft Dr. Haddox.

Die Sicherheitsmänner wirken verärgert von dem Lärm, aber eigentlich nicht besorgt. »Ruhe!«, schreit der Wolf.

Da wendet Kendall den Blick ab, von irgendetwas abgelenkt. Er wühlt in seiner Tasche und zieht dann sein Handy heraus. »Ich entschuldige mich«, sagt er, erst mit Blick auf Dr. Haddox und dann direkt zu mir. »Ich muss nach draußen und da rangehen.«

Es ist ein Zeichen: *Es ist schwierig zu verstehen, aber du solltest es versuchen.* Officer Kendall hat sich schon elegant zu der Doppeltür mit den Fenstern umgedreht und hat jetzt den Wolf und seinen Partner vor sich. Die Tür nach draußen. Gleich wird er weg sein. Ich muss hinterher. Zumindest muss ich es versuchen. *Das* ist jetzt mein Instinkt. Und ich muss ihm vertrauen, genau wie Dad gesagt hat.

Ich gehe schnell, aber ruhig – zumindest versuche ich das – zum Trinkbrunnen hinüber. Der befindet sich ungefähr in der Richtung, in die auch Kendall geht, ist aber ein ganz guter Vorwand, sodass sich keiner fragen wird, wo ich hinwill. Gerade als Kendall bei den Wärtern ankommt, bin ich dort.

Die Tür wird summen und dann aufgehen. Nicht lange. Ich werde zwischen den Wärtern durchrennen und hoffen müssen, dass sie zu überrascht sind, um mich festzuhalten.

Doch es dauert länger, als ich dachte, bis die Wärter die Tür für Kendall geöffnet haben. Ihre Schlüsselkarten funktionieren erst beim dritten Anlauf. Während ich warte, werden meine Lippen von dem Wasserstrahl aus dem Brunnen eisig. Endlich höre ich das Summen. Und dann sind die Türen offen, und Kendall geht hindurch.

Das ist meine Chance. *Los, los, los!*

Direkt hinter Kendall stürze ich in die Helligkeit des Flurs hinaus. Ich mache mich auf irgendeinen Schmerz gefasst: ein Schlagstock an meinem Knie, dass mein Gesicht gegen die Wand geschlagen wird. Eine Hand in meinem Nacken, die an meinen Haaren zieht.

Aber da ist dieser Augenblick, diese plötzliche Lücke in der Zeit. Dann bin ich irgendwie draußen. Ich bin in diesem Flur. Und da ist Kendall, schon ein Stück weiter vorn.

Hinter mir höre ich einen lauten Schrei. Schließlich doch einen der Wärter. »Was … hey!«

Aber die Tür fällt ins Schloss, bevor sie sie festhalten können.

»Was wollen Sie hier?«, rufe ich hinter Kendall her, während ich loslaufe. »Was soll das alles?«

Er wird nicht schneller, aber auch nicht langsamer. Er geht einfach weiter, in seinem schönen Maßanzug und seinen harten Lederschuhen – klapp, klapp, klapp. Und dennoch ist er irgendwie immer noch sehr weit weg.

»Hey!«, schreie ich noch mal; ich klinge wütend. Das bin ich auch. Ich bin voller Wut. Kendall hat vielleicht nicht Cassie umgebracht, aber er hat bei ihrem Tod eine Rolle gespielt. »Wer sind Sie?«

Doch Kendall ignoriert mich immer noch. Das wird er nicht tun. Ich werde ihn nicht lassen, diesmal nicht.

Schließlich öffnet sich die Tür wieder hinter mir. Ich höre schnelle Schritte und fange an zu laufen.

Ich muss ihn erreichen, bevor sie mich erwischen. Mein Herzschlag rauscht in meinen Ohren, während ich sprinte, bis ich endlich nah genug bin, um mich auf ihn zu stürzen. Mit ausgestreckten Fingern. Und ich will mehr als ihn aufhalten. Ich will ihn kratzen, ihm die Haut aufreißen. Aber plötzlich bin ich zu nah. Mein Gesicht knallt gegen seine Schulter, und dann fallen wir irgendwie nach vorn. *Absichtlich*, das denke ich. Wir fallen nicht, weil ich Kendall umgeworfen habe, sondern weil er es so will.

Als mein Knie am Boden aufschlägt, fühlt sich der Schmerz an wie ein Stromschlag. Kendall hebt mich mühelos von sich runter und dreht sich dabei, dann packt er mich an den Unterarmen und reißt meinen Kopf zu sich heran.

»Verschwinde von hier«, flüstert er mir ins Ohr, während er mir etwas in die Hand schiebt.

Ein Stück Papier, etwas Gefaltetes, Scharfes, Rechteckiges. Und dann fühle ich, was Kendall fühlt: Verzweiflung und Reue. Es tut ihm leid. Das ist seine Art, es wiedergutzumachen.

Ich schaffe es, das Papier rechtzeitig in den Bund meines Slips zu schieben, bevor die Wärter mich von Kendall wegziehen. Ruhig steht er auf und streicht sich die Kleider glatt.

»Loslassen!«, schreie ich, trete nach ihnen aus, woraufhin

sie nur fester zupacken. Sich wehren bringt nichts, aber ich kann nicht anders. »Sie tun mir weh!«

Als der Wolf über mir erscheint, sehe ich nur zusammengekniffene Augen und zusammengebissene Zähne.

»Wylie!« Das ist Dr. Haddox, sein Gesicht ist plötzlich auch da. Und er hält eine Spritze in der Hand. »Du musst dich beruhigen.«

Da fühle ich sein Bedauern. Anders als das von Kendall; seins war auf die Vergangenheit bezogen. Das von Haddox gilt dem Jetzt. Dafür hat er sich nicht gemeldet. Das wollte er nicht tun.

12

Als ich die Augen öffne, ist es dunkel. Ich versuche, mich zu bewegen, und mein Gesicht tut weh. Kendalls Schulter, die Sicherheitsleute, die mich niedergerungen haben – es gibt viele mögliche Erklärungen. Die Medikamente haben sie ausgelöscht.

Verschwinde von hier. Das hat Kendall gesagt, er meinte es ernst. Und er machte sich Sorgen um mich. Er hat bei so vielem gelogen, aber in diesem einen Moment im Flur sagte er die Wahrheit. Daran zweifle ich nicht.

Als ich die Arme hebe, bin ich darauf gefasst, dass sie wieder festgeschnallt sind. Sind sie aber nicht.

Langsam stehe ich in der Dunkelheit auf, mit einer Hand an der Wand taste ich mich zum Lichtschalter neben der Tür vor. Die Neonröhre über mir flackert, bevor sie schließlich richtig leuchtet. Ich befinde mich in einem kleinen Raum mit einem Bett wie dem, in dem ich beim ersten Mal aufgewacht bin, aber ich glaube nicht, dass es derselbe ist. Dieser hier riecht nach frischer Farbe. Davon wird mir wieder ganz schummrig.

Als ich mich wieder zum Bett drehe, piekst mich etwas Scharfes über dem Hüftknochen. Erst als ich es aus meinem Slip ziehe, fällt mir Kendalls Zettel wieder ein. Ich kann kaum fassen, dass er noch da ist.

Meine Hände zittern, während ich ihn auseinanderfalte. Ich weiß nicht, was ich erwarte. Irgendeine schreckliche Erklärung? Ein neues Detail, das alles noch schlimmer macht? Aber da stehen nur eine Adresse und ein paar Anweisungen: *323 Gullbright Lane, Summer in dieser Reihenfolge drücken: 1-5-3-4-2. Frag nach Joseph Conrad.*

Ich weiß nicht, was verrückter ist: dass Kendall glaubt, ich könnte es zu dieser Adresse schaffen, oder dass ich ernsthaft darüber nachdenke. Aber mein Bauch sagt mir, ich soll es tun. Meinem Instinkt vertrauen. Mehr kann ich nicht tun.

Als ich zum Bett zurückgehe und Kelseys Buch auf dem Schreibtisch entdecke, fühle ich mich noch wackliger. Bevor ich Kendall hinterhergerannt bin, habe ich es in den Gemeinschaftsraum gelegt. Ist Kelsey gekommen und hat es mir gebracht, während ich schlief? Das ist furchtbar aufdringlich. Ich nehme es und gehe damit zum Bett.

Ich muss Dad noch mal anrufen. Muss mit Jasper reden. Für beides brauche ich die Erlaubnis von Dr. Haddox, sonst hält mich sicher der Wolf wieder zurück. Aber wird Dr. Haddox noch auf meiner Seite sein? Ich habe schon zum zweiten Mal versucht wegzulaufen. Weil er mich wieder betäuben musste, fühlte er sich schlecht. Manchmal werfen einem die Leute ihre eigenen Schuldgefühle vor.

Trotzdem habe ich keine Wahl, ich muss es versuchen. Ich muss einfach in den Gemeinschaftsraum hinausmarschieren und nach Dr. Haddox verlangen. Und das werde ich auch, sobald ich für den nächsten Kampf bereit bin. Ich hole tief Luft und blättere geistesabwesend in Kelseys Buch.

Da stockt mir plötzlich das Herz.

Handschrift. Die Seiten von Kelseys *1984* sind von Hand vollgeschrieben. Das Wort ABBLOCKEN und darunter eine Liste in schwarzen Druckbuchstaben, tief eingegraben von einem Kugelschreiber. GLAUB DIE LÜGE ist das Erste.

Als ich umblättere, zittern meine Hände – zu zwei Dritteln ängstlich, zu einem erleichtert. Ich habe schon genug gesehen, um zu wissen, dass das, was auf den Seiten steht, einen Kreis schließt. Es erklärt, warum Kelsey so schwer zu lesen war und wie sie mich ansah. Als teilten wir ein Geheimnis.

Ich blättere wahllos in dem Buch, versuche, mir klarzuwerden, wo ich anfangen soll. Schließlich entscheide ich mich für Seite 83. Am Rand stehen ein Datum, 12. Juni, und eine einzelne Zeile wie ein Tagebucheintrag:

Ich wusste, dass du anfangen würdest zu weinen, bevor du es getan hast.

Es ist mit K. unterschrieben. Wahrscheinlich stammt der Eintrag von Kelsey. Ich weiß noch nicht, wer *du* ist. Der nächste Eintrag ist vom 21. Juni.

Ich wusste, dass Mommy und Daddy sich streiten würden, bevor Daddy nach Hause kam. Ich wusste, dass Daddy bei einem Streit über seine Arbeit lügen, aber Mommy ihm glauben würde.

Das ist mit G. unterschrieben. Vielleicht Kelseys Schwester, demnach wie sie über ihre Eltern schreibt – als wären es dieselben. Eine Weile blättere ich in dem Buch herum, und es ist offensichtlich, dass sie es abwechselnd als Tagebuch benutzt haben. G. ist anscheinend Gabrielle. An einer Stelle ist der Name ganz ausgeschrieben. Wenn man sich die Daten anschaut, sieht es aus, als würden die Eintragungen vorn innen auf dem Buchdeckel anfangen, dann zum hinteren inneren Buchdeckel springen, dann zur Titel- und zur letzten Seite, bevor sie wieder wahllos auf Seite sechsundfünfzig weitergehen und an den Seitenrändern bis fast zum Buchende.

Warum benutzen wir ein Buch?, fragt G. einmal. *Wir könnten uns ein leeres Notizheft besorgen. MIT MEHR PLATZ.*

Am nächsten Tag die Antwort: *Weil sie irgendwann kommen und danach suchen werden. K.*

Kelsey und Gabrielle führen ziemlich genau Buch: wenn sie glauben, Dinge zu wissen, bevor sie passieren, wenn sie mit den Gefühlen von jemandem recht haben, wenn sie den Verdacht haben, dass jemand lügt, wenn sie schließlich den Beweis dafür haben. Sie behandeln alles wie ein Spiel. Jedes Mal, wenn sie recht bekommen, notieren sie es in Großbuchstaben und mit einem Sternchen. *DOPPELTE PUNKTZAHL!*

Ich frage mich, wie Gabrielle das Glück haben konnte, nicht hier eingesperrt zu werden. Dann blättere ich zum Anfang zurück, um zu sehen, wie es anfing. Wie sie herausfanden, dass sie Leute lesen konnten. Denn mir hat es Quentin gesagt, dann hat Dad es bestätigt, und selbst dann brauchte es Wochen, bis es mir echt vorkam. Und Gabrielle und Kelsey hatten niemanden, der ihnen irgendwas sagte, ganz zu schweigen von einem Wissenschaftler als Dad.

Ich habe es dir heute gesagt. Und das Komischste war, wie du sofort »Ich auch« sagtest, als hättest du darauf gewartet. K.

Und so hatte es klein angefangen, mit Vertrauen und einem heimlichen Geständnis von Kelsey, und von da an versuchten sie gemeinsam, Leute zu lesen, zu sehen, ob sie recht hatten. Sie hatten auch aneinander geübt. Das meiste von dem, was ich herausgefunden habe, lernten sie auch: dass es in Menschenmengen schwieriger ist und mit Blickkontakt leichter. Der einzige Unterschied war, dass sie miteinander darüber reden konnten. Mir tut es in der Brust weh, als ich mir vorstelle, wie Gideon und ich oder noch besser Cassie und ich – oder eine Schwester, die ich nicht habe – das Ganze gemeinsam durchmachen würden. Wenn wir einander hätten.

Zum ersten Mal wird mir bewusst, dass es im Grunde daran liegt, dass ich kein Outlier sein möchte: Ich will mich nicht noch mehr allein fühlen. Ich möchte diesen neuen Teil von mir nicht für mich annehmen, wenn das bedeutet, dass noch mehr Abstand zwischen mir und dem Rest der Welt entsteht. Wir sind doch schon so weit voneinander entfernt. Aber wenn es Kelseys und Gabrielles gäbe, wenn ein Outlier zu sein bedeuten würde, Teil von etwas zu sein, würde es mir damit vielleicht anders gehen. Vielleicht könnte ein Outlier zu sein bedeuten, endlich irgendwo hinzugehören.

Ziemlich schnell fange ich an zu überspringen. Es ist viel zu viel zu lesen, und ich bin zu ungeduldig. Aber an dieser Liste bleibe ich hängen:

1. Mit Konzentration und Übung besser werden
2. Blocken; so tun, als wäre es die Wahrheit
3. Schwierig in Menschenmengen; Augenkontakt hilft.
4. Mehr als nur Gefühle lesen? Eines Tages, in der Zukunft???

Blocken. Das muss es gewesen sein, was Kelsey getan hat, als ich nicht lesen konnte, was sie fühlte. Als sie wie eine Ziegelwand war. Ich brauche ein paar Minuten, bis ich die Stelle gefunden habe, wo Kelsey und Gabrielle genauer beschreiben, was sie mit »blocken« meinen: ihre eigenen Gefühle kontrollieren, damit andere sie nicht lesen können.

In der Theorie klingt das einfach, aber wie soll ich ohne einen anderen Outlier, der mich testet, je wissen, dass ich es richtig mache?

Ich schließe das Buch und hole tief Luft. Ich muss mit Kelsey reden. Ich muss genauer wissen, was sie weiß, und herausbekommen, warum sie mir das Buch gegeben hat. Ich meine, offensichtlich weiß sie, dass wir etwas gemeinsam haben, aber was soll ich mit diesem Wissen ihrer Meinung nach anfangen?

Bevor ich mir darüber Gedanken mache, muss ich aber Jasper und meinen Dad anrufen. Falls ich das nicht kann oder sie nicht erreiche, kann ich nicht mehr warten – weder darauf, dass mein Dad aus D.C. wiederkommt, noch darauf, dass Rachel Krach schlägt. Oder bis ich herausgefunden habe, was Kelsey mir wirklich sagen möchte. Ich muss sofort raus hier. Wir alle.

Der Flur ist leer und still, als ich schließlich mein Zimmer verlasse und in Richtung Gemeinschaftsraum gehe. Ich hoffe, Dr. Haddox dort zu finden. Hoffe, dass er nicht zu sauer auf mich ist, weil ich hinter Kendall hergerannt bin, dass er bereit ist, den Wolf zu überstimmen und mich noch mal meinen Dad und dann Jasper anrufen zu lassen. Inzwischen wäre es sogar besser als nichts, Jasper wenigstens noch eine Nachricht auf die Mailbox zu sprechen. Und ich werde mit einer Entschuldigung bei Dr. Haddox anfangen. Es kann nicht schaden, selbst wenn es mir eigentlich überhaupt nicht leidtut.

Außerdem hoffe ich, Kelsey auf der Couch ausgestreckt zu finden. Ich stelle mir vor, was ich zu ihr sagen werde. Alles von: »Also, hey, cooles Buch!« bis »Dann bist du also auch ein Outlier.« Das alles kommt mir so peinlich und falsch vor, vor allem, weil es gut sein kann, dass sie noch nicht mal den Ausdruck »Outlier« gehört hat.

Doch als ich schließlich den Gemeinschaftsraum betrete, erschrecken mich die völlige Stille und fast völlige Dunkelheit. Hier ist kein Dr. Haddox, keine Kelsey auf der Couch. Hier ist überhaupt niemand. Der Gemeinschaftsraum ist leer. Nicht stockdunkel, aber die Deckenbeleuchtung ist aus. Durch die Fenster sehe ich, dass es draußen Nacht ist.

Es kann nicht lange nach drei oder vier Uhr nachmittags gewesen sein, als Kendall hereinkam. Ich war länger ausgeschaltet, als mir klar war, sogar Stunden. Wer weiß, was seitdem passiert sein könnte?

»Hey, alles in Ordnung?« Eine Männerstimme. Als ich mich umdrehe, stehen da zwei neue Sicherheitsleute an den Fenstertüren. Wenigstens ist keiner von ihnen der Wolf.

»Wo sind denn alle?«, frage ich.

»Ähm, im Bett?«, sagt der Wächter links mit dem Vollbart und der dickeren Taille. Er sieht auf die Uhr. »Es ist nach zwei Uhr morgens. Sollen wir dir einen Doktor rufen oder so?«

Hauptsächlich hofft er, dass ich wieder gehe. Das fühle ich. Ich mache ihn nervös. Und er weiß nicht mal, dass ich diejenige bin, die davonlaufen wollte. Er hat Angst, dass etwas passieren könnte, dass es schlimm endet. Er traut seiner eigenen Beherrschung nicht. Diese Männer, wer auch immer sie sind, sind keine normalen Krankenhaus-Sicherheitsleute, da bin ich erst in diesem Moment sicher.

Vielleicht habe ich die ganze Angelegenheit falsch gesehen. Vielleicht geht hier nicht nur eine Sache vor sich, mit einer Gruppe von Leuten. Es könnten viele unbekannte Komponenten sein, wie Dr. Kendall sagte. Da sind Dr. Haddox und sein Chef, der ruhmsüchtige Dr. Cornelius. Da sind das NIH und die Wächter, die eher wie Agent Klute und seine Freunde wirken. Wer sagt, dass sie nicht alle ihr eigenes Ding machen?

Der Gedanke, dass sich meine Probleme noch multiplizieren könnten, lässt mich schaudern, und das bringt den anderen Wärter dazu, einen Schritt vorzutreten. Er ist dünner und hat auch einen Bart, aber seiner ist unregelmäßig und fusselig. »Stimmt was nicht mit dir?«

Ja. Nein. Ja. So eine einfache Frage ist jetzt unbeantwortbar. Ich schüttle zu fest und zu oft den Kopf, während ich zur Tür zurückweiche.

»Nein, mir geht's gut«, sage ich und klinge ganz anders. »Ist Dr. Haddox irgendwo in der Nähe? Ich habe nämlich gehofft, ich könnte das Telefon benutzen.«

Der Wärter mit dem Vollbart sieht seinen Partner mit hochgezogener Augenbraue an. Die Frage nach dem Telefon hat etwas verschoben. »Es ist zwei Uhr morgens. Wie ich schon sagte: Er ist zu Hause und schläft. Und du brauchst fürs Telefon eine Freigabe von ihm.«

»Bist du sicher, dass du keine Hilfe brauchst?«, fragt sein Partner, aber so, als wäre seine »Hilfe« nichts, was ich wirklich wollen würde.

»Nein, mir geht's gut«, sage ich noch mal.

Ich drehe mich eilig um und gehe dorthin zurück, wo ich hergekommen bin.

Draußen im Flur sehe ich an der Reihe geschlossener Türen entlang. Ich möchte die von Kelsey finden, habe aber keine Ahnung, welches Zimmer ihres ist. Und nach meiner Rangelei mit dem »NIH-Doktor« hilft es mir wahrscheinlich nicht unbedingt weiter, wenn ich noch mitten in der Nacht alle wecke.

Also gehe ich in mein Zimmer zurück, klettere aufs Bett und drehe mich auf die Seite. Zu einem C zusammengerollt, versuche ich nachzudenken. Aber meine Gedanken wirbeln davon, direkt zu Jasper. Geht es ihm wirklich gut? Hat Dr. Alvarez überhaupt wirklich mit seiner Mom gesprochen? Tief in mir habe ich immer noch das Gefühl, dass mit ihm alles in Ordnung ist. Ich glaube es. Aber mir würde es sehr viel besser gehen, wenn ich einen Beweis dafür hätte.

Meine Mom ist vermutlich sowieso die Einzige, die mich wirklich überzeugen könnte, dass alles gut wird. Und sie wird mich natürlich nie wieder von etwas überzeugen.

Es geht mir also kein bisschen besser, und ich drehe mich immer wieder unruhig im Bett herum. So lange, bis ich schließlich nicht mehr um Schlaf bete, sondern einfach nur um den Tagesanbruch.

»Ich sag's dir, ich habe bei ihm ein schlechtes Gefühl, das ist alles«, hörte ich Mom sagen, als ich ein paar Wochen vor ihrem Unfall die Treppe hinaufging. Ich machte mich darauf gefasst, wieder einen der immer öfter auftretenden Streite meiner Eltern zu hören.

Doch als ich schließlich oben ankam und durch die Tür spähte, boten sie ein Bild häuslichen Glücks. Dad faltete Wäsche, Mom saß im Schneidersitz auf dem Bett, umgeben von einem Ring aus Fotos. Sie hatte gerade keinen konkreten Auftrag, das hieß, sie arbeitete an einem ihrer freien Projekte, bei denen es immer darum ging, die eine oder andere Ungerechtigkeit zu enthüllen, die nie ganz konkrete Formen anzunehmen schienen. Nachdem sie so viel Zeit in Kriegsgebieten verbracht hatte, war sie vor allem auf das Militär und seine Kontrolle fixiert. Bisher war Mom noch mit keinem ihrer freien Projekte (»Verschwörungstheorien«, hatte sie mein Dad geneckt) besonders weit gekommen, aber das machte sie nur entschlossener. Ihre dicke schwarze Brille war halb auf die Nase heruntergezogen, während sie Fotos sortierte, sie prüfte und eines nach dem anderen verwarf.

Ich setzte mich auf den Treppenabsatz in der Nähe ihrer Schlafzimmertür, denn jetzt war ich neugierig geworden. Ärger hatte ich in ihren Stimmen nicht gehört, aber irgendetwas war da trotzdem.

»Er ist voll dabei«, sagte Dad. »Übertreiben es die Leute am Anfang nicht immer ein bisschen? Das gehört zum Programm.« Er lachte kurz auf. »Das Programm. Verstehst du meinen kleinen Scherz? Und die Kinder sagen, ich sei nicht mehr lustig.«

»Das ist mehr als Engagement«, sagte Mom, dann schüttelte sie sich. »Ich sage es dir. Als Vince Cassie heute abgeholt hat, hätte ich sie am liebsten nicht mit ihm gehen lassen. Er wirkte, ich weiß auch nicht ... gestört.«

»Gestört?« Dad lachte wieder.

»Na gut, vielleicht ist gestört ein bisschen übertrieben«, sagte sie. »Aber wirklich nicht normal. Ich habe sogar überlegt, Karen deshalb anzurufen.«

»Das hast du aber nicht, oder?«, fragte Dad nervös. Die Beziehung zwischen Mom und Karen war immer mal wieder holprig gewesen. Mom fand vor allem, das »Fitnesscamp« sei eine fürchterliche Idee, vor allem für Cassie. Und das hatte sie Karen gesagt. Davon hatte sich ihre Beziehung nie wieder ganz erholt.

»Nein, aber nur, weil sie sicher schon weiß, wie er ist, oder? Das ist schließlich nicht das erste Mal, dass er von den Keys zurück ist.«

»Ich bin sicher, sie weiß es«, sagte mein Dad. »Und alles ist relativ. Karen ist wahrscheinlich froh, dass Vince kein aggressiver Alkoholiker mehr ist.«

»Er hat sich auch zum Priester weihen lassen, hast du das gehört?«, fragte sie. »Irgend so ein Online-Ding.«

»Es gibt Schlimmeres, als ein Internetgeistlicher zu werden.«

»Ich weiß«, sagte Mom leise. »Und ich will ihn auch gar nicht verurteilen. Aber ich fand einfach … Ich hatte ein *echt* schlechtes Gefühl bei ihm. Mir sind die Haare zu Berge gestanden. Er wirkte so wütend unter dem ganzen Zen. Auf *uns*, Ben. Warum sollte er wütend auf uns sein?«

»Das ist er bestimmt nicht. Ist er nicht«, sagte Dad. »Hör zu, Vince hatte immer Probleme. Vielleicht hat er das Gefühl, wir hätten uns bei der Scheidung auf Karens Seite geschlagen. Haben wir ja irgendwie auch.«

»Ich weiß nicht, ich finde trotzdem … Vielleicht sollten wir Karen warnen. Wir bereuen es womöglich, wenn wir es nicht tun.«

»Und wir könnten es bereuen, wenn wir es tun«, erwiderte Dad. »Ich meine, das mit Cassie und Wylie … Ich glaube nicht, dass wir noch mehr Unruhe hineinbringen sollten, als sowieso schon da ist.«

Innerlich wand ich mich. Ich hatte gehofft, mir das mit dem Auseinanderleben von Cassie und mir nur einzubilden. Mir war nicht klar gewesen, dass es wirklich so schlimm war, dass meine Eltern es bemerkt hatten.

»Natürlich sind Cassie und Wylie das Wichtigste dabei«, sagte meine Mom. »Egal, es war nur ein Gefühl. Und es ist ja nicht so, als würden meine Gefühle und die Realität immer zusammengehen.«

»Ich weiß nicht«, sagte mein Dad. »Meiner Erfahrung nach tun sie es früher oder später schon.«

»Wylie, ich bin's.« Ein Flüstern, nur drei Wörter.

Jetzt bin ich wach. Aber verwirrt. Ich muss tief geschlafen haben. Und es ... etwas drückt auf meinen Mund. So fest, dass ich fast nicht atmen kann. Ich greife in der Dunkelheit danach, spüre eine Hand. Kendall? Ich habe mich geirrt. Ist er doch noch wiedergekommen, um mich umzubringen?

Plötzlich sehe ich ein funkelndes Augenpaar, nur Zentimeter entfernt.

»Nicht schreien.«

Ich erkenne die Stimme. Mein Herz macht einen Satz.

Als die Hand schließlich loslässt, blinzle ich. Versuche, mehr von dem Gesicht in der Dunkelheit zu sehen. Habe Angst, dass ich das Gesicht irgendeines Fremden durch eines ersetze, das ich so viel lieber sehen möchte.

Aber nein, er ist es wirklich. Er muss es sein.

»Jasper?«

13

»Entschuldige«, sagt Jasper leise. Er sitzt jetzt ein Stück weiter entfernt auf dem Bett.

Meine Augen haben sich an die Dunkelheit gewöhnt, sodass ich seinen schwachen Umriss sehen kann.

»Ich wollte dir keine Angst machen.«

Ich strecke die Hand aus und greife nach ihm, nicht sicher, ob er wirklich da ist. »Was ist mit dir passiert?«, frage ich, als ich ihn endlich loslasse. Ich habe so viele Fragen. »Geht es dir gut?«

»Psst. Wenn mich jemand hier entdeckt, bin ich geliefert. Wir beide.«

Er steht auf. Ich kann hören, wie er an der Wand herumkramt. Als schließlich das Licht an meinem Kopfende angeht, mache ich mich auf das Schlimmste gefasst. Dass Jaspers Haut vom Wasser aufgedunsen ist, sich von den Knochen schält. Aber selbst im grauen Licht des Krankenzimmers sieht er so gut aus wie seit Längerem nicht mehr.

Jasper hebt lächelnd einen Ausweis hoch, den er um den Hals trägt, dann setzt er sich wieder neben mich aufs Bett. Es ist ein Krankenhausausweis, auf dem *Hauspersonal* steht. »Nicht schlecht, was?« Er sieht hinunter, bewundert ihn. »Ich hab den von meiner Mom genommen, während sie geschlafen hat, und ihn gefälscht. Wäre ich nicht so mit Eishockey beschäftigt gewesen, hätte ich vielleicht Ausweisfälscher werden können oder so.« Sein Lächeln verblasst, und jetzt kann ich an nichts anderes mehr denken als an meine Angst um ihn, während ich ihn in dem Wasser da unten gesucht habe. Wie erleichtert ich bin, dass es ihm gut geht.

»Jasper, was ist auf der Brücke passiert?«

»Ich glaube, wir sollten damit anfangen, was zum Henker das hier ist.«

Ich denke daran, ihn weiter zu drängen, ihn dazu zu bringen, es mir zuerst zu erklären, aber dann bin ich mir nicht mehr sicher, ob ich seine Antwort hören will.

»Irgendein Doktor, der nicht mein Dad ist, behauptet, das ganze Outlier-Ding würde von irgendeiner Krankheit ausgelöst«, sage ich viel nüchterner, als ich mich fühle. »Ich meine, niemand hat hier drin das Wort ›Outlier‹ in den Mund genommen. Aber das ist der Subtext. Mein Dad sagt, das ganze Ding von diesem Typen ist Schwachsinn.«

»Na ja, sieht aus, als würde es jemand glauben.« Jasper umfasst den Raum mit einer Geste. »Dein Dad flippt bestimmt aus.«

»Das wird er«, sage ich und schlucke mein ungutes Gefühl hinunter. »Ich habe mit ihm telefoniert, er war in D.C. Er kommt zurück, aber er ist noch nicht hier.« Das laut zu sagen macht alles noch schlimmer. Verzweifelter. Ich denke daran, mehr ins Detail zu gehen – die Streptokokken, das PANDAS, der Bioterrorismus –, aber das wird nicht helfen. Und ich muss Jasper sowieso vor allem eines sagen: »Kendall war hier.«

»Was? Wo?« Mit geballten Fäusten springt er auf. Und sein Gesichtsausdruck: als wollte er Kendall umbringen, wenn er ihn findet. Das erinnert mich an den Jungen, für den ich ihn früher hielt. Vielleicht ist er dieser Junge auch noch, aber nur zum Teil. Als wäre ihm etwas aufgegangen, löst er die Fäuste. »Warte, bist du sicher, dass er es war?«

Er hat Zweifel. Und nicht nur deswegen, sondern als fragte er sich, ob ich mir durch den Stress vielleicht Dinge eingebildet habe. Und das ist verständlich. Seit dem Tag, als Kendall uns in dieser Hütte zurückließ, ist er ein Geist. Die Polizei von Seneca bestätigte, dass jemand, auf den seine Beschreibung passte, für sie gearbeitet hat. Und sie gab zu, dass sie diese Person auf die Suche nach unserer verschwundenen Freundin in das Camp hinaufgeschickt hatte – machte aber auch deutlich, dass sie keine Ahnung hatte, dass wir dabei waren (was auch stimmte). Wie sich herausstellte, war Kendall neu eingestellt worden – und hatte nicht schon sein ganzes Leben in der Stadt verbracht, wie Quentin behauptet oder sogar selbst geglaubt hatte. Wer wen angelogen hatte, war immer noch eine offene Frage, aber wer auch immer Kendall war, er war verschwunden, nachdem er uns in diesem Camp zurückgelassen hatte.

Bis jetzt.

»Er gab vor, ein Doktor vom NIH zu sein, aber er war es definitiv. Ich habe ihn aus der Nähe gesehen. Ich bin ihm nachgerannt und habe ihn angegriffen.«

»Du hast ihn *angegriffen*?« Jasper sieht beunruhigt aus.

»Du hättest es sehen müssen«, sage ich, dann reiche ich ihm den gefalteten Zettel. »Er hat mir das hier gegeben und sagte, ich solle von hier verschwinden. Es ist eine Adresse.«

»Natürlich solltest du von hier verschwinden. Gott sei Dank, dass Kendall extra gekommen ist, um dich darauf hinzuweisen.« Jasper nimmt den Zettel, beobachtet mich aber weiterhin misstrauisch. Er schüttelt den Kopf und gibt ihn mir zurück, ohne ihn zu lesen. »Warte, warum gibst du mir das überhaupt? Was glaubt er eigentlich, wie dumm du bist?«

»Ja, aber warum sollte er …«

Jasper unterbricht mich mit erhobener Hand. »Nein, Wylie. Und ich meine, ernsthaft nein. Wen interessiert, was er tut oder warum? Du musst hier weg. Darauf müssen wir uns konzentrieren. Deshalb bin ich hier. Wirf den Zettel weg.«

»Ihm tut leid, was passiert ist«, sage ich und klinge so naiv. Nein, nicht naiv – nur dumm. Trotzdem kann ich nicht mit meinen Erklärungen aufhören. »Er kam her, um wiedergutzumachen, was passiert ist. Deshalb hat er mir den Zettel gegeben.«

Jasper bläht die Nasenflügel. »Das hat er dir gesagt?«

»Nein.« Ich halte seinen Blick fest. »Ich habe es gefühlt.«

Jasper schüttelt langsam den Kopf. »Wylie, das ist verrückt.«

Verrückt. Ich will mich von diesem Wort nicht verletzen lassen, aber das klappt nicht. »Na super«, sage ich leise.

»Ich wollte nicht – du weißt, was ich meinte, Wylie. Verrückt, dass du auf Kendall hörst. Nicht dass du …«

Er beendet den Gedanken nicht, und ich bleibe still und starre auf den gefalteten Zettel hinunter. Jaspers Zweifel sind gerechtfertigt. Vollkommen. Aber deshalb hat er noch nicht recht. Ich muss meinem Instinkt folgen. Mehr habe ich nicht. Ich möchte ihn aber vom Haken lassen, vor allem, weil er schon so viel für mich getan hat. »Das ist nicht dein Problem. Ich meine, *ich* bin nicht dein Problem.«

Jetzt, da es ihm gut geht, kommt mir die Heftigkeit meiner Gefühle für Jasper in den vergangenen Stunden wie ein Fiebertraum vor, übertrieben und durch die Angst unnötig aufgeblasen. Jasper und ich sind Freunde. Er ist mir wichtig. Aber das ist alles. Alles andere ist nur meine Verwirrung.

»Du bist nicht mein Problem, was? Wow, vielen Dank auch. Das macht alles viel besser«, sagt Jasper, offensichtlich verletzt. Aber er schüttelt es ab. »Hör zu, Kendall hat recht, du musst hier weg. Als ich auf der Suche nach dir zuerst im Hauptteil des Krankenhauses war, haben sie total abgestritten, dass in diesem Teil überhaupt jemand sei. Selbst nachdem ich ihnen sagte, ich hätte gesehen, wie sie dich hierhergebracht haben. Ich glaube, sie dachten das wirklich. Was auch immer das hier ist, es ist krank genug, dass sie es echt gut verstecken.«

»Woher wusstest du überhaupt, dass ich hier bin?«

»Ich bin dem Krankenwagen von der Brücke aus gefolgt.«

»Also warst du auf der Brücke?«, frage ich mit einer komischen Mischung aus Furcht und Erleichterung. Damit kommen all die anderen Gefühle für Jasper wieder an die Oberfläche, die falschen, verwirrenden. Diesmal stopfe ich sie fester wieder zurück.

»Ja. Ich war auf der Brücke.« Jasper nickt mit finsterer Miene und gesenktem Blick.

»Warum?«, frage ich.

»Ich habe überlegt, ob ich mir eine Auszeit nehme, du weißt schon.«

Dass er so locker sein kann, kotzt mich ernsthaft an.

»Was zum Henker soll das heißen?«, schnauze ich. »Nein, lass. Sag es einfach nicht.« Ich halte mir die Hände vors Gesicht und versuche, das Brennen in meiner Kehle wegzuschlucken. Dieses Gespräch macht es mir nicht leicht, die falschen Gefühle dort festzuhalten, wo sie hingehören. »Jasper, wie konntest du überhaupt …«

»Ich wollte nicht, dass du dich schlecht fühlst oder so.

Glaub mir, es war … du bist so ungefähr das einzig Gute in meinem Leben.« Er unterbricht sich, und es wird peinlich.

»Lag es an den Seiten aus Cassies Tagebuch, dass …?«, setze ich an, aber ich will nicht mal aussprechen, was ich meine. Sonst wird es nur wahrer. »Ich habe sie in deinem Zimmer gesehen. Das war bestimmt schlimm zu lesen, nachdem … Was glaubst du, wer sie geschickt hat?«

»Ich weiß nicht. Maia vielleicht«, sagt er. »Sie hat etwas davon gesagt, sie habe mit Karen Cassies Zimmer ausgeräumt. Und dann kam sie ständig vorbei und wollte darüber reden, wie schlecht es mir ging. Als hoffte sie, ich bräuchte sie.«

Der Gedanke, dass Maia Jasper so etwas angetan hat, macht mich *viel* wütender, als er sollte. Als wäre es etwas, das sie mir angetan hat.

»Das ist krank«, sage ich. »Sie ist krank.«

»Yep. Aber es war sowieso nicht nur das Tagebuch. Und es war nicht nur das, was Cassie in dem Camp passiert ist. Es war viel komplizierter. Ein ganzer Haufen Zeug: meine Mom, mein Dad, die Zukunft, die Vergangenheit, jetzt. Plötzlich war in meinem Kopf alles so verworren und wurde irgendwie zu viel.«

»Aber du hast es dir anders überlegt«, sage ich. »Und das ist das Wichtige.«

Er nickt und lächelt halb. »Deinetwegen.«

»Sag das nicht.« Diesmal fahre ich ihn so hart an, dass ich selbst überrascht bin. Aber ich kann nicht für Jaspers Rettung zuständig sein. Ich bin selbst kaputt genug, und in meiner Nähe ist die Überlebensquote echt beschissen. »Bitte sag so was nicht …«

Außerdem macht es dieses ganze Gespräch noch schwerer, nur Freunde zu sein, wie es sich gehört. Ich kneife die Augen zu und hoffe, dass ich nicht weine.

»So habe ich das nicht gemeint«, sagt er, aber das hat er eigentlich schon irgendwie. Ich fühle es. »Doch dass du zur Brücke gekommen bist, hat das Ganze klarer gemacht. Ich war da oben und habe gegrübelt, aber dann machte ich mir plötzlich Sorgen, es könnte kein sauberer Sturz werden. Oder dass die Brücke nicht hoch genug ist.«

»Jasper«, flüstere ich. Es ist schrecklich, ihn so nüchtern reden zu hören.

Wir starren einander noch eine ganze Weile an, und ich spüre einen Zug in seine Richtung.

Nein. Was auch immer das für ein Gefühl ist – ich werde diesem Instinkt nicht folgen. Jasper und ich sind Freunde. Es ist für uns beide besser so.

»Jedenfalls«, erzählt Jasper weiter, »bin ich ans andere Ende der Bücke gegangen, um zu sehen, wie tief es ist. Und ich war gerade auf dem Rückweg und überlegte schon, was zum Geier ich da tue, als ich sah, wie sie dich in einen Krankenwagen mit dem Schriftzug Boston General verfrachtet haben. Du warst total weg. Wie leblos.« Bei der Erinnerung schaudert er. »Ich bin losgerannt, um sie aufzuhalten. Aber sie waren zu viele. Also beschloss ich stattdessen, einem armen Kind das Fahrrad zu klauen und herzukommen.«

Er sieht mich von der Seite an, und ich spüre, dass er nicht aufhören wird zu starren, bis ich ihn ansehe. Also tue ich es.

»Nach zwei Sekunden auf dem Rad wurde mir bewusst, dass ich nicht klar dachte. Dass ich überhaupt nichts dachte. Das Erschreckende ist, dass ich jetzt das Gefühl habe, das auf der Brücke sei jemand anderes gewesen. Ich kann nicht fassen, dass ich überhaupt daran gedacht habe. Ich glaube nicht, dass ich es wirklich hätte tun können. Das war nur so ein Moment. Und jetzt ist er vorbei.«

Ich nicke. »Sorg dafür, dass es so bleibt«, sage ich. »Ich kann nicht ...« Meine Stimme stockt. »Einfach ... keine Auszeiten. Für niemanden.«

»Okay«, sagt Jasper, und ich fühle, dass er mich berühren will – eine Umarmung vielleicht, eine Hand auf meinem Arm. Aber er tut es nicht.

Ein Teil von mir wünscht sich, er hätte es getan. Der klügere Teil ist froh, dass er es gelassen hat.

»Glaubst du, ich kann mir dir rausgehen?«, frage ich.

Er schüttelt den Kopf. »Ich habe nur den einen Ausweis. Sie müssen mich damit wieder rauslassen.«

»Es gibt eine Feuertreppe«, sage ich. »Ich habe sie vom Gemeinschaftsraum aus gesehen. Dort gibt es auch einen Alarmknopf. Wie wäre es, wenn wir ihn drücken und dann die Feuertreppe runterlaufen? Müssen diese Türen nicht immer unverschlossen bleiben?«

Jasper runzelt die Stirn. »Die Feuertreppe und der Alarm sind eine gute Idee, aber sind die nicht genau in Sichtweite der Wärter? Es muss noch einen Alarmknopf geben, vielleicht hier irgendwo. Wenn du in den Gemeinschaftsraum gehst, kann ich ihn suchen, und du verschwindest durch den Notausgang. Selbst wenn ich aufgehalten werde, habe ich den Ausweis. Du musst raus, ohne dass dich jemand sieht.«

Die anderen Mädchen. Ich habe ihnen noch nichts gesagt: nichts über die Outlier und Dad und Leute wie Quentin. Ich habe sie nicht vor der Gefahr gewarnt, in der sie meiner Meinung nach schweben. Wie kann ich sie so völlig unvorbereitet hierlassen?

»Ich kann nicht«, sage ich.

»Wolltest du nicht gerade noch …?«

»Ich weiß, ich weiß«, sage ich. »Ich muss auch auf jeden Fall abhauen. Aber die anderen Mädchen – sie wissen nicht mal, dass es so etwas wie Outlier gibt.«

»Dann können wir abhauen und deinen Dad wieder herschicken, damit er ihnen alles erzählt«, sagt Jasper.

Er ist verärgert, das fühle ich. Vielleicht hat er auch recht damit. Schließlich hat er einiges durchgemacht, um hier reinzukommen, und jetzt weigere ich mich zu gehen. Oder, ihr wisst schon, weil ich ihm vielleicht etwas bedeute.

»Du musst nicht bleiben, Wylie.«

Und vielleicht fühle ich mich wegen dem, was Cassie passiert ist, übertrieben verantwortlich für diese Mädchen. Das macht das Gefühl aber nicht unbedingt weniger echt oder richtig.

»Aber wer außer mir soll es tun?«, frage ich leise.

»Wir wissen beide, was passiert, wenn du bleibst und abwartest, was für ein Scheiß das hier ist, Wylie. Das kann nicht gut enden. Frag Cassie.« Bei ihrem Namen stockt Jaspers Stimme. Er senkt den Blick. »Ich weiß, dir sind die Leute hier wichtig.« Er zögert, wendet den Blick ab und schiebt die Hände in die Taschen. »Aber mir bist nur du wichtig.«

Jetzt ist er verwirrt. Wie ich, als ich dachte, er wäre vielleicht tot. Wenn dieser ganze Scheiß vorbei und die Welt wieder ruhig ist, wird Jasper merken, was ich schon weiß: dass er ohne mich besser dran ist.

»Sie sind nicht meine Freundinnen oder so«, lenke ich das Gespräch wieder auf die wichtigen Themen und weg von uns. Jasper wird es mir später danken. »Ich hatte die Chance, ihnen allen zu erklären, dass sie Outlier sind, und ich habe es nicht getan. Zum Teil, weil ich mir Sorgen um sie gemacht habe. Aber auch, weil ich mir Sorgen um mich selbst gemacht habe. Ich muss bleiben, um sie zu warnen, dann gehe ich.«

Jasper starrt nach unten, dann nickt er. Bevor ich noch etwas sagen kann, höre ich Geräusche im Flur.

»Du solltest abhauen, bevor dich noch jemand hier erwischt.«

»Okay«, sagt Jasper. Aber nicht so, als glaubte er es. Er wirkt nur traurig. Und das erscheint mir wie der Beweis, dass ich nicht unbedingt falschliege. Dass er besser dran ist, wenn wir die Sache mit uns klar und einfach halten. Und ich bin dann auch besser dran.

»Aber kannst du was für mich tun?«, frage ich.

»Alles.«

»Kannst du bei mir zu Hause vorbeigehen und nach meinem Dad sehen? Eigentlich sollte er inzwischen hier sein.«

»Klar, natürlich«, sagt Jasper, froh, etwas zu tun zu haben.

Wieder ist im Flur etwas zu hören, wie eine Tür, die sich öffnet und schließt. Jasper steht auf.

»Kannst du das auch mitnehmen?« Ich gebe ihm Kelseys Buch. »Bewahre es gut auf.«

Er mustert es skeptisch. »Ehrlich?«

»Darin stehen wichtige Notizen.« Kelsey wird vielleicht sauer, weil ich ihr Buch weggegeben habe. Aber es muss sicher aufbewahrt werden.

»Okay, aber nur unter einer Bedingung«, sagt er.

»Welche?«, frage ich, und mir fällt unser letztes Telefonat vor der Sache mit der Brücke wieder ein.

»Dass du mir versprichst, dass du hier zurechtkommst.«

»Auf jeden Fall.« Ich lächle. Egal was ich sage, es ist nicht wahrer als das, was Jasper zu mir gesagt hat. Im Moment liegt die Wahrheit nicht in unserer Hand.

»Und hau bald ab«, sagt Jasper. »Ich werde warten.«

14

Ich werde von lauten Stimmen im Flur geweckt. Wurde Jasper erwischt? Mein Herz rast, ich springe aus dem Bett und reiße die Tür auf. Doch draußen sind nur Becca und Ramona, die gegenüber von meiner Tür laut lachen.

»Wylie, das musst du hören«, sagte Becca, kommt zu mir rüber und winkt Ramona, ihr zu folgen. Ich sehe die Uhr im Flur: halb acht. Es ist Morgen. Ich bin erleichtert, dass ich die Nacht überlebt habe.

Becca blickt sich im Flur um, als wollte sie sich versichern, dass niemand zuhört, dann beugt sie sich zu mir vor. »Dieses Arschloch von Wärter sagte, er würde mich gehen lassen, wenn ich Sex mit ihm habe.«

»Was für ein Idiot muss man sein, um so was direkt zu sagen?«, schaltet sich Ramona ein. Sie lässt ihr Armband schnappen, einmal, zweimal.

»Männer sind so dumm«, sagt Becca.

»Was für ein Arsch«, fügt Ramona hinzu, bevor ihr Blick zu mir herüberschießt, als sei ihr gerade etwas eingefallen. »Hey, warte, apropos Arschlöcher, was zum Geier war das gestern, als du hinter dem Typen hergerannt bist? Das war verrückt. Echt jetzt. Total irre.«

»Ja, total psycho«, sagt Becca.

Jetzt sehen sie mich beide an, als wollten sie wirklich eine Erklärung für meinen Ausbruch hören.

»Ich hab nicht geglaubt, was er uns erzählt hat.« Ich zucke die Achseln. »Ich wollte, dass er uns die Wahrheit sagt, warum wir hier sind.«

»Sei mir nicht böse«, Ramona verschränkt die Arme und sieht jetzt noch misstrauischer aus, »aber war das nicht schon das zweite Mal, dass sie dir Medikamente geben mussten?«

»Ja, hast du nicht schon so was Ähnliches gemacht, als sie dich hergebracht haben?«, fragt Becca. Und es ist ganz und gar nicht das Kompliment, das es sein könnte. »Ich habe gehört, du hast die Sanitäter verprügelt.«

Sie sind nicht mehr auf meiner Seite, zumindest nicht mehr unbedingt. Es gibt immer noch eine Grenze zwischen verrückt und *verrückt*, und ich habe mich vielleicht selbst auf die falsche Seite geworfen.

»›Wir wollen raus‹ skandieren ist eine Sache«, sagt Ramona. »Leute angreifen ist etwas anderes.«

Dieser Moment – in dem ich null Glaubwürdigkeit besitze – ist vielleicht nicht der beste, um ihnen zu sagen, dass sie Outlier sind, und von der Studie meines Dads zu erzählen. Aber ich habe keine Wahl. Bisher habe ich nur gewartet.

Doch als ich einen Schritt in den Flur mache, stößt mein Fuß gegen etwas am Boden.

»Was ist das?«, fragt Becca und zeigt auf etwas Weißes, Zusammengeknülltes auf meiner Türschwelle.

Ich gehe in die Hocke, um es mir anzusehen. Es ist eines von den kratzigen Handtüchern aus Krankenhausstoff, die sie uns gegeben haben. Als ich die Hand darauflege, spüre ich etwas Hartes darin. Es ist größer als meine Hand mit den gespreizten Fingern. Ich drücke dagegen, versuche herauszufinden, was es ist, ohne das Handtuch wegzunehmen. Schon jetzt habe ich das schlechteste Gefühl aller Zeiten.

»Warum siehst du nicht nach?«, fragt Becca – eine total vernünftige Frage, die ich nicht beantworten kann.

»Ich …«

Stattdessen raffe ich das Handtuch zusammen, renne damit in mein Zimmer zurück und knalle die Tür zu. Draußen höre ich Ramona und Becca noch eine Weile flüstern. Es klingt, als diskutierten sie, ob eine von ihnen mir folgen sollte – es klingt wie »Mach du's«, »Nein, du«. Schließlich entscheiden sie sich ganz dagegen. Kurz darauf verhallen ihre Stimmen.

Mir klingeln die Ohren, während ich zum Bett gehe und das Handtuch und den mysteriösen Inhalt hinlege. Einmal hole ich noch tief Luft, bevor ich ruckartig an dem Handtuch ziehe wie bei einem Zaubertrick. Ich versuche, schnell die Augen zuzumachen. Aber es ist zu spät. Ich habe schon gesehen, was herausgekommen ist: eine Babypuppe aus Plastik, mit roter Farbe verschmiert.

Mein Herz macht einen Satz, mein Mageninhalt will nach oben. Eine Babypuppe wie die, die damals auf unserer Veranda aufgetaucht sind? Hier? Jetzt?

Wer hat sie hier abgelegt? Absurderweise denke ich an Quentin, der mich noch aus dem Grab heraus quälen will. An Jasper, der mich auf irgendeine kranke Art verraten will. Meine Gedanken wirbeln fieberhaft weiter.

Warte. Nein. Das werde ich nicht tun. Genau darum geht es ihnen doch – wer auch immer sie sind. Das wollen sie sicher: mich misstrauisch und paranoid machen. Aber ich werde keine Verdächtigungen aufstellen. Ich werde nicht versuchen, diesem Rätsel auf den Grund zu gehen. Jetzt nicht mehr. Nicht nach allem, was passiert ist. Es geht nur darum, mir Angst zu machen, damit ich wirklich den Verstand verliere. Und es wird nicht funktionieren. Diesmal nicht. Ich werde es ihnen zeigen. Ich habe keine Angst. Ich werde mich nicht verstecken. Das ist vorbei.

Ich ramme die Füße in meine Flip-Flops, packe die Puppe am Bein und reiße meine Zimmertür auf. Entschlossen marschiere ich den langen Flur entlang, direkt zum Gemeinschaftsraum. Mit jedem Schritt setzen meine Fersen härter auf dem Boden auf. *Bumm, bumm, bumm.* Bis es wehtut. Bis ich froh bin um den Schmerz.

Fahr zur Hölle. Fahr zur Hölle. Fahr zur Hölle, skandiere ich in meinem Kopf. *Du schaffst es nicht, dass es mir schlechter geht. Du schaffst es nicht, mir mehr Angst zu machen. Du schaffst es nicht, dass ich mich verstecke oder an mir zweifle. Und mir ist egal, wer du bist. Mir ist egal, warum. Denn ich entscheide. Ich beschließe, wie ich mich fühle.*

Als ich schließlich in den Gemeinschaftsraum platze und die Sicherheitsmänner erschrecke, ist mein Gesicht heiß. Der Wolf ist da. Wäre ich ihm näher, könnte ich wahrscheinlich seine schlimmen Gedanken über mich fühlen, wie er sich meinen Hals zwischen seinen Händen vorstellt. Aber ich bin froh, dass er hier ist. Ich will, dass auch er sieht, wie egal es mir ist.

Mein Blick wandert von den Wächtern zu Ramona und Becca, die nebeneinander am anderen Ende des Raums stehen. Und Kelsey ist da, ausgestreckt auf dem Sofa, ein Buch in den Händen. Alle Mädchen sind da. Alle beobachten mich. So wie sie mich ansehen, ist es nur noch schwer zu glauben, dass wir irgendetwas gemeinsam haben sollen.

Becca und Ramona schütteln leicht die Köpfe. Offene Münder. Erschrocken. Fast, als wollten sie sagen: *Tu's nicht. Tu das nicht. Egal, was du denkst.* Dr. Haddox ist auch da, er redet mit Elise und sieht besorgt aus. Wahrscheinlich fürchtet er, mich wieder aufhalten zu müssen.

Ihre Blicke sind immer noch alle auf mich gerichtet, als ich schließlich in die Mitte des Raums trete und die Babypuppe hoch über den Kopf halte. Obwohl sie starren. Trotz ihrer Ablehnung. Und dann, einfach so, geht in mir eine Schleuse auf, und heraus ergießt sich reine Wut.

»Egal wer von euch mir das vor die Tür gelegt hat, kann sich zum Teufel scheren!«, schreie ich so laut, dass es in meiner Kehle brennt. Ich sehe mich um und wedle weiter mit der Puppe über meinem Kopf. »Und wenn ich herausbekomme, wer das war, wird er es bereuen. Das verspreche ich.«

Cassie. So fühle ich mich. Als sie vor all den Monaten für mich auf die Motorhaube eines Fremden gesprungen ist. Damals habe ich nichts lieber gewollt, als auch so eine Wut zu spüren. Habe geglaubt, sie würde meine Angst verschlingen. Und ich hatte recht: Ich habe keine Angst mehr. Aber ich habe nicht mit dem Preis dafür gerechnet. Denn als ich mich im Raum umsehe, unter all diesen erschrockenen Blicken, fühle ich mich nicht stark. Ich fühle mich wie in der Falle. Als hätte derjenige, der mir die Puppe vor die Tür gelegt hat, genau das gewollt: dass ich aussehe, als würde ich vollends überschnappen. Jetzt wird mir sicher keiner mehr zuhören – Outlier oder nicht.

Und so drehe ich mich zu dem hohen Mülleimer in der Nähe um und ramme die Puppe hinein. So fest, dass ich kurz glaube, ich hätte den Mülleimer kaputt gemacht. Aber der Deckel wirbelt nur im Kreis herum, bis er schließlich langsamer wird und stehen bleibt.

Ich starre immer noch wütend auf den Mülleimerdeckel, und plötzlich höre ich neben mir auf dem Boden ein Wimmern. Als ich zur Seite schaue, sehe ich Teresa, die Knie an die Brust gezogen und zitternd.

»Alles okay?« Mich überschwemmt eine heiße Welle Schuldgefühle. »Habe ich dir wehgetan? Das wollte ich nicht – ich habe dich da nicht gesehen.«

Doch als Teresa aufblickt, ist ihr Gesicht geschwollen, rot und tränenüberströmt. Sie sieht aus, als weine sie schon eine ganze Weile, lange vor mir, der Puppe und dem Mülleimer.

»Kannst du mir helfen, hier rauszukommen?«, fleht sie.

»Ähm, ich glaube nicht, dass es …«

»Ich meine, hier raus – zurück in mein Zimmer? Ich will nicht, dass mich alle so sehen.«

Und die Wahrheit ist, ich will selbst nicht, dass sie mich noch weiter anstarren. Die Puppe in den Mülleimer zu pfeffern war das Ende meiner Wut. Ohne sie bin ich nicht mehr unbesiegbar. Ich bin mir nicht mehr sicher, ob ich wirklich so stark bin.

»Ja, okay«, sage ich. »Gehen wir.«

Teresas Zimmer liegt am Ende des Flurs. Mit seinen zwei Fenstern ist es viel heller als meins. Der Himmel draußen ist leuchtend blau, und das Sonnenlicht strömt herein. Es ist so fröhlich, dass ich vielleicht sogar vergessen könnte, dass es überhaupt eine Puppe gab. Das heißt, wenn meine Hand, mit der ich sie umklammerte, nicht pochen würde.

»Danke, dass du mir geholfen hast«, sagt Teresa. Jetzt ist sie seltsam friedlich, was fast so verstörend ist wie ihre Aufregung. Oder ihr Schluchzen. Mir wird bewusst, dass irgendwie keines von Teresas Gefühlen je zur Situation gepasst hat. Das macht sie so unangenehm.

»Kein Problem«, sage ich. »Was ist passiert? Ich meine, warum warst du da draußen so aufgebracht?«

»Ich habe mit meinem Pastor telefoniert.«

Sie durfte ihren Pastor anrufen?, denke ich, versuche aber, einfach konzentriert zu bleiben.

»Und er hat dich zum Weinen gebracht?«

Sie schüttelt den Kopf. »So ist er nicht. Deshalb habe ich angefangen, dort zu Treffen zu gehen statt in die Kirche meiner Großmutter. Er ist fortschrittlicher. Ich habe aber viele Fehler gemacht. Manche Sünden kann man nicht wiedergutmachen.«

Diese Traurigkeit ist echt und zum ersten Mal glasklar. Und sie geht so tief, dass mir die Brust wehtut.

»Was für Sünden?«, frage ich. Nach der Sache mit der Sechsminutenregel ihrer Großmutter fällt es mir schwer, nicht das Gefühl zu haben, sie könnte mit dem, was sie vielleicht falsch gemacht hat, übertreiben.

»Jungs. Die meisten kannte ich nicht mal.« Sie wirft mir einen kurzen Blick zu, und ich versuche, nicht zu zucken. Sex? Das habe ich nicht kommen sehen. Aber es könnte einige ihrer sprunghaften, chaotischen Gefühle erklären. Vielleicht hat sie manche Geheimnisse so weit unterdrückt, dass sie wie ein Feuerwerk zerstieben, wenn sie wieder hochkommen. »Einmal bin ich sogar zu einem Rastplatz getrampt und habe mich von so einem alten Typen bezahlen lassen. Ich weiß nicht mal, warum.« Sie holt Luft, und diesmal sinkt ihr ganzer Körper in sich zusammen, als sie ausatmet. »Schon davor ging es mir so schlecht. Schreckliche Dinge zu tun hat mir einfach einen konkreten Grund gegeben mich zu hassen.«

»Menschen machen Fehler«, bringe ich heraus und greife damit aus dem Nichts nach Jaspers Worten, die er mir vor all diesen Wochen gesagt hat. Aber ich muss noch etwas sagen. Das, was sie alle wissen müssen, aber im Moment vor allem Teresa. »Außerdem glaube ich, es könnte sein, dass wir alle hier … dass wir besonders empfänglich für die Gefühle anderer sind. Mein Dad forscht darüber. Das könnte jedenfalls mit ein Grund sein, warum du dich so schlecht gefühlt hast.«

Ich warte auf den Ansturm von Fragen. *Was meinst du mit besonders empfänglich? Was für eine Forschung?* Stattdessen fühle ich eine neue Welle Frieden, als sie mich anlächelt. Und dann Mitleid – mit mir. Als hätte ich noch mehr Mitleid verdient als sie. Es ist total unangenehm. Teresa nimmt ihre Halskette ab.

»Hier, nimm die. Als Dankeschön, weil du so nett zu mir bist.« Sie hält mir ein kleines goldenes Kreuz an einer zarten Kette hin. »Die hat mir meine Großmutter geschenkt. Sie sagte, sie würde mich vor allem Schlechten beschützen, sogar vor dem in meinem eigenen Herzen.«

Ich beäuge die Kette, ich möchte sie nicht anlegen. Also, so richtig *gar* nicht, auch wenn ich nicht genau erklären kann, warum.

»Du solltest sie behalten«, sage ich und zwinge mich zu einem Lächeln. »Wenn du sie von deiner Großmutter geschenkt bekommen hast, muss sie etwas Besonderes sein.«

»Nein, ehrlich.« Teresa kommt näher, hält die beiden Enden der Kette schon so, dass sie sie mir anlegen kann. »Du brauchst sie im Moment mehr als ich.«

Ich widerstehe dem Drang, sie aufzuhalten, während sie die zarte Kette um meinen Hals schließt und sich dann zurücklehnt, um zu sehen, wie sie an mir aussieht. »Perfekt.«

»Danke«, sage ich. »Und ich würde mir keine Sorgen wegen dem machen, was du in der Vergangenheit getan oder gefühlt hast. Ich glaube nicht, dass irgendwer von uns krank ist, nicht so, wie sie sagen.« Es mich selbst laut aussprechen zu hören ist eine Erleichterung. So verrückt ist es schließlich nicht. Es ist sogar einfach. Die anderen Mädchen werden mir glauben. Sie müssen. »Jedenfalls glaube ich, es kann sein, dass es einem schlechter geht, wenn man sich selbst nicht versteht.«

»Das sagt meine Therapeutin auch. Na ja, nicht direkt. Sie hat dafür gesorgt, dass ich es selbst herausfinde.«

»Ah, die Technik kenne ich.« Ich lächle ehrlich. Es ist schön, etwas gemeinsam zu haben. »Wenn meine Therapeutin das macht, falle ich jedes Mal darauf herein. Normalerweise hat sie recht.«

Zum ersten Mal lächelt Teresa. »Ist deine auch hübsch?«, fragt sie. »Manchmal glaube ich, dass ich deshalb darauf hereinfalle. Weil meine Therapeutin in ihrem großen roten Sessel aussieht wie eine makellose Porzellanpuppe.«

15

Draußen im Flur lehne ich mich mit dem Rücken an die Wand, drücke die Hand an die Brust und versuche, mein hämmerndes Herz zu beruhigen. Teresa ist eine von Dr. Shepards Patientinnen? Heißt das, alle anderen auch? Ist es das, was uns verbindet? Aber so viele andere Dinge erklärt es nicht: wie es sein kann, dass wir zufällig alle Outlier sind. Wie auch immer die Wahrheit aussieht, ich glaube keine Sekunde, dass Dr. Shepard vorhatte, mich – oder uns – wegsperren zu lassen. Das kann unmöglich sein.

Trotzdem würde ich mich viel besser fühlen, wenn ich Beweise hätte.

Als ich in den Gemeinschaftsraum zurückkomme, spüre ich, dass wieder alle Blicke auf mich gerichtet sind – die der Sicherheitsleute, die von allen Mädchen außer Teresa. Zum Glück sehe ich Dr. Haddox nirgendwo. Ein Mensch weniger, vor dem ich gehemmt sein muss. Und alle anderen haben sich ein bisschen verändert, sind jetzt nachdenklich. Kelsey liegt auf der Couch ausgestreckt, in den Händen *Fahrenheit 451*. Während ich quer durch den Raum auf sie zugehe, versuche ich, den bohrenden Blick des Wolfs zu ignorieren.

»Hey«, sage ich zu Kelsey; ich weiß nicht recht, wo ich anfangen soll.

Sie blickt mit hochgezogener Augenbraue zu mir auf. »Du weißt echt, wie man sich unauffällig verhält, was?« Ich versuche zu lesen, ob es eine Beleidigung oder ein Witz ist, aber da ist wieder diese Ziegelmauer. Wenigstens weiß ich jetzt, was es ist: Sie blockt mich.

»Scheint so.« Mein Vorfall mit der Puppe ist im Moment zu schwer zu erklären. »Hör mal, irgendwas ist hier ernsthaft daneben.«

Sie hält den Blick auf ihr Buch gerichtet. »Woran hast du es zuerst gemerkt? Die Wächter oder die Ärzte oder das Ebola-Krankenhaus?«

»Ich glaube, wir sollten raus hier«, sage ich. »Also, sofort verschwinden. Wir alle.«

»Klar. Kein Problem.« Kelseys Stimme ist ausdruckslos. Dann macht sie mit dem Daumen eine Bewegung zu den Wächtern, ohne hinzusehen. »Zur Tür rausrennen hat bei dir ja schon beim letzten Mal so gut funktioniert.«

»Mein Dad ist Wissenschaftler und hat da was herausgefunden. Das, was wir beide können, die Gefühle von anderen spüren. Dein Buch? *1984*?«

»Ich habe null Ahnung, wovon du sprichst«, sagt Kelsey, und als sie mich endlich direkt anstarrt, ist ihre Mauer fest hochgezogen. »Ich fühle gar nichts.«

Okay, offensichtlich will sie nicht offen darüber sprechen. Ich kann etwas anderes sagen.

»Hör zu, ich war schon mal in so einer Situation. Wir sollten nicht warten. Das kann urplötzlich echt mies werden. Wir sollten einen Plan machen oder so. Die anderen Mädchen auch rausholen. Wir müssen sie davon überzeugen, dass sie in Gefahr sind.« Ich beuge mich dichter zu ihr. Das ist nicht gerade subtil, wenn mich die Wächter beobachten. Aber ich habe keine Wahl. »Ich glaube, wir sollten für irgendeine Ablenkung sorgen. Zum Beispiel einen Feueralarm. Und dann sollten wir wegrennen.«

»Angenommen, ich hätte irgendeine Ahnung, wovon du sprichst« – Kelsey sieht demonstrativ über die Schulter zum Feueralarmknopf, dann kurz in Richtung Feuertreppe – »klingt dein kleiner Plan trotzdem zum Scheitern verurteilt. Abgesehen davon kann ich dir mit Sicherheit sagen, dass diese Mädchen« – sie macht eine Handbewegung in Richtung Becca und Ramona, die uns immer noch anstarren und flüstern – »nirgends mit dir hingehen werden. Sie halten dich für übergeschnappt.«

»Ja, das ist mir klar«, sage ich. »Aber auf dich werden sie hören.«

»Und warum sollte ich ihnen irgendwas sagen?« Sie schüttelt den Kopf. »Weißt du, was dein Problem ist?« Als sie mich jetzt ansieht, blockt sie nicht mehr. Sie will mich wissen lassen, dass sie ernst meint, was sie gleich sagen wird. Ihre Finger zeichnen ihr Unendlichkeits-Tattoo nach, dann zeigt sie auf mich. »Du machst dir zu viele Sorgen um andere Leute. Du und ich sollten zusammen abhauen, allein. Dann können wir ihnen Hilfe schicken. Das wäre besser für uns. *Und* besser für sie.«

Und schon geht Kelseys Wand wieder nach oben. Einfach so. Als wollte sie mir zeigen, wie gut sie im An- und Abschalten ist. Als wollte sie mich daran erinnern, dass es immer noch ein *wir* gibt – sie und ich – und ein *sie* – die restlichen Mädchen. Wir alle mögen Outlier sein, klar. Aber das heißt nicht, dass wir alle gleich gemacht sind.

»Hör zu«, spricht Kelsey leise weiter. »Ich möchte nur vorsichtig sein. Und ich glaube, du und ich, wir könnten … ich glaube, wir könnten uns gegenseitig helfen und allen anderen.« Sie drückt sich von der Couch hoch.

»Wo willst du hin?«, frage ich und klinge – und fühle mich – panisch.

»Ähm, zur Toilette«, sagt sie und verdreht die Augen. »Entspann dich einfach. Ich bin gleich wieder da. Und wir können einen Plan machen.«

Nachdem Kelsey weg ist, sehe ich zu Becca und Ramona hinüber, aber sie wenden sofort den Blick ab. Ich kann ihnen kaum einen Vorwurf machen. Wir kennen uns erst seit vierundzwanzig Stunden. Loyalität, die aus einer beschissenen Notwendigkeit entstanden ist, reicht nicht ewig.

Ich hätte ihnen früher von meinem Dad und seiner Forschung erzählen sollen, von dem Camp und Cassie, dass wir alle Outlier sind. Zusätzlich zu dem ganzen anderen kranken Mist, den ich gemacht habe, wird das Outlier-Ding klingen, als hätte ich es mir ausgedacht.

Dennoch habe ich keine Wahl, ich muss es versuchen. Während Kelsey weg ist. Sie will, dass ich mich ruhig verhalte, und ich will sie nicht ärgern, aber ich kann unmöglich gehen, ohne es den anderen zu sagen. Es ist schön und gut zu sagen, dass wir ihnen Hilfe schicken wollen, aber ich werde diese Entscheidung nicht für die anderen treffen. Ich werde sie nicht hier und warten lassen. Egal was Kelsey denkt.

»Hi«, sage ich, als ich vor Becca und Ramona stehe. Ich hebe die Hand zu einem unbeholfenen halben Winken.

»Hey«, sagt Ramona, wirft mir einen Blick zu und sieht dann wieder auf den Boden. Becca sagt kein Wort. Sie starrt in den Raum, als stünde sie als Beobachterin am Rand eines Schlachtfelds.

Ich sitze in einem Loch, aus dem ich wohl herausklettern muss. Die Wahrheit ist immer ein guter Anfang.

»Wir haben früher solche Babypuppen vors Haus gelegt bekommen«, beginne ich. »Solche wie die in dem Handtuch. Jemand hat sie uns vor die Tür gelegt. Wir dachten, es sei jemand, der meine Mom schikaniert, weil sie Pressefotografin war und die Leute ihr immer Hassbriefe geschickt haben.«

Inzwischen blickt Ramona zu mir auf, aber Becca nicht.

»Ich glaube, sie waren in Wirklichkeit für meinen Dad; er ist Wissenschaftler, und es gab Leute, denen seine Forschung nicht passte.«

»Was für eine Forschung?«, fragt Becca mit misstrauischem Unterton.

»Warte, ich weiß es.« Ramona schnippt mit den Fingern, als sei es ihr gerade eingefallen. »Stammzellen!«

»Nein, er hat …«

Ein lautes Kreischen schallt durch den Gemeinschaftsraum und erschreckt uns alle. Kurze Stille, dann noch mal. Mein Herz rast, während ich mich umblicke. Die anderen halten sich die Ohren zu. Sogar die Sicherheitsmänner sehen verwirrt aus. Erst als ich in der Ecke ein blinkendes Licht sehe, wird mir klar, dass es der Feueralarm ist.

Hat Kelsey beschlossen, es durchzuziehen? Vielleicht ist etwas passiert, vielleicht wurde ihr klar, dass am Ende doch keine Zeit zu warten war? Ich habe keine Wahl, ich muss Becca und Ramona von dem Plan erzählen, und zwar schnell.

»Ich glaube …«

Doch als ich mich umdrehe, sind sie schon mit allen anderen zu den Wächtern am Notausgang geeilt. So sollte unsere Flucht nicht ablaufen. Wir haben noch nicht mal die Einzelheiten ausgemacht. Und das hier ist das Gegenteil von unbemerkt. Der Wolf steht schon vor dem Notausgang und hält die Mädchen auf. Es gibt keine Möglichkeit, in dem Durcheinander an ihm vorbeizuschleichen. Keine Möglichkeit zu entwischen.

»Wir müssen raus!«, ruft eines der Mädchen an der Tür. »Wir können nicht hierbleiben.«

Rieche ich wirklich Rauch? Es könnte auch sein, dass ich es mir nur einbilde, schließlich verfolgt mich das Feuer.

»Beruhige dich! Das ist nur eine Übung!«, schreit der Wolf sie an, dann ruft er zu seinem Partner hinüber: »Ich lasse auf keinen Fall eine raus, solange mir niemand sagt, ich muss.«

Wir sind Ratten. Gefangen in einem Käfig. *Verschwinde von hier*. Kendall hatte recht. Wir müssen weg.

Aus der Richtung unserer Zimmer kommt Dr. Haddox in den Gemeinschaftsraum und mit ihm eine Wolke echter Rauch – jetzt ist es eindeutig. Kein falscher Alarm. Keine Einbildung. Irgendwo brennt definitiv etwas. War das Kelseys Plan, als sie sagte, sie wolle zur Toilette? Hat sie einen Mülleimer angezündet? Aber warum hat sie mich nicht gewarnt? Es sei denn, es war keine Zeit dafür. Vielleicht ist etwas passiert.

»Wir haben ein Problem.« Dr. Haddox winkt zu den Wärtern hinüber. »Bringen Sie sie raus, bis die Feuerwehr hier ist.«

»Nach draußen?«, blafft der Wolf. »Da sind sie viel schwerer unter Kontrolle zu halten. Wir übernehmen keine Garantie, falls ...«

»Dann gehen Sie eben nicht ganz nach draußen!«, schreit Dr. Haddox zurück. Er reibt sich die Stirn und versucht, sich zu beruhigen. »Sie können nicht hier drinbleiben. Es ist zu gefährlich. Also gehen Sie mit ihnen nach unten, aber nicht ganz nach draußen. Dann stecken sie wenigstens nicht hier im Rauch fest. Ich komme wieder.«

Dr. Haddox verschwindet in die Richtung, aus der er kam. Zurück zu unseren Zimmern und dem Notfall.

»Kommt schon!«, schreit uns der Wolf an, als wäre alles unsere Schuld. »Los, los! Hier entlang! Wir bleiben im Treppenhaus, ein paar Stockwerke tiefer. Müsste feuerfest sein.«

»Ich mach die Nachhut!«, schreit sein Partner.

Und der ohrenzerfetzende Feueralarm hört einfach nicht auf. Er tötet mir den letzten Nerv. Denken ist schwierig, ganz zu schweigen von einem Plan.

»Okay, los jetzt! Folgt mir nach unten!«, bellt der Wolf wie ein Drillsergeant. Aber auch er ist nervös. Trotz der ganzen anderen Leute in der Nähe fange ich eine Spur davon auf. Er würde alles Mögliche tun, damit wir nicht aus der Reihe tanzen, aber die Konsequenzen interessieren ihn nicht. »Niemand verlässt das Gebäude. Bleibt hinter mir!«

Wir bewegen uns in einer ordentlichen Reihe hintereinander, Becca und Ramona weit vorn. Viel zu weit weg, um ihnen zu sagen, dass das zu einem Plan gehört. Und was nützt es auch? Schließlich kommen wir sowieso nicht an dem Wolf vorbei. Ich bin mir ziemlich sicher, er würde uns alle umbringen, nur um es zu beweisen. Ganz abgesehen davon: Wo zum Geier ist Kelsey? Und Teresa? Es ist riskant, die Aufmerksamkeit darauf zu lenken, dass Kelsey fehlt, wenn sie das Feuer gelegt hat, aber was, wenn sie es getan hat und dann vom Rauch überwältigt wurde? Ich muss sichergehen, dass es ihr gut geht.

Ich drehe mich zu dem anderen Wächter um, der die Nachhut bildet. Der weniger arschige.

»Da hinten sind noch welche, glaube ich«, sage ich. Ich möchte Kelsey nicht erwähnen – falls sie dafür verantwortlich ist. Aber wenn sie wirklich Hilfe braucht, nützt das nichts. »Vielleicht zwei Mädchen. Teresa und Kelsey. Irgendwer muss nachsehen.«

»Was?«, fragt er, während er mich weiter nach vorn scheucht und darauf wartet, dass ich durch die Tür gehe.

»Es fehlen mindestens zwei Mädchen!«, schreie ich. »Es könnte sein, dass sie da hinten in der Falle sitzen.«

»Okay, okay.« Der Wächter wirft einen Blick über die Schulter. »Geh du mit den anderen runter. Ich gehe zurück.«

Als er mich allein lässt, blicke ich ihm atemlos nach. Niemand sieht mich, während er durch die Doppeltür verschwindet. Die anderen Mädchen sind schon auf dem Weg nach unten. Ich folge ihnen langsam durch die Tür und ins kühle Betontreppenhaus. Und dann ist die Antwort plötzlich klar: nach oben.

Das Déjà-vu lässt mich schaudern. Vor Wochen, als Agent Klute vor unserer Tür stand, habe ich genau das getan: nach oben laufen. Damals hat es nicht geklappt. Vielleicht, weil es diesmal klappen soll.

Aber schnell. Und leise. Bevor sich jemand umdreht. Bevor mich eines der Mädchen bemerkt oder – wie unschuldig auch immer – daran denkt zu fragen: »Was?« oder »Warum?« oder »Wo willst du hin?« Während das Geräusch trampelnder Schritte im Treppenhaus noch ohrenbetäubend ist. Während niemand hören kann, dass ich mich in die andere Richtung bewege. Schwer atmend laufe ich die Stufen nach oben, immer zwei auf einmal, ohne zurückzuschauen. Und dann höre ich die Stimme des Wolfs nach oben hallen.

»Alles klar da hinten?«, ruft er seinem Partner zu.

Ich erstarre mit hämmerndem Herzen.

»Ich glaube, er musste nach fehlenden Leuten schauen«, ruft eines der Mädchen zum Glück zurück. Ich mache mich auf einen Tumult gefasst, darauf, dass der Wolf nachsehen kommt. Auf etwas, das ihn direkt zu mir führt, ein Stockwerk höher, keuchend. Aber nichts passiert.

»Okay, los! Weiter!«, sagt er nur. »Bleibt zusammen.«

Also renne ich weiter nach oben. Als ich um die Ecke im oberen Stock komme, erwarte ich immer noch, dass der Wächter unten hinter mir herruft. Dass eines der Mädchen bemerkt, dass ich fehle, und etwas sagt, und sei es nur aus Gedankenlosigkeit. Aber niemand tut es. Hier bin nur ich, die Treppe und mein Atem – weiter und weiter nach oben.

Doch die Türen im oberen Stockwerk sind abgeschlossen, und ich bekomme langsam Zweifel an meinem Plan. Wenn ich nicht aus dem Treppenhaus heraus in eines der oberen Stockwerke komme, werden sie mich irgendwann finden. Und ich bin mir sicher, das wird ziemlich schlimme Folgen haben, vor allem, wenn mich der Wolf als Erster in die Finger bekommt.

Was bedeutet, dass es funktionieren muss. Hier oben muss es einen Ausweg geben.

Ich laufe noch drei Stockwerke höher, an drei weiteren abgeschlossenen Türen vorbei. Aber wenigstens folgen mir keine Stimmen, kein dichter Rauch sammelt sich hier unter der Decke. Nichts, das mich aufhält, bis ich schließlich an der allerletzten Tür ankomme. Ganz oben, die Tür zum Dach. Ich halte den Atem an, während ich die Metallklinke drücke. Fürchte, eingeschlossen zu sein, wie alle anderen.

Doch dann geht die Tür auf. Und mit einem Keuchen bin ich da. Ich stehe draußen in der Sonne und der frischen Luft. Ich bin frei.

Zumindest fühle ich mich kurz so. Denn sechs Stockwerke hoch oben auf einem Dach festzusitzen ist nicht ganz dasselbe wie Freiheit.

Diese plötzliche Erkenntnis macht die Tatsache, wie angenehm es auf dem Dach ist – warm und sonnig, mit weißen Schäfchenwolken, die über bauschige, leuchtend grüne Baumwipfel ziehen –, irgendwie gruslig. Macht das Summen der großen Klimaanlagen bedrohlich. Trotzdem bin ich so dankbar, dass ich dem schrillen Kreischen des Feueralarms entkommen bin, dem erdrückenden Geruch von diesem Rauch. Wenigstens gibt es hier oben Luft zum Atmen. Auch wenn die Freiheit hauptsächlich Illusion ist. Und ich glaube immer noch, dass es einen Ausweg geben muss. Dass ich aus einem bestimmten Grund hier heraufgekommen bin. Dass ich recht hatte, meinem Instinkt zu trauen.

Ich stehe immer noch mit dem Rücken zur Tür, als ich höre, wie die Feuerwehr vorfährt. Immerhin muss es gar nicht unbedingt ein echtes Feuer sein, sage ich mir. Könnte etwas Kleines sein, das Kelsey in einem Mülleimer angezündet hat. Das nur genug kokelt, dass der Alarm losging, während sie eine andere Treppe hinunterrannte.

Ich schiebe mich näher an den Rand, um sie zu beobachten. Erst ein Löschzug, dann noch zwei, gefolgt von einem rot-weißen Geländewagen der Feuerwehr und einem ihrer Rettungswagen, was mir ziemlich übertrieben vorkommt, angesichts dessen, dass wir ja schon in einem Krankenhaus sind. Die Feuerwehrleute scheinen das Ganze jedenfalls ernst zu nehmen. Sie springen mit Werkzeug in den Händen aus den Wagen und laufen sofort los.

Was, wenn ich wirklich auf dem Dach eines brennenden Gebäudes festsitze, hoch über den Flammen? Ich bin mir ziemlich sicher, genau hier sollte man bei einem Feuer *nicht* sein. Was ist, wenn nach Cassie und Mom jetzt eben ich dran bin?

Schaudernd schiebe ich den Gedanken weg, während ich von der Kante zurücktrete. Stattdessen versuche ich, mich auf das viel Wahrscheinlichere zu konzentrieren: dass ich geschnappt werde. Ich brauche ein gutes Versteck. Endlich sehe ich eine Stelle, die vielversprechend wirkt, und ducke mich am anderen Ende zwischen zwei Lüftungskästen der Klimaanlage. Genug Überblick, um jemanden kommen zu sehen, genug Platz, um in diesem Fall herauszuschlüpfen und wegzurennen. Außerdem bin ich hier ein Stück vom schlimmsten Dröhnen der Klimaanlage entfernt. Ich weiß nicht, wie viel von diesem Geräusch ich in meinem Hirn aushalten würde.

Mein Plan ist, auf dem Dach zu warten. Nicht weil das unbedingt der beste Plan ist, sondern weil mir kein anderer einfällt. Die Feuerwehr wird zuerst sichergehen, dass das Feuer aus ist. Irgendwann werden dann alle Mädchen wieder nach oben in den Gemeinschaftsraum gebracht, und es wird geprüft, ob alle da sind. Erst dann werden sie bemerken, dass ich fehle. Da drin ist ein schmales Fenster. Vermutlich werde ich ein paar Minuten haben, fünf oder vielleicht zehn, um vom Dach zu kommen, nach unten und zur Tür hinaus.

Ich muss hoffen, dass Kelsey auf einem anderen Weg nach draußen gekommen ist. Und falls nicht, werde ich sowieso zurückkommen und alle Mädchen holen, die ich nicht gewarnt habe. Dann hole ich sie auch raus.

Ich werde wissen, dass es Zeit ist, nach unten zu gehen, wenn die Feuerwehrleute langsam wieder gehen – bis dahin kann ich nur warten. Und das wäre in Ordnung, wenn der schwarze Teer auf dem Dach kein riesiger Magnet für die

Sonnenstrahlen wäre. Innerhalb von Minuten wechselt mein Versteck von ein bisschen warm zu brennend heiß, und ich habe solchen Durst. Ich kann mich nicht erinnern, wann ich das letzte Mal etwas zu trinken hatte.

Die Zeit vergeht quälend langsam. Minuten fühlen sich an wie schreckliche, unbequeme Stunden. Oder vielleicht auch nur ein paar Minuten mehr. Alles fühlt sich verworren und benebelt an. Ich versuche, kühlende Gedanken zu hegen. Kühle, glückliche Gedanken.

Und so denke ich an den ersten kühlen, glücklichen Ort, der mir in den Sinn kommt: der Crater Lake.

//

Der letzte große Ausflug, den Mom und ich gemacht haben, bevor sie starb, war der weiteste überhaupt: zum Crater Lake in Oregon.

Es war die dritte Augustwoche – eine Woche vor dem Beginn des Junior Year. Da war Cassie seit zwei Wochen aus ihrem Fitness-Lager zurück, mit ihrem neuen Körper, noch mehr stylischen Klamotten und auffallendem Desinteresse an allem, was ich zu sagen hatte. Ich bemerkte die Veränderung in Cassies Gefühlen nicht sofort, aber Mom hatte keine so lange Leitung. Sie sah die Zeichen, deshalb schlug sie die lange Reise nur für uns beide vor.

»Ich glaube, diesmal müssen wir so richtig raus«, sagte sie. »Nordwestküste. Wir können am Mount Rainier wandern und dann die Küste von Oregon entlangfahren. Ich habe jetzt, wo meine Rechercheireise abgesagt wurde, eine ganze Woche zusätzlich.« Obwohl sie auch ein bisschen enttäuscht darüber war, das wusste ich. Die Reise wäre für eines ihrer persönlichen, freiberuflichen Projekte gewesen. Eine anonyme Quelle hatte gesagt, sie könne ihr eine streng abgeschirmte Forschungsanlage zeigen (was für mich superzwielichtig klang), damit sie Fotos machen konnte, die wer weiß was enthüllten. Doch dann war ihre Quelle verschwunden – war nicht mehr erreichbar, rief nicht zurück. Deshalb hatte sie Zeit. »Na los, nur du und ich. Das wird lustig!«

Der Crater Lake war unser letzter Halt vor dem Rückweg. Und er war so schön, wie Mom versprochen hatte: prächtige hohe Tannen, strahlend blauer, endloser Himmel über dem Wasser. Man konnte kaum unterscheiden, was echt war und was eine Spiegelung.

Erst als wir den größten Teil des rutschigen Wegs zum Ufer hinuntergewandert waren, hatte Mom das mit dem Schwimmen erwähnt.

»Schwimmen?«, fragte ich, denn ich war mir sicher, es sollte ein Witz sein. Es war der tiefste See der USA, mit so ungefähr sechs Fischarten, die mit der Zeit »eingeführt« worden waren. Von wem? Das hätte ich gern gewusst. Außerdem konnte der See drei Grad kalt werden. Ich hatte im Reiseführer alles darüber gelesen. »Da drin kann man nicht schwimmen.«

Und mit *nicht* *können* meinte ich hauptsächlich: kein vernünftiger Mensch würde es tun. Abgesehen davon war ich auch unter den besten Umständen keine besonders gute Schwimmerin. In einem warmen Pool zum Beispiel.

»Natürlich *schwimmen*«, sagte meine Mom, während sie auf den kurzen Steg zuging, der sich ein Stück entfernt in den See hinauszog. Ein Steg, auf den sie eindeutig schon die ganze Zeit zugesteuert hatte. »Du kannst nicht extra an so einen See kommen, ohne wenigstens ein bisschen zu schwimmen.«

So wie sie es sagte, wusste ich schon, dass »ein bisschen« eigentlich viel bedeutete. Sie sah auch so aufgeregt aus. Und eine Handvoll total Verrückter war auch schon drin und machte laute Bemerkungen wie: »Puh, ist das kalt!« oder »Erfrischend!« Nichts Unerträgliches oder Gefährliches. Aber es klang auch nicht im Geringsten verlockend.

»Ich schwimme nicht«, sagte ich leise, aber fest, während ich hinter ihr hermarschierte. Und das meinte ich auch so. Ich war Mom nun schon seit Jahren auf diese Abenteuer gefolgt. Und seit Jahren hatte ich alles getan, was sie wollte. Ich war auf Berge geklettert. Ich hatte gezeltet – frierend und ängstlich. Ich hatte mich abgeseilt. Und ja, das alles hatte mir in Zeiten, in denen ich dringend eine Rettungsleine brauchte, etwas zum Festhalten gegeben. Ich war dankbar, aber es hatte auch nichts in mir verändert. Es ging mir nicht viel besser. Und ich war kein kleines Kind mehr. Ich konnte meine eigenen Entscheidungen treffen.

»Wenn wir zu der Ecke da rüberschwimmen, sind das von hier aus ein bisschen mehr als achthundert Meter. Dann könnten wir auf der anderen Seite Rast machen und dann zurückkommen.« Das alles gründete natürlich auf Recherchen im Vorfeld. Als hätte sie eine Karte des Sees im Kopf. Dann förderte sie aus ihrer Tasche einen kleinen orangefarbenen Beutel zutage, der flachgedrückt war. Sie brauchte weniger als eine Minute, um ihn aufzublasen. »Und wir haben diese Boje für Notfälle, falls du dir Sorgen machst.« Sie zwinkerte mir zu. »Es ist total ungefährlich.«

Sie klang so triumphierend und sah so beschwingt aus. Mir war klar, das war er, *der* Moment, der zum Höhepunkt unserer Ausflüge in all den Jahren werden sollte. Der Moment, in dem ihr kleines Vögelchen mit den gebrochenen Flügeln endlich wirklich fliegen würde.

Ich hätte wohl gerührt sein sollen. Vielleicht sogar dankbar. Aber plötzlich war ich einfach nur ernstlich sauer.

»Ich schwimme nicht da drin«, sagte ich noch mal.

»Ach, komm schon, natürlich!« Sie winkte ab wie so oft wegen so vieler Dinge vorher. Schon zog sie ihre Kleider aus, die sie über ihrem Badeanzug trug, und legte sie zusammengefaltet neben den Steg. »Du bist diesen Sommer doch mal anderthalb Kilometer geschwommen. Wir machen zwischendurch Pause. Du schaffst es auf jeden Fall hin und zurück, kein Problem.«

Ich spürte das Ziehen meines eigenen Badeanzugs unter meinen Klamotten, den ich ohne weiter darüber nachzudenken am Morgen auf Moms Vorschlag hin angezogen hatte. »Nur für den Fall«, hatte sie gesagt, als könne man nie sicher sein, wann ein Ernstfall auftrat, bei dem man schwimmen musste.

»Nein.« Ich verschränkte die Arme. »Ich will nicht.«

»Wylie, komm schon, du weißt doch …«

»Nein!«, schrie ich mit klopfendem Herzen. »Immer muss ich alles machen, nur um zu beweisen, dass ich es kann. Andere Leute dürfen sich aussuchen, was sie tun. Warum darf ich das nicht?«

Sie öffnete den Mund, als wollte sie etwas erwidern. Aber sie holte nur Luft und neigte den Kopf, wie sie es immer tat, wenn sie eingehend über etwas nachdachte. Schließlich nickte sie. »Okay«, sagte sie ruhig.

Und das wollte ich ja, oder? Dass sie nachgab. Warum war es dann so schrecklich?

»Okay?«

»Du hast recht«, sagte sie. »Es gibt viele verschiedene Arten, mutig zu sein. Unter anderem zu wissen, wer man ist. Ich will nur sichergehen, dass immer du selbst entscheidest, was du willst. Und nicht deine Angst.« Sie holte noch mal Luft. »Okay?«

Ich spürte eine Welle der Unsicherheit. Ich wollte hier nicht schwimmen und nahm ihr übel, dass sie versuchte, mich zu zwingen. Aber wenn ich nicht schwamm, war das keine nebensächliche Mir-ist-nicht-danach-Entscheidung. Eigentlich war es gar keine Entscheidung.

»Bist du enttäuscht?«, fragte ich.

Sie umarmte mich. »Ich könnte nicht stolzer sein, Wylie. Immer.«

Ich stand auf diesem Steg, während sie in das eisige Wasser eintauchte, und sah ihr zu, wie sie vom Ufer wegschwamm. Und ich glaubte ihr, dass sie stolz auf mich war. Das Problem war nur, dass ich selbst es nicht war.

Sie war erst ein paar Züge entfernt, als ich die Kleider abstreifte, tief Luft holte und hinterhersprang.

An das kalte Wasser des Crater Lake zu denken kühlt mich ab, aber nur, bis die Erinnerung vorbei ist. Innerhalb kürzester Zeit brate ich wieder in der Sonne. Als ich schon glaube, die Hitze keine Minute länger aushalten zu können, höre ich unten endlich laute Stimmen.

Ich springe auf und gehe zur Dachkante. Tatsächlich steigen die Feuerwehrleute wieder in ihre Wagen, müde, aber siegreich.

Ich muss weg. Sofort. Das Feuer ist aus, die Notlage vorbei. Und ich sehe niemanden, der evakuiert wird. Was bedeutet, sie sind wieder hineingegangen. Das Durchzählen wird jeden Moment beginnen. Bald werden sie merken, dass jemand fehlt. Und dann kommen sie mich suchen.

16

Den ersten Treppenabsatz fliege ich förmlich hinunter und werde erst langsamer, als ich die Stimmen auf unserem Stockwerk lauter werden höre. Einer der Wärter ruft den Mädchen Anweisungen zu. Ich fange Fetzen davon auf. »Sucht euch ein freies Zimmer.« »Bringt eure Sachen hin.« Die Mädchen murmeln und brummeln. »Teresa?«, fragt jemand, und dann antwortet jemand anderes. Ich kann nicht hören, was sie sagen. Ich glaube auch nicht, Kelseys Stimme zu hören. Ich hoffe, das heißt, sie hat es irgendwie schon nach draußen geschafft.

Lautlos schleiche ich an unserem Stockwerk vorbei und renne den restlichen Weg nach unten, so schnell, dass ich ein paarmal über meine blöden Flip-Flops stolpere. Aber ich habe zu große Angst, um langsamer zu werden.

Und niemand hält mich auf, keine Stimme ruft mir hinterher. Bald bin ich unten, direkt vor dem Ausgang. Meine Hände zittern an der Querstange, während ich auf das Schild sehe: *Nur im Notfall öffnen. Löst Alarm aus.*

Wenn der Alarm losgeht, werden sie genau wissen, wo ich bin. Sie werden mich suchen kommen. Und ich werde im hellen Tageslicht stehen. Nicht unbedingt das Beste für eine saubere Flucht. Trotzdem habe ich keine Wahl. Ich hole noch einmal tief Luft, dann drücke ich die Tür auf.

Aber es ertönt kein Geräusch. Kein Alarm, zumindest

kein hörbarer. Und das ist das Letzte, was ich denke – kein Alarm –, bevor ich loslaufe.

Die Auffahrt ist viel länger, als sie vom Dach aussah. Sie kommt mir immer länger und länger vor, je schneller ich zu laufen versuche. Mir brennt die Lunge, die Knie werden weich. Aber ich halte den Blick stur auf die Skyline der Stadt vor mir geheftet. Es gibt nur mich und meine Atmung und die großen Gebäude vor mir. Und ich muss dorthin, in die Menschenmengen von Boston, wo ich untertauchen kann.

Irgendwann ist das Ende der Krankenhausauffahrt in Sicht. Ein Stoppschild und dann die Straße, eine Hauptstraße – dreispurig in jede Richtung –, die ein T bildet. Auf der anderen Seite der breiten Straße steht ein Bürogebäude neben irgendeinem historischen Backsteinbau, rechts ein Sandwichladen mit Leuten drin. Das ist meine einzige Möglichkeit. Ich habe kein Bargeld und keinen Ausweis. Kein Handy. Ich werde einfach hoffen müssen, dass jemand, der sich da drin etwas zum Mittagessen kauft, Mitleid mit mir hat. Aber ich werde eine gute Geschichte brauchen. Eine glaubwürdige, die nichts mit staatlicher Quarantäne zu tun hat oder damit, dass mich jemand verfolgt.

Sobald ich einen Fuß auf die Straße setze, höre ich Reifen auf dem Asphalt quietschen. Ich warte auf den Aufprall, der nicht kommt. Stattdessen hört das Geräusch auf, und als ich die Augen öffne, sehe ich nur rotes Metall.

Die Autotür schwingt auf. »Los, komm!«, ruft Jasper und winkt mich in den Jeep seines Bruders.

Ich laufe hin und springe hinein. Kaum habe ich die Tür zugezogen, rast er auch schon davon.

»Runter, runter! Man darf dich nicht sehen!«

Ich kauere mich zusammen, knie im Fußraum, den Kopf

unterhalb des Fensters, während der Wagen mit einem Satz losrast.

»War da noch jemand, vielleicht hinter mir?«, frage ich keuchend und dankbar.

Jasper blickt nervös in den Rückspiegel. »Ich glaube nicht. Ich habe niemanden gesehen.«

Er starrt auf die Straße. Als wäre sein Plan, so schnell und weit zu fahren, wie wir können. Und ich werde plötzlich von Panik überwältigt.

»Wir müssen zurück«, sage ich.

»Zurück? Auf keinen Fall, jetzt nicht.« Jasper schüttelt den Kopf. »Du willst den anderen Mädchen helfen, ich weiß. Aber um ›zurückzugehen‹, musst du erst mal weg sein.«

»Eines der andern Mädchen, Kelsey, hat mir geholfen rauszukommen«, sage ich, ohne das Feuer zu erwähnen, das sie vielleicht gelegt hat. »Ich glaube, sie kam direkt hinter mir raus.«

»Du *glaubst*?«, fragt Jasper. Er saugt scharf die Luft ein. »Es ist tierisch riskant, jetzt wieder zurückzufahren.«

Ich setze mich richtig auf den Beifahrersitz.

»Nur schnell vorbeifahren. Um sicherzugehen. Ich will nicht, dass sie erwischt wird, weil sie auf mich wartet.«

»Ernsthaft?«, flüstert Jasper. Er weiß schon, dass er tun wird, was ich will – er kann es nur nicht glauben.

»Ernsthaft.« Ich sehe ihn von der Seite an. »Und danke, dass du das machst, dass du überhaupt gekommen bist.«

Jasper holt tief Luft und schüttelt den Kopf, während er den Blinker setzt. »Einmal kurz vorbeifahren, dann sind wir wieder weg.«

Wir können auf den Parkplatz auf der anderen Seite des Krankenhauses fahren und ein Stück entfernt parken. Von hier aus haben wir einen ganz guten Blick auf den Ebola-

Flügel, sind aber auch ziemlich gut versteckt. Jasper lässt den Motor laufen.

»Wie sieht sie aus?«, fragt er.

»Sie ist kleiner als ich und hat lange, dunkle Locken. Und sie trägt einen grauen Pulli.« Ich ziehe an meinem. »So einen.«

»Okay.« Jasper sieht zum Krankenhaus hinüber. »Und du glaubst, sie würde einfach im Freien herumhängen?«

»Ich hoffe nicht, aber ich will sicher sein«, sage ich, dann versuche ich, das Thema zu wechseln. Ein bisschen Zeit zu schinden. »Warst du bei mir zu Hause? Irgendeine Spur von meinem Dad?«

Als Jasper den Blick senkt, zieht sich mein Magen zusammen. Ihm graut vor diesem Gespräch. Und mir jetzt auch.

»Jasper, was ist los?«

»Er war nicht da.« Als er sein Handy herauskramt und mir gibt, wirkt er nicht mehr ganz so düster. »Aber es gab gestern Nacht auch Gewitter. Vielleich konnte sein Flugzeug nicht landen. Wahrscheinlich steckt er immer noch am Flughafen in D.C. fest.«

»Dann hätte er angerufen«, sage ich.

»Wie?«

»Die anderen dürfen auch Anrufe annehmen«, sage ich und denke an Teresas Gespräch mit ihrem Pastor. »Sogar von anderen Leuten, es müssen nicht mal die Eltern sein.«

»Waren das Wissenschaftler, die über das ganze Ding forschen?«, fragt Jasper. »Versuch es noch mal bei ihm.«

Er hat natürlich recht. Denn Dr. Haddox mag vielleicht nicht wissen, wer ich bin, aber irgendwer weiß es sicher.

Ich wähle Dads Nummer. Als nicht sofort die Mailbox anspringt, bin ich erleichtert. Doch als endlich jemand rangeht, ist es eine junge Frau. Ich halte das Handy vor mich und hoffe, ich habe die falsche Nummer gewählt. Habe ich aber nicht.

»Hallo?«, frage ich.

»Hallo?«, schnauzt sie zurück, diesmal lauter.

»Wer ist da?« Mir hämmert das Herz im Brustkorb. »Was machen Sie mit dem Handy meines Dads?«

»Also, das war jetzt *sehr* vorwurfsvoll«, sagt sie mit einem Unterton, der mir das Gefühl gibt, dass ich völlig recht habe, wenn ich ihr Vorwürfe mache. »Ich versuche eine gute Samariterin zu sein. Und du gehst auf mich los, als hätte ich was angestellt. Wie wär's mit einem Dankeschön? Weißt du was? Vielleicht lege ich jetzt einfach auf.«

»Warten Sie!«, rufe ich. »Bitte legen Sie nicht auf. Es tut mir leid. Ich wollte nicht … Aber das Handy gehört meinem Dad, und ich kann ihn nicht finden. Ähm, warum haben Sie es?«

»Ich hab's gefunden«, sagt sie, als wäre das offensichtlich. »Wahrscheinlich war er einkaufen, und es ist ihm aus der Tasche gefallen. Das passiert meinem Freund ständig. Ich sage ihm immer, er braucht eine Männerhandtasche, und er dann so: Fick dich, ich schlepp doch keine Handtasche mit mir rum. Aber ich habe ihm gesagt: Willst du dein Scheißhandy verlieren?« Sie holt Luft, als hätte sie vergessen, mit wem sie spricht oder worüber. »Jedenfalls kann man sein Handy nicht in der Hand rumtragen, wenn man auf so einem großen Markt wie hier einkauft. Zu viel Ablenkung. Irgendwann legt man es *immer* mal hin.«

»Was für ein Markt?«

»*Eastern Market*«, sagt sie, als müsste das doch klar sein.

»Wo ist das?« Meine Hand zittert. Ich würde sie am liebsten anschreien. Verlangen, dass sie mir alles erklärt, und zwar sofort. Aber sie hätte schon mal fast aufgelegt. Ich muss ruhig bleiben. Geduldig. »Ich rufe von Boston aus an. Ich kenne keinen *Eastern Market.*«

»Boston?« Sie lacht. »Also, wir sind in D.C., ganz in der Nähe vom *Capitol Hill.* Ich sag dir was. Wenn du so weit weg bist, wie wär's, wenn du mir per PayPal Geld fürs Porto schickst und, du weißt schon, für meine Bemühungen, und ich schicke dir das Handy heute noch.«

Nachdem sie mir ihre Kontaktdaten geschickt hat, lege ich auf. Ein Name und ein Postfach, das jedem gehören könnte. Ein Teil von mir will das Handy noch nicht mal zurück, als würde Dad, wenn ich es habe, ganz sicher nicht mehr auftauchen, um mir das alles zu erklären.

»Was ist los?«, fragt Jasper, als ich auflege.

»Jemand hat das Handy meines Dads auf irgendeinem Markt im Stadtzentrum von D.C. gefunden. Als ich das letzte Mal mit ihm geredet habe, war er am Flughafen. Er sagte, er würde umdrehen und den nächsten Flug nach Hause nehmen. Warum ist sein Handy nicht am Flughafen?«

»Okay.« Jasper versucht, nicht völlig verängstigt auszusehen. Es wäre überzeugender, wenn ich ihn nicht so einfach lesen könnte. »Vielleicht hat er erst einen späteren Flug bekommen und hatte keine Lust, am Flughafen zu warten. Oder jemand könnte ihm das Handy gestohlen und es irgendwo hingebracht haben. Nur weil das Handy da ist, heißt das nicht, dass er es je war.«

»Ja«, sage ich und schlucke trocken in einem ziemlich vergeblichen Versuch, nicht zu weinen. Als meine Augen anfangen zu brennen, drehe ich mich zum Fenster. »Was hat Gideon gesagt, als du da warst?«

Jasper schließt die Augen. Wieder fühle ich seine Furcht aufsteigen. Darüber will er nicht reden: das Haus.

»Gideon war nicht da. Niemand war da«, sagt er. Jasper betrachtet seine Hände. »Aber eure Haustür stand ein bisschen offen. Das habe ich gesehen, bevor ich aus dem Auto gestiegen bin. Also bin ich reingegangen. Euer Haus war ziemlich durcheinander.«

»Was soll das heißen?«

Als sich Jasper zu mir umdreht, ist nicht mehr zu übersehen, wie sehr es ihm leidtut. »Um genau zu sein, war alles verwüstet, Wylie. Rausgezogene Schubladen, Papiere überall. Eine vordere Fensterscheibe war eingeschlagen.«

»Was?« Panik flutet mich, mir wird schlecht. »Warum?«

»Dem Chaos nach würde ich sagen, sie haben etwas gesucht.«

Ich lege die Arme um meine Taille und drücke zu, aber es schüttelt mich trotzdem. »Und von Gideon war nichts zu sehen?«

»Wenn du mich fragst, gab es auch kein Anzeichen dafür, dass Gideon etwas Schlimmes passiert ist«, sagt Jasper, und dieser Gedanke beruhigt ihn ehrlich. »Ich habe nachgesehen, und da waren kein Blut oder ein vergessener Schuh oder so was.«

Ich starre ihn an. Jasper kneift die Augen zu. Er weiß, er hat genau das Falsche gesagt.

»O mein Gott.« Ich wähle Gideons Nummer und drücke die Hand auf den Mund.

Gideon geht beim ersten Klingeln dran. »Jepp?«

»Gideon, hier ist Wylie. Geht es dir gut?«

»Ähm, *ja*«, sagt er arrogant. »Warum auch nicht?«

»Hast du mit Dad geredet?«

»Warum schreist du denn so?«, schreit er zurück. »Hör auf zu schreien, sonst lege ich auf.«

»Ich schreie nicht«, sage ich, obwohl ich mich selbst

hören kann – ich schreie sehr wohl. »Wann hast du das letzte Mal mit Dad geredet?«

»Ich weiß nicht«, sagt Gideon abgelenkt. Wahrscheinlich habe ich ihn mitten in einem Videospiel erwischt. Ich kann das Klicken des Controllers fast hören. »Gestern, glaub ich.«

»Um wie viel Uhr?«

»Ich weiß nicht. Er war auf dem Weg zum Flughafen.«

Mein Herz wird schwer. Ich habe danach noch mit ihm gesprochen. Gideon weiß wahrscheinlich nicht mehr als ich. Aber ich versuche, nicht die Hoffnung zu verlieren.

»Was hat er gesagt?«

»Denselben blöden Mist, den er immer erzählt: Oh, es tut mir so leid. Ich liebe euch beide gleich.« Sein Tonfall ist gemein. »Bla bla. Das ist alles Schwachsinn. Und ich habe ihm gesagt, er kann zur Hölle fahren. Ich bleibe auch eine Weile weg. Wenn ich weg bin, können wir sehen, wie wichtig es ihm ist«, sagt Gideon. Er klingt sehr selbstzufrieden.

»Wo bist du?«, frage ich.

»Ich wohne bei einem Freund«, sagt er.

»Was für ein Freund?« Meine Stimme steigt an. »Das ist kein Spaß. Ich weiß nicht, wo Dad ist, Gideon.«

»Tja, wie wär's, wenn du versuchst, den Weg zu ihm zu *fühlen*?«, fragt er boshaft.

»Gideon, sag mir, wo du bist!« Obwohl es so viele Möglichkeiten auch wieder nicht gibt. Er hat nur wenige Freunde. »Bei Stephen?«

»Tja, wenn du fragen musst, bist du vielleicht doch nicht so talentiert, was?«

»Gideon, das ist nicht lustig! Ich bin …« Aber er hat schon aufgelegt. »Arschloch«, flüstere ich.

»Wenigstens geht's ihm gut«, will Jasper mich beruhigen, als ich zu googeln anfange. »Was machst du?«

»Ich suche die Büronummer von Rachel, der Freundin meiner Mom.« Ich brauche eine paar Versuche, bis ich sie gefunden habe – Rachel O'Callahan. Eine Sekunde später wähle ich. »Mein Dad sagte, er würde sie anrufen. Vielleicht weiß sie etwas.«

Ich erreiche ihre Mailbox. »Rachel, hier ist Wylie. Ich muss sofort mit dir reden. Ich finde Dad nicht. Ruf mich zurück.« In letzter Sekunde denke ich noch daran, Jaspers Nummer zu hinterlassen.

Nachdem ich aufgelegt habe, quetsche ich Jaspers Handy in meinen Händen. Die Polizei. Ich weiß, die muss ich auch noch anrufen. Als mögliche Halb-Flüchtige gefällt mir dieser Gedanke nicht. Falls es legal war, dass sie uns festhielten – wie Dr. Haddox gesagt hat –, wäre es wahrscheinlich illegal, dass ich abgehauen bin.

Der Anruf bei der Polizei dauert nicht lange. Sie interessieren sich nicht dafür, dass mein Dad womöglich vermisst wird. Es ist wie bei Cassie, nur schlimmer: Sie reden nur davon, warum sie nicht viel tun können, um jemanden zu finden, der verschwunden ist. Sie nehmen seinen Namen und eine Beschreibung auf und die wenigen Einzelheiten seiner Reise, die ich kenne. Der einzige Teil, bei dem sie aufhorchen, ist der mit seinem Handy. Dann fangen sie an, Fragen über mich zu stellen. Wollen wissen, wer ich bin und woher ich anrufe. Da lege ich auf. Ich bin nicht mal dazu gekommen, ihnen zu sagen, dass auch jemand in unser Haus eingebrochen hat.

Danach sitzen Jasper und ich schweigend da. Wir haben einen guten Blick auf das Gebäude und ein paar der Ausgänge und beobachten sie seit zehn Minuten. Immer noch keine Spur von Kelsey.

»Bist du sicher, dass du niemanden hinter mir hast rennen sehen?« Ich hätte schwören können, da war jemand. Und vielleicht haben sie Kelsey geschnappt – das denke ich. »Als ich herausgekommen bin?«

»Ich glaube nicht«, sagt Jasper.

Das müsste eigentlich gut sein. Es fühlt sich nur nicht so an.

»Irgendwie komisch, oder?«, frage ich.

»Die ganze Sache ist komisch, Wylie.«

»Aber ich meine, an der Feuerschutztür stand, es gäbe einen Alarm. Ich habe ihn nicht gehört, also muss es einer von diesen stillen gewesen sein. Jetzt wissen sie sicher, dass jemand sie geöffnet hat. Nach der ganzen Heimlichtuerei renne ich nach draußen, und keiner macht sich die Mühe, mir zu folgen?«

»Vielleicht waren sie zu beschäftigt mit dem echten Feueralarm, der übrigens total laut war. Ich konnte ihn noch von der Straße aus hören. Vielleicht haben sie den Alarm für die Tür nicht mal gehört. Oder vielleicht konnten sie dich nicht jagen, nachdem du draußen warst. Das würde zu viel Aufmerksamkeit wecken.«

Obwohl Jasper den Blick immer noch fest auf das Gebäude gerichtet hat, fühle ich, dass ihm etwas Schreckliches eingefallen ist.

»Was?«, frage ich. »Was ist los?«

»Nichts, es ist nur …« Er sieht aufs Lenkrad, zeichnet mit dem Finger einen Halbkreis nach rechts. »Es kam nichts darüber in den Nachrichten. Und ich meine, *überhaupt* nichts. Ich habe online geschaut, und es gibt nirgendwo auch nur ein Wort. Müsste nicht irgendwer irgendwas zu irgendwem gesagt haben?«

Damit geht es mir kein bisschen besser, aber es überrascht mich auch nicht. An unbehagliches Schweigen habe ich mich gewöhnt. »Ich weiß nicht. Was im Camp passiert ist, war anscheinend keine Meldung wert, und da sind *dreizehn* Leute gestorben. Ich weiß nicht, ob ich überhaupt noch was verstehe.«

»Ja, nur dass all diese Mädchen irgendwann herauskommen werden«, sagt Jasper. »Selbst wenn die Eltern jetzt schweigen, werden sie das vermutlich nicht mehr tun, wenn ihre Kinder erst wieder nach Hause kommen und ihnen von diesem ganzen Bioterrorismus-Zeug erzählen. Irgendwann werden alle davon erfahren.«

»Es sei denn …«, sage ich und weiß schon, dass ich an etwas Großem dran bin, »es sei denn, die Mädchen kommen *nicht* raus.«

Jasper verzieht das Gesicht. »Und wie würden sie das erklären?«, fragt er. »Sorry, wir wissen, wir haben gesagt, wir bringen Ihnen Ihre Tochter zurück, aber …«

»Wie wäre es zum Beispiel mit einem tragischen Feuer, bei dem das Krankenhaus vollkommen niederbrennt und leider alle umkommen?«

Das ist es. *Darüber* habe ich mir Sorgen gemacht: dass die Mädchen – wir alle – ausgelöscht werden. Es muss nicht unbedingt das Feuer sein, aber diesen Mädchen wird etwas Schreckliches passieren. Etwas Bleibendes. Und ich muss sie vorher herausholen. Ich. Weil ich die Einzige bin, die es weiß.

Und ich bin mir dessen so sicher. Es ist wie bei Jasper und der Brücke. Und das Gefühl, das ich bei Mom an dem letzten Abend hatte, als sie zum Milchkaufen zur Tür hinausging. Als wäre etwas Furchtbares schon passiert. Und mein Gefühl war jedes Mal richtig. Ich habe nicht immer recht mit meinen Sorgen – bei Weitem nicht –, aber diesmal bin ich mir sicher.

Schweigend bleiben wir noch eine Minute sitzen – oder vielleicht auch fünf oder zehn. Es kommt mir sehr lange vor, während ich von rechts nach links das Gebäude absuche, immer noch auf der Suche nach Kelsey. Aber ich habe nicht mehr das Gefühl, als würden wir sie finden. In Wirklichkeit habe ich das Gefühl, als wäre Kelsey weg. Die einzigen Leute, die wir sehen, sind zwei Frauen beim Walking, ein Hausmeister und zwei Krankenschwestern auf dem Weg zu ihrer Schicht, mit Taschen über den Schultern und Kaffee in der Hand. Ich recke mich, damit ich weiter in Richtung Eingang zur Notaufnahme sehen kann. Wenn ich Kelsey wäre, würde ich vielleicht dorthin gehen: mehr Leute, mehr Verstecke. Aber der einzige Mensch vor der Tür ist ein korpulenter Typ, der raucht.

»Ach, warte, ich habe was für dich«, sagt Jasper und wühlt in den Müllhaufen auf dem Rücksitz herum: Essensverspackungen, Zeitungen und Zeitschriften, leere Limodosen. Er scheint froh zu sein, sich auf etwas konzentrieren zu können, das niemanden aus der Bahn wirft. »Tut mir leid, dass das hier so ein Chaos ist. Ich habe mehr oder weniger hier drin gewohnt, seit ich dich gesehen habe.«

»Die ganze Zeit?«

»Ja, ich meine, ich war bei dir zu Hause. Aber dann bin ich wieder hierhergekommen. Ich wusste nicht, wann du es schaffen würdest rauszukommen, also …« Aber er versucht, mir weiszumachen, das sei keine große Sache.

Etwas mehr als Dankbarkeit wogt so schnell in mir auf, dass ich rot werde.

»Danke, Jasper.« Es fühlt sich total unzureichend an. Und außerdem unvollständig. »Für alles.«

»Ich sagte doch, ich würde hier sein, wenn du rauskommst.« Er klingt beleidigt, dass ich an ihm zweifeln konnte, und wühlt immer noch auf seinem vollgemüllten Rücksitz herum. »Ah, hier ist es.«

Als er sich wieder umdreht, hält er mir Kelseys *1984* hin.

»Oh, danke.«

Aber das Buch erscheint mir jetzt sehr viel weniger wichtig, als die Mädchen herauszuholen und Dad zu finden. Ich werde es lesen und irgendwann herausbekommen, was das alles bedeutet. Falls und wenn ich Kelsey wiederfinde, können wir einander vielleicht sogar irgendwie helfen – oder vielleicht einfach sie mir. Vielleicht ist das die Wahrheit. Als ich Jasper das Buch aus den Händen nehme, fällt etwas heraus. Erst als ich es vom Boden aufhebe, merke ich, dass es Kendalls Zettel ist.

Ich hole tief Luft und starre ihn an. Genau in dem Moment, als ich mich gefragt habe, was wir jetzt tun sollen: eine Antwort.

»Kannst du mich irgendwo hinbringen?«, frage ich Jasper.

»Klar«, sagt er, ohne zu zögern. Er ist froh, dass wir das Krankenhaus verlassen. »Wohin?«

»Irgendwo, wo du nicht hinwillst.«

17

Wir fahren nach Cambridge, an den eindrucksvollen efeubewachsenen Gebäuden von Harvard und den dichten Rudeln von Studenten vorbei, alle so voller Hoffnungen und Möglichkeiten. Ich konzentriere mich auf ein allein gehendes Mädchen. Sie ist groß und schmal und hat kurze, fransige Haare, aber absichtlich so geschnitten, nicht wie meine. Sie hat sogar einen Rucksack wie ich früher. Es ist erstaunlich, wie ähnlich wir uns sehen, und doch ist die Kluft zwischen uns so unendlich. Und das wird vielleicht auch so bleiben, wird mir langsam klar.

Als wir in einer Gasse ein paar Straßen vom Harvard Square entfernt parken, hat sich über uns ein Sommergewitter zusammengebraut. In der Ferne hört man Donner grollen, und die Luft fühlt sich sogar im Auto schwer und feucht an.

Ohne weiter nachzufragen, ist Jasper den ganzen Weg zu der Adresse gefahren, den ich ihn mit Hilfe des GPS auf seinem Smartphone geführt habe, und parkt jetzt auf einem der wenigen öffentlichen Parkplätze ein paar Blocks weiter. Er war so froh, dass ich einverstanden war, endlich vom Krankenhaus zu verschwinden, dass er wahrscheinlich überallhin gefahren wäre. Aber ich spürte, wie er immer nervöser wurde, je weiter wir in die Seitenstraßen von Cambridge kamen.

»Okay, jetzt musst du mir sagen, wohin wir wollen«, sagt Jasper, als er den Motor abstellt.

»Zu der Adresse, die ich dir gegeben habe«, sage ich. Und ich weiß, es ist dumm, das Unvermeidliche hinauszuzögern, aber ich tue es trotzdem. »Dort wollen wir hin.«

Er verdreht die Augen. »Ja, das hab ich schon kapiert. Ich meine, was ist dort?«

Eigentlich sollte ich Jasper nicht mit hineinziehen in – na ja, genau das ist es ja. Ich weiß nicht mal, in was ich ihn mit hineinziehe. Ich kann das nicht tun, ohne ihm zu sagen, was los ist.

»Es ist die Adresse auf dem Zettel, den mir Kendall gegeben hat.« Auch ohne ihn anzusehen, kann ich Jaspers Wut schon in den Zehen fühlen.

»Derselbe Kendall, der uns mitten im Wald in eine Hütte gesperrt hat, damit ein Irrer versuchen konnte, dein Hirn aufzusägen? Ich verstehe, dass du den anderen Mädchen helfen willst, Wylie, aber das ist …«

»Ich glaube ihm«, sage ich. »Wie Kendall mich angesehen hat, als er mir diesen Zettel gegeben hat. Hör zu, ich kann versuchen, dir zu erklären, wie es ist, dieses Outlier-Ding zu haben. Wie scharf und klar es sein kann. Vielleicht gibt es irgendwann, wenn mein Vater seine Forschung ganz fertig hat, sogar eine Möglichkeit, es zu messen, sodass es jeder sehen kann. Aber im Moment ist es nur ein Gefühl. *Mein* Gefühl. Und ich kann dir nicht versprechen, dass es richtig ist.« Ich drehe mich zu Jasper um. »Also, genau genommen glaube ich nicht, dass Quentin mein Hirn aufsägen wollte.« Lächelnd versuche ich, die Stimmung zu heben. Es funktioniert nicht.

»Hältst du das für einen Witz?«, schnauzt er.

»Hör mal, du musst nicht mitkommen …«

»Komm mir nicht mit dem Scheiß«, sagt er. Und er ist wütend. Wütend, weil er sich Sorgen macht. »Natürlich komme ich mit. Und das weißt du.«

Weiß ich das? War mir das klar, als ich mich von Jasper hierherfahren ließ? Vielleicht.

Ich würde das allein machen, das ist keine Frage. Aber mir wäre es lieber, jemanden dabeizuhaben, wenn ich an diese Tür klopfe. Und es wäre mir lieber, wenn dieser Jemand Jasper wäre. Ich spüre, wie gern er das hören möchte. Ich muss es aussprechen: dass ich ihn bei mir haben möchte. Das braucht er.

»Um das klarzustellen: Ich hätte gern, dass du mitkommst. Speziell *du*, weil ich dir vertraue und ich mich mit dir … besser fühle.« Ich verziehe das Gesicht. Wow, für jemanden, der die Gefühle von allen anderen spüren kann, kann ich immer noch echt beschissen über meine eigenen reden. Selbst über die, die ich zuzugeben bereit bin, was – wie mir jetzt langsam klar wird – unter Umständen viel weniger ist als ihre wahre Summe. »Aber ich bin nicht sauer, wenn du nicht mitkommst. Und du würdest mich auch nicht im Stich lassen. Ich kann und werde das auch allein machen.«

Jasper sieht mich aus dem Augenwinkel an, dann starrt er wieder durch die Windschutzscheibe. Schließlich nickt er. Seine Wut ist verflogen, ersetzt durch einen schwachen Anflug von Zufriedenheit. Und Wärme. Ich habe genau das gesagt, was er hören musste. Zum ersten Mal habe ich das, was ich durch mein Outlier-Sein weiß, eingesetzt, damit sich jemand gut fühlt. Damit etwas besser wird. Einen Moment lang nimmt es die Schwere von allem. Eine Sekunde lang gibt es mir Hoffnung.

Als wir aus dem Auto steigen, fängt es gerade an zu regnen. Riesige Tropfen klatschen auf den Boden. Jasper und ich ziehen unsere Kapuzen hoch und folgen dem kleinen blauen Punkt auf seinem abgeschirmten Handy noch ein paarmal nach rechts und links, immer weiter in das Gewirr der schmalen Straßen von Cambridge. Unter dem stürmischen blauschwarzen Himmel wirkt es viel später als vier Uhr nachmittags.

Als wir endlich in die Gullbright Lane einbiegen, öffnet sich der Himmel vollends, und es fängt an zu schütten. Jasper steckt sein Handy in die Jeanstasche, um es vor dem Regen zu schützen, während wir auf der Suche nach der Nummer 323 die Straße entlangstürmen. Leute haben Zeitungen auf den Köpfen oder Jacken hochgezogen und suchen Schutz. Aber ich bin dankbar für den Regen. Jetzt laufen alle vor etwas davon.

Endlich entdecken wir die 323, ungefähr auf halber Strecke in der Häuserzeile. Ein schmales, heruntergekommenes, hellblaues viktorianisches Gebäude, das – der Anzahl der Klingeln nach – in fünf Wohnungen aufgeteilt ist. Die Fenster im Erdgeschoss sind von innen mit braunem Papier zugeklebt. Wir ducken uns unter das kurze Vordach, während ich Kendalls Zettel mit dem Code herauskrame.

Ein bisschen zittrig trete ich vor die Tafel mit den Klingeln, jede mit einer kleinen Zahl daneben. Ich versuche, nicht daran zu denken, was passieren wird. Vielleicht werde ich alle Klingeln in der Reihenfolge drücken, die Kendall sagte, und alle im Gebäude werden wütend die Türen aufreißen. Und wer könnten sie sein? Meine Finger zittern, während ich auf die erste Taste drücke und dann auf die nächste.

Bis ich fertig bin, halte ich die Luft an. Dann warte ich,

dass die Tür aufspringt, auf irgendetwas Schreckliches, an das ich noch nicht mal gedacht habe. Aber nichts passiert. Die Tür öffnet sich nicht. Niemand springt heraus. Es herrscht nur Stille.

»Versuch es noch mal«, sagt Jasper, was mich überrascht. Ich hätte gedacht, er wäre froh um jede Ausrede, wieder zu gehen.

Und so drücke ich die Knöpfe noch mal in der Reihenfolge, die auf Kendalls Zettel steht. Diesmal halte ich jede Zahl länger. Mein Finger ist noch auf dem letzten Knopf, als sich die Tür endlich öffnet. Aber nur einen Spalt. Der Mensch dahinter hat die Kette davorgelassen.

»Was?« Eine Männerstimme, tief und ärgerlich. Das Gute ist: Wenigstens kam er nicht aus der Tür gestürmt.

»Ähm, wir möchten gern zu Joseph Conrad«, sage ich.

Ich komme mir leichtsinnig vor, so als würde ich uns damit eine Zielscheibe auf den Rücken kleben. Und dennoch – ein größerer Teil von mir will weiter.

»Was?«, blafft die Stimme.

»Joseph Conrad?«, versuche ich es noch mal.

Ohne Antwort schnappt die Tür zu. Im Inneren sind Stimmen zu hören, gefolgt von anderen Geräuschen: Schränke werden geöffnet und geschlossen, Schritte. Einen Augenblick später geht die Tür wieder auf, diesmal ein bisschen weiter und ohne die Kette. Aber eher, als hätte jemand vergessen, sie ganz zu schließen, nicht als tatsächliche Einladung.

Ich blicke über die Schulter zu Jasper. Falls er versucht, uns wieder zu stoppen, werde ich vielleicht auf ihn hören. Aber er nickt leicht – geh –, und so drücke ich die Tür mit gespreizten Fingern ganz auf, bis sie an die Wand stößt, um sicherzugehen, dass sich niemand dahinter versteckt.

Als ich einen Schritt in die Dunkelheit mache, hole ich tief Luft. Als Erstes trifft mich der Geruch. Moder und Staub und noch etwas, zäh und faulig. Ich versuche, nicht zu würgen.

»Beeilt euch«, kommt eine Stimme von rechts vor den zugeklebten Fenstern. »Und macht die Scheißtür zu.«

In dem Dämmerlicht kann ich nur einen kleinen, schmächtigen Umriss sehen. Er klingt total angepisst, aber wenigstens ist er nicht riesengroß.

»Sicher?«, fragt Jasper.

Ich nicke, auch wenn ich mir nicht sicher bin, ob ich sicher bin, und bedeute Jasper, die Tür zu schließen.

»Kommt schon, kommt schon«, sagt der kleine Typ und tritt vom Fenster weg, sodass wir jetzt etwas von seinem Gesicht sehen können. Er hat wirre schulterlange Haare und ein knochiges Gesicht. Außerdem trägt er zu große Sachen – eine grüne Armeejacke und supertief hängende, schlabbrige Jeans. Riesige schwarze Plugs dehnen seine Ohrläppchen. Sowohl die Kleidung als auch seine wütende Stimme wirken, als sollten sie seine Größe wettmachen. Er winkt uns nach hinten. »Gehen wir. Beeilt euch!«

Er hat uns erwartet – oder jemanden wie uns –, aber er ist auch genervt, weil wir hier sind. Er geht an uns vorbei nach hinten und reißt eine Tür auf. Trübes Licht von einer Treppe, die nach unten führt, erhellt den Raum. Jetzt kann ich sehen, dass er noch jünger ist, als ich dachte. Und kleiner.

»Hallo?«, schnauzt er und winkt uns zu der Treppe. »Kommt schon, gehen wir. Sie sind da unten.«

Jasper späht, ohne noch einen Schritt zu machen, in Richtung Treppe. »Wer *sie?*«

»Verpiss dich«, schnauzt der Junge zurück, als wäre er sich sicher, dass Jasper ihn verarscht. Außerdem richtet er sich hoch auf, um es noch zu unterstreichen. Oder zumindest höher. »Geht jetzt da runter oder verpisst euch wieder.«

Da macht Jasper ein Geräusch: irgendwas zwischen einem Schnauben und einem Lachen. Dann tritt er dicht vor den Jungen, und ich denke: *Nicht, Jasper!* Das wird nicht gut enden. Aber er hat sich schon drohend über dem zappeligen Kerl mit den geweiteten Ohren aufgebaut.

»Was hast du gerade gesagt?«, fragt Jasper.

Der Junge beugt sich vor. Dummerweise nicht eingeschüchtert. »Ich sagte: Geht da runter oder …«

Da hat ihn Jasper schon am Hals gepackt. Mit einer Hand und so schnell und plötzlich, dass ich blinzeln muss, um zu glauben, was ich sehe. Aber das ist Jasper, und er hält den Hals des Jungen mit den Fingern einer Hand umklammert. Er hat ihn auch hochgehoben, auf die Zehenspitzen. Offenbar tut er so was nicht zum ersten Mal. Dafür kann er es zu gut. Vollkommen und erschreckend natürlich.

»Jasper«, flüstere ich.

Endlich lässt er ein bisschen los, und der Junge fängt an zu husten.

»Wer ist da unten?«, schnauzt Jasper.

Doch statt zu antworten sehe ich eine blitzartige Bewegung, als der Arm des Jungen nach hinten schnellt und dann nach vorn.

Dann: Reglosigkeit.

Der Junge hat den Arm ausgestreckt, ein kurzes Messer nur Zentimeter von Jaspers Hals entfernt.

»Hör auf!«, schreie ich und starre das Messer so dicht an Jaspers Haut an. Das ist alles meine Schuld.

Jasper hebt kapitulierend die Hände. Jetzt hat er Angst, ich fühle es. Aber nicht so viel, wie er sollte. »Okay, Mann, ich …«

»Halt's Maul!«, kreischt der Junge mit wilder Stimme. »Du Arschloch, siehst du nicht, dass ich der mit dem verschissenen Messer bin?«

Als der Junge das Messer anders in die Hand nimmt, sehe ich die Tätowierung an seiner Hand. Ein Raster aus neun schwarzen Kreisen, zu einem Quadrat angeordnet. So was habe ich schon mal gesehen. Aber wo?

Wann? Wo?

Dann dämmert es mir. Am Hals eines der beiden Männer, an denen wir vorbeikamen, als wir oben in dem Camp aus der Haupthütte kamen. Level99. Hacktivisten, so hat Quentin sie genannt.

Ich muss nachdenken. Ich muss das, was ich fühle, benutzen, um Jasper zu helfen. Was macht dem Jungen Sorgen? Was will er wirklich? Was kann ich tun, um Jasper lebendig von ihm wegzubekommen? Ich versuche, an der Angst vorbei das zu sehen, was darunter liegt. *Konzentrier dich. Konzentrier dich. Versau es nicht.* Das will dieser Junge nur – denen von Level99 beweisen, dass er vom Türsteher auf die nächste Stufe befördert werden sollte. Aber er hat Angst. Und Angst macht Leute zu allem fähig.

»Level99 erwartet uns«, sage ich. »Du kannst sie fragen. Mein Name ist Wylie.« Es ist ein Risiko. Trotz Kendalls Zettel bezweifle ich ernsthaft, dass sie uns erwarten. Aber dieser Junge wird nicht nachfragen. Er will sie auf keinen Fall stören. »Wir sollten herkommen. Wir kannten den Code. Sie werden sauer sein, wenn wir nicht auftauchen.«

Der Junge lässt Jasper nicht aus den Augen, das Messer immer noch an seiner Kehle. »Dann geht«, sagt er. »Geht endlich runter, Scheiße.«

Ich ziehe Jasper sanft am Arm. »Komm, Jasper. Wir gehen. Sie warten schon.«

Die Treppe ist schmal, uneben und knarrt unter unseren Schritten. Ich stütze mich auf dem Weg nach unten an den Wänden ab und fühle mich mit jedem Schritt gleichzeitig besser und schlechter. Besser, weil das Messer weiter weg ist, schlechter, weil wir in diesem Haus immer tiefer festsitzen. Außerdem wird mir bewusst, dass es eigentlich egal ist, ob Kendall uns hergeschickt hat, denn er glaubte wirklich, wir sollten herkommen. Egal, ob er die Wahrheit gesagt hat. Kendall konnte nicht wissen, was genau passieren würde, wenn wir erst hier sind. Was der Junge tun würde. Wie ich reagieren würde. Oder Jasper.

Outlier-Regel Nr. 4: Wenn jemand die Wahrheit sagt, heißt das nicht, dass er weiß, was passieren wird.

Hinter mir höre ich Jasper schwer atmen.

»Es tut mir so leid«, bringe ich heraus. »Das ist meine Schuld.«

Auch wenn das Würgen auf Jaspers Konto geht, das ist mal klar.

»Ja«, sagt er wütender, als ich erwartet hatte. »Ist es.«

Irgendwann öffnet sich die Treppe zu einer Seite hin, und als ich mit dem Kopf unter die Decke tauche, sehe ich demjenigen am Schreibtisch da unten direkt in die Augen. Es ist der blonde Typ mit der Adlernase und den dunklen Ringen unter den Augen aus dem Camp. Der mit dem Spielbrett auf seinem blassen, fahlen Arm. Offensichtlich erkennt er mich auch. Und nicht auf eine gute Art.

»Scheiße«, sagt er verärgert und erschöpft. Als wäre ich mal wieder ein menschlicher Unfall, den er jetzt wieder wegputzen muss.

Hinter ihm sitzen ein Dutzend junge Frauen und Männer an einem langen Tisch in der Raummitte, mit Kopfhörern und Hoodies, über Laptops gebeugt. Hinter ihnen ist eine Trennwand, ein Licht in der Ecke, als befände sich dahinter vielleicht noch ein von hier aus nicht sichtbarer Tisch. Falls die Leute an den Laptops uns bemerken, lassen sie es sich nicht anmerken. Sie blicken nicht mal auf. Hier unten ist es eng und düster, und es riecht leicht säuerlich – zu viele Jeans, zu oft getragen.

»Ich weiß nicht, was ihr hier zu suchen habt«, sagt der blonde Typ und mustert Jasper, als er in Sichtweite kommt, »aber wir sind fertig mit euch. Punkt. Das kommt direkt von ihr.«

Ich bin jetzt nah genug, dass ich die Zeitungsausschnitte sehen kann, die über seinem Schreibtisch hängen – *E-Mails beweisen, dass die Arzneimittelbehörde gewinnbringende Schmerzmedikamente lebensrettenden Krebsmedikamenten vorzieht* und *Nach Leck: Servercrash bei Ölgigant.* An der gegenüberliegenden Wand hat jemand ein Bettlaken mit dem aufgesprühten Brettspiel aufgehängt, darunter die Worte: *Mut ist der Preis, den das Leben verlangt, wenn es Frieden mit dir schließen soll. Amelia Earhart.*

»Was kommt ›direkt von ihr‹?«, ruft ein Mädchen hinter der Trennwand.

»Ich kümmere mich darum!«, ruft der Blonde gereizt zurück. Als hätten er und das Mädchen schon wegen etwas anderem gestritten. »Du willst nicht hier rauskommen. Glaub mir.«

»Oh, bitte«, kommt die höhnische Antwort.

Als das Mädchen schließlich erscheint, ist sie zierlich, aber muskulös, trägt eine Boyfriend-Jeans und ein enges weißes Tanktop, das ihren blutroten BH und ihre olivfarbene Haut betont. Die schwarzen Haare hat sie zu einem hohen, dicken Pferdeschwanz gebunden, und sie hat Piercings über die ganze Länge des einen Ohrs. Am Schlüsselbein prangt das gleiche Brettspiel-Tattoo.

»Riel, du hättest nicht rauskommen müssen«, knurrt der Blonde sie an. »Ich kümmere mich darum.«

»Kümmern«, schnaubt sie wieder, als wäre es das Abwegigste, was sie je gehört hat. »Und danke, dass du ihr meinen Namen gesagt hast, Arschloch. Gut gemacht.«

Der Blonde senkt mit finsterer Miene den Blick.

Riel wendet sich mir zu, ihr Blick sucht mein Gesicht so eindringlich ab, dass es sich anfühlt, als wäre sie in mich hineingeklettert und inspizierte meine inneren Organe. Verachtung, das lese ich, als sie fertig ist. Aber sie ist so vollkommen, dass sie mir merkwürdig suspekt vorkommt. Die meisten Leute fühlen mehr als eine Sache gleichzeitig.

»Wer bist du?«, fragt sie schließlich, und als ich schweige, zieht sie die Augenbrauen zusammen. Dann blickt sie auf und bemerkt meine Haare – mit denen ich jetzt vermutlich völlig irre aussehe. »Was ist los mit dir? Warum sagst du nichts?« Sie zeigt auf mich, während sie sich wieder dem Blonden zuwendet. »Redet sie nicht?«

»Sie ist die aus dem Camp«, sagt er, als würde das alles erklären. Irgendwie tut es das wohl auch. »Ihr Dad ist der Wissenschaftler. Du weißt schon, sie ist der ›Outlier‹.« Er malt Anführungszeichen in die Luft und schüttelt den Kopf. »Ich hab dir doch gesagt, du sollst nicht rauskommen.«

Natürlich haben sie eine Meinung über mich. Level99 waren diejenigen, die all unsere persönlichen Daten durchkämmt und Dads Nachrichten abgefangen haben. Sie wissen vielleicht mehr über mich als ich selbst.

»Nichts von dem, was Quentin euch erzählt hat, hat gestimmt«, fange ich an, aber als Riel herumfährt, nimmt mir die wilde Wut in ihren aufgerissenen Augen die Luft. »Ich meine nur, egal was er euch erzählt hat, was er da oben in dem Camp gemacht hat. Es war nicht so, wie er gesagt hat.«

Riel fängt an zu lachen, dann klimpert sie heftig mit den Wimpern. »Was. Du. Nicht. Sagst.« Als wäre ich eine Idiotin. Aber so wütend sie auf mich ist – auf Quentin ist sie noch wütender. Das fühle ich. »Was hat es dir verraten? Deine tote Freundin oder die elf Leute, die jemand erschossen hat?«

»Zwölf.« Ich versuche, ruhig zu bleiben. Es ist eine Kleinigkeit, aber ich mag den Gedanken nicht, dass sie die wahre Zahl der Opfer nicht kennen. »Zwölf Leute wurden erschossen.«

»Klar, wenn du deine Freundin dazuzählst.« Sie verdreht die Augen. »Ich sagte erschossen, nicht tot. Und ich persönlich würde sie nicht zum Rest dieser Psychos zählen wollen.«

Eigentlich möchte ich nicht, dass dieser Widerspruch wichtig ist. Aber das habe ich Dad besonders gründlich klären lassen. Ich hatte immer noch gehofft, dass Lexi oder Miriam lebend herausgekommen sind. Ich wollte nackte Zahlen. Harte Fakten. Aber die Polizei zählt den »Schützen« manchmal zu den Toten und manchmal nicht – es könnte einen total logischen Grund für diesen Widerspruch geben.

»Von mir aus.« Als ich still bleibe, schüttelt Riel den Kopf. Für einen ganz kurzen Moment tue ich ihr leid, und sie fühlt sich ein bisschen schuldig wegen dem, was Cassie passiert ist, aber es ist nur ein Aufblitzen und sofort wieder weg.

»Kendall hat gesagt, ich soll herkommen«, sage ich. »Ich weiß nicht, ob ihr ihn im Camp kennengelernt habt, aber er …«

»Kendall?« Sie tritt vor und sticht wütend mit dem Finger nach mir. »Ist dir dieser Irre hierher gefolgt? Denn wenn ja, dann schwöre ich bei Gott, ich lass dir in den Arsch treten!« Sie nickt zu dem Blonden hinüber, der das als seine Rolle zu akzeptieren scheint: Chef-Arschtreter.

Ich spüre, wie sich Jasper hinter mir bewegt, wie ein Wachhund kurz vor dem Sprung. *Nicht noch mal*, denke ich, *noch nicht.*

»Kendall müsste uns nicht verfolgen«, sage ich vorsichtig. »Er hat mir diese Adresse gegeben.«

»Verdammte Scheiße!«, schreit Riel und legt die Hände auf den Kopf. »Also gut, dann können wir nicht hierbleiben.« Jetzt spricht sie nicht mehr mit mir.

»Im Ernst?«, fragt der Blonde. Enttäuscht, nicht besorgt. Er sieht sich um. »Ich mag es hier.«

Riel holt tief und entnervt Luft, dann wendet sie sich wieder mir zu.

»Du packst jetzt aus, und ich meine auf der Stelle, wie und warum du Kendall geholfen hast, dann räume ich vielleicht das Bankkonto deines Dads nicht leer.«

»Ich helfe Kendall nicht.« Ich hebe die Hände, als hätte sie mir ein Messer vors Gesicht gehalten. Und das hätte sie auch genauso gut tun können. Ich kann mir ausmalen, wie Level99 jemandes Leben zerstören könnte. »Kendall hat mich in dem Krankenhaus gefunden und mir gesagt, ich solle herkommen.« Ich reiche ihr seinen Zettel. Sie betrachtet ihn mit zusammengekniffenen Augen. »Sie haben dort eine Gruppe Mädchen, alles Outlier wie ich, zumindest bin ich mir ziemlich sicher. Ich weiß nicht, wie sie sie gefunden haben oder was sie mit ihnen vorhaben, aber …«

»Warte.« Sie hebt die Hand und legt skeptisch den Kopf schief. »Wer, die?«

»Das NIH, glaube ich – zumindest haben sie das gesagt. Aber um ehrlich zu sein, fühlte es sich nicht wie die Wahrheit an. Sie sagten, wir hätten alle irgendeine Art bioterroristische Streptokokken. Es gibt da einen Immunologen, der behauptet, das würde die Outlier erklären.«

Sie verschränkt die Arme. »Und du glaubst das?«

»Nein, ich glaube es nicht«, schnauze ich zurück; ihrem Gesichtsausdruck nach war es zu hart. »Deshalb bin ich abgehauen. Aber die anderen Mädchen sind noch da drin, und ich glaube, sie sind ernsthaft in Gefahr. Ich glaube, sie wollen sie beseitigen.«

»Und warum sollten sie das tun?«, fragt sie. Wie vorhin kann ich nur ihre tiefe Verachtung fühlen. Die Frage ist ein Test. Als wüsste sie die Antwort schon und wollte wissen, ob ich sie auch kenne.

»Vielleicht, damit das Ganze nicht rauskommt. Mein Dad hat Fördergelder für eine Studie bekommen, von der alle erfahren hätten. Und irgendwann werden die Leute sauer, dass sie keine Outlier sein können, oder? Vor allem die Typen.« Riel verdreht die Augen – ich kann nicht erkennen, ob sie damit diese »Typen« meint oder meine Unterstellung, dass es sie gibt. »Jedenfalls nehme ich an, Kendall dachte, ihr könntet mir helfen, zumindest die Mädchen herauszuholen.«

»Findest du es nicht ein bisschen verdächtig, dass ausgerechnet Kendall jemanden retten will?«, fragt sie.

»Vielleicht bereut er, dass er uns in dem Camp abgesetzt hat.«

»Ach, du weißt es nicht, was?« Riel lächelt. »Was glaubst du, wer die ganzen Leute in dem Camp umgebracht hat?«

Mir klingeln die Ohren, und meine Wangen sind ganz heiß. »Das ist nicht …« Aber ich schaffe es nicht mal, ihn zu verteidigen.

»Ach ja, stimmt ja. Wir haben das Arschloch *gesehen*«, fährt sie fort und deutet mit zwei Fingern auf ihre Augen, dann auf mich. Sie merkt, dass sie mich erschreckt hat, und freut sich darüber. Vielleicht ist sie auf Quentin hereingefallen, aber wenigstens ist sie nicht so dumm wie ich. »Wir haben ein paar Kameras da oben gelassen. Weil ich Quentin nicht *vertraut* habe. Ich vertraue niemandem.« Nur dass ich eine Sekunde lang fühlen kann, dass sie Quentin vielleicht doch mehr vertraut hat, als sie zugeben möchte. »Ich wusste, da geht vielleicht ein echt krasser Scheiß ab. Und ich meine, da gibt es Bäume und so, deshalb konnten wir nicht alles aufnehmen. Aber wir haben genug gesehen. Wir haben Kendall mit seinem riesigen, beschissenen Gewehr ins Lager spazieren sehen.«

»Du meine Güte«, sagt Jasper leise und sinkt auf einen Stuhl.

»Ach, sieh an«, sagt Riel und dreht sich zu Jasper um, als hätte sie vergessen, dass er überhaupt hier ist. »Es spricht.«

»Aber warum?«, frage ich. Und ich weiß, das ist eine dumme Frage – vor allem unter diesen Umständen. Aber ich kann nicht anders. Ich muss es wissen.

»Macht. Kontrolle. Geheimnisse. Wer weiß?« Sie wedelt mit ihren gebräunten Armen herum. »Kendall weiß es wahrscheinlich selbst nicht genau. Egal, für was für eine dubiose Organisation mit Schwachsinns-Abkürzung er angeblich nicht arbeitet: Die haben ihm wahrscheinlich gesagt, er soll hingehen und töten. Passieren die schlimmsten Dinge nicht immer so? Dass Leute ›einfach ihre Arbeit machen‹? Jeder darf mal ein bisschen was vom Bösen probieren, ohne gleich das ganze Monstersandwich schlucken zu müssen.«

»Aber warum sollte er dann ins Krankenhaus kommen und mich warnen?«

»Woher zum Geier soll ich das wissen?«, fährt mich Riel an, und ich fühle, wie Jasper lautlos schreit: *genau!* Aber er sagt kein Wort. Dann kommt ihr ein neuer Gedanke. »Oder vielleicht warst du da drin wirklich besser dran. Hast du mal darüber nachgedacht?«

Nein. Werde ich auch nicht. Kann ich nicht. Ich muss weiterhin glauben, dass Kendall uns in die Gullbright Lane geschickt hat, weil er glaubte, er habe einen guten Grund. Und dieser Grund muss sein, die anderen Mädchen zu retten.

»Du musst uns nicht helfen«, sage ich.

»Ähm, ja, richtig. Muss ich nicht«, erwidert Riel.

»Aber wir *brauchen* Hilfe. Die Mädchen brauchen Hilfe. Weil ich einfach …«

»Lass mich raten: Du hast ein schlechtes Gefühl«, sagt Riel, es ist abfällig gemeint. Aber sie schafft es nicht ganz. »Du glaubst deinem Dad auch alles, oder?«

Jetzt bin ich sauer. »Weißt du was? Scheiß auf dich«, sage ich. »Meine beste Freundin ist in dem Camp *gestorben.* Sie ist gestorben, weil sie uns geholfen hat, vor Quentin zu fliehen. Und *du* hast ihm geholfen. Du bist verantwortlich.«

»Schwachsinn.« Riel funkelt mich an, aber ihre Schuldgefühle breiten sich in ihr aus wie ein Ausschlag. Ich fühle, wie sie versucht, sie zurückzudrängen. »Was dieses Arschloch mit dir und deiner Freundin gemacht hat, hat nichts mit mir zu tun. Dein Dad war derjenige, der was zu verbergen hatte. Wenn er nicht …«

»Wie kommst du dazu, Wylies Dad die Schuld zu geben?«, fragt Jasper, noch nicht mal wütend. Nur so, als könnte er einfach wirklich nicht glauben, dass *Riel* das glaubt. »Quentin hat das alles gemacht. Schon klar, du dachtest, du würdest das Richtige tun, aber du hast ihm *geholfen.*«

Ich fühle, dass Jasper es endlich glaubt – vielleicht zum ersten Mal: dass Quentin Cassie umgebracht hat; dass er selbst keine Schuld hat. Falls wir es an einem Stück aus diesem Keller herausschaffen, wird er wenigstens das mitnehmen.

»Nein, nein, nein.« Riel wedelt mit dem Zeigefinger. »Dieses Arschloch Quentin hat uns genauso angelogen wie euch.« Aber es stört sie, dass er das geschafft hat, sie schämt sich mehr, als sie zugibt. »Das passiert. *Nobody's perfect.*«

»*Nobody's perfect*?«, frage ich. Und ich hoffe, ich klinge so angeekelt, wie ich mich fühle. »Cassie ist tot. Und diese ganzen anderen Leute …«

»Willst du uns den Scheiß jetzt auch noch anhängen?«, schreit der Blonde. Als ihm Riel einen warnenden Blick zuwirft, weicht er zurück.

Ich starre Riel an, bis sie meinen Blick endlich erwidert. Wieder diese Verachtung – makellos und vollkommen. Und hart wie in Form gegossenes Plastik. Ich werde sie nicht zwingen können, etwas zu tun, das sie nicht tun will. Ich werde hoffen müssen, dass sie ihre Meinung ändert.

»Hör zu, in dem Krankenhaus gibt es eine Ärztin namens Alvarez und einen namens Haddox«, sage ich. »Und der komische Professor heißt Cornelius und arbeitet am Metropolitan New York Hospital. Das kannst du alles nachprüfen. Falls es jemanden gibt, der deine Hilfe verdient, dann diese Mädchen. Sie sind alle im Boston General Hospital.«

18

Schnell und schweigend entfernen wir uns vom Haus von Level99. Erst als wir eine Querstraße weiter sind, wird Jasper langsamer. Er war dort drin doch besorgter, als mir klar war. Die Angst strahlt von ihm ab.

»Alles klar?«, fragt er, als wir fast beim Auto sind. Als ginge es ihm total gut.

Ich nicke. Dann zucke ich die Achseln und schüttle den Kopf. »Ich hatte größere Hoffnungen, als mir klar war. Ich dachte, wenn ich Kendalls Zettel folge, wird sich alles klären.«

»Das Gute ist, dass wir nicht abgestochen wurden«, sagt er; er fühlt sich schlecht, *echt* schlecht, weil er an der Eskalation schuld war. »Ich hätte nicht … ich weiß nicht, warum ich ihn so gepackt habe. So was habe ich schon lange nicht mehr gemacht.«

»Ja, das war irgendwie …«

»Krank«, sagt er. »Tut mir leid.«

»Na ja, es war ja meine Schuld, dass wir überhaupt dort waren.«

Jasper lächelt. »Das stimmt.«

Während er den Jeep aufschließt, klingelt sein Handy. Er schaut darauf, die Nummer verwirrt ihn. Mit angespanntem Gesichtsausdruck geht er ran. »Hallo?«

»Ist das die Frau, die das Handy von meinem Dad hat?«,

frage ich. Ich kann mir vorstellen, dass sie sich ohne große Erklärung meldet.

Er schüttelt den Kopf. »Ja, Wylie ist hier.« Er klingt beleidigt. Rachel. Ich höre sie noch reden, während er mir das Handy gibt. »Wow, die ist ja ein Sonnenschein.«

Ich nehme das Telefon und wappne mich.

»Rachel?«

»Wylie!«, schreit sie. »Was ist los? Ich habe gerade deine Nachricht bekommen. Was meinst du damit, dein Dad ist verschwunden?« Sie macht sich viel größere Sorgen, als ich wollte. Außerdem weiß sie offenbar gar nichts. »Ich habe versucht, ihn anzurufen, und irgendeine *Irre* ist rangegangen. Sie hat versucht, Geld von mir zu erpressen. Was ist los? Geht es dir gut?«

»Ja.« Aber jetzt ist nicht der richtige Moment, um die Tapfere zu spielen. »Ich meine, ich bin nicht verletzt oder so. Aber ich brauche deine Hilfe. Können wir bei dir vorbeikommen?«

»Natürlich, natürlich.« Und jetzt bin ich so dankbar, dass Rachel noch da ist, obwohl ich so oft versucht habe, sie aus unserem Leben zu werfen. »Soll ich irgendwo hinkommen?«

»Nein, wir kommen zu dir.«

»Okay. Ich bin im Büro. Ich warte hier. Und mach dir keine Sorgen, Wylie. Wir klären das schon. Egal was es ist.«

Wir parken an einer heruntergekommenen Ladenzeile am anderen Ende von Boston. Der Parkplatz ist voller Schlaglöcher, und zwei von den acht Schaufenstern der Läden sind leer. In vier anderen hängen Schilder, die aussehen wie aus den 1970ern: ein Ramschladen, ein Eisenwarenladen und ein Nagelstudio. Es gibt auch einen riesigen *Michaels*, einen Bastelladen, funkelnagelneu; er sieht aus, als wäre er aus Versehen von irgendwo heruntergefallen und hier mittendrin gelandet.

»Bist du sicher, dass wir hier richtig sind?« Jasper sieht sich um.

»Das ist die Adresse, die mir Rachel gegeben hat.« Ich mustere die Ladenzeile. »Vielleicht ist es das da drüben.«

»Sorry, lass mich anders fragen«, sagt Jasper. »Hast du nicht gesagt, sie sei supererfolgreich und habe in Harvard Jura studiert? Wie kommt es, dass sie jetzt hier arbeitet?«

Jetzt wird mir klar, dass ich Rachels Geschichte gar nicht ganz kenne, nur Teile davon.

»Rachel war mal so eine Art Firmenanwältin. Meine Mom nannte sie ›Problemlöserin‹. Und sie meinte das nicht positiv. Aber jetzt vertritt sie Leute *pro bono*. Versucht wiedergutzumachen, dass sie so vielen schlechten Leuten geholfen und damit viel Geld verdient hat. Das sagt mein Dad. Oh, da ist es, da drüben«, sage ich, als ich endlich ein einfaches, schwarz-gelbes Schild entdecke, das genauso aussieht wie das des Nagelstudios nebenan: *Rachel O'Callahan, Rechtsanwältin*.

Als wir hinkommen, ist die Tür verschlossen. Von innen klebt ein handgeschriebenes Schild an der Tür, auf dem steht: BITTE KLINGELN. Es ist schließlich Sonntag. Als ich es tue, ertönt knisternd eine verzerrte Stimme durch die schiefe Sprechanlage.

»Hier ist Wylie Lang für Rachel!«, rufe ich zurück und hoffe, man kann mich verstehen.

Aber ich höre nur noch mehr lautes Knistern und Knacksen. Ich versuche es noch mal.

»Hier ist Wylie Lang!«, schreie ich ein zweites Mal.

Noch mehr Knacksen, sogar noch lauter. Als würde derjenige am anderen Ende jetzt auch schreien. Die Stimme bricht ab, und die Tür geht summend auf.

Der Warteraum ist nicht viel schöner als die Fassade des Büros. Vielleicht sogar noch schlimmer. Es gibt ein halbes Dutzend billig aussehender Klappstühle und einen leeren Empfangstresen. Holzvertäfelung und Linoleumboden. Es riecht nach Schimmel.

»Ähm.« Jasper sieht sich um, als hätte er eine Menge zu sagen, wüsste aber nicht, wo er anfangen soll.

»Komme! Komme!«, ruft Rachel aus einem dunklen Flur; ihre Stimme ist eine unverkennbare Mischung aus Boston und Brooklyn.

»Kommen Sie wieder, Miss O'Callahan?«, ruft ein Mann hinter ihr her. Er kommt aus Rachels Büro und schlendert auf uns zu. »Oder soll ich einfach …«

»Entschuldigung!«, ruft Rachel, ohne den Blick von mir abzuwenden. »Aber ich muss unsere Besprechung auf später am Abend verschieben, Doktor.«

»Tut mir leid, aber das passt mir nicht.« Er klingt beleidigt. Als er schließlich aus dem dunklen Flur auftaucht, sehe ich, dass er klein und grauhaarig ist, mit einer Knollennase und riesigen Ohren. Am Hals, in der Nähe des Adamsapfels, hat er eine dicke, hässliche Narbe.

»Ich habe einen Zwanzigtausend-Dollar-Vorschuss für Sie bezahlt, Doktor. Aus meiner eigenen Tasche«, schießt Rachel zurück, ohne sich auch nur zu ihm umzudrehen. »*Ich* entscheide, was passt. Ich melde mich.«

Als der Doktor ungnädig schnaubend hinausgeht, schließt Rachel die Tür hinter ihm.

»Kommt«, sagt sie. »Gehen wir in mein Büro. Dort ist es gemütlicher.«

Rachels Büro ist wirklich hübscher als der Rest, wenn auch nur ein bisschen. Es ist heller und sauberer, der Teppichboden ist billig, aber neu, und die Holzvertäfelung ist weiß gestrichen.

»Okay, also, was zum Geier ist los?« Sie winkt uns zu den abgeschabten Holzstühlen für Kunden vor ihrem Schreibtisch.

Ich bin so erleichtert, hier zu sein, aber sobald ich den Mund aufmache, wird mein Hals eng. Ich versuche, mich zusammenzureißen. »Mein Dad sollte dich anrufen …«

Es ist zu spät. Ich weine schon.

»Ach, Schätzchen!« Rachel springt auf und kommt um den Schreibtisch herum. Sie legt mir die Hände auf die Arme, dann schießt sie einen anklagenden Blick auf Jasper ab. Als wäre es irgendwie seine Schuld. »Warum sollte er mich anrufen? Ich habe nicht mit ihm gesprochen. Erzähl mir, was los ist.«

Und so fange ich noch mal an, erzähle alles, was passiert ist. Ich rede mindestens fünf Minuten, ohne Luft zu holen. Als ich schließlich zu der Stelle komme, wie ich Dad angerufen habe, unterbricht mich Rachel.

»Also war er am Flughafen, als du mit ihm gesprochen hast?«, fragt sie. »Und dann ist sein Handy irgendwo anders in D.C. gelandet?«

Ich nicke. »Ja. Zu Hause gibt es auch keine Spur von ihm, und ins Krankenhaus kam er nicht. Und er wäre gekommen, wenn er gekonnt hätte.«

»Natürlich.« Rachel stellt sich wieder hinter ihren Schreibtisch. Dann setzt sie sich und verschränkt die Arme. Sie macht sich *große* Sorgen, obwohl sie sich größte Mühe gibt, vollkommen unbesorgt zu wirken. »Okay, also gut, wenigstens ist sein Handy nicht in Florida aufgetaucht.«

»Florida?«

»Ach, dieser Blogger«, sagt sie und winkt ab.

Doch jetzt kann ich an nichts anderes mehr denken als an EndOfDays.com.

»Entschuldige, dass ich davon angefangen habe. Dein Dad hat sich keine Sorgen darum gemacht, dann solltest du das auch nicht tun. Und alles wird wieder gut, Wylie. Wir werden ihn finden. Weißt du, mit wem er sich in D.C. treffen wollte oder in welchem Flieger er war?«

»Das NIH und irgendein Senator, ich weiß seinen Namen nicht mehr. Irgendwas mit R. Russell oder so was. Mein Dad wollte mir Infos darüber zu Hause hinlegen«, sage ich. »Aber ich weiß nicht mal, ob sie noch da sind.«

Zum ersten Mal geht mir auf, dass Dads Reise damit zusammenhängen könnte, dass unser Haus verwüstet wurde.

»Was meinst du damit?«, fragt Rachel.

»Ich bin vorhin dort vorbeigegangen«, sagt Jasper, dann zögert er. »Das Haus ist ziemlich ... Es ist verwüstet. Jemand hat alles auseinandergenommen.«

»Was ist mit Gideon?«, fragt Rachel.

»Er weiß nichts«, sage ich. »Er und Dad haben sich gestern gestritten, und er war nicht mehr zu Hause. Ich habe die Polizei angerufen und ihnen erzählt, dass mein Dad verschwunden ist, aber ich glaube nicht, dass sie etwas unternehmen werden. Er ist noch nicht lange genug weg.«

»Okay.« Rachel legt die Hände flach auf den Schreibtisch, als wollte sie sich hochstemmen. Stattdessen sieht sie mir direkt in die Augen. »Wir werden deinen Dad finden, und es wird ihm gut gehen.«

»Wir müssen auch die anderen Mädchen herausholen.«

»Natürlich«, sagt sie. »Wir klären das, was auch immer

das in diesem Krankenhaus ist. Wir werden die Verantwortlichen festnageln.«

Aber es steht weit unten auf ihrer Liste, das merke ich.

»Nein. Ich meine sofort«, sage ich. »Sie sind in Gefahr.«

»Gefahr?«, fragt Rachel skeptisch. »Du meinst körperliche Gefahr?«

»So was in der Art, glaube ich.« Ich hoffe, sie verlangt keine Beweise von mir. »Und ich habe sie nicht mal gewarnt. Ich habe ihnen gar nichts gesagt. Wenn du mir nicht hilfst, gehe ich allein wieder hin.«

»Mooooment, Wylie!« Sie hebt die Hände. »Ich werde tun, was ich kann, um die anderen Mädchen herauszuholen. Und wegen deines Dads rufe ich die Polizei an. Ich werde sehen, ob ich in eurem Haus den Reiseplan finde, und wir spüren ihn auf.« Jetzt ist sie ganz ruhige Sachlichkeit. »Danach kümmern wir uns um die Sache im Krankenhaus. Ich habe einen Freund im Justizministerium. Er kennt wahrscheinlich jemanden im NIH. Hilft immer, wenn man jemanden kennt. Aber ich mache mich dran, versprochen.«

Zum ersten Mal, seit ich aus dem Krankenhaus raus bin, spüre ich, wie sich mein Körper ein ganz klein wenig entspannt.

»Und hör mal, im schlimmsten Fall benutzen wir die Journalistenkontakte deiner Mom, um Druck auszuüben. Es kann äußerst motivierend sein, wenn man mit einer Schlagzeile droht.«

»Danke«, sage ich und hoffe, dass sie darin auch mithört: … *vor allem, weil ich immer so blöd zu dir war.*

»Natürlich«, sagt sie. Dann runzelt sie die Stirn. »Warte, und wie bist du aus dem Krankenhaus herausgekommen?«

»Da gab es noch ein Mädchen – wir haben gemeinsam beschlossen, den Feueralarm auszulösen«, sage ich und sehe

Jasper bewusst nicht an. Er weiß, ich lasse Kendall absichtlich aus. Rachel wäre noch weniger begeistert von Kendalls Rolle in alledem als Jasper. »Aber dann hat es anscheinend ein richtiges Feuer gegeben. Alle waren ziemlich unvorbereitet und sind ausgeflippt. Sogar die Sicherheitsleute. Ich konnte mich rausschleichen, aber ich weiß nicht, ob Kelsey auch draußen ist.«

»Warte, es gab ein Feuer im Krankenhaus?«, fragt Rachel.

»Ja«, antworte ich. »Ich meine, ich weiß es nicht sicher, weil ich abgehauen bin. Aber der Alarm ging los, und ich habe Rauch gerochen, und die Feuerwehr kam.«

»Das ist ein merkwürdiger Zufall«, sagt Rachel. Sie ist misstrauisch, aber ich weiß nicht, wegen wem oder was.

»Was meinen Sie mit Zufall?«, fragt Jasper.

Rachel sieht ihn nicht an. Sie wendet den Blick nicht von mir ab. »Ich meine, nach dem Feuer im Camp.«

19

Jasper und ich fahren mit der U-Bahn zu Rachels Stadthaus in Beacon Hill. Die paar Leute in der Bahn am frühen Sonntagabend sehen so normal aus, sie lesen Zeitung, starren auf ihre Smartphones. Verbringen ihren Tag, als fehlte ihnen nichts. Ich beneide sie.

Rachel hat darauf bestanden, dass wir zu ihr fahren. Dass sie sich um alles kümmern werde. Ich habe versucht, ihr zu widersprechen, aber sie hatte nicht unrecht. Falls Leute vom NIH – oder woher auch immer – nach mir suchen, sollte ich mich bedeckt halten.

Sobald ich einverstanden war, klärte Rachel die Details. Ersatzschlüssel zu ihrem Haus, eine Karte mit all ihren Nummern darauf, ein zusätzliches Wegwerfhandy. So nannte sie es auch. »Wegwerfhandy«. Offensichtlich war das nicht das erste Mal, dass sie jemandem beim Verschwinden half. Rachel überredete uns, Jaspers Auto in einer Seitenstraße stehen zu lassen und die U-Bahn zu ihr nach Hause zu nehmen. Wir sollen dort bleiben, bis sie uns holen kommt.

»Als Vorsichtsmaßnahme würde ich das so oft wie möglich aus lassen.« Sie zeigte auf Jaspers Handy. »Sie müssten dich zwar zuerst mit Jasper in Verbindung bringen und dann wissen, dass ihr zusammen unterwegs seid, damit sie dich darüber finden. Das ist weit hergeholt, aber nicht unmöglich. Es erstaunt mich immer wieder, was die Regierung alles kann, wenn sie will. Und wie wenig sie wiederum ständig schafft.« Als Letztes gab sie uns noch einen dicken Packen Zwanziger, die sie aus einer Schublade gezogen hatte. Sie waren steif und brandneu. »Benutz auf keinen Fall eine Kreditkarte, Wylie. Sonst finden sie dich in kürzester Zeit.«

Und plötzlich war ich offiziell auf der Flucht. Wieder mal.

Jasper reißt mich aus meinen Gedanken, indem er mir die Hand auf die Schulter legt. »Das ist unsere Haltestelle«, sagt er, als der Zug mit einem Ruck hält.

Wir brauchen eine Weile, bis wir im malerischen Beacon Hill mit seinen schicken Läden und eleganten Stadthäusern Rachels Haus finden. Ihre Straße ist nur ein paar Querstraßen von der Newbury Street entfernt, aber ohne GPS gehen wir erst mal eine Weile in die falsche Richtung. Wir wollen gerade aufgeben und Jaspers Handy einschalten, um die Karte zu checken, als ich endlich ein strahlend weißes Haus mit einer Gaslaterne davor sehe – genau wie Rachel es beschrieben hat. Es ist nur ein paar Häuser weiter.

»Warte, ich glaube, das ist es«, sage ich und gehe schneller. »Da hinten.«

Ich gehe zügig voraus, bis ich vor Nummer 729 stehe – einem riesigen, tadellos renovierten Stadthaus hinter zwei genauso riesigen Bäumen. Noch näher kann man einer Villa in Boston nicht kommen.

»Wow«, sagt Jasper, als er sich neben mich stellt. Er klingt, als hätte er Angst hineinzugehen, sein Blick schweift an der Fassade auf und ab. »Das ist ein superschönes Haus.«

»Ja, ist es«, sage ich, und es ist nicht zu leugnen, vor allem nicht im Vergleich zu ihrem Büro. Ich will mich nicht davon stören lassen, wie wenig das zusammenpasst, aber es macht mir ein mulmiges Gefühl. »Wahnsinnig schön.«

Innen ist Rachels Haus sogar noch edler als von außen: restaurierte historische Details, gemischt mit schicken Industriemöbeln. Das Wohnzimmer hat vorn zwei große bodentiefe Fenster, eine Wand besteht aus freigelegten Ziegeln, der Boden besteht aus dunklem Holz, das mit seinen Astknoten und dem abgeschabten Look vermutlich extrateuer war.

»Und sie wohnt hier ganz allein?«, fragt Jasper, während er sich in der leeren Weitläufigkeit umsieht. Er versucht immer noch zu verstehen, wer Rachel eigentlich ist. Ich auch.

»Ja«, sage ich. »Soweit ich weiß.«

»Soweit du weißt? Ich dachte, sie sei die beste Freundin deiner Mom?«

»War sie früher. Das habe ich gesagt.« Ich will nicht Rachels seltsamen Bruch mit meiner Mom erklären oder wie sie aus dem Nichts wieder aufgetaucht ist. Wenn Jasper mich dazu bringt, genauer darüber nachzudenken, wird es verdächtig. Zu verdächtig, um mir von ihr helfen zu lassen. Und wir brauchen Rachel gerade. Dad auf jeden Fall.

Jasper sieht sich immer noch in ihrem schönen Haus um. »Fandest du das gar nicht komisch, wie sie schon alles für uns vorbereitet hatte, inklusive Ausrüstung zum Abhauen?«

»Sie ist Strafverteidigerin.«

»Ähm, ja«, sagt Jasper. »Aber ich glaube nicht, dass die ihren Mandanten normalerweise bei der Flucht helfen.«

»Ich gehe duschen«, sage ich, weil Rachel es uns erlaubt hat und ich mich eklig fühle. Außerdem will ich dieses Gespräch unbedingt beenden. Jaspers Argumente sind zu stichhaltig. »Mach nichts kaputt.«

Ich stehe ewig unter Rachels schicker Spa-Dusche und versuche, mir das Krankenhaus abzuwaschen. Inzwischen kommt mir meine Zeit dort immer mehr wie eine seltsame, erfundene Erinnerung vor. Vielleicht könnte ich sie sogar vergessen, wenn ich mich nicht so für die Mädchen verantwortlich fühlen würde, die ich zurückgelassen habe.

Nach der Dusche gehe ich in Rachels Schlafzimmer, um die Kleider anzuziehen, die sie mir unbedingt leihen wollte. Sie sagte, ich könne nehmen, was ich wolle. Ihr riesiger begehbarer Kleiderschrank ist wie eine eigene perfekt eingerichtete Boutique, die teuren Kleider sind alle mit viel Platz arrangiert und hübsch beleuchtet. Es gibt auch Dutzende eingebaute Regalfächer, in jedem nur ein Paar Schuhe. So etwas habe ich noch nie gesehen, und es überfordert mich total. Ich schließe den Schrank und drehe mich zu Rachels großer Kommode um, in der Hoffnung, dort etwas weniger Einschüchterndes zu finden.

Natürlich gibt es darin Jeans, aber mir war nicht bewusst, dass es so weiche gibt. Trotzdem kommen sie noch am ehesten in Frage. Ich ziehe eine heraus und gehe weiter, hoffe, irgendein harmloses T-Shirt zu finden. Erst als ich mich bis ganz nach unten im zweiten Stapel Shirts durchgrabe, fühle ich etwas wie einfache Baumwolle. Als ich es herausziehe, berühren meine Finger etwas Hartes. Ich ziehe die T-Shirts hoch. Es ist eine kleine quadratische Schachtel, so eine wie die, in denen man teure Armbänder kauft oder so.

Warum sollte jemand, der allein wohnt, eine Schachtel ganz unten in einer Schublade verstecken? Und vor wem? Ich will sie gerade herausziehen und nachsehen, aber irgendwas hält mich zurück. Das geht mich nichts an. Rachel hilft uns. Ich will das nicht aufs Spiel setzen, indem ich in ihren Sachen herumschnüffle.

Als ich wieder nach unten komme, schläft Jasper tief und fest auf der Couch. Er sitzt steif da – die Füße fest auf dem Boden, die Arme eng verschränkt. Nur sein Kopf ist ein bisschen zur Seite gesunken, der Mund leicht offen. Ich nehme ein Kissen von der strahlend weißen Couch ihm gegenüber. Als ich es ihm unter den Kopf schiebe, bewegt er sich und lehnt sich im Schlaf darauf.

Ich betrachte ihn eine Weile. Wenn er die Augen geschlossen hat, kann ich ihn leichter direkt ansehen. Ich bin froh, dass er hier ist, froher, als ich zugeben möchte. Und nicht, weil ich ihn brauche. Ich brauche ihn nicht, nicht so. Ich will ihn einfach hier haben, was mich – wie sich herausstellt – noch viel mehr aus der Fassung bringt.

Ich setze mich ihm gegenüber auf die Couch und krame Kelseys *1984* aus der Flucht-Tragetasche, die Rachel uns mitgegeben hat. Ich kann nur darauf warten, dass sie anruft und Neuigkeiten hat, also fange ich dieses Mal vorne an.

Gabrielle und Kelsey hatten den Vorteil, bei ihrer wahllosen Versuchsreihe zu zweit zu sein, aber mein Vorteil war, dass das, was ich tat – was ich fühlte –, echt war. Etwas wissenschaftlich Nachweisbares. Denn es gibt eine Menge Stellen in dem Buch, an denen sich Kelsey und Gabrielle fragen, ob sie sich das Ganze nur ausdenken und es nur in ihrer Fantasie existiert. Ob sie vielleicht beide den Verstand verlieren.

Ich blättere weiter, bis ich zu dem Wort BLOCKEN komme, in Großbuchstaben und mit mehreren dicken, dunklen Linien umrandet. Gefolgt von vier nummerierten Punkten:

1) GLAUBE DIE LÜGE 2) Stell dir eine Schachtel vor 3) leg deine Gefühle in diese Box 4) schau auf den flachen schwarzen Deckel, denk an die Schachtel (nur an die Schachtel). G.

Aber wie soll man das machen, während man mit jemandem redet? K.

KA. Üben? G.

So gut wie Kelsey im Krankenhaus im Blocken zu sein schien, müssen sie es irgendwann herausbekommen haben.

Jetzt versuche ich es selbst: Ich schließe die Augen und stelle mir vor, wie ich alle meine Gefühle in eine Schachtel stecke. Ich starre auf den Deckel der schwarzen Schachtel. Versuche, nur daran zu denken. Nach einer Weile fühle ich mich wirklich leer, aber ich kann nicht wissen, ob ich es richtig gemacht habe, wenn Kelsey nicht hier ist, um mich zu lesen. So sehr ich mir einbilden möchte, ich hätte einen Vorsprung durch das, was ich von Dad weiß, scheint es mir mehr auszumachen, dass ich allein bin.

Auf einer Diagonalen unter dem Teil mit dem Blocken finde ich Folgendes: *Definition Intuition: unmittelbares, nicht auf reflektierendes Denken gegründetes Erkennen.*

Sie haben dasselbe herausgefunden wie ich: EEW ist mehr, als nur die Gefühle anderer zu lesen. Durch die Übung bin ich schon besser geworden. Die wirkliche Frage ist, wie viel besser wir werden können. Wo die Grenze unserer Fähigkeiten liegt.

Ich blättere den Rest des Buches zu den letzten Seiten durch, die voller Notizen sind. Es geht auch nicht immer ums Lesen. Ein paarmal haben sie sich auch über Freunde ausgetauscht; ein Mädchen namens Sarah im Volleyballteam machte Kelsey alle möglichen Probleme – sie setzte ein Gerücht in die Welt, dass Kelsey mit jemandem Sex hatte, der verheiratet und alt war und vor allem total widerlich.

Es gibt auch etwas über Gabrielles damals neuen Freund – ein Streitpunkt zwischen den beiden Mädchen. Sein Name ist Leo Berkowitz, und er ist Ruderer in der Harvard-Mannschaft, was Kelsey irgendwie wie eine Beleidigung klingen lässt, so wie sie es ihrer Schwester entgegenschleudert. Es sei ein dummes Klischee, einen »College-Jungen« zu daten, und: »Iih, Harvard, eklig.«

Aber ich kann Eifersucht erkennen. Kelsey überspielt sie damit, dass sie sich vernachlässigt fühlt. Seitdem ist sie offensichtlich härter geworden, denn die Kelsey, die ich kennengelernt habe, kann ich mir nicht an jemanden geklammert vorstellen. Später gibt es eine Erwähnung, dass Kelsey dicht war, was Gabrielle nicht gut fand. *Drogen,* kann ich mir vorstellen. Es gibt eine Notiz von G.: **Ich mache mir Sorgen um dich.**

Der Freund ist meine erste greifbare Spur zurück zu Kelsey: Harvard University, Ruderteam, Leo Berkowitz. Wenn ich Leo finde, finde ich vielleicht auch Gabrielle. Ich stelle mir vor, dass Kelsey schon bei ihr ist. Falls nicht, wird ihre Schwester mir sicher helfen wollen, Kelsey herauszuholen.

Am liebsten würde ich von der Couch aufspringen und nach Harvard rennen, um Leo zu suchen. Aber ich sollte wenigstens warten, bis ich von Rachel etwas über Dad gehört habe, darum sollte Rachel ihre Energie wirklich konzentrieren.

Nachdem ich am Ende des Buchs angekommen bin, blättere ich auf die hintere Innenseite, wo ein anderer Dialog schwarz eingerahmt ist.

Hab mich in den Test gemogelt!!! Es war viel zu leicht. Dieser Forschertyp ist vielleicht supergut in Wissenschaft, aber als Security ist er richtig scheiße. Dieser unheimliche Dr. Caton hat mir meine Story vom verlorenen Studiausweis total abgekauft!! K.

Mein Herz klopft laut, während ich die restliche Seite absuche. Bis ich es endlich finde: **EIN OUTLIER.** Und dann steht da: **WAS ZUM GEIER SOLL DAS ÜBERHAUPT HEISSEN?**

Ich starre immer noch auf die Worte, geschrieben in ziemlich hysterischen Großbuchstaben, anders als an den anderen Stellen, als mir das Buch aus den Händen rutscht und auf den Boden knallt.

Jasper schreckt hoch und richtet sich abrupt auf. »Was ist passiert?«

»Entschuldige, ich hab was fallen lassen«, sage ich. »Alles gut.«

Er lehnt sich wieder an und reibt sich die Augen mit den Handballen. »Was ist das?«

»Das ist die Ausgabe von *1984*. Das Buch gehört dem Mädchen, für das wir noch mal zurückgefahren sind. Ich glaube, sie war eine von den drei anderen ursprünglichen Outliers.«

»Ach?« Jasper sieht mich mit zusammengekniffenen Augen an. Er ist verwirrt, genau wie ich. »Und ist das gut oder schlecht?«

»Ich weiß es nicht genau.« Das ist die Wahrheit. »Ich glaube, es kommt drauf an.«

»Worauf?«

Da fällt mir ein, dass mein Vater nicht begeistert von der Vorstellung war, ich könnte die anderen beiden ursprünglichen Outlier kennenlernen. Ich habe angenommen, er machte sich Sorgen, wir könnten zu viel Aufmerksamkeit auf uns ziehen. Und in Wahrheit wollte ich sie eigentlich auch gar nicht kennenlernen. Aber es hätte auch noch etwas anderes sein können. Wenn jemand ein Outlier ist, ist er noch nicht automatisch vertrauenswürdig. Ich habe Kelsey kennengelernt, und sie war nicht unbedingt ein Sonnenschein.

»Es kommt darauf an, ob sie ein guter Mensch ist.«

Da klingelt mein Wegwerfhandy, ich kann nur hoffen, es ist Rachels Nummer. »Hallo?«

»Ist bei euch alles klar im Haus?«, fragt sie. Sie klingt nervös. Was auch immer sie erfahren hat, seit wir ihr Büro verlassen haben: Es ist nichts Gutes.

»Ja, uns geht's gut«, antworte ich, und plötzlich werde ich von Furcht überschwemmt. Ich habe mir Sorgen um Dad gemacht, mich aber kontrolliert, indem ich nicht zu weit gedacht habe. Jetzt habe ich mich nicht mehr so gut im Griff. »Hast du meinen Dad gefunden?«

»Noch nicht.« Sie wählt ihre Worte sorgfältig. »Ich war aber gerade bei euch zu Hause. Da war auf jeden Fall jemand. Jasper hat recht. Es ist ein einziges Chaos. Die Polizei untersucht es, und im Moment scheinen sie mir abzukaufen, dass du und Gideon nicht in der Stadt seid – ihr wärt bei eurer Großmutter, habe ich ihnen erzählt. Bisher wollten sie noch nicht mit euch reden und haben deinen Anruf nicht erwähnt. Dem Zustand eures Hauses nach und weil irgendeine fremde Frau das Handy deines Dads hat, nehmen sie die Suche nach ihm anscheinend zumindest ernst. Und ich habe seinen Reiseplan gefunden, vergraben unter einem Haufen anderer Sachen.«

»Oh, gut.« Aber ich bin nicht erleichtert. »Dann können wir dort anrufen und …«

»Das habe ich schon«, unterbricht sie mich. »Anscheinend war Senator Russo gestern nicht einmal in Washington und hatte es auch nicht vor. Sie haben auch keine Aufzeichnungen darüber, dass irgendjemand aus ihrem Büro je mit deinem Vater Kontakt hatte«, sagt sie, dann fügt sie schnell hinzu: »Er war aber im Flugzeug und ist auch in D.C. gelandet. Und wie du gesagt hast: Eine Viertelstunde nachdem er gelandet war, hat er einen Flug zurück nach Hause gebucht. Aber …«

»Er ist nicht ins Flugzeug gestiegen«, beende ich ihren Satz.

»Nein, ist er nicht.«

»Und was jetzt?« Ich umklammere das Handy so fest, dass mir die Hand wehtut.

»Überwachungsvideos und Handydaten überprüfen ist der nächste Schritt. Es kann eine Weile dauern, das alles zu bekommen, aber der Prozess ist in Gang. Es könnte sein, dass ich nach D.C. muss, um sicherzugehen, dass etwas passiert. Aber dann könnte ich auch mit dieser Frau reden, die das Handy deines Dads hat. Vielleicht weiß sie mehr, als ihr klar ist.« Rachel holt Luft und klingt erschöpft, als sie ausatmet. »Und was die Mädchen im Krankenhaus angeht …«

»Nein«, sage ich mit plötzlichen Schuldgefühlen. Mir ist nicht wohl dabei, wenn ich Rachel von der Hilfe für die Mädchen abziehe, aber sie muss sich ganz auf meinen Dad konzentrieren. Plötzlich wirkt seine Lage sehr viel akuter. Ich hoffe nur, das liegt nicht daran, dass ich etwas weiß – etwas Schlimmes –, das mir jetzt noch nicht klar ist. »Du musst meinen Dad finden.«

Und die Mädchen sind meine Verantwortung, denke ich, ohne es laut zu sagen. Aber es stimmt. Schließlich bin ich diejenige, die sie zurückgelassen hat.

»Aber du und Jasper müsst im Haus bleiben, Wylie.« Rachel ist mir schon auf der Spur. »Ich meine es ernst. Ich will nicht, dass du beschließt, die Mädchen allein herausholen zu wollen oder so. Abgesehen davon habe ich schon mit meinem Freund im Justizministerium geredet, und sein Kontakt beim NIH müsste sich morgen früh bei ihm melden. Heute ist Sonntag, deshalb müssen wir ein bisschen Geduld haben. Wir können weiter darüber reden, wenn ich nach Hause komme. Ich werde den Mädchen helfen *und* deinen Dad finden. Ich bin dran. Ich verspreche es. Du rührst dich nicht von der Stelle.«

»Okay, ja. Ja«, sage ich schnell. Zögern wäre fatal. »Klar.«

Aber ich verspreche nicht, dass wir bleiben werden, wo wir sind. Denn das wäre eine offene Lüge.

»Ich rufe dich an, wenn ich noch etwas höre«, sagt Rachel. »Und du kannst mich hier anrufen, auf meinem Handy, wann immer du mich brauchst.«

»Okay«, sage ich. Ich will vom Handy weg, bevor ich noch was Verdächtiges sage.

»Das wird schon, Wylie. Ich bin hier und helfe dir. Alles wird gut.«

Nachdem ich aufgelegt habe, mache ich mich auf die Suche nach einem Computer, um Leo Berkowitz aufzuspüren. Bei ihm kann ich anfangen. Er ist die Spur zu Kelseys Schwester, und sie ist mein Weg zurück zu Kelsey, die anscheinend einer der anderen ursprünglichen drei Outlier ist. Ich spüre ein seltsames Flattern – teils die Nerven, teils Aufregung –, wenn ich daran denke, wieder mit ihr zu reden. Ich frage mich, ob Kelsey es weiß.

Jaspers Handy könnten wir benutzen, um Leo zu finden. Aber es wäre unklug, es einzuschalten, wenn wir nicht unbedingt müssen. Auf diese Anweisung von Rachel werde ich hören. Zum Glück dauert es sowieso nicht lange, bis ich in der Ecke von Rachels Küche einen schlanken Laptop finde – in der Lederhülle sieht er elegant und teuer aus.

»Was willst du nachsehen?« Jasper kommt rüber und stellt sich hinter mich. Ich sollte es ihm sagen. Ihn selbst entscheiden lassen. Je weiter wir vordringen, desto höher wird das Risiko. Ich mache weiter, bis wir die Mädchen herausgeholt haben. Jasper muss das nicht tun.

»Kelseys Schwester hat oder hatte einen Freund namens Leo Berkowitz«, sage ich. »Er ist in der Rudermannschaft von Harvard. Ich möchte sehen, ob ich ihn finde. Wo er wohnt oder eine Telefonnummer oder so was.« Ich blicke zu Jasper auf. »Damit das klar ist: Rachel will, dass wir hierbleiben, sie sieht sich an, was mit meinem Dad und den Mädchen im Krankenhaus los ist. Aber sie kann nicht beides, und ich will, dass sie nach meinem Dad sucht.«

»Weshalb du zu den Mädchen gehst.«

Ich nicke. »Es könnte sein, dass Kelsey schon raus ist. Das hoffe ich. Glaube ich. Und wenn nicht, bringt uns dieser Leo vielleicht zu Kelseys Schwester, und vielleicht hat sie ein paar bessere Ideen, wie wir alle herausholen können.« Und das hoffe ich wirklich – egal wie unwahrscheinlich es ist.

Jasper hat den Blick gesenkt und scheint nachzudenken. »Okay«, sagt er schließlich, als wäre er zu einem Ergebnis gekommen. »Wenn du das so siehst, genügt mir das.« Er zeigt auf den Computer. »Also los.«

Doch als ich versuche, den Computer einzuschalten, passiert nichts.

»Mist, der Akku ist tot«, sage ich. »Hier ist bestimmt irgendwo ein Ladekabel.«

Ich rutsche vom Hocker und öffne eine schmale Schublade rechts von mir. Nichts. Die riesige Küche ist voller Schubladen und noch mehr Schubladen. Aber ich muss dieses Kabel finden, und wenn es bedeutet, dass ich jeden Zentimeter des Hauses absuchen muss.

»Ich helfe dir«, bietet Jasper an, und wir fangen an, eine fast leere Schublade nach der anderen aufzuziehen. »Sie hat kaum was hier drin. Wovon lebt sie überhaupt?«

Ich zucke die Achseln. »Essen zum Mitnehmen.«

Auf meiner Seite sind nur noch zwei Schubladen übrig, eine – niedrig und breit – vermutlich für Besteck. Und eine kleinere, die Erfolg versprechender ist. Als ich sie aufreiße, rutscht ein großer brauner Umschlag nach vorn und stößt gegen die Vorderwand. Ich erstarre und lese die Wörter auf der Vorderseite: *David Rosenfeld, 12. Januar.* Unverkennbar die Handschrift meiner Mutter. Und mit dem Datum von diesem Jahr, direkt bevor sie starb. Ich blinzle einmal, dann noch mal. Ich schüttle sogar den Kopf.

Mir fällt nichts anderes mehr ein, als wieder die Augen zu schließen, und ich hoffe, dass das alles weg ist, wenn ich sie wieder öffne. »Siehst du das? In der Schublade?«, bringe ich schließlich heraus.

»Ähm.« Jasper scheint eher verwirrt zu sein als sonst irgendwas. »Du meinst das?«

Als ich hinsehe, hält er den Umschlag in der Hand, als wäre es gar nichts. Und das wäre es vielleicht auch, wenn Mom und Rachel in den letzten fünf Jahren Kontakt gehabt hätten.

»Siehst du bitte rein, was drin ist?«, frage ich.

»Klar«, erwidert Jasper, jetzt aber zögerlicher. Er zieht etwas aus dem Umschlag und blinzelt darauf hinab. »Das sind Fotos: ein Gebäude, ein paar Leute. Willst du sie sehen?«

»Die sind von meiner Mom«, sage ich mit zitternder Stimme. »Rachel dürfte sie gar nicht haben.«

Atme, sage ich zu mir. Aber meine Lunge fühlt sich an wie in Zement gegossen, und ich halte mich krampfhaft an der Arbeitsplatte fest.

»Könnte es sein, dass dein Dad sie ihr gegeben hat?«, fragt Jasper.

»Nein«, antworte ich.

Ich glaube keine Sekunde lang, dass es so war. Endlich schaffe ich es, Jasper den Umschlag aus der Hand zu nehmen, aber ich sehe immer noch nicht hinein.

Stattdessen verlasse ich die Küche schnell, öffne alle Schubladen, an denen ich vorbeikomme – die im Bücherregal im Wohnzimmer und dann im Vorraum. Möbel, Einbauschränke. Alles mit einem Griff, an dem ich ziehen kann.

»Wonach suchst du?«, fragt Jasper, der mir gefolgt ist. Es ist klar, dass er es nur wissen will, damit er helfen kann.

»Nach etwas anderem, das sie auch nicht haben dürfte«, sage ich.

Zum Beispiel etwas in einer Schachtel ganz unten in der Schublade mit den T-Shirts. Ich laufe zur Treppe.

»Was tust du?«, ruft er mir nach, während ich nach oben renne.

»Sie hat eine komische Schachtel in ihrer Schublade«, rufe ich zurück, als Jasper mich schließlich in Rachels Schlafzimmer einholt. Ich reiße ihre Kommode auf und taste unter den Kleidern herum.

Mit zitternden Händen ziehe ich die Schachtel heraus. Als ich den Deckel abhebe, zittern sie noch stärker.

Darin ist ein Ring. Ein schlichter Silberreif wie so viele andere. Aber als ich genauer hinschaue, sehe ich die eingravierten Worte, Teil eines längeren Gedichts von Yeats über die Liebe, das ich wiedererkenne. Denn das ganze Gedicht ist ein Teil der Geschichte. Meiner Geschichte. Der Geschichte meiner Eltern. Die erste Hälfte der Zeile – *I would ride with you upon the wind* – ist in den Ehering meines Vaters graviert. Die zweite Hälfte – *and dance upon the mountains like a flame* – steht im Ring meiner Mutter.

Und dieser Ring liegt jetzt hier in Rachels Schublade.

20

Wir brauchen eine Weile, bis wir auf dem ausgedehnten Campus von Harvard ankommen, und noch länger, um die Campus-Info zu finden. Als wir sie endlich betreten, ist es kurz nach acht Uhr abends. Wir haben kein Glück bei der Frau hinter dem Tresen, ein freundlicher, großmütterlicher Typ, die nicht im Mindesten besorgt wirkt, weil zwei Unbekannte wissen wollen, wo die Teammitglieder der Rudermannschaft während des Sommers herumhängen könnten. Aber sie zeigt uns die Richtung zum MAC, dem *Malkin Athletic Center*, wo einige aus der Mannschaft anscheinend manchmal trainieren, auch außerhalb der Saison. (Die Frau hinter dem Tresen hält nichts von so einem anstrengenden ganzjährigen Trainingsplan – so viel ist klar.) Wir müssen nur hoffen, dass Leo eines dieser Sommer-Überbleibsel ist.

Schweigend gehen wir über den dunklen, stillen Campus in Richtung MAC – zumindest hoffen wir das. Zweimal bleibe ich stehen, um zu fragen, wo wir hinmüssen, und beide Male stellen wir fest, dass wir vom Weg abgekommen sind. Nicht weit, aber genug, dass ich langsam das Gefühl bekomme, es könnte ein schlechtes Zeichen sein. Als würden wir womöglich immer weiter im Kreis gehen und niemals irgendwo ankommen.

Jasper weist nicht darauf hin, wie unwahrscheinlich es ist, dass diese kleine Exkursion zur Sporthalle von Harvard uns zu Leo führen wird. Ganz zu schweigen von der noch kleineren Chance, dass Leo uns zu Kelseys Schwester führen wird. Oder dass die uns zu Kelsey führt. Oder dass wir alle gemeinsam die Mädchen aus dem Krankenhaus holen.

Jasper hat kein negatives oder entmutigendes Wort gesagt, seit wir Rachels Haus verlassen haben. Aber ich fühle, wie er sie denkt. Ein Teil von mir fragt sich, ob er vielleicht recht hat. Der größere Teil von mir – der Teil von mir, der *fühlt* – weiß aber, dass wir genau in die richtige Richtung gehen. Es kann nicht anders sein.

Leider verschafft mir das endlose Gehen viel Zeit, um darüber nachzudenken, wie der Ring meiner toten Mutter in der Schublade ihrer ehemaligen besten Freundin gelandet sein könnte. Ich bin froh, dass ich ihn mitgenommen habe, dass ich ihn jetzt an der Kette trage, die Teresa mir geschenkt hat. Und die Fotos habe ich auch in meine Umhängetasche gestopft. Wenigstens ist es ein kleiner Trost, sie so dicht bei mir zu haben. Als hätte ich gerade einen kleinen Teil meiner Mom gerettet.

Aber wovor gerettet? Was könnten der Ring und die Fotos in Rachels Haus zu suchen gehabt haben? Alle Erklärungen, zu denen meine Gedanken wandern, sind zu schrecklich, um länger darüber nachzudenken. Das Einzige, was ich sicher weiß, ist, dass Rachel etwas verbirgt.

Als das MAC endlich in Sicht kommt, klingelt mein Wegwerfhandy wieder. Es ist natürlich Rachel. Sie ist die Einzige, die diese Nummer kennt. Weil es keine Mailbox hat, klingelt das Handy ewig. Kurz nachdem es aufgehört hat, kommt stattdessen eine Nachricht.

Wo seid ihr?, steht da. **Ich bin gerade nach Hause gekommen.**

Ich hole tief Luft und denke daran, das Handy wegzuwerfen. Aber was, wenn sie etwas über meinen Dad herausgefunden hat? Ob sie mir ehrlich antworten wird, weiß ich nicht. Ich weiß überhaupt nicht mehr, was Rachels Gründe für irgendwas sind. Aber ich muss es zumindest versuchen.

Hast du meinen Dad gefunden?

Noch nicht. Du müsstest hier sein, Wylie. Wo bist du?

Ich überlege, ihr eine böse Nachricht zurückzuschicken und ihr zu erzählen, dass ich den Ring und die Fotos gefunden habe. Dass ich weiß, dass sie bei irgendwas lügt. Bei vielem wahrscheinlich. Ihr die Meinung zu sagen würde sich aber nur im Moment gut anfühlen. Klüger ist es, nicht zu verraten, was ich weiß.

Musste was tun, tippe ich; es geht nur langsam auf diesem Handy. **Bin bald wieder da. Sry.**

Nein. Zu gefährlich. Komm zurück.

»War das Rachel?«, fragt Jasper, als ich das Handy ausschalte und ungeschickt in meine Tasche stopfe. »Glaubst du wirklich, sie ist irgendwie in das alles verwickelt?«

Glaube ich das? Nein, eigentlich nicht. Etwas Böses und Hinterlistiges könnte es sein, aber das dann doch nicht.

»Ich weiß nicht«, sage ich. »Aber irgendwas stimmt nicht.«

Das riesige glänzende *Malkin Athletic Center* ist voller Leben. Am Haupttresen sitzt ein korpulenter Junge mit rundem Gesicht und herunterhängenden Haaren und starrt in seinen Schoß, wo er vermutlich ein Handy versteckt. Auf dem Tresen neben ihm steht leider ein großes Schild mit der Aufschrift: *Kein Zugang ohne Studentenausweis.*

»Hi«, sage ich, als der Junge nicht aufblickt.

»Ja?«, fragt er ganz und gar nicht freundlich.

Als sein Blick endlich zu mir herüberflackert, fühle ich

Scham. Es ist nicht misszuverstehen. Vielleicht haben wir ihn ertappt, wie er Pornos sucht. Aber seine Scham fühlt sich weniger spezifisch an. Auf jeden Fall will er, dass wir verschwinden. Nein, warte. Das ist es nicht. Er will *selbst* verschwinden.

»Wir suchen meinen Bruder, Leo Berkowitz. Er ist in der Rudermannschaft.« Die Lüge habe ich mir ausgedacht, sobald wir aus Rachels Haus heraus waren, und ich fühle mich ziemlich gut damit. »Es gab einen Notfall in der Familie. Leos Handy ist aus, und ich finde ihn nicht. Ich weiß, er kommt oft hierher.«

Notfall in der Familie klingt nach Tod oder einer ernsten Verletzung und ist außerdem vage genug, um Nachfragen abzuschrecken.

»Hast du 'nen Ausweis?« Der Junge zeigt auf das Schild. Er ist komplett ungerührt.

»Ähm, ich studiere hier nicht, wie könnte ich da einen Ausweis haben?«, frage ich langsam und versuche währenddessen, den Jungen zu lesen. Vielleicht kann ich herausfinden, was mich für ihn sympathischer macht, was ihn eher dazu bringt, mir zu helfen. Aber ich finde nichts. Vielleicht würde nichts funktionieren. »Ich will nur kurz in den Kraftraum rennen und sehen, ob Leo da ist oder ob ihn jemand gesehen hat. Ich bin gleich wieder draußen. Wie schon gesagt, es ist ein *familiärer* Notfall.«

Aber der Junge schüttelt schon wieder den Kopf. Er zeigt wieder auf das Schild. »Kein Ausweis, kein Zutritt«, sagt er, mit sich und der Gewissheit seines Jobs zufrieden.

»Könntest *du* dann in den Kraftraum gehen und schauen, ob er da ist? Oder ob jemand weiß, wo er ist?«, frage ich. Das ist nicht meine erste Wahl, aber ich nehme sie. Ich muss Leo finden.

Der Junge macht ein schnaubendes Geräusch. »Auf keinen Fall.«

Ach, *deshalb* schämt er sich. Die Studenten, die die Halle benutzen. Die Sportler. Irgendwann wurde er hier gemobbt, gehänselt, beiläufig beleidigt von irgendwelchen großen, muskulösen Kerlen. Und seitdem zieht er den Kopf so weit ein, dass seine Stirn am Boden klebt. Oder so ähnlich. Das werde ich ausnutzen müssen. Mehr habe ich nicht.

»Du weißt schon, dass sie dir etwas *viel* Schlimmeres antun werden, wenn sie rauskriegen, dass du mich Leo nicht sprechen lassen hast?«, frage ich. »Ich meine, es ist schließlich ein familiärer Notfall. Und sie sind seine Freunde, oder?«

Der Junge blickt mit aufgerissenen Augen hoch, dann wird er sauer. Jetzt kann er nur noch verlieren, und das weiß er. Endlich zuckt er die Schultern, als wäre es ihm völlig egal. Obwohl ich fühlen kann, dass es ihm weniger egal ist als je zuvor.

»Na gut, aber nur du.« Er zeigt auf Jasper, dann auf die Wand ein Stück weiter. »Der wartet da drüben.«

Ich nicke Jasper zu, bevor ich eilig nach hinten zum Kraftraum mit der Glaswand gehe, weil ich fürchte, der Junge könnte es sich anders überlegen. Ich übe noch mal in Gedanken, was ich Leo sagen will. *Ich muss deine Freundin finden. Ihrer Schwester ist etwas passiert.* Und dann wird er sicherlich Fragen haben. Ich werde ihm die Wahrheit sagen müssen, egal wie unglaubwürdig sie klingt.

Durch die Glasscheibe des abartig riesigen Raums sehe ich mehr als ein Dutzend Leute – vor allem massige Männer, aber auch ein paar Frauen –, die an den Geräten oder mit freien Gewichten trainieren.

Als ich schließlich eintrete, kommt nicht alles im Raum quietschend zum Erliegen, wie ich befürchtet hatte. Stattdessen scheint mich überhaupt niemand zu bemerken. Ich sehe mich nach jemandem um, der Leo sein könnte; jetzt wünsche ich mir, ich wäre lange genug bei Rachel geblieben, um das Laptopkabel zu finden und ein oder zwei Bilder von ihm zu googeln. Es war mir so viel wichtiger erschienen, dort wegzukommen. Und noch wichtiger als je zuvor, nicht Jaspers Handy zu benutzen.

»Ähm, weiß jemand von euch, wo ich Leo Berkowitz finde?«, rufe ich.

Niemand wirft auch nur einen Blick in meine Richtung. Ich frage mich, ob ich vielleicht eigentlich gar nichts gesagt habe, bis ich den Blick eines Typen in der anderen Ecke auffange, der seinen Trainingspartner kopfschüttelnd ansieht. Als sich der Partner umdreht, sehe ich, dass er ein T-Shirt der Rudermannschaft trägt. Er ist sehnig und groß, seine dunklen Haare sind so kurz geschoren, dass sie grau wirken. Und er sieht einfach aus wie ein Arsch. Das ist nicht Leo. Zumindest hoffe ich das. Er ist viel zu weit entfernt, um ihn lesen zu können.

»Komm mit.« Ein Mädchen ist neben mir aufgetaucht. Sie ist breitschultrig und groß, bestimmt eins achtzig, und besteht in ihren gelben Shorts und dem neongrünen Sportbustier nur aus Muskeln. »Gehen wir. Raus.«

Als ich mich nicht rühre, legt sie mir die Hand an den Rücken und schiebt.

»Hey!«, schnauze ich, versuche aber, leise zu sein. Wenn

ich einen Tumult auslöse, wirft mich der Junge am Empfang vielleicht raus. »Fass mich nicht an.«

Aber als sich unsere Blicke begegnen, fühle ich es. Glasklar. Sie hat Angst: *um mich.*

»Du hättest nicht herkommen sollen«, flüstert sie wütend, als wir den Raum verlassen. Zumindest klingt sie so. Denn was ich fühle, als sie schließlich stehen bleibt, um mich anzusehen, ist Angst, keine Wut. »Haben sie dir das nicht gesagt?«

Wer, *sie*? Es gibt unendliche Möglichkeiten. Keine davon ist besonders gut.

»Ich weiß nicht, wer du …«

»Stopp«, sagt sie und hält mir die Hand vors Gesicht. Und plötzlich, einfach so, verschwinden ihre Gefühle, und da ist die Ziegelmauer. Wie bei Kelsey.

»Du blockst mich«, sage ich, obwohl ich vor einer Sekunde noch behauptet hätte, es wäre besser, wenn ich nichts sage.

»Du kannst einfach nicht die Klappe halten, oder?« Sie ist genervt. Zumindest nehme ich das an. Lesen kann ich nur die Mauer. »Geh einfach ins *Delaney's.*« Als ich sie nur ausdruckslos anstarre, verdreht sie die Augen. »Die Bar, in der Leo arbeitet. Und lauf nicht herum und frag alle, wo er ist, wenn du dort bist. Er ist die einzige männliche Bedienung mit Pferdeschwanz.« Sie tritt zurück und mustert mich von oben bis unten, dann schüttelt sie den Kopf. »Ehrlich, du musst anfangen, den Mund zu halten. Das ist schlecht für alle.«

Und damit dreht sie sich um und geht wieder zurück zum Kraftraum. Durch die Scheibe sehe ich, wie ihr der Typ im Rudershirt durch den Raum etwas zuruft. Aber sie hebt nur den Mittelfinger, was seinen Trainingspartner zum Lachen bringt.

Wir fragen fünf Leute auf dem Campus, wo das *Delaney's* ist, und keiner von ihnen hat eine Ahnung. Jasper sieht sogar kurz auf die Karte auf seinem Smartphone. Es dauert nur eine Sekunde, bis klar ist, dass das *Delaney's* nicht aufgeführt ist.

»Was jetzt?«, fragt Jasper, schaltet das Handy aus und steckt es in die hintere Hosentasche. »Vielleicht ist es nicht mal eine echte Bar?«

»Sie ist echt«, sage ich, aber ich frage mich mal wieder, ob meine Hoffnung meinen echten Instinkten in die Quere kommt.

Wir gehen weiter über den Campus, fragen einen Studierenden nach dem anderen, ob sie mal vom *Delaney's* gehört haben. Auch wenn das vermutlich das Gegenteil vom Mundhalten ist. Jedes Mal bekommen wir ein Nein als Antwort. Aber wahrscheinlich sind die, die wir fragen – die allein unterwegs sind und sogar im Sommer Bücher unterm Arm haben –, auch genau die Falschen.

Erst als wir fast am Tor auf der anderen Seite des Campus sind, entdecke ich endlich eine bessere Alternative: ein Rudel Betrunkener.

»Die da«, sage ich zu Jasper und deute hin. »Komm.«

Und natürlich kommen sie gerade aus dem *Delaney's*.

»Es ist in der winzig kleinen Straße«, lallt ein Mädchen und zeigt in Richtung Himmel, als wäre die Straße über ihr. Ihre dicken weißblonden Haare hat sie zu zwei langen Zöpfen gebunden, die vor und zurück schwingen, wenn sie schwankt. »Und an der Tür ist ein Einhalb. Einundachtzigeinhalb, zweiundfünfzigeinhalb, sechsundneunzigeinhalb, ich weiß nicht mehr, Scheiße. Wisst ihr's noch, Leute?« Ihre Freunde murmeln etwas Verneinendes. »Jedenfalls ist es das – die Hausnummer, aber kein Schild.

Und es ist toll.« Sie nickt wissend, dann legt sie den Finger quer auf die Nasenspitze. »Aber es ist eine *Flüster*kneipe. Also müsst ihr nach dem Einhalb schauen.«

Endlich finden wir die unscheinbare Tür auf der Hälfte der Concord Alley in einem sehr alten, dunklen Gebäude. Es ist breiter als ein normales Stadthaus, aber nicht so groß wie ein Apartmentgebäude. Und das Mädchen hatte recht: Eine angelaufene 89 ½ aus Messing in der Mitte der Tür ist das einzige Schild. Es gibt Fenster, aber sie sind dunkel, vielleicht mit Vorhängen verhüllt. Als ich nach der Tür greife, erwarte ich, dass sie abgeschlossen ist. Dass mich jemand im Inneren nach einem Code fragen wird, dass uns eine Kette den Weg versperrt. Aber die Tür öffnet sich leicht. Dahinter gibt es noch eine zweite, auch unverschlossen, und dann einen mit Vorhang abgetrennten Vorraum. Dort bleibe ich stehen und höre eine Stimme, die unheimlich in die Stille hineinspricht.

Als ich mich durch den Vorhang schiebe, sehe ich, dass in Wirklichkeit eine Menge Leute da sind, sie sitzen nur alle schweigend vor einer Bühne am anderen Ende des Raums. Auf dem Boden ist Sägemehl, an den verblassten roten Wänden hängen Schwarz-Weiß-Fotos von Musikern. Wenn ich mich auf die Zehenspitzen stelle, kann ich einen Mann am Mikrofon erkennen. Klein und ungepflegt, mit Baseballkappe und unförmigem Pulli, klingt er viel selbstbewusster, als man erwarten würde. Kein Wunder, wenn das Publikum ihm an den Lippen hängt. Nicht dass ich verstehen könnte, was er sagt. Wenn ich normal stehe, sehe ich nur eine Mauer aus Rücken, und seine Worte sind gedämpft.

Ich fange den Blick eines großen, kräftigen, kahlen Typen

mit Plugs in den Ohren und einer schwarzen Lederweste auf einem Hocker an der Tür auf. Eindeutig der Türsteher. Er blinzelt uns an, als müsse er entscheiden, ob wir die Mühe wert sind, dass er aufsteht.

»Gehen wir«, sagt Jasper, der ihn auch bemerkt hat.

Wir schlängeln uns durch die Menge, die immer dichter wird, je näher wir zur Bühne kommen, bis wir schließlich zu einer kleinen freien Ecke in der Nähe der Bar kommen – wenn auch etwas unpraktisch direkt in Blickrichtung des Türstehers. Inzwischen ist schon die Nächste auf der Bühne, ein sehr großes Mädchen in einem Hippie-Paisleyrock und Cowboystiefeln.

Als ich über die Schulter einen Blick zur Bar werfe, sehe ich einen schwer beschäftigten Barmann, der Bierflaschen öffnet und zerknüllte Dollarnoten entgegennimmt. Ich glaube nicht, dass das Leo ist. Er sieht älter aus als ein Student, vielleicht sogar über dreißig. Außerdem hat er keinen Pferdeschwanz.

Jetzt geht mir auf, wie riskant das ist. Meine Suche nach Leo ist zu einer Suche nach einem Typen im *Delaney's* mit Pferdeschwanz geworden. Das Mädchen in dem grünen Sporttop hat meine Kriterien neu gesetzt. Theoretisch hätte sie mich irgendwen suchen lassen können. Aber eines war sicher nicht theoretisch: dass sie mich genauso geblockt hat wie Kelsey. Das war Absicht. Und im Moment genügt mir das. Nein, vielleicht nicht ganz. Aber mehr habe ich nicht.

Endlich entdecke ich jemanden ein Stück weiter hinten, auf der anderen Seite des Barmanns. Er hat sich vornübergebeugt und holt Gläser aus einem Gestell, wie es eine Bedienung und nicht der Barmann selbst tut. Als er sich irgendwann aufrichtet, sehe ich tatsächlich hellbraune Haare, die zu einem kurzen Pferdeschwanz gebunden sind. Das Licht hinter der Bar betont elegante Gesichtszüge. Leo, definitiv.

»Halten diese Leute das wirklich für gut?«, flüstert Jasper mir zu. Er lauscht dem Mädchen auf der Bühne, dessen Gesicht mit jedem wütenden Wort röter wird. »Die schreit doch nur.«

»Komm mit«, sage ich und wende meine Aufmerksamkeit wieder Leo zu. Er ist mit seinem Gestell mit den Gläsern hinter der Bar hervorgekommen und geht an uns vorbei nach hinten, in die Küche vielleicht. Ich sehe, wie er hinter einer Tür verschwindet, die an ihren Angeln vor und zurück schwingt. »Ich glaube, ich sehe ihn.«

Es ist nicht leicht, sich durch die restliche Menge zu drängen, aber irgendwann stehen wir vor der Tür. Ich halte die Luft an, während ich mich durchschiebe, und erschrecke, als ich die Tür loslasse und sie superlaut zuschnappt. Aber Leo – falls es Leo ist – zuckt mit keiner Wimper. Er blickt auch nicht auf. Er macht einfach weiter. Holt ein Gestell mit sauberen Gläsern aus der Spülmaschine und belädt sie mit schmutzigen. Aber er ist jetzt nervös. Ich fühle es.

»Ihr solltet nicht hier drin sein«, sagt er schließlich, als er die Maschine einschaltet. Er hat immer noch nicht zu uns herübergeschaut und ist sehr angespannt. Aber ich fühle keinen Ärger bei ihm. Zumindest noch nicht. Andererseits hatten wir noch keinen Blickkontakt, was vermutlich kein Zufall ist. »Ihr solltet hinten in der Gasse warten. Ich bringe das Leergut um Mitternacht raus.«

Als wüsste er genau, warum wir hier sind. Vielleicht hat uns das Mädchen in dem grünen Sporttop angekündigt.

Ich sehe auf die Uhr. »Es ist noch nicht mal zehn«, sage ich, als wäre das das Wichtige: dass wir zwei Stunden warten müssen. »Ich muss deine Freundin finden«, sage ich vorsichtig und mache mich auf eine plötzliche Reaktion gefasst.

»Ach ja?«, fragt er, zieht ein angeschlagenes Glas aus dem Gestell und wirft es in den Mülleimer. Nur dass es eigentlich keine Frage ist. »Ich kenne niemanden, der so heißt.«

»Ich habe etwas für sie.« Ich ziehe Kelseys *1984* aus der Tasche und halte es ihm hin.

Jetzt dreht er sich endlich um. Als er sieht, was es ist, schießt sein Blick nach oben, und er sieht mir in die Augen. Und wow, er ist echt sauer. Er macht einen Schritt auf mich zu und reißt mir das Buch so aggressiv aus der Hand, dass ich spüre, wie Jasper zuckt. Leo blättert darin herum und wirft mir dann wieder einen finsteren Blick zu. Definitiv tierisch wütend.

»Scheiße, woher hast du das?«, fragt er. Oder wirft es mir vor.

»Das hat mir Kelsey gegeben«, sage ich, immer noch fluchtbereit. Was auch immer mein Gefühl mir gesagt hat: Darauf war ich nicht vorbereitet. Ich habe keine Ahnung, was es ist, und fühle mich verlorener als je zuvor. »Deshalb bin ich hier. Sie und ich …«

»Warte, wer?«, fragt er. Verwirrung und Unglauben haben seine Wut ersetzt.

»Kelsey«, sage ich. »Das klingt jetzt vielleicht, na ja, verrückt, aber sie und ich waren gemeinsam in so einem Krankenhaus.« Meine Stimme steigt am Ende an wie bei einer Frage, und mein Magen zieht sich zusammen. Auf keinen Fall kann ich eine verrückte Situation so beschreiben, dass sie nicht verrückt klingt. »Jedenfalls hat mir Kelsey das Buch gegeben, weil wir, glaube ich, eine Verbindung haben.« Vage, ich werde vage bleiben – nicht die Outlier erwähnen, noch nicht. »Und dann hat sie mir geholfen, da rauszukommen und …«

»Warte, wann?«

»Was, wann?« Jetzt ist er eher besorgt als wütend – total in Panik, um genau zu sein.

»Wann wart ihr zusammen in dem Krankenhaus?« Er kommt mit erhobenem Buch auf mich zu. Auch Jasper macht einen Schritt nach vorn.

»Ähm, heute Morgen«, sage ich. »Kelsey hat mir geholfen zu fliehen, und ich hoffe, Gabrielle hat vielleicht von ihr gehört. Kelsey sollte mit mir raus, aber ich habe sie nicht gesehen. Ich mache mir Sorgen, dass sie immer noch in dem Krankenhaus ist. In dem Fall glaube ich, wir sollten noch mal hingehen und sie rausholen.«

»Tja, das wird schwierig«, sagt Leo. Seine Stimme ist kalt und ausdruckslos. Angst – das ist das Einzige, was er fühlt. Überwältigende Angst.

»Na ja, ich weiß, es wird nicht leicht, aber …«

»Kelsey ist tot«, sagt er klar und unbestreitbar wahrheitsgetreu. »Schon seit Monaten. Ich weiß nicht, mit wem du da warst, aber es war nicht Kelsey.«

21

Mein Kopf summt, während Jasper und ich in der Seitengasse neben dem *Delaney's* stehen, zwischen der Concord Alley vor der Bar und der Rückseite, wo wir auf Leo warten sollen.

Kelsey ist tot? Mir ist übel. Weil das Mädchen, das behauptete, Kelsey zu sein, mich angelogen hat. Weil mich jetzt vielleicht dieser Leo anlügt. Beides könnte sein. Oder vielleicht wünsche ich mir das auch nur.

Immerhin war Leo einverstanden, sich hier mit uns zu treffen. Nicht dass er glücklich darüber gewesen wäre. Nicht mal, als ich versucht habe, ihn zu drängen – und ich habe es versucht.

»Ich meine, vielleicht ist Kelsey nicht tot. Vielleicht ist sie nur verschwunden oder so?« Damit hatte ich argumentiert, als wir noch in der Küche des *Delaney's* standen und warteten, dass sich Leo bereit erklärte, uns draußen zu treffen. »Ich war mit ihr in dem Krankenhaus. Ich lüge nicht.«

»Nein«, hatte Leo schlicht gesagt. »Sie ist definitiv *tot.*«

Und es fühlte sich an, als würde er die Wahrheit sagen, so wie er sie glaubt. Auch wenn das nicht unbedingt heißt, dass er recht hat.

Leo schob Kelseys Buch auf ein hohes Regal über dem Geschirrspüler, bevor er uns wegschickte. Ich wollte das Buch wiederhaben, hatte aber nicht das Gefühl, unter diesen Umständen verhandeln zu können, vor allem, weil er sich bereit erklärt hat, sich mit uns zu treffen.

Während wir warten, ziehe ich Rachels Wegwerfhandy aus der Tasche und schalte es ein. Ich will nicht mit ihr reden, aber ich kann es mir nicht verkneifen, ab und zu nachzusehen, ob sie etwas Neues über Dad in Erfahrung gebracht hat. So wenig ich ihr traue – ich muss glauben, dass sie wenigstens, was das angeht, ehrlich zu mir ist.

Ich setze mich auf den Bordstein, während Text um Text ankommt. Acht ungelesene Nachrichten, alle von Rachel, alle eine zunehmend wütende Version von: *Wo verdammt noch mal bist du?* Keinerlei Neuigkeiten über Dad.

»Oh, okay, wir setzen uns?«, fragt Jasper, als er herüberkommt, sich neben mich auf den Bordstein setzt und vorbeugt, um den Text zu lesen. »Vielleicht kann sie es erklären«, versucht er es. Als ich ihm einen bösen Blick zuwerfe, hebt er die Hände. »Ich spiele nur den *advocatus diaboli.*«

»Warum?«, frage ich leise. »Sie hasst dich.«

»Wow, danke!«, sagt er. »Ich weiß nicht, aber vielleicht genau deshalb. Warum sollte sie sonst gemein zu mir sein?«

»Ich weiß nicht.« Ich starre auf das Wegwerfhandy. »Ich habe keine Ahnung, was sie tut und warum.«

Und so ist es. Eigentlich glaube ich nicht, dass Rachel etwas mit Moms Tod zu tun hat. Aber Rachel hat auch schon schlimme Dinge für Geld getan, das hat wenigstens Mom mal gesagt. Und ich habe inzwischen gelernt, dass nichts unmöglich ist, dass die Leute zu viel schlimmeren Dingen fähig sind, als ich es mir je hätte vorstellen können.

»Bevor ich im Krankenhaus gelandet bin, war ich endlich bei der Polizei und habe mir die Akte über den Unfall meiner Mom angesehen«, sage ich.

»Echt? Ich dachte, sie hätten immer Nein gesagt.«

»Sie haben es sich anders überlegt. Ich wünschte, sie hätten es nicht getan. Es war überhaupt nicht so, wie ich dachte.«

»Was meinst du damit?«, fragt Jasper.

»Da war – sie haben eine Wodkaflasche gefunden. Als hätte meine Mom vor dem Unfall im Auto getrunken«, erkläre ich, und plötzlich flutet mich das furchtbare Gefühl, dass ich das Wesentliche nicht begreife. Wie ich mich auf der Brücke fühlte, als die Polizisten immer näher kamen, während ich nach Jasper suchte. »Und ich glaube, ich …«

Meine Stimme stockt. Ich bin dankbar, dass Jasper nichts Lästiges und Hohles sagt, obwohl das in so einem Fall naheliegt. Stattdessen lehnt er sich an mich und legt mir den Arm um die Schultern. Und bevor ich weiß, was los ist, schmiege ich mich an ihn.

»Jetzt habe ich das Gefühl, ich hätte sie nie gekannt.«

»Bei manchen Sachen kann man sich irren«, sagt er und hält mich noch fester. »Trotzdem muss nicht alles falsch sein.«

Und für eine Sekunde glaube ich ihm fast. Oder möchte es. Und das ist immerhin etwas.

Da ertönt am anderen Ende der Gasse ein scharfer Pfiff. Als wir hinsehen, winkt uns Leo zu sich und verschwindet dann um die Ecke.

Immer schneller gehe ich an dem Gebäude entlang, es ist noch kein Joggen, aber fast. Als ich schließlich um die Ecke biege, ist die Gasse fast pechschwarz und schmaler, als ich erwartet habe, voller Mülltonnen und Container. Ich sehe Leo und noch jemand anderen. Aber sie stehen absichtlich im Schatten. Kelseys Schwester, hoffe ich.

»Erklär, woher du das Buch hast«, sagt Leo. »Die ganze Geschichte, sofort. Sonst sind wir weg.«

Endlich tritt die andere Person von der Mauer weg ins blasse Licht. Selbst in der Beinahe-Dunkelheit erkenne ich sie sofort: Riel. Von Level99. Mein Herz setzt einen Schlag aus. Was soll das denn jetzt?

»Was willst du hier?«, frage ich. Schon wieder fühle ich mich verraten.

»Ich stelle hier die Fragen«, schnauzt Riel zurück. »*Du* bist diejenige, die *mein* Buch hat.«

»Dein Buch?«

»Ja, *mein* Buch. Woher hast du das, verdammt?«

»Von Kelsey«, sage ich, obwohl ich inzwischen das ganz dumme Gefühl habe, dass ich mich irre. Bei so vielem. Und dann, viel zu langsam, dämmert es mir endlich. »Riel ist die Kurzform von Gabrielle?«

»Sehr gut«, sagt Riel ausdruckslos. Sie unterstreicht es mit einem langsamen Klatschen. »Leo hat dir schon gesagt, dass Kelsey tot ist. Also, woher hast du das Buch? Und sag die Wahrheit, sonst mache ich dich auf Arten kaputt, die du dir nicht mal vorstellen kannst.«

»Im Krankenhaus war ein Mädchen, das *behauptete*, sie sei Kelsey, und ich hatte keinen Grund, ihr nicht zu glauben«, sage ich. »Sie hat mir das Buch gegeben. Sie hat auch gesagt, sie würde mit mir abhauen, aber dann habe ich sie verloren. Sie war auch unglaublich gut im Blocken, genau wie es in dem Buch beschrieben ist. Ich dachte ehrlich, sie sei Kelsey, ich schwöre es.« Und dabei sollte ich es wohl belassen, aber ich kann nicht. »Ich meine, besteht irgendeine Chance, dass …«

»Kelsey ist tot!«, schreit Riel, und ich kann sie jetzt ganz leicht lesen – Misstrauen, Wut und Schmerz. So viel, dass es mir den Atem nimmt. »Und ich weiß, dass sie tot ist, weil *ich* die Glückliche war, die sie gefunden hat.« Sie sticht mit ihrem Finger nach ihrer eigenen Brust. »Ich habe ihre blaue Haut gesehen. Eine Nadel steckte in ihrem Arm.«

Von dem Grauen, das durch Riel jagt, als sie »blau« sagt, wird mir ganz heiß und übel. Und in diesem Moment erinnere ich mich, dass ich dieses Gefühl noch vor ein paar Wochen vielleicht für mein eigenes gehalten hätte. Jetzt sehe ich den Unterschied. Trotzdem ist es immer noch schrecklich.

»Es tut mir leid«, sage ich und meine es ehrlich. Auch, dass sie meinetwegen wieder daran denken musste.

»Sollte es auch«, sagt Riel, und als ich wieder versuche, sie zu lesen, ist dieser eigenartig glatte Schild der Verachtung wieder da. Das muss ihre Art des Blockens sein.

»Ja, es ist anders als im Buch«, sagt sie, denn sie weiß, dass ich sie lese. Hat vielleicht sogar eine ganz gute Vorstellung davon, was ich denke. Sie ist auch gut in diesem Outlier-Ding. Vielleicht so gut, wie Kelsey war. Besser als ich, da bin ich mir ziemlich sicher. »Wenn du dir eine Wand machst, ist es ziemlich offensichtlich, dass du blockst, oder? Zumindest für einen anderen Outlier. Ein anderes Gefühl als Deckung zu benutzen ist viel schlauer. Aber das steht nicht in unserem Buch, weil ich es erst neulich herausgefunden habe, *nachdem* dein Dad Kelsey umgebracht hatte.«

»Was? Mein Dad hat Kelsey nicht *umgebracht*. Er hat niemanden umgebracht.«

»Tja, er ist der Grund, warum sie tot ist, und das reicht mir.«

»Wovon redest du da?«

»Hätte er Kelsey mehr über seine Forschung erzählt und was er über sie herausgefunden hatte, dann hätte ich ihr vielleicht helfen können. Vielleicht hätte ich dafür sorgen können, dass sie sich nicht mit Oxy und einem ganzen Haufen anderem Scheiß betäuben musste, bis sie irgendwann überdosiert hat.« Aber Riel glaubt nicht, dass Dad schuld ist, nicht tief drin. Ich weiß nicht, ob es Absicht ist, dass sie mich nicht mehr blockt. Aber ich kann sie kurz ganz deutlich lesen, und in ihrer Mitte sind nur Trauer und Schuld. »Also ja, als Quentin Kelsey suchen kam und mir gesagt hat, was dein Dad zu verbergen hatte, ergriff ich die Chance, ihm zu helfen, die Daten deines Dads zu schreddern. Was übrigens meiner Meinung nach alles war, was ich tat: dafür sorgen, dass er kein Geld damit machen kann.«

Aber Riel hat gelogen, das entgeht mir nicht. Quentin hat sie nicht durch Lügen hereingelegt. Sie bot ihm an, ihm zu helfen, um sich zu rächen.

»Und dabei hast du gleich noch mitgeholfen, dass Cassie umgebracht wurde«, sagt Jasper.

»Das ist scheiße, was eurer Freundin passiert ist«, sagt Riel. »Aber wenn dein Dad von Anfang an mit offenen Karten gespielt hätte, wäre das alles nicht passiert.«

»Er wollte uns schützen«, sage ich, auch wenn er vielleicht eher *mich* schützen wollte.

»Tja, das hat er ja super gemacht«, sagt sie mit mehr als Verachtung in der Stimme. Und sie will, dass ich es fühle.

»Jetzt hat ihn sowieso jemand entführt«, sage ich, und dabei wird mir klar, dass das noch die beste Variante wäre. »Oder ihm ist etwas zugestoßen. Vielleicht haben sie ihn sogar umgebracht. Das sollte dich ja freuen.«

Riel zuckt nicht mit der Wimper. Sie zuckt nur die Achseln.

»Es ist erstaunlich, was sie alles ihrer Meinung nach geheim halten können.« Sie klingt beleidigt. »Oder wie weit sie dabei gehen würden.«

»Also, wer war das Mädchen, das ich kennengelernt habe?«, frage ich. »Und woher hatte sie euer Buch?«

»Keine Ahnung«, antwortet Riel, aber dann fällt ihr etwas ein. »Warte, wie sah sie aus?«

»Lange dunkle Locken«, sage ich. »Oh, und sie hat am Handgelenk an der Innenseite ein Unendlichkeitssymbol tätowiert.«

Riel sieht Leo an, dann schüttelt sie wieder den Kopf. »Ich hätte wissen können, dass sie es war.«

»Wer?«, frage ich.

»Es gab drei von euch, oder?«, fährt Riel fort. »Die drei ersten Outlier aus dem Test deines Dads. Zumindest hat er mir das gesagt, als er anrief, um Kelsey vor Quentin zu warnen, obwohl es sowieso schon viel zu spät war.«

Ich bin froh, dass Dad wenigstens angerufen hat.

»Das Mädchen mit dem Tattoo ist der dritte Outlier. Und ich kann dir versichern, falls sie in dem Krankenhaus war, dann, weil sie es wollte.«

Die Sicherheitsleute. *Du hast auch mit ihnen geredet*, das hat Ramona zu Kelsey gesagt. Nur so eine Nebenbemerkung, es war mir nicht aufgefallen. Aber vielleicht war das die Verbindung. Dass der Wolf Kelseys Eintrittskarte war, während wir anderen raus wollten.

»Wie hast du sie kennengelernt?«, frage ich.

»Sie ist vor ein paar Wochen bei uns zu Hause aufgetaucht und wollte Kelsey dazu bringen, irgendwas mit ihr zu machen«, sagt Riel. »Als sie erfahren hat, dass Kelsey tot ist, war ich ihre zweite Wahl. Als würde ich loslaufen und alles tun, was sie wollte. Es klang, als hätte Quentin auch sie zu benutzen versucht. Aber sie wollte nur sich selbst helfen. Sie war allerdings verdammt gut im Lesen von Leuten, das muss ich ihr lassen. Sie muss sich das Buch geschnappt haben, als sie hier war. Übrigens hat sie zusätzlichen Mist reingeschrieben. Wir haben nichts über Outlier hineingeschrieben. Damals wussten wir das noch nicht.«

»Was wollte sie von dir?«, frage ich. *Glaubst du, du bist auch ein Outlier?*, möchte ich in Wirklichkeit wissen. Aber es kommt mir sinnlos vor, sie womöglich zu verärgern, wenn ich die Antwort schon kenne.

»Wer weiß? Ich hab sie nicht nach Einzelheiten gefragt«, sagt Riel. »Irgendeine Möglichkeit, ›Geld damit zu machen‹, dass man ein Outlier ist. Die ganze Zeit hat sie davon gefaselt, wie sie und ich ›uns gegenseitig helfen‹ könnten. Sie hielt mich wohl für eine ziemliche Idiotin – nein, eigentlich glaube ich, *sie* war eine ziemliche Idiotin. Herumlaufen und davon ausgehen, dass jeder Geld will? Ich will kein Geld.«

»Was willst du dann?«, frage ich.

Sei denkt eine ganze Weile darüber nach. Dann wirft sie mir einen harten, eindringlichen Blick zu. »Gerechtigkeit«, sagt sie schließlich. Und ich fühle Enttäuschung aufblitzen, als wüsste sie schon, dass sie versagt hat.

»Riel, wir sollten gehen«, sagt Leo und sieht sich nervös um. »Es wird langsam spät. Und bei allem, was gerade los ist, glaube ich nicht, dass wir hier herumhängen sollten.«

»Aber …«, fange ich an. *Geh bitte nicht*, mehr fällt mir nicht ein. Ich weiß aber schon, dass Bitten Riel zu gar nichts überreden würden. »Die anderen Mädchen. Sie sind immer noch in diesem Krankenhaus.«

»Riel«, sagt Leo ungeduldig. »Wir sollten gehen. Ernsthaft.«

»Ich weiß«, sagt sie und geht auf ihn zu. Leo und Riel setzen sich in Bewegung, aber nach ein paar Schritten bleibt sie stehen und dreht sich noch mal zu mir um. »Jetzt steh nicht wie eine Vollidiotin da rum! Komm schon!«

22

Niemand sagt was, während Leo uns vom Delaney's weg und aus Cambridge hinausfährt. Bald sind wir auf der I-93 und lassen Boston hinter uns. Während die Lichter der Stadt in der Ferne schrumpfen, lässt der Druck auf meiner Brust ein bisschen nach. Auch wenn ich weiß, dass die größeren Probleme noch vor uns und nicht hinter uns liegen.

Jasper wirft mir vom Vordersitz aus einen Blick zu. Leo hat darauf bestanden, dass er vorn sitzt, Riel hockt hinten neben mir. Das sind ihre Vorsichtsmaßnahmen. Was das bringen soll, weiß ich nicht so recht, aber ich habe mir eine Diskussion verkniffen.

Jasper macht sich Sorgen um mich, und er macht sich Sorgen um sich selbst. Ich fühle das so klar, er könnte es mir auch gleich ins Gesicht schreien. Er hofft, dass ich recht damit habe, diesen hervorragenden Lügnern zu vertrauen. Ich auch.

»Wohin fahren wir?«, fragt Japser, als wir über eine Viertelstunde geschwiegen haben.

»Meine Großeltern haben ein Haus auf Cape Cod«, sagt Riel, als würde das alles erklären. »Wir können nicht in Cambridge bleiben. Da ihr ja Kendall zu uns geführt habt …«

»Ich habe Kendall nicht zu euch geführt«, sage ich. »*Er* hat mich zu euch *geschickt.*«

»Von mir aus«, sagt sie, aber jetzt milder. Als sei ihr der Unterschied klar und als glaubte sie mir vielleicht sogar, aber sei auch entschlossen, ihre allgemein schlechte Meinung von mir nicht zu ändern. »Noch jemand ist vorbeigekommen. Jemand, den wir nicht kannten. Hätte Zufall sein können, aber das glaube ich nicht. Unsere Zeit in Cambridge war abgelaufen.«

Riel lehnt den Kopf ans Fenster, den Blick in die Dunkelheit gerichtet.

»Warum helft ihr uns jetzt?«, frage ich. Ihr Sinneswandel lässt mich irgendwie nicht los.

Sie schließt die Augen. Zuckt die Achseln. »Weil ich es kann«, sagt sie, und für einen Augenblick lässt sie mich ihre Schuldgefühle spüren. »Weil du mich brauchst.«

Ich wache verwirrt und desorientiert auf. Ich weiß nicht, wie lange ich weg war, aber wir sind jetzt mitten auf der Bourne Bridge, die sich hoch über dem Wasser spannt. Als ich klein war, war das Überqueren dieser Brücke immer die Grenze zwischen Cape Cod und der Zivilisation, zwischen Leben und Sommerglück. Jetzt frage ich mich, was auf der anderen Seite auf mich wartet.

Bald schlängeln wir uns die Route 6 entlang, die der Länge nach über die Halbinsel führt. Ich erkenne sie auch wieder. Ich versuche, mich fester an meinem alten Gefühl von diesem besonderen Ort festzuhalten – Sand, trockene Pinienzapfen, Einsiedlerkrebse und Radfahren auf einer stillgelegten Bahntrasse –, aber es entgleitet mir schon.

Ein paar Minuten später biegen wir auf eine viel schmalere, gepflasterte Straße ab, die schnell zu einem Feldweg wird, den wir langsam entlangrumpeln. Eine oder zwei Minuten später sehe ich Wasser durch eine Lücke zwischen den Bäumen weiter vorn. Zu schnell fahren wir auf eine Holzbrücke, unsere Reifen rattern hart über die Holzplanken. Mir klappern die Zähne.

»Es ist eine von den kleinen Privatinseln«, sagt Riel, als wären wir alle ständig an solchen glamourösen Orten.

Auf der anderen Seite der Brücke endet das Rütteln. Als wir um eine Kurve biegen und am Wasser entlangfahren, wird in der Ferne endlich ein großes dunkles Haus sichtbar. Der Mond beleuchtet die Bucht, und ich sehe, dass das Haus hoch auf der Kuppe einer kleinen Insel steht, vornehm und schön, mit einer Veranda mit Säulen. Leo schaltet die Scheinwerfer aus, als wir noch ewig weit entfernt sind, und parkt an einer dunklen Stelle hinter der Garage, wo das Auto nicht zu sehen ist.

»Wir müssen hinten reingehen«, sagt Riel. »Und schaltet keine Lichter an. Die Nachbarn rufen die Polizei, wenn sie glauben, hier wäre jemand. Vor allem, wenn sie glauben, dass ich es bin.«

»Hast du nicht gesagt, das Haus gehört deinen Großeltern?«

»Genau genommen meinem Groß*vater*, und er hasst mich. Meine Großmutter liebt mich«, sagt sie. »Aber es interessiert keinen mehr, was sie denkt, denn sie hat ihn schon vor Jahren verlassen. Sie wohnt jetzt in Scottsdale. Mein Großvater wohnt im Winter auch in Arizona, aber sie haben die Sommer in diesem Haus verbracht, seit meine Mom klein war. Die Nachbarn lieben meinen Großvater. Sie berichten ihm mit Begeisterung alles, was ihn interessieren könnte. Ehrlich gesagt ist er ihnen gegenüber ein echter Arsch, deshalb kapier ich es nicht. Aber er ist eben Politiker. Die sind darauf spezialisiert, Leute dazu zu bringen, sie zu lieben.«

Innen ist das Haus sogar noch schöner. Zumindest soweit ich das ohne Licht erkennen kann. Aber es ist überraschend hell, weil der fast volle Mond durch die vielen Fenster hereinscheint. Nur unsere Gesichter bleiben größtenteils im Dunkeln.

Die Küche ist offen und groß, mit weißen, glänzenden Schränken, blanken Geräten aus Stahl und sehr viel Granit. Mitten auf einer Kücheninsel steht eine riesige Vase mit weißen Blumen, ein sorgfältig arrangierter Strauß, der zufällig zusammengestellt aussehen soll. Die Blumen verleihen dem Raum einen süßen, sommerlichen Duft. Geißblatt. Ich erinnere mich daran aus dem kleinen Häuschen, das wir jahrelang auf Cape Cod gemietet haben, als Mom noch lebte.

»Warum gibt es hier Blumen, wenn niemand zu Hause ist?«, frage ich mit einem Blick zu Jasper. Ich kann fühlen, dass er unsicher ist, weil wir hier mitten im Nirgendwo festsitzen. Und ich muss sagen, jetzt, da wir im Haus sind, bin ich auch nervöser. Ich fühle mich eingesperrt. »Bist du sicher, dass niemand hier ist?«

»Ich gehe mal schnell aufs Klo«, sagt Leo und biegt in einen noch dunkleren Flur ab.

Er war definitiv schon mal hier. Er weiß auch ohne Licht, wo er hin muss, und als er an mir vorbeikommt, fühle ich eine Welle von Abneigung. Er wünscht sich auch, wir wären nicht hier. Um genau zu sein: dass *ich* nicht hier wäre. Er hat mir kein einziges Mal in die Augen geschaut, seit wir die Bar verlassen haben, aber trotzdem konnte ich die ganze Zeit fühlen, wie wenig er mich leiden kann. Ihm scheint überhaupt nicht recht zu sein, dass Riel uns mitgenommen hat.

Er liebt sie. Auch das fühle ich. Er will nichts anderes, als sie zu beschützen.

»Glaub mir, hier ist keiner«, sagt Riel. »Mein Großvater kommt nicht vor der Sommerpause her, die fängt dieses Jahr am fünfzehnten Juli an – ich hab nachgesehen. Außerdem hat seine Sekretärin gesagt, er sei die ganze Woche im Büro. Und die Blumen? Wer weiß? Die dritte Frau meines Großvaters – die zweite hat ihn auch verlassen – ist irgendeine Fünfundzwanzigjährige, der er vielleicht das Hirn ausgeschaltet hat. Das ist die einzige Erklärung, warum sie es mit ihm aushält. Sie weiß wahrscheinlich nicht einmal, warum sie ständig Blumen kommen lässt.« Riel zieht an den beiden hohen Kühlschranktüren und steht dann im Lichtschein der gefüllten Fächer. »Ich meine, sieh dir das ganze Essen an.« Sie wählt ein dekoratives kleines Glas mit irgendeiner Marmelade aus. »Sogar nobel, wenn keiner hinsieht. Andernfalls lösen sich reiche Leute in einer Rauchwolke auf.«

Dieses »Ich hasse Reiche« ist geschauspielert. Oder nein: nicht geschauspielert. Sie bemüht sich. Riel glaubt, was sie sagt, aber es kostet sie Mühe, sich zu distanzieren, weil es vermutlich zu ihrer eigenen Vergangenheit gehört.

»Also passt ihm nicht, was du mit Level99 machst?«, frage ich, und ich weiß nicht genau, warum – aber dieses Ding mit ihrem Großvater zu verstehen kommt mir wichtig vor. Nein, *ihn* zu verstehen kommt mir wichtig vor.

»Das sagt er zumindest. Aber eigentlich passt ihm nicht, dass ich eine Vagina habe und – du weißt schon – eine Meinung.« Sie schüttelt den Kopf; ich spüre, wie sehr sie ihn hasst. »Meinem Großvater geht es nur um ›Familienwerte‹, solange man nicht seine eigene Familie meint, denn wie kann er behaupten, so schrecklich moralisch zu sein, wenn seine Frauen nicht viel älter sind als ich. Und er benutzt sein Geld, um sie zu kontrollieren, bis sie sich befreien und davonlaufen. Es ist eklig. Eigentlich hasst er alle Frauen, weil sie ihn ständig abservieren. Erinnerst du dich noch an die Sache mit dem ›echten Missbrauch‹ vor ein paar Jahren?«

»Ja, ich glaube schon.« Ich erinnere mich vage an irgendeinen Politiker, der etwas Furchtbares in der Art sagte. »Wurde der Typ nicht wegen Amtsvergehens angeklagt oder so was?«

»Nö. Gesund und munter und mit einem Sommerhaus auf Cape Cod.«

»Dein Großvater?«

»Jepp, und warte mal ab, bis er Wind davon bekommt, dass die ganze Outlier-Sache nur Mädchen können.« Sie stößt einen Pfiff aus und schüttelt den Kopf, als könne sie es kaum erwarten. »Dagegen wirkt Quentin total vernünftig. Die Vorstellung, dass irgendeine Frau etwas haben könnte, wodurch sie stärker ist als er, wird ihn total verrückt machen. Ich meine, sogar noch verrückter, als er sowieso schon ist. Und mein Großvater hat echte Macht, ganz zu schweigen von massenhaft Leuten, die seiner Meinung sind. Ich glaube, irgendwann kandidiert er vielleicht sogar als Präsident oder so. Und dann, mal ernsthaft, möge Gott uns allen helfen.« Als Riel wieder hinter den Kühlschranktüren auftaucht, hält sie Brot und Erdnussbutter in den Händen. Sie schiebt die Tür mit dem Fuß zu. »Wollt ihr was zu essen?«

Nach dem ganzen Gerede von ihrem irren Großvater ist mein Magen wie zugeschnürt. Aber ich sollte wohl etwas essen. Vielleicht ist es ein gutes Zeichen, dass Riel den Appetit nicht verloren hat. Sie hasst ihren Großvater, daran besteht kein Zweifel. Aber ich glaube nicht, dass sie wirklich Angst vor ihm hat.

»Ja, danke«, sage ich.

Kurz darauf reicht sie mir ein Sandwich. Jasper gibt sie auch eines, und als sich unsere Blicke begegnen, runzelt er die Stirn: *Was tun wir hier? Bist du sicher, dass wir hierbleiben sollen?*

Das sind gute Fragen. Nur kann ich nicht gehen, solange Riel mir nicht alles gesagt hat. Und als ich ihr zuschaue, wie sie in der fast völligen Dunkelheit ihr Sandwich schmiert und sich dann auf die Arbeitsplatte setzt – ihre Version von »Scheiß auf die Regeln in diesem Haus« –, fühle ich so ein Stechen. Irgendetwas hat sie verschwiegen. Etwas Wichtiges. Warum hat sie ihre Meinung geändert? Warum hat sie uns mitgenommen?

»Hast du dir irgendwas von dem Zeug, von dem ich dir erzählt habe, angesehen?«, versuche ich einen Schuss ins Blaue. »Das Krankenhaus und alles?«

Riel nickt, dann beißt sie wieder von ihrem Brot ab. Schließlich springt sie von der Arbeitsplatte und zieht ihren Laptop heraus. Der Bildschirm leuchtet in der Dunkelheit, während sie ihn auf dem Tresen öffnet.

»Ihr wärt nicht hier, wenn deine Geschichte nicht echt wäre. Sie war aber nicht leicht zu finden, das kann ich dir sagen. Auf den Servern des Boston General Hospital war nichts. Als würde es das Ganze nicht einmal geben.« Sie winkt mich herüber, während sie sich durch ein paar Seiten klickt. »Ich musste erst übers Metropolitan Hospital diesen Dr. Cornelius finden und dann einen total zwielichtigen Mailaccount, den er für das Ganze benutzt hat. Kein Wort vom NIH übrigens. Nirgends. Und dann habe ich Alvarez gesucht, wie du gesagt hast, und da habe ich das hier gefunden.«

Ich stelle mich vor den Computer und fange an, eine offene Mail auf dem Bildschirm zu lesen. Sie ist von Dr. Cornelius an Dr. Alvarez.

»Lies sie laut vor!«, ruft Jasper. Er lehnt immer noch mit verschränkten Armen an der Wand neben der Tür, als hätte er Angst, von etwas überrumpelt zu werden, wenn er sich in die Raummitte wagt.

»Vielen Dank für Ihre Anteilnahme und Gründlichkeit, Dr. Alvarez«, beginne ich. *»Wegen genau dieses Engagements Ihrerseits bin ich so froh, dass Sie zu unserem Team gehören. Die Probleme, die Sie vorgebracht haben, sind aber bereits bekannt und wurden als unwesentlich und keiner weiteren Überprüfung wert eingestuft. Sollten Sie sie noch einmal ansprechen, wären wir gezwungen, unsere zukünftige Zusammenarbeit neu zu bewerten. Mit freundlichen Grüßen, Dr. Cornelius.«*

»Eigentlich war das seine Antwort«, sagt Riel und greift um mich herum, um zur ursprünglichen Nachricht zu scrollen.

Ich lese weiter: *»Es gibt keine medizinische Rechtfertigung für die Krankenhauseinweisung dieser jungen*

Frauen. Sie im Boston General Hospital festzuhalten, damit Sie irgendeine Untersuchung für Ihren persönlichen Gewinn machen können, ist sowohl unmoralisch als auch unethisch. Es gibt nicht genügend wissenschaftliche Beweise für eine PANDAS-Infektion oder auch nur zugrundeliegende Streptokokken. Falls Sie nicht umgehend ihre Eltern von der beschränkten Faktengrundlage informieren und ihnen die Möglichkeit geben, das Krankenhaus zu verlassen, werde ich direkt zur Presse gehen.«

»Und dann das am Schluss.« Riel scrollt weiter.

»Dr. Alvarez, Ihr Vertrag als wissenschaftliche Mitarbeiterin wurde mit umgehender Wirkung beendet. Wenden Sie sich direkt nach Erhalt dieser Nachricht an die Krankenhaussicherheit. Sollten wir erfahren, dass Sie Ihre Vertraulichkeitsvereinbarung nicht eingehalten haben, werden wir rechtliche Schritte einleiten.«

Deshalb war Dr. Alvarez also weg, und deshalb war sie so aufgebracht – sie wurde gefeuert.

»Ich habe also weitergesucht und irgendwann das hier in Dr. Cornelius' E-Mail-Kontakten gefunden.«

Nach ein paar weiteren Tastenanschlägen taucht eine E-Mail-Adresse auf. Sie endet mit *@dia.mil.*

»Was ist das?«, frage ich.

»Jemand bei der *Defense Intelligence Agency*«, sagt sie und tippt weiter auf der Tastatur herum. Dann deutet sie auf den Bildschirm. »Hier ist ihre Website.« Und dann fängt sie an zu lesen: »Wir bieten Militäraufklärung für Frontkämpfer, mit Innenpolitik betraute Politiker und blablabla. Frontkämpfer? Ich meine, was ist das überhaupt für ein Wort?«

»Mein Dad dachte, das Militär hätte ein eigenes Forschungsprojekt über Outlier, das so ähnlich ist wie seins.«

»Sieht aus, als könnten sie es nicht unbedingt leiden, wenn man sich in ihre Sachen einmischt«, sagt Riel. »Oh, und da wir gerade von deinem Dad reden …« Sie geht zu ihrer Tasche und zieht ein Blatt Papier heraus, das sie mir reicht.

»Was ist das?«

»Das hing an einer der ersten Mails von Cornelius an Dr. Haddox«, sagt sie. »Scheint so, als hätten sie euch alle damit gefunden. Oder zumindest die anderen. Dein Dad hat echt ein Händchen dafür, wichtigen Kram zu verlieren.«

Am oberen Rand steht eine handgeschriebene Notiz: *Phase II der Outlier-Untersuchung, nicht zur Veröffentlichung oder Verbreitung*. Es ist eindeutig die Handschrift meines Dads. Aber es ist ein Foto der ursprünglichen Notiz, kein Dokument.

»Jemand ist in unser Haus eingebrochen«, sage ich. Obwohl ich schon weiß, dass das zeitlich keinen Sinn ergibt. Da waren wir alle schon im Krankenhaus. Wer auch immer diese Liste hatte, er hatte sie schon vorher. Aber ich weiß sicher, dass mein Dad niemandem unsere Namen gegeben hätte. Und ich werde mich nicht dazu bringen lassen, ihm zu misstrauen, wie es damals mit Quentin und dem Camp war. Mein Dad ist hier ein Opfer, genau wie wir.

»Ich dachte, wir wären vielleicht alle Patienten von Dr. Shepard?«, rede ich weiter, überlege, ob ich erklären soll, wer Dr. Shepard ist, bevor mir klar wird, dass ich das natürlich nicht erklären muss, weil Riel es bestimmt schon weiß. Außerdem hatte ich auch nie einen Beweis, dass es stimmt. Teresa war die Einzige, die je etwas über Dr. Shepard sagte.

»Dr. Shepard?«, fragt Riel. »Von der weiß ich nichts. Aber ich weiß sicher, dass dein Dad auf dem Campus nach Freiwilligen für seine Folgestudien gesucht hat.«

Dann wendet sie den Blick ab, aber falls sie sich wirklich dafür schämt, wie viel sie in unserem elektronischen Privatleben herumgeschnüffelt hat, verbirgt sie es gut.

»Und nirgendwo steht, was sie mit den Mädchen vorhaben«, beharre ich. »Oder warum sie sie überhaupt dort haben. Hast du noch was gefunden?«

»Hey, schon allein das hier in ein paar Stunden herauszufinden war schwierig genug«, sagt Riel defensiv. »Diese Leute hängen nicht gerade ein Schild raus. Und dann bekam ich einen Anruf von Leo, der gesagt hat, irgendein Mädchen habe Kelseys Buch, was mich ein bisschen abgelenkt hat, wie du dir vorstellen kannst.«

»Außerdem arbeitet sie nicht für dich«, fährt mich Leo an, der gerade wieder reinkommt. »Wenn dein Dad nicht von Anfang an versucht hätte, alles geheim zu halten …«

»Ich weiß, das war scheiße von ihm!«, schreie ich. »Niemand behauptet etwas anderes! Aber das hat doch nichts damit zu tun.«

»*Und* sie schuldet dir nichts«, macht Leo weiter. »Sie ist nicht dazu verpflichtet.«

Aber ich kann nur denken: *doch. Doch, sie ist dazu verpflichtet. Als Outlier hat sie die Verpflichtung, anderen*

Outliers zu helfen. Aber ich sage es nicht. Vielleicht irre ich mich. Und ich habe Angst, dass Riel sonst wütend werden könnte.

»Hör mal, mein Dad hat definitiv Fehler gemacht, und Quentin hat sie ausgenutzt, und falls du je mit meinem Dad redest« – beim *falls* bricht meine Stimme weg – »wird er sicher der Erste sein, der die Verantwortung dafür übernimmt. Aber er wollte mich schützen – und er dachte, er würde Kelsey schützen oder wer auch immer das Mädchen ist, das mir euer Buch gegeben hat. Er hatte Angst, dass uns dreien so etwas passieren könnte wie das, was jetzt gerade passiert. Aber er versteckt nichts mehr. Er versucht, das alles öffentlich zu machen. Er ist nach D.C. geflogen, um jemanden vom NIH zu treffen, um Fördergelder für seine Forschung zu bekommen und …«

Das NIH. Dr. Frederick Mitchell. Das war eine Spur, die ich Riel nicht genannt habe. Das konnte sie nicht recherchieren.

»Was?«, fragt Riel, als ich mich mitten im Satz unterbreche.

»Dr. Frederick Mitchell vom NIH«, sage ich. »Kannst du versuchen, eine Verbindung zwischen ihm und Dr. Cornelius zu finden? So hat ihn Kendall genannt. Ich glaube, es könnte eine geben.«

Es ist ein Gefühl. Ein Instinkt. Und zum Glück muss ich das Riel nicht erklären.

Sie nickt und fängt an zu tippen. »Ins System des NIH reinzukommen ist noch schwieriger als beim Verteidigungsministerium«, sagt sie. »Und nicht wegen der Sicherheit. Ihr System ist so alt, das ist kaum ein richtiger Computer. Das könnte kurz dauern.«

Ich stehe hinter ihr, während ihre Finger über die Tastatur fliegen.

»Wie viele gibt es? Outlier, meine ich«, frage ich nach einer Weile.

Sie hält inne und sieht hoch. Sie blockt mich nicht mehr, und was ich von ihr empfange, ist eine Mischung aus Nervosität und einem winzigen Hoffnungsschimmer – Hoffnung, dass sie in mir etwas finden könnte, das sie sucht, seit sie Kelsey verloren hat. »Ich habe jemanden beim Sport kennengelernt, und sie klang, als würden ständig Leute vorbeikommen und nach Leo suchen, was vermutlich bedeutet, dass sie nach dir suchen. Du hast noch andere Outlier gefunden, oder?«

Riel wendet sich wieder dem Computer zu.

»Nachdem mir klar wurde, dass Quentin nur Scheiße erzählt hat, habe ich mir, bevor wir aus dem Lager abgehauen sind, so viel von dem Zeug von deinem Dad geschnappt, wie ich konnte – Hintergrundrecherchen, Kopien von Kontrollproben, so was. Genug, dass wir mit der Hilfe von ein paar Psychologie-Genies auf dem Campus hier, die Leo kennt, einen einfachen Outlier-Selbsttest zusammenbauen konnten. Nicht richtig wissenschaftlich oder so – es gibt keine Garantie. Aber bisher scheint er ganz akkurat zu sein.«

»Und was habt ihr damit gemacht?«

»Ihn online gepostet.« Darauf ist sie stolz, fühlt sich aber auch ein bisschen unwohl. »Jetzt kannst du ›Gefühlstest‹ googeln und ihn finden.«

»Was soll das bringen?«

»Die Leute haben ein Recht zu wissen, wer sie sind.« Sie wirkt erschüttert, dass mir das nicht klar ist. Aber ich fühle auch ihr Zögern (trotz ihrer Versuche, mich zu blocken). Als sei sie nicht ganz sicher, ob das alles so richtig war.

»Abgesehen davon: Falls es einen Krieg gibt, werde ich ganz bestimmt bereit sein und eine Armee haben.«

»Einen Krieg«, wiederhole ich, aber nicht als Frage. Mehr als eine Vorstellung, die ich probeweise überstreife. Und sie passt leider ganz gut. »Kann ich dich noch was fragen?«

»Denke schon«, sagt Riel.

»Glaubst du, ein Outlier zu sein ist mehr, als lesen zu können, was Leute fühlen?«

»Definitiv« sagt sie, ohne zu zögern. »Viel mehr.«

»Weißt du manchmal schon vorher, dass bestimmte Dinge passieren werden?«

Riel dreht sich um und sieht mich direkt an. »Ständig.«

Und da fühle ich es: das, worum ich sie so beneidet habe, als ich die Notizen in *1984* las. Was Riel und die echte Kelsey gemeinsam hatten. Eine echte Verbindung.

»Das ist das Schlimmste daran, was mit Kelsey passiert ist. Ich glaube, ich *wusste* es irgendwie. Und ich hätte sie aufhalten müssen.«

Outlier-Regel Nr. 5: Mit genug Übung können wir nicht nur die Gefühle der Leute lesen. Wir wissen auch, was in Zukunft passieren wird.

»Aber zu wissen, dass etwas Schlechtes passieren wird, heißt nicht, dass man es aufhalten kann«, sage ich.

»Es sollte aber so sein«, sagt Riel. »Es könnte so sein.«

Ich stehe noch ein paar Minuten neben ihr und dann noch ein paar, während sie sich durch ein Gewirr von Seiten schlängelt.

»Warte mal, ich glaube, ich habe da was«, sagt sie schließlich und späht genauer auf den Bildschirm.

»Was?« Jasper kommt näher.

»Ich habe Frederick Mitchell gefunden«, erklärt sie. »Aber nicht im NIH-System. Es ist in Cornelius' Mailaccount aufgetaucht. In einer Bestellung von arschviel Morphin, das an den Dwyer-Flügel des Boston General Hospital geschickt werden sollte«, sagt sie. »Für das Frederick-Mitchell-Projekt.«

»Im Dwyer-Flügel sind die Mädchen.«

»Wenn keine von ihnen krank ist«, fragt Jasper, »warum zum Geier brauchen die dann so viel Morphin?«

»Vielleicht, damit nicht noch mal jemand entkommt, wenn das Krankenhaus das nächste Mal brennt«, sage ich.

23

»Kannst du mich wieder reinbringen?«, frage ich, den Blick immer noch auf dem Computerbildschirm.

»Wieder rein?«, fragt Riel.

»Ins Krankenhaus«, erkläre ich. »Ich müsste durch die abgeschlossene Feuertür wieder rein. Dieser Dwyer-Flügel ist neu und super-hightech, also ist es die Sicherung vermutlich auch.«

»Hmm«, sagt Riel und sieht mit zusammengekniffenen Augen auf den Bildschirm, während sie tippt. »Brandneu ist sogar besser. Dann ist die Security vielleicht online.« Ihre Finger nehmen Geschwindigkeit auf. Bald hat sie einen Artikel gefunden, in dem es über den ganzen Schnickschnack des Gebäudes geht, unter anderem wird auch die »Spitzenfirma« genannt, die sich um das Sicherheitssystem kümmert. »Es wird eine Weile dauern, aber ja, ich glaube, ich kann das System wahrscheinlich kapern. Alle denken, Hightech sei besser.« Sie schüttelt den Kopf. »Weißt du, was besser ist? Ein Scheißzahlenschloss.«

»Also kannst du die Feuertür nach draußen aufschließen? Du musst auch die Tür zu dem bestimmten Stockwerk aufbekommen. Die sind auch abgeschlossen.«

Riel nickt. »Ich werde ein paar Stunden brauchen, bis ich drin bin, und ich werde keine von den Türen lange offen lassen können. Du musst schnell sein.«

Sie blickt zu mir auf, und ich fühle ihre Sicherheit. Außerdem fühle ich, wie sehr sie mir jetzt helfen möchte.

»Aber ja. Ich kann's. Wir sollten uns auf eine Zeit einigen. Wenn wir uns schreiben, während wir es durchziehen, fliegen wir am leichtesten auf.«

Ich blicke auf die Uhr. Es ist fast zwei. »Wie wäre es mit vier Uhr morgens?«, frage ich. »Dann habe ich Zeit, um nach Boston zurückzukommen. Und mitten in der Nacht ist es einfacher.«

»Dann sagen wir genau vier Uhr dreißig«, sagt sie. »Aber das war's dann. Das ist deine einzige Chance.«

»Und was dann? Worum geht es hier?«, fragt Jasper. Er hat sich wieder an die Wand zurückgezogen und die Arme verschränkt. »Denk daran, wie schwer es beim letzten Mal war, da rauszukommen, Wylie, und da warst du allein. Und jetzt glaubst du, du kannst mit einem Haufen anderer Mädchen herausspazieren? Wie wär's, wenn ihr diese E-Mails an eine Zeitung oder einen Fernsehsender schickt oder so was? Sollen die sich doch den Stress machen.«

»Nur zur Info«, gibt Riel zu bedenken. »Es ist nicht so, als wäre die Presse immer so was wie ein Racheengel. Manchmal interessieren sie sich für den Mist, den man ihnen geben will. Und manchmal nicht.«

»Sie haben nicht mehr viel Zeit, Jasper.« Ich wende den Blick von ihm ab und sehe wieder auf den Computer. »Ich muss es versuchen. Selbst wenn ich sie nicht rausbekomme, kann ich sie wenigstens warnen, was los ist. So viel muss ich machen.«

Riel winkt Jasper und mich weg. »Bis dahin geht ihr zwei mal ein Stück weg und streitet da drüben weiter, damit ich arbeiten kann. Ich sag euch Bescheid, wenn ich was habe.«

Leo kommt, um unseren Platz einzunehmen, und legt

Riel schützend die Hand in den Nacken. Ich bin überrascht, weil sie weicher zu werden scheint, statt die Hand wegzuschlagen.

»Ich versuche, nicht pessimistisch zu sein«, sagt Jasper, als wir uns weiter weg an den Küchentisch gesetzt haben. Er will mir nicht in die Augen sehen und hat die Zähne zusammengebissen. »Aber es nützt nichts, wenn du etwas tust, das dich in Gefahr bringt und ihnen nicht hilft.«

Ich lege die Hand auf seine und drücke seine Finger. Es fühlt sich viel weniger peinlich an, als ich erwartet habe. Denn was könnte ich sonst tun? Ich kann nichts sagen, das ihm verständlicher macht, warum ich das tue. »Es muss sein.«

Jasper will gerade trotzdem mit mir streiten, als es laut an der Haustür am anderen Ende des Wohnzimmers klopft. Wir erstarren alle und sehen zur Tür. Sogar Riels Hände bleiben über der Tastatur in der Luft hängen. Ihr angespanntes Gesicht wird vom Computerbildschirm beleuchtet.

»Mist«, flüstert sie mit einem Blick zur Tür.

»Ich habe kein Licht gesehen«, flüstert Leo.

»Das Büro meines Großvaters.« Riel macht uns ein Zeichen zu gehen. »Ich werde sie los.«

Sogar von der anderen Seite der Küche aus kann ich fühlen, dass sie sich da nicht so sicher ist.

»Komme! Moment!«, ruft Riel, ohne sich zu rühren, um Zeit zu schinden. »Bin gleich da!«

Wir folgen Leo durch die Doppeltür in den hinteren Flur. Hier ist es so stockdunkel, dass wir uns an der Wand entlangtasten müssen, bis wir die erste offene Tür finden. Im

Büro ist es heller, der Mond spiegelt sich im Wasser und scheint durch die drei Fenster. Er verleiht allem im Raum ein unheimliches blaugraues Leuchten – den Bücherregalen aus dunklem Holz, den großen Mahagoni-Schreibtischen, den Wänden mit den gerahmten Auszeichnungen und Fotos von Riels Großvater, unseren Gesichtern. Leo winkt Jasper fort, als er die Tür schließen will, dann zeigt er auf sein Ohr. *Lass sie offen, damit wir was hören können.*

Ich lehne mich an eine freie Stelle an der Wand und versuche zu atmen. Ich habe kein gutes Gefühl. Eigentlich habe ich ein ganz schlechtes. Ich versuche mir zu sagen, das sei nur wieder meine Angststörung – und das könnte auch stimmen. Nur dass das jetzt, da ich den Unterschied kenne, leichter gesagt als getan ist.

Stattdessen konzentriere ich mich auf das nächste gerahmte Zertifikat in meiner Nähe, mit der schnörkeligen Kursivschrift und dem noblen Wappen in der Mitte. Schwer zu entziffern in der Dunkelheit. Endlich sehe ich, dass es ein Ehrendoktortitel in Politikwissenschaften von der *University of Arizona* ist, verliehen an Senator David Russo.

Senator Russo. Der Senator, mit dem sich mein Dad getroffen hat? Hat das Monster, das Riel beschrieben hat – der Mensch, von dem sie sich so sicher ist, dass er nicht tatenlos zusehen und das Geschlechtermissverhältnis in der Studie meines Dads akzeptieren wird –, beschlossen, die Outlier an der Quelle zu stoppen: bei meinem Dad?

Ich habe angefangen zu zittern. Weit weg höre ich das Geräusch einer sich öffnenden Tür.

»Ja?« Riel versucht, blasiert zu klingen, sogar ein bisschen verärgert. Aber egal, wer da vor der Tür steht, sie hat ihn nicht erwartet. »Was wollen Sie?«

»Hi, Ma'am.« Eine Männerstimme, ich habe sie schon mal gehört. »Ich bin Agent Klute, und das ist Agent Stevens. Wir sind vom *Department of Homeland Security.*«

Jasper stößt mich an. Er hält sein Handy von sich weg. Es ist an, und es hat volles Netz mit allen Balken.

»Ich dachte, es wäre aus«, flüstert er mir ins Ohr. »Es tut mir so leid.«

Und was soll ich auch sagen? Ein Tippen auf die falsche Stelle oder ein Tippen zu viel. Es kann leicht vorkommen, dass man denkt, man hätte etwas ausgeschaltet, aber es ist nicht so. Ich lege ihm die Hand auf den Arm, um ihn zu beruhigen. Und um mich zu stützen.

»Ist meinem Großvater etwas passiert?« Riel redet laut. Spielt die Dumme. Sorgt dafür, dass wir sie hören können. Schindet Zeit für uns.

»Nicht dass ich wüsste«, sagt Agent Klute, ganz aalglatte Ruhe. Ich kann mir vorstellen, wie er mit seinen großen weißen Zähnen lächelt. »Wir sind wegen Wylie Lang hier.«

Und jetzt kann ich nur noch an meine Tasche denken – oder Rachels Tasche –, die da draußen in der Küche liegt, mit den Fotos meiner Mom darin.

»Wylie Lang?«, fragt Riel mit einigermaßen überzeugender Verwirrung. Auch wenn schwierig zu ahnen ist, wie Klute es aufnimmt. »Hier sind nur mein Freund und ich.«

»Na ja, wir haben Grund zur Annahme, dass sie hier ist«, sagt Agent Klute.

»Und ich habe Grund zur Annahme, dass Sie sich irren«, gibt Riel standhaft zurück. Das kann nicht leicht sein. Agent Klute ist einschüchternd.

»Wie wäre es, wenn wir hereinkommen und uns kurz umsehen, um sicherzugehen?«

»Haben Sie einen Durchsuchungsbefehl?«, fragt Riel.

»Einen Durchsuchungsbefehl?«, fragt Klute zurück, als hätte sie wissen wollen, ob er ein Einhorn in der Tasche hat.

Es herrscht Stille. Ich stelle mir vor, wie Riel ihn wütend anstarrt und Agent Klute wütend zurückstarrt.

»Wylie hat ernste Schwierigkeiten. Strafrechtliche Schwierigkeiten. Ich glaube nicht, dass Ihr Großvater gern hören würde, dass Sie in so etwas hineingeraten sind. Wenn ich Sie wäre, würde ich mich nicht einmischen.«

»Dann verstehe ich das jetzt mal als ein Nein, was den Durchsuchungsbefehl angeht«, schlussfolgert Riel. »Also schließe ich jetzt diese Tür. Sie können gern noch mal klopfen, wenn Sie den Beschluss haben. Ich bin hier und warte. Auf Wiedersehen.«

Agent Klute sagt noch was, als sich die Tür auch schon schließt. Das Geräusch des Bolzens im Schloss donnert durchs ganze Haus. Dann höre ich Riel ruhig und cool nach hinten gehen, sicherlich für Agent Klute, der vielleicht durch ein Fenster zusieht.

Als sie endlich in dem dunklen Flur außer Sichtweite ankommt, läuft sie allerdings los.

»Kommt, gehen wir«, sagt sie, während sie ins Büro einbiegt. Als sie Jaspers Handy auf dem Tisch sieht, erstarrt sie. Sie deutet darauf. »Ernsthaft?«

»Ich dachte, es wäre aus«, antwortet Jasper gequält. Und ich bin so dankbar, dass ich ihn lesen kann – andernfalls wäre ich vielleicht misstrauisch gewesen. Aber es besteht kein Zweifel, es war wirklich ein Versehen, dass er das Handy angelassen und ermöglicht hat, dass wir aufgespürt wurden. »Ich weiß nicht, wie das passiert ist.«

Riel holt hörbar Luft. Sie kann ihn natürlich auch lesen. Auch sie weiß: so dumm es war, es war ein Versehen.

»Kommt, ihr könnt nicht vorn rausgehen«, sagt sie.

»Und lass das Handy hier, vielleicht glauben sie dann, du wärst noch hier drin. Auf dem Weg, den ihr nehmt, kannst du es sowieso nicht benutzen.«

Wir rennen hinter Riel den Flur entlang zu einer Terrassentür. Mein Herz hämmert, während ich mich zur Flucht bereit mache. Ich denke darüber nach, wo die Brücke ist, wie wir es schaffen sollen, auf der freien Fläche nicht gesehen zu werden. Was wir tun werden, wenn wir auf die Route 6 kommen. Im Wald verstecken? Versuchen, per Anhalter zu fahren?

Als Riel die Terrassentür öffnet, weht ein starker salziger Luftstrom herein. Ich will gerade einen Schritt nach draußen machen, als ich unter mir das Wasser sehe. Die Rückseite des Hauses steht auf Stelzen. Es gibt einen schmalen Steg mit einer Leiter am Ende, darunter ist ein schmaler Streifen schwarzer Felsen. Und dann das Wasser. Mehr und mehr Wasser.

»Im Moment ist Flut«, sagt Riel, als wäre das gar nichts. »Auf der anderen Seite der Bucht gibt es einen Hafen. Es ist weit, aber Kelsey hat es früher auch schon mal gemacht, also ist es zu schaffen.«

»In meiner Tasche in der Küche ist ein Umschlag. Hebst du ihn für mich auf? Er ist wichtig.«

Riel nickt, dann dreht sie sich wieder zum Wasser um. »Du kannst schwimmen, oder?«

Vor dem Haus hören wir Männerstimmen. Dort hinaus können wir nicht. Und wir müssen weg.

»Ja«, sage ich. »Ich kann schwimmen.«

Riel und Leo verschwinden wieder im Haus, während Jasper und ich die Leiter zu den Felsen hinunterklettern. Wir streifen die Schuhe ab und werfen sie unters Haus, dann balancieren wir vorsichtig über die scharfen Felsen ins eisige Wasser. Das Ufer ist matschig, saugt unsere Füße mit jedem Schritt nach unten. Aber die dunkle Bucht vor uns ist glatt. Wie schwarzes Glas.

»Da«, flüstere ich und zeige auf einen Hafen in der Ferne. Es ist schwierig abzuschätzen, wie weit weg er ist. Vielleicht ist es besser, wenn wir es nicht wissen.

Mit Kleidern zu schwimmen ist, als würde man versuchen, durch einen hungrigen, neugierigen Schwarm Fische schwimmen zu wollen. Ich warte die ganze Zeit auf den Moment, in dem es einfacher wird, wenn sich mein Körper an den Sog gewöhnt. Aber jeder Schwimmzug bleibt ein Kampf. Jasper schwimmt noch schlechter als ich. Unwillkürlich überlege ich, was ich tun soll, wenn er es nicht schafft.

Doch dann denke ich an Mom. Sie hat recht gehabt an dem Tag am Crater Lake. Ich bin eine ganz gute Schwimmerin – keine schlechte Ausdauer. Und wie Riel sagte: Es ist zu schaffen. Kelsey hat es geschafft, dann kann ich es auch. Und ich werde schon eine Möglichkeit finden, Jasper zu helfen. Ich werde tun, was getan werden muss.

Am Ende ist der Hafen gleichzeitig näher und weiter weg, als ich gedacht habe. Es dauert viel länger hinzuschwimmen, aber dann sind wir plötzlich da. Ich folge Jasper die schleimige, mit Algen überzogene Leiter hinauf. Dort stehen wir, ohne Schuhe und klatschnass, in der Dunkelheit und starren über die Wasserfläche, die uns von den Leuten trennt, die diesmal hinter uns her sind – wer auch immer sie sind.

»Bereit?«, frage ich, ohne so recht sicher zu sein, wohin ich will. Aber irgendwohin müssen wir.

Jasper nickt, tut sein Bestes, um zuversichtlich zu wirken, auch wenn ich fühle, dass es nicht so ist. »Ja, geh du voraus.«

Wir müssen nicht lange auf der dunklen, stillen Landstraße gehen, bis wir vor uns Licht sehen.

»Oh, gut, eine Tankstelle.« Jasper lächelt, als das Schild in Sicht kommt. »Vielleicht ist dort ein nettes Paar mit einem Baby, das wir fragen können, ob es uns mitnimmt.«

Zum Glück sieht es hier, als wir eintreten, ganz anders aus als in der Tankstelle mit dem kleinen Supermarkt, wo wir Lexi und Doug getroffen haben. Dieser kleine Laden hat fünf volle Regale mit Gourmetessen und einen kunstvollen Aufbau für edlen Käse, der um diese Uhrzeit aber leer und mit einem Vorhang verhängt ist. Darüber steht auf einem Holzschild: *Häppchen*. Wir haben Glück, dass sie geöffnet haben. Bei dieser Art von Laden ist das um diese Uhrzeit nicht unbedingt normal.

»Hast du das Geld noch?«, fragt Jasper.

Stimmt, Geld. Dieses kleine Detail hatte ich völlig vergessen. Ich habe Rachels Handy in Riels Haus gelassen, aber zum Glück habe ich das Geld noch. Ich grabe in meiner tropfnassen Jeans und ziehe einen nassen zusammengeklappten Stapel Zwanziger heraus. Ich blättere ihn durch und zähle. Mindestens dreihundert Dollar.

»Auf jeden Fall genug für ein Taxi und dann den Zug zurück nach Boston«, sage ich. »Vielleicht sollten wir uns auch noch trockene T-Shirts kaufen.« Ich deute auf einen Stapel Cape-Cod-Shirts, dann blicke ich auf meine nackten Füße hinunter. »Und welche von diesen Flip-Flops.«

Ich spüre die Blicke des sonnengebräunten Jungen hinter dem Tresen, während er an seiner Sommerhalskette herumfingert – Perlen an einer Lederschnur – und hofft, dass wir gehen, bevor er uns auf das Schild mit dem *Betreten nur mit Schuhen* hinweisen muss.

»Bist du sicher?«, fragt Jasper.

»Na ja, ich habe nicht das ganze Geld gezählt, aber ich glaube …«

»Ich meine nicht das Geld«, unterbricht er mich. Dann sieht er zu dem Jungen hinter der Kasse, der eindeutig zuhört. Er legt mir die Hand auf den Arm und bedeutet mir, nach draußen zu gehen.

Wir stehen allein auf dem dunklen, leeren Parkplatz; das einzige Geräusch ist das Sirren der Zikaden.

»Bist du dir vollkommen sicher, dass du wieder zum Krankenhaus zurückwillst?«, fragt Jasper. »Du bist nicht dazu verpflichtet, weißt du? Leo hatte recht: Nur weil du ein Outlier bist, musst du das nicht machen. Du kannst das trotzdem frei entscheiden. Und ich glaube, du solltest besser auf dich selbst aufpassen.«

»Das *ist* meine freie Entscheidung, Jasper«, sage ich, und zum ersten Mal fühlt es sich auch wirklich wie die Wahrheit an. Eine große Erleichterung.

Jasper nickt und atmet hörbar aus: erschöpft, ängstlich. Resigniert. Und so loyal. »Also gut. Einen Versuch ist es wert.«

»Du musst aber nicht mitkommen«, füge ich hinzu. »Das meine ich ernst. Ich bin dir so dankbar für alles, was du getan hast. Aber das – na ja, es ist ein großes Risiko. Ich will nicht, dass du das Gefühl hast, du müsstest …«

»Das kann ja wohl jetzt nicht dein Ernst sein«, sagt er, verschränkt die Arme und starrt mich wütend an. Und ja, er ist verletzt. Das fühle ich auch. »Nach allem, was wir durchgemacht haben, willst du den Scheiß immer noch abziehen?«

»Was für einen Scheiß?«, frage ich betroffen und verblüfft.

»Das Ganze ›Ich lasse dich gehen, deshalb bin ich ein guter Mensch‹.«

»Na ja, ich will nicht, dass du …«

»Dass ich was? Mich verpflichtet fühle?«, schnauzt er. »Das ist so ein Schwachsinn, Wylie. Hör auf, so zu tun, als würdest du dir Sorgen um mich machen, wenn du eigentlich versuchst, dich selbst zu schützen. Menschen fühlen sich einander verpflichtet. Darum geht es im Leben, um sonst nichts. Wovor hast du Angst?«

»Angst?«, frage ich, als wäre das absurd.

Aber Jasper zu sagen, er solle gehen, ist inzwischen so ein Reflex, dass ich gar nicht mehr darüber nachdenke, warum ich es tue. Und in Wahrheit bin ich mir nicht so sicher, ob ich es überhaupt wissen will.

»Darum geht es nicht …«

»Natürlich bist du verantwortlich, wenn ich dabei bin«, fährt Jasper fort, ohne mich ausreden zu lassen. Was auch besser ist, denn ich habe sowieso keine Ahnung, was ich sagen soll. »Du *bist* verantwortlich, Wylie. Wenn ich dir also scheißegal bin, sag es einfach, und ich bin weg. Aber steh nicht da und tu so, als wäre das ein großzügiger Akt, wenn es doch das Egoistischste auf der Scheißwelt ist.«

Mein Gesicht fühlt sich heiß an, meine Ohren klingeln. »Du und ich oder das oder was auch immer – das ist eine ganz miese Idee. Ich bin völlig neben der Spur, verstehst du das nicht?«

Jasper schüttelt den Kopf. »Und ich habe versucht, den Jungen zu *erwürgen*. Und noch nicht mal, weil ich musste, sondern nur, weil er mich genervt hat. Ich bin sauer geworden. Und manchmal legt sich bei mir dann ein Schalter um. Genau wie bei meinem Dad. Das mag ich nicht unbedingt an mir. Ich versuche, anders zu sein. Es funktioniert nicht immer.« Er reibt sich mit der Hand übers Gesicht. »Alle sind neben der Spur, Wylie. Es ist nur die Frage, wie weit. Oder wie absichtlich. Wenn du weiter wartest, bis du repariert bist, um dein Leben zu leben, verschwendest du viel zu viel Zeit.«

Für einen Augenblick kocht trotzdem Wut in mir hoch, aber ihr fehlt die Kraft. Jasper hat recht. Ich versuche, ihn wegzustoßen. Nicht, damit ich ihm nichts schuldig bin. Sondern damit er beschließen kann, dass ich und meine Probleme die Mühe nicht wert sind. Schließlich kann man sich nicht befreien, wenn man sich gar nicht erst gebunden hat.

Aber das alles hat eigentlich überhaupt nichts mit dem zu tun, was ich wirklich fühle. Und vielleicht habe ich irgendwann keine Zeit mehr, die Wahrheit zu sagen.

»Bitte bleib«, sage ich schließlich. »Ich habe keine Angst, allein zum Krankenhaus zurückzugehen. Ich *brauche* dich immer noch nicht. Nicht so. Aber ich *will*, dass du bei mir bleibst.«

Und ich erwarte, dass Jasper noch etwas sagt, dass er eine größere, längere Diskussion anfängt, weil es seine Art ist, nie die Klappe zu halten. Aber stattdessen tritt er vor und legt mir die Hand in den Nacken. Und dann küsst er mich.

Als wir uns schließlich voneinander lösen, bin ich nicht atemlos und im luftleeren Raum, wie ich befürchtet habe. Ich bin immer noch stabil. Und ich bin frei.

»Okay«, sagt Jasper leise. »Gehen wir.«

24

Als wir endlich wieder in Boston sind, lassen wir uns von dem Taxi ein paar Querstraßen vom Boston General Hospital entfernt absetzen. Es ist schon deutlich nach vier Uhr morgens, der mit Riel ausgemachte Zeitpunkt von halb fünf ist viel näher, als ich gedacht hätte. Aber ich bin noch nicht zu spät. *Falls* sie sich an den Plan hält. Falls Agent Klute sie nicht davon abgehalten hat.

Die Fußgängerwege auf dem Gelände des Krankenhauses sind totenstill, völlig leer, und die Bäume links und rechts der Auffahrt sind im Dunkeln sehr hoch und imposant. Das alles wirkt nicht gerade ermutigend. Aber kurz darauf stehen wir vor dem Dwyer-Flügel nah der Tür, durch die ich herausgekommen bin. Niemand hat uns aufgehalten. Nichts kam uns in die Quere.

Einen dummen Augenblick lang frage ich mich, ob die Tür vielleicht aus irgendeinem Grund schon offen sein könnte. Aber als ich daran ziehe, ist sie immer noch fest verschlossen. Und die Furcht steigt so schnell und stark in mir an – der Strom könnte mich wegspülen.

»Was ist los?«, fragt Jasper. Man kann es mir wohl ansehen.

»Nichts«, sage ich schnell. Das Letzte, was er gebrauchen kann, sind meine Zweifel. »Ich will nur, dass es klappt.«

Er nickt. »Wird es.« Aber er sagt das nur, weil ich es brauche. »Ich gehe an der Bank auf die Uhr schauen«, sagt er. Ohne unsere Handys wissen wir nicht, wie spät es ist, und müssen uns auf die langsam wechselnden Zahlen auf einem Gebäude gegenüber verlassen – Uhrzeit, Datum, Temperatur. »Um 04:28 Uhr hebe ich die Hand, damit du weißt, dass es gleich so weit ist. Und um 04:40 Uhr komme ich wieder.«

Das klingt logisch: ein Zeitfenster, falls die Uhr hier und die, auf die sich Riel verlässt, vielleicht nicht ganz gleich gehen. Falls sie sich überhaupt an den Plan hält. Falls sie herausbekommen hat, wie sie die Türen öffnen kann.

So viele Unsicherheiten. Und wird die Tür überhaupt ein Geräusch machen, damit ich weiß, wann sie offen ist? Falls sie sich lautlos öffnet, habe ich keine andere Wahl, als es immer wieder zu versuchen. Ich blicke Jasper nach, während er fast bis zur Straßenmitte geht, um die Uhr gut sehen zu können, und damit dummerweise ziemlich auffällig ist.

Und dann warte ich.

Endlich geht Jaspers Arm nach oben, und ich probiere die Tür aus. Immer noch abgeschlossen. Ich zähle Sekunden. Und dann versuche ich es noch mal. Noch zwei Versuche. Nichts.

»Hey, du!«, ruft eine Stimme aus der Dunkelheit hinter mir. Vielleicht ein Sicherheitsmann, zumindest irgendwer Offizielles – und offiziell unzufrieden, so wie er klingt. Immer noch ziemlich weit weg: weit genug, dass er vielleicht nicht mal mich meinte. Leider weiß ich, dass er es doch tut. »Das ist ein Sicherheitsbereich, da kannst du nicht rein!«

Ich zerre wieder an der Tür.

»Hey, geh von der Tür weg!«

Er meint eindeutig mich. Jasper hat ihn auch gesehen, denn er kommt von der Straße zu mir herübergetrabt.

Jasper erreicht mich vor dem Wächter, genau in dem Moment, als endlich ein Summen ertönt. Das Geräusch einer offenen Tür. Und als ich daran ziehe, bewegt sie sich. Ich kann es kaum glauben.

»Du meine …«, flüstert Jasper.

»Ihr könnt da nicht rein!«, schreit der Wächter.

»Komm!«, rufe ich Jasper zu.

Wir werfen uns durch den Spalt und ziehen die Tür zu. Beten, dass sie sich hinter uns wieder verriegelt. Natürlich ist der Wächter, als er einen Augenblick später an der Tür rüttelt, genauso ausgeschlossen, wie wir es waren. Trotzdem müssen wir jetzt schnell sein. Es wird nicht lange dauern, bis er die richtigen Leute gewarnt hat. Bald werden sie genau wissen, wo wir sind.

Oben im zweiten Stock mache ich mich auf eine weitere abgeschlossene Tür gefasst. Aber sie ist offen, und einen Moment später sind wir drin. Um diese Uhrzeit ist es im Krankenhausflur vollkommen still. Keine Menschenseele zu sehen, kein Laut. Genau, wie wir gehofft hatten. Auch wenn ich wünschte, ich würde mich besser fühlen. Als würde alles laufen wie geplant. Ich fühle genau das Gegenteil und weiß nicht, warum.

Stattdessen versuche ich, mich auf die aktuelle Aufgabe zu konzentrieren: die Mädchen warnen. Wir haben es unter uns aufgeteilt, jeder wird eine Hälfte von ihnen wecken, dann werden wir alle über die Feuertreppe nach draußen rennen. Nicht alle werden davonkommen. Aber wir brauchen nur genug von uns, um zu beweisen, was passiert ist. Danach müssen sie alle gehen lassen. Das ist nicht der beste

Plan, aber bessere Möglichkeiten haben wir nicht. Wir haben überhaupt keine anderen Möglichkeiten.

Ich nicke Jasper zu und forme mit den Lippen ein lautloses »Viel Glück«, bevor wir in entgegengesetzte Richtungen losgehen, zu den schlafenden Mädchen an beiden Enden des Flurs. Als ich weitergehe, fühlt sich die Stille so schwer an, und das Herz klopft mir bis zum Hals, sodass ich kaum schlucken kann. Ich mache mir Sorgen, dass ich die Mädchen nicht herausholen kann. Und dass ich der »falschen Kelsey« über den Weg laufen könnte. Ich will nicht wissen, was sie wirklich im Schilde führt. Ich will definitiv nicht, dass sie weiß, was ich weiß, und ich traue mir nicht zu, sie gut genug abblocken zu können, um es zu verbergen. Ich hoffe, sie ist rausgekommen. Um meinetwillen, nicht um ihretwillen.

Kurz vor den Zimmern bleibe ich stehen und versuche, strategisch zu denken. Teresa wird am meisten Hilfe brauchen. Wenn sie mitten in der Nacht geweckt wird, bekommt sie ganz sicher Panik. Ramona wird am ruhigsten bleiben. Falls ich Ramona wach bekomme, kann sie mir mit den anderen helfen.

Als ich Ramonas Zimmer erreiche, schlüpfe ich in der Dunkelheit hinein und ziehe die Tür schnell hinter mir zu. Ich taste mich zu der Kommode hinüber, um das kleine Licht neben dem Spiegel einzuschalten. Wenn ich Ramona mit dem großen Deckenlicht erschrecke, schreit sie vielleicht. Es ist eine Erleichterung, als es endlich hell wird im Zimmer, aber nur, bis ich mich zum Bett umdrehe.

Leer. Nackt. Keine Ramona. Kein gar nichts.

Bin ich im falschen Zimmer? Muss wohl. Die eine Hälfte der Zimmer war die ganze Zeit leer gewesen, und vielleicht war Ramonas doch nicht das neben dem Gemeinschaftsraum. Ich wende mich zum Gehen, als mir etwas unter der Bettkante auffällt. Klein, zusammengeknäuelt und schwarz. Ich gehe in die Hocke, um es zu untersuchen. Erst als ich es aufhebe, erkenne ich, dass es das Armband ist, das Ramona immer hat schnappen lassen, jetzt zu einem festen Knäuel verdreht.

Warte. Vielleicht haben sie nach dem Feuer alle auf die andere Seite des Krankenhauses verlegt? Das habe ich aufgeschnappt, als ich nach draußen gerannt bin. Auf die Seite, wo ich am Anfang auch war. Das wäre total logisch. Natürlich wäre es viel besser, wenn ich auch nur ansatzweise glauben würde, dass alle dort sind. Ich kauere immer noch da und starre auf das Armband, als langsam Ramonas Tür aufgeht.

Mist. Ich werfe mich hin und krieche so schnell wie möglich ins einzig mögliche Versteck: unters Bett. Ich will, dass es Jasper ist. Aber ich glaube es nicht. Er ist ganz am anderen Ende des Flurs.

Mein Herz hämmert so heftig, dass mir schon schlecht wird. Aber ich kann nicht herauskommen. Die Schuhe stehen immer noch in der Tür. Und sie brauchen viel zu lange, um wieder zu gehen. Endlich setzen sie sich in Bewegung, aber in den Raum herein. Einen Moment später wird die Tür leise geschlossen.

»Wylie.« Eine Frauenstimme, ruhig und leise. »Komm bitte raus.«

Die Stimme, die schicken Schuhe. Rachel. Moms Ring. Moms Fotos. Mir steigen Tränen der Wut in die Augen. Arbeitet Rachel für diese Leute – das NIH oder Dr. Cornelius oder das Verteidigungsministerium? Es könnte alles Mögliche sein.

»Bitte, Wylie«, spricht Rachel weiter, als ich mich immer

noch nicht rühre. »Sie haben uns nicht viel Zeit gegeben. Ich muss mit dir reden.«

Sie. Wir. Sie versucht immer noch, so zu tun, als wäre sie auf meiner Seite.

»Was auch immer ihr eurer Meinung nach getan habt, Wylie – was auch immer ihr vorhattet …« Sie ist traurig, vollkommen und restlos untröstlich. Es gefällt mir nicht, denn es passt nicht zu all meinen anderen Gedanken. »Es war … das wird nichts werden. Es tut mir leid. Bitte komm raus. Sonst habe ich keine Chance, dir alles zu erklären, bevor sie kommen.«

Verstecken ist sinnlos, wenn sie weiß, wo ich bin. Und ich wollte noch nie in meinem Leben für etwas dringender eine Erklärung als in diesem Moment. Selbst eine, die ich nicht glauben werde. Endlich rutsche ich unter dem Bett hervor.

»Wylie, Schatz!« Rachel eilt mit ausgestreckten Armen auf mich zu.

Ich weiche ihr aus. »Was willst du hier?«, schnauze ich. »Wo ist Ramona?«

»Ist schon gut«, sagt Rachel, aber sie glaubt nicht, dass irgendwas gut ist. Nicht im Geringsten. »Ich bleibe hier bei dir. Wir stehen das gemeinsam durch.«

Was durchstehen? Mir zieht sich der Magen zusammen. So sehr ich mir wünsche, es wäre Wut, was ich da fühle – wegen Mom oder was auch immer Rachels Lügen sein mögen –, aber ich habe nur Angst.

»Wo ist Ramona?« Jetzt zittert meine Stimme. *Ich* zittere.

»Zu Hause. Sie sind alle wieder zu Hause. Sie haben sie gehen lassen«, sagt sie und versucht jetzt, hoffnungsvoll zu klingen. »Alle.«

»Sie haben sie nach Hause gehen lassen?« Ich bin nicht so dumm, ihr zu glauben. Sie glaubt es selbst nicht. Ich weiß nur nicht, welcher Teil davon die Lüge ist. »Warum sollten sie sie gehen lassen?«

»Ich habe am Ende diese Freundin deiner Mom bei der *New York Times* angerufen. Und sie rief meinen Freund im Justizministerium an, nachdem er mir immer wieder auswich. Und er wiederum hat sich irgendwann doch bereit erklärt, seine Arbeit zu machen und beim NIH nachzufragen. Anscheinend ging das, was sie hier machten, nicht direkt den offiziellen Weg. Wenn du mich fragst, ist das NIH nicht mal daran beteiligt, und was ist mit der Seuchenschutzbehörde? Wenn das hier etwas Offizielles wäre, wären sie auch hier. Jedenfalls wurde mein Kontaktmann beim Justizministerium sehr schnell sehr unspezifisch. Und dann, puff, zwei Stunden später ließen sie alle gehen.«

»Das ist alles? Sie haben nichts erklärt? Was ist mit den Eltern der Mädchen?«

»Soweit ich weiß, sind sie nicht besonders anspruchsvoll. Scheint, als hätten sie sich die richtigen Mädchen ausgesucht.«

»Hast du meinen Dad gefunden?«, frage ich.

»Nein, Schatz, noch nicht.« Sie versucht, ihr Gesicht ganz ruhig und unbewegt zu halten. Aber ich kann die Tränen, die sie zurückhält, fühlen, als kämen sie aus meinen eigenen Augen.

»Er hätte den Flughafen nicht verlassen, er wusste ja, ich brauchte ihn hier.«

Sie hebt die Hände. »Ich weiß«, sagt sie. »Glaub mir. Und das habe ich ihnen auch gesagt. Wir werden ihn finden, Wylie. Es geht ihm bestimmt gut.«

»Es muss«, sage ich mit stockender Stimme.

Aber glaube ich das wirklich? Fühle ich das jetzt gerade? Die Wahrheit ist: Ich habe keine Ahnung.

Outlier-Regel Nr. 6: Wenn dein Herz bricht, kannst du nichts mehr lesen. Am wenigsten dich selbst.

»Ich will nach Hause«, sage ich, meine aber nicht unbedingt Rachel.

»Deshalb bin ich hier, Wylie. Um dir zu helfen«, fährt sie fort. Sie spricht mit mir, als wäre ich irgendein verwirrtes Kind, zu dessen Rettung sie geeilt ist. Als wäre sie die Gute.

»Fick dich.« Ich funkle sie wütend an.

»Fick dich?«, fragt Rachel verblüfft – und gekränkt, auch das fühle ich. Aber jetzt möchte ich sie erst recht bluten sehen.

»Ja, fick dich«, wiederhole ich. Meine Wut muss raus. »Weil du versuchst, mir weiszumachen, du wärst so was wie eine Heldin. Du bist eine *Lügnerin.* Du hast meine Familie die ganze Zeit angelogen.«

»Was?« Rachel blinzelt mich an. So *verletzt.* Am wenigsten gefällt mir daran, wie überzeugend es ist.

»Woher hast du den?«, frage ich und hebe Moms Ring an meiner Halskette an. »Und was ist mit ihren Fotos? Sie waren neu.«

Rachel starrt den Ring lange an und blinzelt dann noch mehr, während ihr die Tränen in die Augen steigen. Sie lässt den Kopf hängen, verschränkt die Arme. Schuldgefühle, sehr viele. Erst in diesem Moment wird mir klar, wie sehr ich gehofft hatte, es gäbe eine einfache Erklärung.

Aber Rachel bietet mir keine an. Sie bietet mir gar nichts an.

»Du musst mir diesen Ring geben, Wylie«, sagt sie stattdessen. Sie ist verzweifelt. »Ich kann dir jetzt nicht erklären, warum. Und ich verstehe, dass du glaubst, ich hätte dich angelogen – ich habe dich auch angelogen. Aber nicht aus dem Grund, den du glaubst. Es ist gefährlich für dich, wenn du den Ring hast.«

»Und für wen ist es ungefährlich? Für dich?« Wieder entgeht mir das Wichtigste. Ich kann es ganz knapp außer Reichweite spüren. »Hast du ihnen geholfen, sie umzubringen?«

»Das kann doch nicht dein Ernst sein, Wylie!«, schreit Rachel zurück. »Hör zu, ich verstehe, dass es verwirrend und erschreckend für dich gewesen sein muss, den Ring zu finden, und ich weiß, dass ich es dir erklären muss, aber …« Sie umfasst das Krankenhaus mit einer Geste. »Das? Damit hatte ich nichts zu tun. Ich bin hier, weil sich die Polizei mit mir in Verbindung gesetzt hat und sagte, sie würden dich suchen. Dass sie wüssten, wir hätten Kontakt gehabt. Sie sagten, sie würden nach dir fahnden, wenn du nicht zu einer Befragung zu ihnen kommst, und ich habe ihnen gesagt, das sei unnötig, weil ich glaube, dass du früher oder später hierherkommen würdest. Wenn sie abwarten würden, bis ich dich hier treffe und vereinbare …«

»Du hast denen gesagt, dass ich herkomme!«

»Weil sie dich sonst selbst gefunden hätten, Wylie. Ich hatte Angst, dann würdest du weglaufen, was angesichts der Umstände verständlich wäre, und dass du verletzt wirst. Das passiert, wenn Leute weglaufen. Ich wollte dir helfen. Damit du nicht in Gefahr gerätst.«

»Mir helfen?«, spucke ich fast. »Du bist so eine Lügnerin!«

Rachel schließt die Augen, schüttelt den Kopf. Reue, Trauer. Und sie verbirgt immer noch etwas, definitiv.

»Hör zu, Wylie, wir werden alles regeln, was du gesagt hast. Ich verspreche es. Aber wir müssen uns auf das Jetzt konzentrieren. Wir müssen reden, während wir noch Zeit haben.«

Zeit – und da fühle ich es: ihre Angst. Und diese Traurigkeit, die so schwer darüber hängt. *Noch Zeit wofür?*

Da geht die Tür auf. Als ich erschrecke und einen Schritt nach vorn mache, legt mir Rachel schützend die Hand aufs Handgelenk, als würde sie im Notfall jemanden davon abhalten, mich wegzuschleppen. Ihre Finger fühlen sich an wie Sandpapier.

»Fass mich nicht an!« Ich ziehe meine Hand weg.

»Sie haben noch eine Minute«, sagt ein Mann durch die offene Tür, die Stimme ist schroff und tief. »Und dann muss sie mit uns kommen.«

Die Tür fällt wieder zu.

»Mit wem kommen?« Jetzt setzt meine Panik auf höchster Stufe ein. Ich nehme an, es geht um Agent Klute. »Wer war das?«

»Wylie!« Das ist Jasper draußen im Flur.

Ich taumle an Rachel vorbei, meine Beine wollen mir nicht richtig gehorchen. Die Welt ist weit weg, wie zersplittert, als ich die Tür öffne und hinausstürze. Zwei Schritte, und ich krache gegen einen Polizisten – nicht Agent Klute. Ein ganz normaler, uniformierter.

»Hey!«, ruft er, als ich stolpere. Er packt mich am Arm und zieht mich wieder auf die Beine. Hinter ihm sehe ich einen zweiten, der Jasper festhält und wegzerrt.

»Lassen Sie ihn sofort los!«, schreie ich. »Er hat nichts gemacht!«

»Hey«, wiederholt der Polizist, der mich festhält, erheitert von meinem ganzen dummen, dummen Gelärme. »Wie wäre es, wenn wir einfach mal Luft holen und uns beruhigen?«

»Lassen Sie ihn los!«, schreie ich noch mal, dann wirble ich zu Rachel herum, die immer noch in der Tür steht. »Du hast gesagt, du wolltest helfen! Tu etwas!«

»Jetzt beruhige dich!«, sagt der Polizist jetzt schärfer. Er ist ein ganz normaler Boston-Cop, wirkt nicht angespannt oder als würde er etwas verbergen – einfach ein Typ, der seinen Job macht. »Sie begleiten deinen Freund hinaus. Das ist alles. Komm ein bisschen runter, oder wir bekommen ein ganz anderes Problem.«

»Jasper!« Ich versuche es noch ein letztes Mal.

Endlich dreht er sich um. Und obwohl er weit weg ist, kann ich trotzdem etwas fühlen. Oder nicht? Wie wichtig ich ihm bin. Oder nein, das ist es nicht. Da kann ich mir nicht sicher sein. Aber ich fühle, wie wichtig er mir ist. Jasper hebt als Reaktion die Hand, sieht immer noch zu mir her, als der Polizist ihn zur Tür hinausschiebt.

»Ich gehe«, sage ich zu Rachel und mache einen Schritt.

»Nö.« Der Polizist hat mich losgelassen, aber jetzt versperrt er mir den Weg. »Tut mir leid.«

»Nö?«, fahre ich ihn an. »Wir können gehen. Das war alles ein Fehler. Haben Sie das nicht gehört?«

Es ist ein Test. Ich weiß nur nicht, von wem.

»Du nicht«, sagt er.

Ich drehe mich zu Rachel um, die jetzt näher gekommen ist. »Wovon redet er?«

»Ich bringe dich nach Hause, sobald ich kann, Wylie. Deshalb bin ich hier. Wir lösen das.« Rachel holt tief Luft. »Sie haben mir keine Einzelheiten genannt. Aber anscheinend wollen sie dich noch einmal befragen. Wegen des Feuers hier. Der beste Weg, dich hier herauszubekommen, ist, mit ihnen zusammenzuarbeiten.«

»Das alles wegen *dieses* Feuers?«, schnauze ich. »Das war nur eine Ablenkung, damit wir raus konnten. Ein Mülleimer oder so was. Ich war's jedenfalls nicht. Das war Kelsey.«

Allerdings habe ich ein schlechtes Gefühl dabei, ihren

Namen zu nennen. Ich weiß ja schon, dass sie nicht Kelsey ist. Irgendwie schwierig, mit dem Finger auf jemanden zu zeigen, wenn man nicht weiß, wer er ist.

»Ich weiß, und ich glaube dir.« Rachel runzelt die Stirn. »Wir müssen uns nur kurz Zeit nehmen und dafür sorgen, dass dir die Polizei auch glaubt.«

25

Auf Rachels Anweisung hin stelle ich keine Fragen mehr, denn damit würde ich vielleicht Informationen preisgeben, die ich für mich behalten möchte. Um genau zu sein, schlägt sie vor, dass ich kein Wort mehr zu irgendwem sage, bis sie uns zur Polizeiwache gebracht haben. Ich könnte mich weigern – das sagt sie mir noch mal, aber sie ahnt, dass es alles nur noch schlimmer für mich machen könnte.

Wieder mal sitze ich auf dem Rücksitz eines Polizeiautos. Ich sage Rachel, dass ich will, dass sie geht. Aber sie besteht darauf, zur Polizei mitzukommen, und fährt mit ihrem eigenen Wagen dicht hinter dem Polizeiauto her. Ich brauche eine Anwältin, sagt sie, ob ich nun will, dass sie das ist, oder nicht.

Auf der Polizeiwache in Boston – die viel nüchterner ist als die in Newton oder Seneca – warten Rachel und ich allein in einem kleinen Raum mit einem kleinen Tisch und vier reingequetschten Stühlen. Alles wirkt schmutzig und riecht nach Schweiß.

»Wir sollten davon ausgehen, dass sie auch jetzt zuhören, wenn wir allein sind«, sagt Rachel und zeigt auf imaginäre Mikrofone an der Decke. »Das dürfen sie nicht, weil ich deine Anwältin bin und dieses Gespräch vertraulich ist. Aber das hält sie nicht immer ab. Sie können benutzen, was sie hören, selbst wenn es vor Gericht nicht zulässig ist. Und wenn das Verhör beginnt, sei *extrem* vorsichtig. Beschränke deine Antworten auf das reine Minimum. Du wärst entsetzt, wie die kleinste Kleinigkeit gegen dich verwendet werden kann.«

»Ich hatte nichts mit dem Feuer zu tun«, sage ich und weiß nicht so genau, wem. Mir ist total egal, was Rachel glaubt. Ein Teil von mir will immer noch unbedingt, dass sie geht, aber ich habe nicht die Energie, sie wegzuschicken.

»Ich weiß.« Rachel legt die Hand auf meine und lächelt mich mitfühlend an.

»Kannst du bitte aufhören?« Ich ziehe meine Hand weg. »Hältst du mich für dumm genug, dir je wieder zu vertrauen? Was willst du überhaupt hier?«

Rachel zuckt leicht zusammen und nickt. »Alles, was du über mich denkst, wie du dich fühlst – ist falsch. Ich meine: unzutreffend, inakkurat. Aber ich verstehe, warum du dich so fühlst. Ich wünschte, ich könnte dir jetzt alles erklären«, sagt sie. »Aber ich kann nicht. Es wäre … Ich kann nicht.«

»Wie praktisch«, höhne ich, ohne sie anzusehen.

»Wir können dir immer noch eine andere Anwältin besorgen, Wylie. Aber ich möchte, dass du jemand Gutes bekommst, und das könnte eine Weile dauern. Ich fürchte, für diese Befragung musst du leider mit mir vorliebnehmen.«

Endlich klopft es. Ohne auf unsere Reaktion zu warten, öffnet eine Frau die Tür und kommt herein. Sie sieht derb aus, vielleicht Mitte fünfzig – älter als meine Mom, aber nicht alt genug, um meine Großmutter zu sein. Die blonden Haare trägt sie als kinnlangen Bob, was ihr Gesicht mit dem breiten Kiefer noch eckiger aussehen lässt. Bei ihr ist ein riesiger Typ, jünger und viel weniger kompetent wirkend in seiner zerknitterten Kakihose und dem zu engen weißen Hemd.

»Wylie Lang?«, fragt sie.

Höflich, aber kühl. Allerdings konzentriert, nicht wirklich misstrauisch. Zumindest versucht sie es. Als wäre sie entschlossen, sich keine Meinung zu bilden, solange sie nicht alle Fakten hat. Danach wird sie ohne Zögern ihr Urteil fällen.

»Ja«, sage ich, als offensichtlich ist, dass sie wirklich auf irgendeine Bestätigung wartet. »Das bin ich.«

»Ich bin Detective Nicole Unger.« Sie streckt mir ihre starke Hand hin, die ich widerstrebend schüttle. »Und das ist mein Kollege Danny Martin.« Er nickt, hebt aber nicht den Blick. »Weißt du, warum du hier bist, Wylie?«

Das fühlt sich jetzt schon wie eine Fangfrage an. Rachel nickt, als ich ihr einen Blick zuwerfe.

»Das kannst du beantworten, Wylie.« Rachel hat recht: besser sie als gar keine Anwältin. Ich fühle schon ihre Überlegungen, wie und wann sie die Polizisten zu einer Erklärung drängen wird.

»Weil Sie mir Fragen über das Feuer stellen wollen?«

»Ja«, erwidert der weibliche Detective. »Wir brauchen Informationen über das Feuer. Du warst die Letzte dort, bevor es anfing.«

»Sie meinen hinten bei den Zimmern?«, frage ich. »Hat es da angefangen? Denn da war auch Teresa.«

»Wylie«, schaltet sich Rachel ein. »Achte darauf, nur eindeutige Fragen an dich zu beantworten. Gib nicht freiwillig Informationen preis.«

Aber das sagt sie, weil Rachel an schuldige Leute gewöhnt ist. Ich habe nichts zu verbergen. Ich will alles ans Licht bringen.

»Ernsthaft, Sie sollten Teresa nach allem fragen«, erkläre ich weiter und überlege, wie und wann ich Kelsey erwähnen soll oder wie sie wirklich heißt. Trotz all ihrer Lügen fühle ich mich ihr auf seltsame Art verbunden. Sie ist eine der ersten Outlier. Sie den Wölfen zum Fraß vorzuwerfen, wenn ich nicht sicher weiß, dass sie etwas getan hat, kommt mir falsch vor. »Jedenfalls war ich wieder im Gemeinschaftsraum, als der Alarm losging.«

Die Polizistin schweigt kurz und schaut mit ausdruckslosem Gesicht an mir vorbei auf einen leeren Fleck an der Wand. Sie tut so, als dächte sie über meine Worte nach, aber das stimmt nicht. Sie wartet, bis sie die nächste Frage stellen kann. Ich glaube nicht, dass das hier gut läuft.

»Tja, wir würden Teresa ja fragen, aber das können wir nicht«, sagt sie. Und dann wartet sie weiter und starrt mich an. Das soll etwas bedeuten. Tut es aber nicht. Es sagt mir nichts.

»Okay, ich beiße an«, blafft Rachel. »*Warum* können Sie sie nicht fragen, Detective? So langsam haben wir genug von Ihrem kleinen Spiel mit den versteckten Beschuldigungen. Wir würden Ihnen gern weiterhelfen, aber wenn Sie nicht bald zum Punkt kommen, gehen wir. Ich erinnere Sie daran, dass wir immer noch freiwillig hier sind.«

»Wir können Teresa nicht fragen, weil sie tot ist, Wylie. Sie ist in dem Feuer gestorben.«

»Was?« Mit rasendem Herzen beuge ich mich vor. »Wovon reden Sie da?«

»Okay, warte.« Rachel hebt die Hand, um mich zum Schweigen zu bringen. Sie macht sich Sorgen. Jetzt macht sie sich viel mehr Sorgen als ich. »Worum genau geht es in dieser Befragung?«

Das hat Rachel unvorbereitet erwischt. Die Lage ist viel schlimmer, als sie dachte. Sie hinterfragt ihr Gefühl, das ihr zur Mitarbeit geraten hat. Aber ich selbst fühle mich nur taub. Teresa? Wie kann das sein?

»Das ist im Moment schwer zu sagen«, erklärt die Polizistin. Ihr Partner starrt immer noch schweigend vor sich hin. »Ich sage mal, wir versuchen, möglichst offen zu bleiben.«

Nur bin ich mir nicht so sicher, ob das auch stimmt.

»Wir haben das Gefühl, wir haben inzwischen genug Beweise, um Ihre Mandantin mindestens wegen Brandstiftung und grob fahrlässiger Gefährdung anklagen zu können. Es sei denn, sie kann uns eine plausible Erklärung für alles liefern.«

»Mindestens?«, schnauzt Rachel zurück. »Und was für Beweise?«

Die Polizistin lässt mich nicht aus den Augen.

»Zunächst einmal einen Streit zwischen den Mädchen. Was ist zwischen dir und Teresa passiert, bevor das Feuer anfing, Wylie? Hattet ihr eine Meinungsverschiedenheit?«

»Ich rate dir, diese Frage nicht zu beantworten, Wylie«, sagt Rachel, dann wendet sie sich an die Polizistin. »Sieht so aus, als würden Sie im Moment noch nach Ihren Beweisen angeln.«

»Wir haben nicht gestritten«, antworte ich, obwohl Rachel mir gerade das Gegenteil geraten hat. Was kann die Wahrheit schon schaden? »Teresa war aufgeregt und bat mich, sie in ihr Zimmer zu begleiten. Also haben wir kurz geredet, und dann bin ich gegangen. Danach muss das Feuer angefangen haben, schätze ich.«

»Du schätzt?«

Ich werde Kelsey erwähnen müssen. Ich habe keine Wahl.

»Haben Sie mit Kelsey gesprochen?«, frage ich. »Vielleicht weiß sie, was passiert ist.«

»Kelsey?«

»Das ist eines der anderen Mädchen im Krankenhaus.«

Die Polizistin blättert in einer Akte auf dem Tisch. Sie

zieht ein Blatt Papier heraus und legt es vor mich hin. »Das ist eine Liste aller Mädchen, die da waren«, sagt sie. »Ich sehe keine Kelsey auf dieser Liste, und du?«

Natürlich ist da nichts. Sie heißt schließlich nicht Kelsey. Aber wie kann ich das alles erklären? Stattdessen starre ich nur auf die Namensliste. Egal was ich jetzt sage, es wird klingen wie die Lüge einer Geistesgestörten.

»Machen wir weiter.« Die Polizistin zieht noch etwas aus dem Ordner und schiebt es mir über den Tisch zu. »Weißt du noch, ob du das hier gesehen hast?«

Es ist ein Foto von der Babypuppe, die ich in den Müll geworfen habe. Ich nehme es mit zwei Fingern hoch. Noch mehr Beweise gegen mich. Das war alles kein Zufall. Natürlich nicht.

»Wylie, ich rate dir noch einmal, diese Frage nicht zu beantworten«, sagt Rachel jetzt schärfer. »Sie können hier Dinge, die du sagst, so verdrehen, wie du es dir nicht vorstellen kannst. Liefere ihnen keine Beweise.«

Aber ich habe immer noch die Wahrheit auf meiner Seite. Daran glaube ich. Ich muss es glauben.

»Das hat jemand mir hingelegt«, sage ich. Abgesehen davon müssen sie das doch sowieso alles wissen. »Sie haben uns auch solche Puppen vor die Haustür gelegt, noch bevor Cassie …«

»Wylie«, knurrt Rachel. »Sei still.«

»Soweit wir gehört haben, klingt es, als wärst du aufgebracht gewesen, weil du im Krankenhaus eine bekommen hast«, sagt die Polizistin. »Warst du wütend, dass Teresa sie dir hingelegt hat?«

»Wovon reden Sie?«, frage ich. »Das war nicht Teresa.«

»Nun ja, wir haben noch mal genau so eine in ihrer Tasche gefunden. Die Babypuppe gehörte eindeutig ihr.«

Auch wenn es mir schwerfällt, versuche ich, nicht zu reagieren. Warum zum Geier hätte mir Teresa eine Puppe vor die Tür legen sollen? Und warum sollte sie noch eine in ihrer Tasche haben? Ich denke an das seltsame Gefühl zurück, dass sie aufgeregt war. War das ihr Geheimnis? Eine Verbindung zu demjenigen, der schon die ganze Zeit die Puppen geschickt hat?

»Selbst wenn das stimmen würde, wusste ich es nicht«, sage ich, als mir bewusst wird, dass immer noch alle auf meine Antwort warten. »Wie hätte ich da wütend sein können?«

»Okay, dann kannst du uns vielleicht stattdessen erklären, warum du Teresas Kette trägst?«, fragt sie.

Ich hebe die Hand zum Hals. Das Kreuz. Neben Moms Ring. Das Kreuz, das mir Teresa zum Schutz gegeben hat. Ich schließe die Augen. Ich hatte damals so ein furchtbares Gefühl deswegen, aber ich habe es ignoriert und die Kette trotzdem angelegt, weil ich Teresa nicht vor den Kopf stoßen wollte. Und jetzt ist sie noch ein Nagel zu meinem Sarg.

»Soweit wir wissen, hat sie diese Kette nie abgenommen. Sie war etwas ganz Besonderes für sie. Es scheint uns eher unwahrscheinlich zu sein, dass sie sie dir einfach so gegeben haben könnte. Es sei denn, sie war vielleicht schon tot, bevor das Feuer anfing und du sie ihr abgenommen hast? Wir werden die Autopsie abwarten müssen, bis wir ihre Todesursache kennen.«

»Kommen Sie«, fährt Rachel die Polizistin an. »Das ist doch absurd. Wylie, sag nichts …«

»Sie haben uns praktisch wie Gefangene gehalten. Ich meine, das ist Ihnen vielleicht nicht wichtig, aber es war wichtig für …«

»Wylie«, faucht Rachel. »Sei still! Ich meine es ernst!«

Als ich sie ansehe, fühle ich, wie verzweifelt ernst sie es meint. Ganz egal, was für eine Lügnerin sie ist, sie ist ehrlich überzeugt, dass es schlecht für mich ist, wenn ich rede. Vielleicht hat sie recht. Wen interessieren jetzt noch die Lügen, die sie uns über PANDAS erzählt haben? Sie haben alles mit einem wohlplatzierten »Wir sind so froh, dass wir uns geirrt haben« zurückgenommen.

»Wir haben die Streichhölzer gefunden, Wylie.«

»Welche Streichhölzer?«

»Unter der Matratze in deinem Zimmer.«

»Streichhölzer?« Wenn sie mich nicht so ansehen würde, könnte ich denken, es sei ein Witz. »Keine Ahnung, wie die dort hingekommen sind.«

»Also gehören sie nicht dir?«, fragt die Polizistin skeptisch.

»Nein«, sage ich. »Das sind nicht meine.«

»Machen Sie weiter, Detective«, sagt Rachel und versucht, entspannt zu klingen, überzeugt, dass wir die Oberhand haben. Aber ich fühle, dass sie Angst hat, dass sie mich nicht aus diesem riesigen Loch ziehen kann, in das ich gesprungen bin. »Wir waren höflich und geduldig. Wir haben getan, worum Sie uns gebeten haben, und sind freiwillig hergekommen, um Ihre Fragen zu beantworten. Und jetzt würde Wylie gern nach Hause gehen.«

Die Polizistin presst die Lippen aufeinander, aber es ist kein Lächeln.

»Du warst neulich schon mal in ein Feuer verwickelt, nicht wahr?«, fragt sie, ohne auf Rachel zu achten. »Vor sechs Wochen? Eine Freundin von dir ist gestorben?«

»Sie machen Witze«, schnaubt Rachel.

»In beiden Fällen ist ein Mädchen in einem Feuer umgekommen«, sagt die Polizistin, als verstünde sie die ganze Aufregung nicht. »Und in beiden Fällen war Wylie direkt am Schauplatz. Vielleicht ist es ja ihre Vorgehensweise.«

»Das ist absurd. Vor allem, weil Wylie nach dem Feuer in Maine keinerlei Fehlverhalten vorgeworfen wurde. Sie und Cassie waren beide *Opfer*, schlicht und einfach.«

»Das ist trotzdem eine Übereinstimmung. Kannst du das erklären, Wylie?«

»Wylie, sag n…«

»Nein«, sage ich, denn das ist die ganze und einzige Wahrheit. »Ich kann es nicht erklären. Es gibt nichts zu erklären.«

»Du warst in beiden Fällen in unmittelbarer Nähe. Du warst dort, als beide Mädchen starben. Und du hast wirklich keine Ahnung, was das bedeuten könnte? Denn um das klarzustellen, Wylie, Teresa kam nicht nur in dem Feuer ums Leben. Teresa *war* das Feuer. Sie befand sich in seinem Epizentrum. Genau wie Cassie. Wenigstens, soweit ich das verstanden habe. Zwei Mädchen – auf die du sauer warst – starben auf genau gleiche Weise. Verdächtig, würdest du nicht auch sagen?«

»Detective, das ist lächerlich und außerdem unnötig grausam«, sagt Rachel. Ihre Stimme ist eisig, und jetzt ist sie wütend. Wütend in meinem Namen.

»Sauer?«, frage ich. »Ich war nicht sauer.«

»Cassies Vater sagt etwas anderes.«

»Vince?« Je mehr die Polizistin redet, desto verwirrter werde ich. »Er sagt, *ich* sei sauer auf Cassie gewesen? Woher will er das denn überhaupt wissen? Er wohnt noch nicht mal hier. Ich war nicht sauer auf *Cassie*.«

»Aber auf Teresa warst du sauer?«

»Es reicht!« Rachel schlägt mit der flachen Hand auf

den Tisch. »Das war's. Das war die letzte Frage. Wir wollten kooperativ sein, aber Sie verdrehen ihr die Worte im Mund.« Sie steht auf und signalisiert mir, ebenfalls aufzustehen. »Komm, Wylie. Wir gehen.«

»Heute Abend nicht, fürchte ich«, sagt die Polizistin. »Wir haben Zeugenaussagen, die Streichhölzer, die Geschichte Ihrer Mandantin. Wenn sie nicht auf der Stelle eine gute Erklärung liefern kann, gibt es mehr als genug hinreichenden Verdacht für eine Verhaftung.«

»Eine Verhaftung weswegen?«, fragt Rachel.

Die Polizistin sieht mich direkt an. »Wegen Mord.«

26

Der Rest geschieht ziemlich genau so, wie Rachel es gesagt hat: Sie verhaften mich offiziell. Sie lesen mir meine Rechte vor, obwohl sie das schon getan hatten, bevor ich mit Rachel verhört wurde.

Danach verlegen sie mich in die nächste Jugendstrafanstalt. Als ich dort ankomme, werden mir noch mal meine Rechte verlesen, meine Kleidung und persönlichen Gegenstände werden erfasst – es ist sehr wenig: der Rest von Rachels Bargeld und Moms Ehering. Ohne Teresas Halskette, die sie zu den Beweisen nehmen, kullert der Ring trostlos in dem Behälter für die persönlichen Gegenstände herum. Das führt mich zu der Frage nach den Fotos meiner Mom und ob Riel sie wirklich sicher aufbewahrt.

Nachdem sie mir meine Kleider weggenommen haben, mich auf erniedrigendere Arten durchsucht haben, als ich es für möglich gehalten hätte, mir Fingerabdrücke abgenommen und mich fotografiert haben, dazu immer noch endlos Fragen, fühle ich mich genauso, wie mich Rachel gewarnt hat: weniger als menschlich.

Meine Zellengenossin heißt Susan und ist eine viel nettere Beinahe-Mörderin, als ich es verdient habe.

Zumindest bis jetzt. Nach dem Kennenlernen habe ich nur ein paar Minuten, bis sie mich mit anderen in einem großen Kastenwagen für meine Anklageerhebung in ein Gerichtsgebäude bringen. Es ist nicht so stressig, wie es sein könnte, denn inzwischen fühle ich nichts mehr. Ich tue mechanisch, was zu den Grundlagen der menschlichen Existenz gehört – atmen, mich bewegen, blinzeln –, ohne wirklich am Leben zu sein.

Rachel steht im Gericht neben mir. Sie sagt ein paar Dinge zum Richter. Der Staatsanwalt – ein runder, kahler Mann – sagt auch ein paar Dinge. Ihre Worte klingen entstellt und weit weg, als wäre ich unter Wasser und sie am Strand. Ich höre irgendwas davon, dass mein Dad nicht auffindbar ist. Dass meine Mutter verstorben ist. Am Ende verweigern sie mir die Möglichkeit, auf Kaution freizukommen. So viel verstehe ich. Es bestünde Fluchtrisiko, sagen sie. Ich bin schon so oft weggelaufen. Schlussendlich eine Tatsache, der schwer zu widersprechen ist.

Als es vorbei ist, versucht Rachel, mich zu umarmen. Ich bin froh, als sie sie anschreien. Ich will nicht, dass sie mich anfasst.

»Ich hole dich hier raus, Wylie«, ruft sie, als sie mich wegbringen. »Es dauert nicht länger als ein paar Tage.« Aber sie glaubt es nicht, sosehr sie es auch will.

Ich habe nicht ernsthaft daran gedacht, mir eine neue Anwältin zu suchen. Nicht dass Rachel irgendetwas zu meiner Zufriedenheit erklärt hätte. Das Einzige, was sie überhaupt versucht hat, war, mir zu sagen, warum ihre Freundschaft mit Mom vorbei war. Offenbar hat sie Leute verteidigt, mit denen Mom nicht einverstanden war, was mich aber nur noch misstrauischer macht. Trotzdem frage ich nicht nach Einzelheiten. Das kommt mir alles nicht mehr wichtig vor. Nichts ist mehr wichtig.

Am dritten Tag höre ich beim Frühstück zum ersten Mal meinen Spitznamen: Pyromanin.

Es könnte viel schlimmer sein. Ehrlich gesagt habe ich Glück mit den Gerüchten: Ich habe übersinnliche Fähigkeiten, ich habe zwei Freundinnen angezündet. Sogar hier drin ist das freakig genug, damit die anderen auf Abstand bleiben.

Rachel bittet mich, Gideon anzurufen. *Er* hat sie gebeten, mir zu sagen, ich solle ihn anrufen. Rachel hat ihm geholfen, das Haus sauber zu machen, und sieht nach ihm. Aber er wohnt bei Freunden, bis sie Dad gefunden haben. Bis sie ihn gefunden haben. So drückt es Rachel absichtlich aus. Um mich zu beruhigen.

Aber es beruhigt mich nicht. Nicht im Geringsten.

»Geht's dir gut?«, fragt Gideon, nachdem er am vierten Tag mein R-Gespräch aus einer »Jugendstrafanstalt in Massachusetts« angenommen hat. Er klingt fahrig und zerbrechlich.

»Ja, mir geht's ganz gut«, sage ich, weil ich will, dass es ihm besser geht. *Natürlich geht es mir nicht gut*, will ich schreien. *Ich bin in einer »Strafanstalt«!*

Rachel hat angedeutet, dass Gideon ernsthaft durchdreht. Das ist schon so, seit ich verhaftet wurde. Es hilft auch nicht, dass es immer noch keine Spur von Dad gibt. Bald ist er eine Woche verschwunden. Rachel hat zum ersten Mal gesagt, wir müssten realistisch sein.

Ich weiß nicht, was das nützen soll.

Als sie Gideon beschrieb, hat Rachel versucht, es hoffnungsvoller zu halten – nicht gut, aber auch nicht beängstigend. Sie hat ihn zu Dr. Shepard gebracht, und das hat angeblich geholfen. Irgendwie. Oder anders gesagt: so gut wie nicht. Rachel konnte auch bestätigen, dass keines der anderen Mädchen Patientin von Dr. Shepard war, nicht mal Teresa. Jetzt, da mein Dad verschwunden ist und ich hier drin, ist es vielleicht keine Überraschung, dass Gideon zusammenbricht.

»Ich wollte sagen …« Gideons Stimme bricht. *Weint* er etwa? Ich habe Gideon nicht mehr weinen sehen, seit er fünf war, und da auch nur, weil er sich mit einer Glasscherbe in den Finger geschnitten hatte. Er hat wirklich eine ernsthafte Krise.

»Das wird wieder, Gid«, sage ich, obwohl ich kein bisschen überzeugt bin. Außerdem bin ich ernsthaft angepisst, dass ich ihn aufmuntern muss, obwohl ich diejenige bin, die weggesperrt wurde. Trotzdem braucht Gideon mich jetzt. So sehr, dass es mir den Atem nimmt.

»Es tut mir leid.« Er muss die Wörter mit Gewalt herauspressen.

»Es muss dir nicht leidtun, Gideon. Das ist nicht deine Schuld.«

»Aber es *ist* meine Schuld!«

»Ernsthaft, Gid, nein, es ist …«

»Ich habe ihnen die Liste gegeben, Wylie!«

»Was?« Einen Moment lang stellt mein Gehirn seinen Dienst ein – das Blut, die Nerven, alles eingefroren.

»Es tut mir leid, ich war so … Es tut mir leid. Ich habe diesem Dr. Cornelius eine Mail geschickt, weil ich neugierig war, und er sagte, er sei meiner Meinung, dass es unlogisch ist, dass es nur Mädchen sein sollen und dass Dad irgendwo einen kleinen Fehler gemacht haben muss. Er sagte, er würde es sich ansehen. Verstehst du? Er hat mir zugehört. Dad nicht. Also habe ich ihm die Liste gegeben und deinen Namen auch. Aber ich schwöre, ich hatte keine Ahnung, was er vorhatte.«

Ich drücke den Hörer so fest an mein Ohr, dass es anfängt zu pochen. Das Verrückte ist, ich will ihn hassen, will Gideon anschreien, dass er egoistisch und rücksichtslos ist. Und böse. Aber ich bringe kein Wort heraus. Und ich fühle immer noch nichts.

»Wylie?«, fragt Gideon. »Bist du noch da? Es tut mir so leid.«

Die Zeit vergeht. Ich bin sicher, an einem Ort wie diesem werde ich auf keinen Fall lange überleben. Und doch wache ich immer wieder auf. Das Problem ist nicht mal die Jugendstrafanstalt. Es ist die Welt. Eine Welt, in der weiterhin all das Schreckliche über Cassie, Mom und Dad wahr ist. Und über Gideon.

Meine Panikattacken kommen wieder. Schlimmer als je zuvor, manchmal zwei- oder dreimal am Tag. Einmal werde ich im Fernsehraum ohnmächtig. Der diensthabende Wärter droht mir mit Einzelhaft, wenn ich das noch mal mache. Ich weiß, ich könnte einen Arzt verlangen. Sie können mich nicht für eine Angststörung bestrafen. Aber ich tue es nicht. Denn ich frage mich, ob Einzelhaft so schlimm wäre.

Ich habe Briefe von Ramona und Becca bekommen. Sicher hat Rachel sie darum gebeten, mir zu schreiben. Sie glaubt, es hilft, wenn ich Beweise habe, dass die anderen Mädchen wirklich wieder draußen sind. Die Briefe waren mechanisch, höflich. Schlicht. Ich habe gemerkt, was nicht darin stand: Wir wissen, dass du unschuldig bist.

Riel schickt auch einen Brief. Oder besser gesagt: Ich bekomme einen Brief, von dem ich glaube, er ist von Riel. *Mut ist der Preis, den das Leben verlangt, wenn es Frieden mit dir schließen soll.* Mehr steht nicht drin. Ihr Name steht auch nirgends.

Von einem Menschen habe ich nichts gehört: von Jasper. Der Richter hat ein »Kontaktverbot« verhängt. Es ist eine Bedingung für seine Bewährung wegen Hausfriedensbruch. Es gehe darum, hat Rachel gesagt, mich unglücklicher zu machen, damit ich ihnen eher erzähle, was sie hören wollen. Damit ich ein Verbrechen gestehe, das ich nicht begangen habe.

Aber das werde ich nicht tun, egal wie sehr ich Jasper vermisse. Und ich vermisse ihn. So einfach und doch kompliziert ist das.

Am sechsten Tag gehen wir vor dem Mittagessen alle fernsehen, wie wir es jeden Tag um diese Zeit tun. Zumindest läuft der Fernseher, während ich auf einem von mehreren langen Sofas sitze, jedes mit Platz für noch sechs andere Mädchen. Ich starre auf den Bildschirm, aber ich könnte nicht sagen, was läuft. Trotzdem erscheint es mir besser, mit anderen Leuten dort zu sitzen als allein in meinem Zimmer. Mehr und mehr habe ich das überwältigende Gefühl, dass etwas Schreckliches auf mich zukommt. Bald. Ich spüre, dass es Zeugen geben sollte.

»Lang, du hast Besuch«, ruft ein Wärter.

Ich stiere ihn mit leerem Blick an und frage mich, ob ich schon Stimmen höre.

»Komm schon«, ruft er und winkt mich zur Tür. »Gehen wir!«

Jasper? Ich spüre eine plötzliche Welle dummer Hoffnung. Mein rasendes Herz schickt Blut in meine halb toten Gliedmaßen. Ich springe auf. *Bitte, bitte, bitte.* Auch wenn ich weiß, dass er es nicht sein kann. Dass er es um seinetwillen nicht sein sollte.

»Wer ist es?«, frage ich, während ich jetzt sehr viel schneller zur Tür gehe.

Der Wärter schaut mit einem Schnauben auf sein Klemmbrett. »Bruder«, sagt er, und mir rutscht das Herz in die Hose.

Ich mache Gideon keinen Vorwurf für das, was er getan hat. Oder doch, aber ich verstehe es auch. Es war dumm, unreif und egoistisch. Und unbesonnen. Er hat nicht nachgedacht. Aber nichts von dem, was passiert ist, hat er gewollt. Trotzdem möchte ich ihn eigentlich nicht sehen. Ich weiß nicht genau, ob ich die Energie habe, zu lügen und ihm zu sagen, dass ich ihm verzeihe.

Ich überlege, dem Wärter zu sagen, dass ich keine Lust auf Besucher habe, aber das könnte nach hinten losgehen. Wenn sich Gideon meinetwegen noch schlechter fühlt, wird er verlangen, dass ich mir sogar noch ein größeres Stück aus meinem Herzen schneide und es ihm gebe.

»Name?«, fragt der Wärter im Besucherraum, als ich endlich widerstrebend dort ankomme.

»Wylie Lang«, sage ich und warte immer noch darauf, dass mich etwas aufhält. Aber der Wärter öffnet nur die Tür und winkt mich hinein. Der Besucherraum ist ein offenes Zimmer mit acht rechteckigen und nummerierten Tischen in zwei Reihen. Auf jeder Seite stehen zwei Stühle. Zwei Wärter links und rechts an den Wänden. Es ist banaler, als ich es mir vorgestellt hätte, bevor ich hier eingesperrt wurde – keine Plastikkabinen, keine Gespräche übers Telefon.

»Tisch sieben, hinten.« Er zeigt ans andere Ende des Raums. »Ihr habt fünfzehn Minuten. Keine Berührungen. Kein Austausch von Gegenständen.«

Der Raum ist so voller Leute, dass ich Gideon erst entdecke, als ich hinten ankomme. Er trägt eine Baseballmütze, hat den Kopf gesenkt. Ich kann sein Gesicht nicht sehen, aber seine Haltung kommt mir schlimmer vor als früher. So gebeugt. Ich komme hinter ihm herum und hole tief Luft. Versuche, mich davon zu überzeugen, dass ich das noch mal kann: Gideon aufmuntern, weil er mich verraten hat.

Als er endlich den Blick hebt, kippt die Welt abrupt zur Seite.

»Setz dich«, sagt Quentin.

Schreien. Das ist mein erster Impuls. Mit aufgerissenen

Augen sehe ich mich um, und ich möchte ihn am liebsten anspucken. Ihm ins Gesicht schlagen.

»Das würde ich nicht tun.« Er mustert mich in meinem traurigen blauen Overall von oben bis unten. »Egal was du gerade denkst.«

Als ich mich auf die Stuhlkante sinken lasse, weiß ich nicht, ob ich überhaupt ein Geräusch machen könnte, selbst wenn ich es versuchen würde.

»Du lebst«, flüstere ich. *Zwölf, nicht elf Leichen.* Irgendwo in meinem Inneren wusste ich es, oder? Dad. Das ist mein nächster Gedanke. »Was hast du ihm angetan?«

»Wem?«

»Meinem Dad.«

»Deinem Dad?«, fragt Quentin. »Was ist mit deinem Dad?«

»Er ist verschwunden«, sage ich. »Irgendwas ist ihm passiert.«

Quentin schüttelt grimmig den Kopf. »Tja, ich habe ihn gewarnt, oder? Ich habe ihm gesagt, es könnte Probleme geben.«

»Wenn ich den Leuten hier erzähle, wer du bist, verhaften sie dich.«

»Gott, das glaubst du wirklich, oder?« Er meint es nicht mal sarkastisch. Es fühlt sich an, als täte ich ihm wirklich leid. »Denk daran, wie viel du erklären müsstest. Und wie absurd es klingen würde. Bis du jemanden findest, der dir zuhört, bin ich schon lange weg. Abgesehen davon wirst du dann nie erfahren, warum ich hergekommen bin.«

»Warum haben sie dich gehen lassen?«, frage ich, aber ich bin mir gar nicht sicher, ob ich es wissen will.

»›Gehen lassen‹ ist nicht ganz der richtige Ausdruck. ›Leicht in die Irre führen lassen‹ trifft es eher. Und ich hatte

Hilfe«, sagt er leise, als bereue er etwas. »Ich habe dir gesagt, dass North Point über beträchtliche Mittel verfügt.«

»Aber warum sollten sie dir helfen? Warum sollte dir irgendwer helfen?«

»Ich habe sie überzeugt, dass es Dinge gibt, die nur dein Dad und ich wussten, und dass sie, wenn sie ins Outlier-Rennen gehen und gewinnen wollen, meine exklusiven Informationen brauchen. Das heißt, ich werde ihnen etwas zeigen müssen, sonst gibt es hässliche Konsequenzen, glaube ich. Das würde ich gern vermeiden, und das hat mich hierhergeführt. Zu dir.«

»Ich würde dir nie helfen«, presse ich zwischen zusammengebissenen Zähnen hervor.

»Nicht mal, wenn ich Informationen habe, die dich hier herausholen würden?«

»Hast du die Nachricht von Jaspers Handy geschickt?« Ich kann nur noch daran denken, dass das die ganze Zeit sein Ziel war.

»Nachricht?«

»Die, in der es hieß, ich soll weglaufen. Direkt nachdem wir aus Maine zurück waren.«

»*Weglaufen*?« Er ist ehrlich verwirrt. »Ähm, nein.«

Er hat sie nicht geschickt. Das kann ich laut und deutlich lesen. Kendall vielleicht. Wahrscheinlich. An ihn habe ich sowieso gedacht.

»Du hast Cassie umgebracht.« Ich stemme mich hoch. »Ich würde dir nie helfen, du krankes Arschloch.«

»Wenn du mir hilfst, kann ich dir helfen, hier rauszukommen. Du hast selbst gesagt, jemand hat deinen Dad entführt. Er braucht dich sicher.«

Quentin glaubt, was er sagt. Er sagt die Wahrheit. Seine Wahrheit. Natürlich hat seine aber nichts mit meiner zu tun.

»Ich würde eher hier drin sterben, als dir zu helfen.«

»Und was ist mit deinem Dad und Gideon? Willst du sie einfach da draußen bei denjenigen lassen, die dafür verantwortlich sind, dass du hier drin bist?« Die Drohung ist deutlich. »Es gibt Dinge, die du nicht weißt, Wylie.«

»Zum Beispiel?«

»Wer Teresa umgebracht hat, zum Beispiel. Und wer dir die Babypuppe hingelegt hat. Und um das klarzustellen: Ich war es nicht.«

»Fahr zur Hölle«, flüstere ich. Aber Gott, wie es mich aufregt, dass er von der Puppe weiß. Woher weiß er das?

»Ich habe sogar Beweise, die ich dir geben könnte und mit denen du dich entlasten könntest. Einzelheiten, durch die ihre Version der Ereignisse viel weniger plausibel wäre.« Er holt Luft. »Vorausgesetzt, du bist bereit, mir im Gegenzug zu helfen.«

Mein Mageninhalt will raus, und mir wird schwindlig. Wenn Quentin von der Puppe weiß, könnte er wirklich etwas wissen, das mich hier herausbringen könnte. Und ich muss raus. Dad braucht mich da draußen.

»Du weißt gar nichts.« Ein Test. Ich muss seine Antwort fühlen.

Quentin lächelt. »Doch«, sagt er mit schrecklicher, unausweichlicher Sicherheit. Er steht auf und schiebt mir blitzschnell eine kleine Karteikarte über den Tisch. »Meine Nummer. Wenn du es dir anders überlegst und mir helfen willst, ruf mich an, und wir regeln das.« Stirnrunzelnd sieht er sich im Raum um. »Aber wenn ich du wäre, würde ich mich beeilen. An solchen Orten können schlimme Dinge passieren.«

Ich bin überrascht, als ich mich kurze Zeit später im Fernsehraum wiederfinde. Irgendwie bin ich dorthin gekommen und sitze jetzt auf dem Sofa, unbeweglich und mit klopfendem Herzen. Abgesehen davon bin ich völlig taub. Ich weiß nicht mehr, was ich als Letztes zu Quentin gesagt habe, erinnere mich nicht, wie ich durch den Flur zurückgegangen bin. Sicher bin ich mir nur bei dem überwältigenden Gefühl, dass ich verloren habe, selbst wenn Quentin nicht gewonnen hat.

Ich weiß nicht, wie lange ich dort sitze. Mädchen kommen und gehen. Die Fernsehsendung wechselt, die Zeit verrinnt. Irgendwann höre ich hinten ein fernes Geräusch, das Rattern von Metall, ein Quietschen.

»Die Bibliothekarin ist hier«, ruft einer der Wärter, und in seiner Stimme liegt ein Unterton, als könne er nicht glauben, dass er sich mit so einem Mist befassen muss. »Ihr habt zehn Minuten, um euch Bücher auszusuchen.«

Bücher. Die Vorstellung kommt mir so grotesk vor. Wo doch die Welt brennt und so. Aber die anderen Mädchen gehen hinüber, jubelnd und drängelnd, als wären sie auf dem Weg zu einem Eiswagen. Das ist jedes Mal so, wenn die Freiwilligen vorbeikommen – jedes Mal eine andere überfreundliche alte Frau.

»*US Weekly*!«, höre ich jemanden triumphierend rufen.

»Haben Sie den neuesten Harry Potter immer noch nicht wieder zurück?«, fragt jemand anders. »Das ist so ein Scheiß. Die können ihn doch nicht ewig behalten!«

Es ist traurig zu hören, wie begeistert sie von etwas sind, über das sich so viele andere in ihrem Alter beschweren. Ich frage mich, ob es mir bald genauso gehen wird, dass ich mich über Dinge freue, die immer so normal für mich waren. Und wie lange wird es dauern, bis ich tue – oder sage –, was immer sie wollen? Bis ich gestehe, nur damit sie aufhören, mir Fragen zu stellen. Wenigstens müsste ich dann nie wieder mit Quentin sprechen.

Als der quietschende Bücherwagen immer näher kommt, sehe ich stur geradeaus. Ich habe das dumme Gefühl, dass die Bibliothekarin mich anpeilt, wahrscheinlich, weil ich eine der wenigen bin, die nicht aufgestanden sind. Ich mache mich auf einen Vortrag darüber gefasst, dass Lesen fundamental ist, dass es mir einen Weg zur Wiedergutmachung bietet. Ich hoffe, ich werde nichts Gemeines antworten. Aber ich bin mir nicht sicher. Ich traue mir mit jeder Stunde weniger.

»Letzte Möglichkeit für Bücher!«, ruft der Wärter.

Schließlich hält der Wagen direkt hinter mir an. Ich blicke nicht auf. Aber aus dem Augenwinkel sehe ich, wie die Bibliothekarin ein Taschenbuch auf die Armlehne neben mich legt. Und dann fühle ich diese Welle der Freundlichkeit. Sie ist so stark und rein und überhaupt nicht vorwurfsvoll, wie ich es erwartet hatte. Sie trifft mich unvorbereitet. So sehr, dass ich mir ziemlich sicher bin, dass ich zu weinen anfangen werde, wenn ich zu ihr aufschaue. Also halte ich den Blick gesenkt. Hier drin bin ich als das Mädchen, das seine Freundinnen anzündet, viel besser dran, nicht als diejenige, die vor der ehrenamtlichen Bibliothekarin weint.

»Okay, das reicht!«, ruft der Wärter.

Aber ihr Wagen ist immer noch da. Er ist nicht quietschend weitergerollt. Die Bibliothekarin wartet immer noch auf mich. Ich fühle, wie sehr, wie dringend sie – auf völlig irrationale Art – möchte, dass ich aufblicke und ihr signalisiere, dass es mir gut geht. Dass ich es schaffen werde. Warum ist das dieser Frau so wichtig? Sie kennt mich nicht mal. Ich versuche, meinen Zorn hinunterzuschlucken.

Aber vielleicht ist ihre Sorge ein Zeichen, dass ich selbst glauben muss, dass ich es schaffe. Ich atme tief ein und versuche mir vorzustellen, dass ich das hier durchhalte. Und dabei öffnet sich ein kleiner Spalt in der Zeit, ein Fenster mit Blick in die Zukunft.

Und mein Instinkt sagt mir, ich werde es schaffen. Wenn ich nur tapfer genug bin und daran glaube, wenn ich stark genug bin zu hoffen – dann werde ich es schaffen. Wie all die anderen schrecklichen Dinge, die passiert sind, werde ich auch das hier überleben. Egal was es kostet. Ich kann es glauben. Egal wie unmöglich es scheint.

»Hey«, flüstert die Bibliothekarin mit rauer, heiserer Stimme. Und jetzt sind ihre Freundlichkeit und Sorge sogar noch stärker. Warm und hell umgeben sie mich. Wie die Sonne. Wie Liebe. »Nimm das.«

Als ich hinsehe, hält sie mir ein Taschenbuch hin und darauf einen Zettel. *Ich hole dich hier raus. Versprochen. Xoxo.*

Und als ich aufblicke, sehe ich nicht irgendeine freundliche alte Bibliothekarin. Es ist Mom. Gesund und munter sieht sie auf mich herab.

Dank

Vielen Dank an meine leidenschaftliche Lektorin Jennifer Klonsky für dein geniales redaktionelles Können, deinen beharrlichen Enthusiasmus und deine unendliche Freundlichkeit. Unendliche Dankbarkeit an mein ganzes krasses Harper-Team: Gina Rizzo, Elizabeth Ward, Catherine Wallace und Elizabeth Lynch. Ich habe solches Glück, dass ich von eurer Weisheit und harten Arbeit profitieren und mit einer so tollen Gruppe von Frauen abhängen darf.

Meinen tiefsten Dank an Suzanne Murphy und Kate Jackson, weil sie sich von Anfang an für diese Reihe eingesetzt haben und sie weiterhin begeistert begleiten.

Danke auch an die anderen von den großartigen Teams bei Harper: Marketing, Publicity und Library: Nellie Kurtzman, Cindy Hamilton, Patty Rosati, Molly Motch und Sabrina Abballe. Danke auch an die wahnsinnigen Genies beim Integrated Marketing: Colleen O'Connell und Margot Wood. Vielen Dank an die erstaunliche Arts-Abteilung: Barb Fitzsimmons, Alison Donalty, Alison Klapthor und die höchst begabte Sarah Kaufman.

Danke an das leidenschaftliche und hingebungsvolle Sales-Team von Harper: Andrea Pappenheimer, Kerry Moynagh und Kathy Faber. Danke auch an Jen Wygand, Jenny Sheridan, Heather Doss, Deb Murphy, Fran Olson, Susan Yeager, Jess Malone und Jess Abel sowie an Samantha Hagerbaumer, Andrea Rosen und Jean McGinley.

Schließlich, aber sicherlich nicht endlich, vielen Dank an all die engagierten Leute des Harper Managing Editorial: Josh Weiss, Bethany Reis und Korrekturleserin Valerie Shea.

Danke an die vielen BloggerInnen, die von den Büchern erzählen, die sie lieben. Und danke, danke, danke an die vielen leidenschaftlichen BuchhändlerInnen an vorderster Front. Wir AutorInnen und LeserInnen sind so dankbar für eure weisen Empfehlungen und dass ihr Bücher in die richtigen Hände gebt, oft genau im richtigen Moment.

Vielen Dank an meine treue Freundin und außerordentliche Agentin Marly Rusoff. Ich habe solches Glück, dass du mein Schiff steuerst. Ein besonderes Dankeschön an Julie Mosow für deine außergewöhnlichen Ratschläge und unermüdliche Mitarbeit. Dank außerdem an Michael Radulescu und Gina Ianquinta für eure Unterstützung. An die unglaublich talentierten, hart arbeitenden und wunderbar einfallsreichen Kathleen Zrelak und Lynn Goldberg – ich bin euch für alles, was ihr getan habt, ewig dankbar. Dank außerdem an die fabelhaften Shari Smiley und Lizzy Kremer und ein besonderer Dank an Harriet Moore.

Meine Dankbarkeit gilt den zahlreichen Experten, die mir so großzügig ihre Zeit und ihr Wissen zur Verfügung gestellt haben: Victoria Cook, Elena Evangelo, Dr. Michael Henry, Mark Merriman, Sarabinh Levy-Brightman, Tracy Piatkowski, Dr. Rebecca Prentice, Daniel Rodriguez, Michael Stackow und Tanya Weisman.

Unendlichen Dank an meine fantastischen Freunde und Familie: Martin und Clare Prentice, Mike Blom, Leslie Berland, Catherine und David Bohigian, Cindy, Christina und Joey Buzzeo, Jason Miller, Megan Crane und Jeff Johnson,

Cara Cragan und Michael Moroney, die Cragan-Familie, die Crane-Familie, Joe und Naomi Daniels, Larry und Suzy Daniels, Bob Daniels und Craig Leslie, Diane und Stanley Dohm, Dan Panosian, Dave Fischer, Heather und Michael Frattone, Tania Garcia, Sonya Glazer, Nicole und David Kear, Merrie Koehlert, Hallie Levin, John McCreight und Kim Healey, Brian McCreight, Nina Mehta, die Metzger-Familie, Jason Miller, Tara und Frank Pometti, Stephen Prentice, Motoko Rich und Mark Topping, Jon Reinish, Bronwen Stine, die Thomatos-Familie, Deena Warner, Meg und Charles Yonts, Denise Young Farrell und Christine Yu.

Kate Eschelbach, danke, dass du dich so toll um uns kümmerst.

An meine bemerkenswerten Töchter Emerson und Harper: Ich bin so froh, dass ihr Menschen seid, die so viel fühlen. Ihr sollt wissen: dass ihr so viele eurer Gefühle mit mir teilt – die guten und die schlechten, die beängstigenden und die hoffnungsvollen, die liebenden und die wütenden und die weisen –, wird für immer das größte Geschenk für mich sein.

Und an meinen Ehemann Tony: danke, dass du immer für mich da bist – mit Akzeptanz, Geduld und Verständnis – und ich meine Gefühle mit dir teilen darf. Die gute Nachricht, aber schlecht für dich: da, wo die herkamen, sind noch *sehr* viel mehr.

Autorin

Kimberly McCreight arbeitete als Anwältin, bevor sie sich ganz ihrer eigentlichen Leidenschaft, dem Schreiben, widmete. Ihre Romane, darunter die vielgelobte »Outliers«-Trilogie, sind New-York-Times-Bestseller. Mit ihrem Ehemann und ihren zwei Kindern lebt Kimberly McCreight in Brooklyn, New York.
Mehr zu Kimberly McCreight: www.kimberlymccreight.com

Kimberly McCreight im Goldmann Verlag:
Outliers. Gefährliche Bestimmung. Die Suche. Band 1. Roman (auch als E-Book erhältlich)
Outliers. Gefährliche Bestimmung. Die Entscheidung. Band 3. Roman (erscheint im Februar 2019) (auch als E-Book erhältlich)
Die letzte Wahrheit. Roman (nur als E-Book erhältlich)